KB219276

대부 돌아오다 1

The Godfather Returns

by Mark Winegardner

The Godfather

RETURNS

마크 와인가드너

대부 돌아오다 1

늘봄

옮긴이 권도희

건국대학교 국문학과 대학원을 졸업했고 번역가로 활동 중이다.
역서로 「제국의 딸」 「움직이는 손가락」 「누명」 「비뚤어진 집」 등이 있다.

대부 돌아오다 1

지은이 / 마크 와인가드너
옮긴이 / 권도희
발행인 / 조유현
발행처 / 늘봄
디자인 / 박준철
편 집 / 김금발미 류민영

등록번호 / 제1-2070 1996년 8월 8일
주 소 / 서울시 종로구 충신동 189-11
전 화 / (02)743-7784
팩 스 / (02)743-7078

초판발행 / 2005년 10월 20일

89-88151-60-7 03840
89-88151-59-3 03840 (전2권)

* 가격은 표지에 있습니다.

새로운 것을 위해 오래된 방식을 버리는 사람들은

결국 자신이 무엇을 잃었는지 알게 된다

그러나 무엇을 얻게 되는지는 모른다.

— 시칠리아 속담

그들은 나의 모든 친구들을 죽이고 있었다.

— 2차대전 당시 독일과 싸울 수 있는 용기를 어떻게 얻었느냐는 질문에 대한

미국 군인 오피 머피의 대답

연 대 표

	소설 대부 돌아오다 (1955～1958)		소설 대부 돌아오다 (1959～1962)*	
영화 대부 I (1945～1954)		영화 대부 II (1958～1959)**		영화 대부 III (1979～1980)

* 소설 〈대부돌아오다〉는 회상장면을 통해 마이클 코를레오네의 젊은 시절을 보여주고 있다.

** 영화 〈대부II〉는 회상장면을 통해 비토 코를레오네의 젊은 시절을 보여주고 있다.

차례

1권

2권

주 요 인 물

코를레오네 패밀리

비토 코를레오네 …………… 뉴욕에서 가장 세력이 큰 범죄 조직의 대부

카멜라 코를레오네 ………… 비토 코를레오네의 아내이자 네 자녀의 어머니

소니 코를레오네 …………… 비토와 카멜라의 장남

산드라 코를레오네 ………… 소니의 아내

프란체스카, 캐시, 프랭키, 칩 코를레오네 ………… 소니와 산드라의 아이들

톰 헤이건 …………… 콘실리에리이자 비토의 비공식적인 양자

테레사 헤이건 ………… 톰의 아내이자 앤드류, 프랭크, 지나의 어머니

페데리코 '프레디' 코를레오네 ………… 비토와 카멜라의 둘째 아들
(1955년~1959년까지 부두목)

디에나 던 …………… 아카데미상 수상 여배우이자 프레디의 아내

마이클 코를레오네 … 비토의 막내아들이자 코를레오네 패밀리를 이어받은 후계자

케이 아담스 코를레오네 ………… 마이클의 두 번째 아내

안토니, 메리 코를레오네 ………… 마이클과 케이의 아이들

코니 코를레오네 …………… 비토와 카멜라의 딸

카를로 리찌 …………… 코니 코를레오네의 죽은 남편

에드 페데리치 …………… 코니 코를레오네의 두 번째 남편

코를레오네 패밀리 조직

코시모 '대마초 모모' 바론 ········ 제라치의 부하이자 샐리 테시오의 조카

페트 클레멘자 ········ 비토 코를레오네와 동업자

파우스토 도미니크 '닉' 제라치 주니어(일명 에이스 제라치) ········ 테시오의 부하. 이후 카포레짐을 거쳐 두목이 됨

샬롯 제라치 ········ 닉의 아내

바브 제라치와 베브 제라치 ········ 닉과 샬롯의 딸들

로코 람포네 ········ 카포레짐

카르민 마리노 ········ 제라치의 부하이자 보카치오 패밀리의 사촌

알 네리 ········ 패밀리 휘하 호텔들의 경호실장. 필요할 때면 경호원으로 파견

토미 네리 ········ 람포네의 부하이자 알 네리의 조카

리치 '쌍권총' 노빌리오 ········ 클레멘자의 부하. 나중에 카포레짐이 됨

에디 파라디스 ········ 제라치의 부하

살바토레 테시오 ········ 코를레오네 조직의 카포레짐

코를레오네 패밀리의 친구들

마르그리트 듀발 ······ 댄서이자 배우

조니 폰테인 ······ 오스카상 수상 배우이자 현존하는 가장 위대한 살롱 가수

버즈 프라텔로 ······ 나이트클럽 공연자(아내인 도티 에미스와 함께 일한다)

파우스토 '운전기사' 제라치 ······ 포를렌자 조직의 트럭 운전기사이자 닉 제라치의 아버지

조 루카델로 ······ 마이클 코를레오네의 젊었을 때 친구

애니 맥그윈 ······ 가수, 배우. 그리고 '조조, 치즈 부인과 애니' 라는 인형 쇼의 예전 진행자

할 미첼 ······ 제대한 해병. 라스베가스와 타호 호수에 있는 코를레오네 소유의 카지노 운영을 책임짐

줄스 시갈 ······ 라스베가스에 있는 코를레오네 소유의 병원의 외과 과장

M. 콜버트 '미키' 시아 ······ 예전 비토 코를레오네의 밀주 판매 동업자이자 전(前) 캐나다 대사

제임스 카바나우 시아 ······ 뉴저지의 주지사이자 시아 대사의 아들

대니얼 브렌든 시아 ······ 뉴욕주의 부 검찰 총장이자 시아 대사의 아들

알버트 소펫 ······ 중앙정보부(CIA)의 국장

윌리엄 브루스터 '빌리' 반 알스데일 3세 ··· 반 알스데일 감귤회사의 상속인으로 프란체스카의 남편

그 외 경쟁 범죄 조직들

구시 시체로 ······················ 팔코네와 핑퐁의 부하이자 L.A. 서퍼 클럽 주인

오틸리오 '우유장수 레오' 쿠네오 ······················ 뉴욕에 있는 조직의 두목

프랭크 팔코네 ······················ 로스앤젤레스에 있는 조직의 두목

빈센트 '유태인' 포를렌자 ······················ 클리블랜드에 있는 조직의 두목

팻 파울리 포츄나토 ······················ 뉴욕의 바르지니 패밀리의 두목

체사레 인델리카토 ······················ 시칠리아의 카포 디 튜티 카피

토니 몰리나리 ······················ 샌프란시스코에 있는 조직의 두목

'웃는' 살 나르듀치 ······················ 클리블랜드의 콘실리에리

이그나지오 '재키 핑퐁' 피그나텔리 ······ 로스앤젤레스의 부두목. 이후 두목이 됨

루이 '얼굴' 루소 ······················ 시카고 조직의 두목

리코 타탈리아 ······ 뉴욕에 있는 조직의 두목(이후 오스와도 '오지' 알토벨로가 계승)

조 잘루치 ······················ 디트로이트 조직의 두목

제1부

1955년 봄

1

1955년 봄 쌀쌀한 월요일 오후, 마이클 코를레오네는 닉 제라치에게 전화를 걸었다. 브룩클린에서 만나자는 말을 하기 위해서였다. 새롭게 돈이 된 마이클은 전화를 걸기 위해 롱아일랜드에 있는 돌아가신 아버지의 집으로 들어갔다. 그가 배신자에게 연락을 하는 동안 원숭이처럼 번지르르하게 차려입은 부하 두 명은 텔레비전의 인형쇼를 보면서 기다렸다. 그들은 촌스런 금발머리 인형사의 엄청난 젖가슴에 넋을 잃고 있었다.

마이클은 아버지가 생전에 사무실로 썼던, 2층에 있는 모퉁이 방으로 혼자 올라갔다. 그리고 톰 헤이건이 쓰던 뚜껑 달린 작은 책상 앞에 앉았다. 콘실리에리*의 자리였다. 아침에 아내 케이와 아이들이 뉴햄프셔에 있는 처가에 갔기 때문에 집에서 전화를 걸 수도 있었다. 집 전화에 도청장치만 붙어 있지 않았다면 말이다. 아버지 집 역시 다른 전화선에는 모두 도청장치가 붙어 있었다. 그 점을 알고 있었기에 마이클은 지금까지 도청을 하는 자들에게 의도적으로 잘못된 정보를 알려주곤 했다. 하지만 이 사무실에 연결된 전화선만큼은 특별히 도청을 방지할 수 있도록 되어 있었다. 경찰의 추적을 피하고 뇌물을 받은 자들의 신원을 보호하기 위해서이기도 했다. 마이클은 전화기 다이얼을 돌렸다. 그는 주소록을 가지고 있지 않았다. 전화번호들을 외우는 요령을 터득하고 있었기 때문이다. 저택 안은 조용했다. 그의 어머니는 여동생 코니와 조카들과 함께 라스베가스로 떠나고 없었다.

---

* 조직의 고문을 뜻하는 시칠리아어

벨이 두 번 울리자 제라치의 아내가 전화를 받았다. 마이클은 그녀를 겨우 아는 정도였지만 다정하게 '샬롯' 이라는 이름을 부르며 인사를 건네고는 딸들의 안부까지 물었다. 마이클은 보통은 전화를 하지 않는 편이었다. 더군다나 제라치가 집에 있을 때 전화를 건 적은 이제껏 없었다. 평상시였다면 추적당하는 걸 확실히 막기 위해서 세 사람의 부하를 거쳐 전달했을 것이다. 샬롯은 마이클의 예의바른 인사에 부들부들 떠는 목소리로 대답한 뒤 남편을 부르러 갔다.

닉 제라치는 이미 긴 하루를 보낸 뒤였다. 어젯밤 늦은 시각, 다음 주까지 시칠리아에 도착하기로 되어 있던 헤로인을 실은 배 두 척이 발각되었다. 한 대는 뉴저지에서 다른 한 대는 잭슨빌에서였다. 결국 별 볼일 없는 말단 조직원 하나가 감옥에 잡혀 들어가고 말았다. 제라치는 자신들이 대장이라도 된 것처럼 굴고 있는 플로리다의 국제 트럭 운전사 조합에 연금 기금의 명목으로 현금을 기부하고, 노스 저지의 항구를 총괄하는 스트라치 패밀리의 카포*에게 체제비를 내놓는 것(상당한 액수였다)으로 그 사건을 깨끗하게 처리했다. 제라치는 새벽 다섯 시경에 잔뜩 지친 몸을 이끌고 이스트 이즈립에 있는 집으로 돌아왔다. 하지만 또 다시 뒤뜰로 끌려 나가 두 딸과 함께 말굽 던지기 놀이를 해줘야 했다. 서재의 안락의자 옆에 놓아둔, 막 읽기 시작한 두 권짜리 「로마 전쟁사」는 밤이나 돼야 손에 잡을 수 있을 것이다.

전화벨이 울렸을 때, 제라치는 물을 섞은 치바스를 두 잔째 마신 참이었다. 그는 티본 스테이크를 지글지글 타오르는 불 위에 구우면서 라디오에서 중계하고 있는 L.A. 다저스와 필라델피아의 더블헤더 경기

---

* 우두머리를 뜻하는 이탈리아어

를 듣고 있었다. 주방에서 다른 음식들을 준비하던 샬롯이 전화선을 최대한 길게 당겨 테라스에 있는 그에게 수화기를 건네주었다. 그녀의 얼굴이 하얗게 질려 있었다.

"잘 있었나, 파우스토." 클리블랜드의 대부 빈센트 포를렌자가 지어 준 '제라치'라는 이름 대신 이렇게 그의 본명을 부르는 사람은 오직 한 사람뿐이다. "이번에 테시오의 일을 처리하는 데 자네 힘을 빌리고 싶군. 7시까지 투 톰스로 나오도록 하지. 어딘지는 알고 있나?"

하늘은 구름 한 점 없이 맑았다. 하지만 샬롯이 두 딸을 서둘러 집 안으로 불러들이는 모습을 누군가 보고 있었다면 롱아일랜드에 허리케인이라도 불어 닥친 것이 아닐까 하고 생각했을 것이다.

"잘 알고 있습니다. 자주 가는 식당이니까요." 제라치가 대답했다. 이건 자신에 대한 일종의 시험이었다. 그는 테시오의 일을 수습한다는 게 무슨 뜻인지를 물어야 할지 묻지 말아야 할지 결정해야 했다. 제라치는 언제나 이런 시험에 잘 대응하는 편이었다. 그는 본능적으로 정직해야 한다고 느꼈다. "하지만 그 문제라는 게 무엇인지 잘 모르겠군요. 대체 무슨 일입니까?"

"스테이튼섬에서 중요한 인물들이 찾아올 거야. 그것과 관련된 일이지."

스테이튼섬? 그곳을 장악하고 있는 바르지니 패밀리의 사람들이 온다는 의미였다. 하지만 테시오가 마이클과 돈 바르지니의 평화협상을 준비하고 있는 것이라면 왜 제라치는 그 소식을 테시오가 아닌 마이클의 입을 통해 들어야만 하는 것일까? 제라치는 석쇠에서 구워지고 있는 고기 위로 치솟는 불꽃을 응시했다. 그제서야 어떻게 된 일인지를 깨달았다. 그는 고개를 돌리고는 작은 소리로 욕을 내뱉었다.

테시오가 죽은 것이다. 아마 다른 이들도 많이 죽었을 것이다.

마이클과 만나기로 한 곳은 비밀 장소였다. 테시오는 그곳을 좋아했다. 지금의 상황은 테시오가 바르지니와 자주 접촉하면서 그가 바르지니 쪽에 붙어 마이클을 배신하려 했고, 그 사실을 마이클이 미리 알아차렸다는 걸 의미했다.

제라치는 긴 쇠주걱으로 티본 스테이크를 뒤집으면서 말했다. "내가 가야 하는 이유가 당신을 경호하기 위해서인가요, 아니면 그 자리에 같이 앉아야 한다거나 뭐, 그런 겁니까?"

"그 말 한마디 듣게 하는데 사람을 엄청 기다리게 하는군."

"죄송합니다. 지금 고기를 굽고 있던 중이라서요."

"무슨 걱정을 하고 있는지 알고 있네, 파우스토. 하지만 그런 이유는 아니야."

그 말은 제라치가 걱정해야 할 일이 아무것도 없다는 의미일까? 아니면 테시오의 배신에 제라치가 가담했는지의 여부를 알아보려고 하는 소리인 것일까?

"나그네여, 안장에 쓸린 상처 때문에 고통 받고 건포도로 끼니를 때워도 난 걱정하지 않을 거요." 제라치가 존 웨인의 흉내를 내며 말했다.

"지금 뭐라고 했나?"

제라치가 한숨을 내쉬었다. "가장 좋은 시간을 보내면서도 항상 걱정이 많다는 소리죠." 마이클이 기분 나빠할 농담이라는 생각이 들었지만, 그는 덤덤한 목소리로 말했다. "그러니 날 쏘십시오."

"이래서 자네가 좋다니까. 잔걱정이 많지. 그게 내가 자네를 좋아하는 이유라네."

"그렇다면 너무 뻔한 사실을 말하더라도 용서해주시겠군요. 평상시에 다니던 길로는 다니지 마십시오. 플랫부시 쪽은 피하세요."

이번에는 마이클이 아무 말도 하지 않았다. "플랫부시라고? 흠… 경기는 어떻게 돼가고 있나?"

"범스가 홈에 들어왔답니다."

"그래?" 마이클이 대꾸했다.

"다저스 선수죠. 지금 필라델피아와 더블헤더 중입니다."

"그래."

제라치가 담배에 불을 붙였다. "야구를 좋아하지는 않죠?"

"한때는 좋아했지."

제라치는 놀라지 않았다. 도박을 사업으로 보는 것은 많은 남자들이 즐기는 스포츠마저 타락시키고 말았으니까. "올해는 범스의 해가 될 겁니다."

"그 소린 많이 들었네. 그리고 당연히 자네도 용서해주지."

"무엇을 말입니까?"

"너무 뻔한 사실을 말한 것."

제라치는 고기를 석쇠에서 들어 올려 접시에 옮겨 담았다. "아는 게 그거밖에 없으니까요."

한 시간 후, 제라치는 투 톰스에 도착했다. 데리고 간 부하 네 명은 식당 밖에 대기시켰다. 그는 자리에 혼자 앉아 에스프레소를 마셨다. 두렵지는 않았다. 마이클은 아버지의 신중함을 물려받았다. 그는 형제들과는 달랐다. 거칠기 짝이 없는 소니나 연약한 프레디 같지는 않았다. 마이클은 사람을 폭행하거나 함부로 찌르라고 명령하지 않는다. 그는 그렇게 하지 않아도 그 자리를 오래 지키기 위해서 어떻게 해야 하는지 똑똑히 알고 있었다. 시험이라면 어떤 것이든, 그 일이 아무리 짜증나는 일일지라도 마이클과 같은 사람에게 받는 것이라면 닉 제라치는 존중하며 응할 것이다. 그는 다치지 않을 자신이 있었다.

사실 그는 테시오가 마이클에 대해 안 좋게 이야기하는 것을 이제껏 들은 적이 없었다. 그리고 테시오가 바르지니 쪽으로 돌아섰을 거라고 의심한 적도 없었다. 다만 그는 마이클처럼 조직 외의 인물을 대부로 만든 족벌주의에 화가 났을 뿐이다. 제라치는 조직을 그 지역에서 뿌리 채 뽑아내 서쪽으로 이동시켜 버리는 멍청한 짓을 보고 있어야만 했다. 무엇 때문에 이렇게 된 것일까? 제라치가 물려받은 것은 문맹이었지만 성실했던 아버지들이 이루어 놓은, 셀 수 없을 만큼 많이 번성하던 그 지역의 사업들이었다. 그러나 미국에서 태어난 아들들은 사업의 확장과 지위 상승의 꿈 때문에 모두 망가뜨려버리고 말았다.

제라치는 시계를 보고 시간을 확인했다. 그 시계는 테시오가 대학졸업 축하선물로 준 것이었다. 마이클은 아버지 비토 코를레오네의 전설적인 시간 엄수 개념만큼은 물려받지 못한 것이 분명했다. 제라치는 에스프레소를 더 주문했다.

지난 세월 동안 제라치는 자신이 코를레오네 조직의 핵심 인물이라는 것을 입증해왔다. 그는 이제 겨우 마흔 번째 생일을 맞았다는 사실이 믿을 수 없을 만큼 조직 내에서 최고의 수익을 내고 있었다. 예전에 제라치는 헤비급 권투 선수로서 에이스 제라치(어린 시절에는 막대기라는 별명으로 불렸을 뿐만 아니라, 제-라-치라는 이름 대신에 미국식 발음을 따 '주-레이-시' 라고 불리며 놀림 당하기도 했다)를 비롯해 무수히 많은 다른 별명으로 불리기도 했다(그는 시칠리아인이었으나 머리가 금발이어서 아일랜드인이나 독일인으로 봐도 무방할 정도였다). 그러나 불과 몇 년 지나지 않아 그는 헤비급 세계 챔피언을 상대로 6라운드 만에 무너지고 말았다. 하지만 제라치는 체육관을 완전히 떠날 수 없었다. 어릴 때부터 운동만 해왔기 때문이었다. 분명한 것은 그가 먹다만 도넛 봉투를 움켜진 채, 장뇌 냄새나 풍기며 돌아다니는 술주정뱅이만은 절대로 되지 않겠다고 맹세했다는 점이다. 제라치는 명성을 얻기 위해서가 아니라 돈을 벌기 위해 싸워왔다. 그때 클리블랜드에 살고 있던 대부(제라치는 후에 자신의 대부가 클리블랜드 주 전체를 지배하고 있다는 사실을 알게 되었다)가 그를 테시오에게 연결시켜주었다. 테시오는 뉴욕에서 큰 스포츠 도박 조직의 운영을 맡고 있었다. 그곳에서의 일이란 상대방 머리를 몇 대 날리는 것이었다. 이내 제라치는 뒷골목 해결사로 불리기 시작했다(비토 코를레오네와 우정을 맹세한 장의사 아메리고 보나세라의 딸을 강간했던 두 녀석부터 처리했다). 여기서 해결이란 상대방이 비명을 지를 때까지 때려눕혀서 반쯤 죽여 놓는 것을 의미했다. 이 일을 함으로써 제라치는 대학에 갈 수 있을 만큼 충분히 돈을 벌었다. 그는 스물다섯 살에 학위를 땄고, 그 뒤로는 사람을 때려서 돈을 버는 일에서는 손을 털었다. 하지만 그는 테시오의 조직 안에서 주목 받는 인물로 앞날을 보장받고 있었고, 점차 수상쩍은 일에도 관여하기 시작했다. 제라치는 패트릭 브룩클린이나 시칠리아 출신이 아닌 헨리 사교 클럽의 멤버였고, 또한 대학 졸업장을 딴 유일한 인물이었다. 또한 그는 총을 가지고 다니지 않았고, 창녀를 찾아다니지도 않는 드문 경우에 속했다. 하지만 무엇보다도 제라치는 윗사람들을 위해 돈을 버는 방법을 잘 알고 있었다. 이처럼 돈을 버는 재능은 이내 그가 가지고 있던 남들과 다른 점들을 모두 잊어버리게끔 만들어주었다. 제라치는 가장 영리한 방법으로 자신이 손을 대는 일마다 눈에 띄게 만들었다. 그는 조직 내에서 통상적으로 받아들여지던 이익의 50퍼센트를 요구하지 않았고, 오히려 60에서 70퍼센트를 조직에 바쳤다. 조직에 붙잡혀 있는 것도 아니었는데, 무엇 때문에 그는 그렇게 조직에 많은 이익을 바친 것일까? 제라치에게 조직은 안전한 방패막이었다. 그가 그렇게 다른 사람들보다 많이 바친 돈은 일종의 투자로서 그에게 커다란 보답으로 되돌아 왔다. 제라치는 점차 윗사람들의 신임을 얻게 되었고, 그만큼 더 안전해졌을 뿐만 아니라 빨리 승진할 수 있었다. 그리고 그가 높은 자리로 올라가면 갈수록, 그의 밑에 있는 부하들이 내는 50퍼센트의 이익 또한 거둬들일 수 있게 되었다. 가끔 탐욕스러운 바보들이 돈을 내지 않으려고 버티더라도 제라치는 그것을 알아낼 수 있을 만큼 충분히 영리했다. 그가 거친 놈들에게 얻어맞고 다녔을 때나 전 헤비급 챔피언에게 눈에 핏물이 고일 정도로 두들겨 맞았을 때와는 확연히 달라졌다는 것이 뉴욕 구석구석까지 널리 알려졌다. 그 거리에서 제라치가 위협적인 존재라는 것을 모르는 사람은 없었다. 얼마 되지 않아 그는 돈을 벌기 위해 무엇인가 해야 할 필요가 없이 그저 달라고 요구하기만 하면 되었다. 협박은 주먹이나 권총보다 훨씬 훌륭한 무기였다.

전쟁 기간 동안 제라치는 암시장에서 식량 배급표를 장악했고, 선창 화물 하역 감독관이라는 지위를 받아 군대 징집을 면제 받았다. 테시오는 그에게 코를레오네 패밀리에 들어오라고 제안했고, 대부인 비토가 직접 제라치의 손가락을 자르는 의식을 거행해주었다. 전쟁이 끝나자 제라치는 고리대금업을 시작했다. 그는 그 사업에 탁월한 능력을 보였다. 스스로 고리 대금을 빌리러 오는 사람들이 수수료를 얼마나 지불해야 하는지를 깨닫지 못하게 했고, 그 돈을 갚지 못했을 때 최악의 경우 어느 정도 험한 꼴을 당할지 짐작하지 못하게 만들어 누구나 돈을 빌리러 올 수 있게 했다(이 일 또한 제라치에게 도움이 되었다). 그는 도박에 미쳐 있거나 급전을 찾을 수밖에 없는 약점을 가진 사업가들을 상대했다. 얼마 안 있어 제라치는 그 사업을 돈세탁에 이용하기도 했고, 들통 나기 전까지는 건방진 녀석들에게 세금을 대신 떠안기기도 했다. 한 달 동안 정식 절차를 통해 들어온 물건들은 곧장 뒤로 빼돌려 아내나 여자친구들에게 줄 선물이라든가 경찰들에게 보여줄 성의로

써먹었다. 그리고 이웃들 중 염가품을 찾는 사람들에게 팔기도 했다. 예전에는 그런 물건들의 청구서가 오는 경우, 청구서를 보낸 곳에는 가차없이 원인 모를 화재가 나곤 했다. 속칭 이태리 놈의 번개라고나 할까. 그러나 제라치는 그런 말도 그 같은 조잡한 막가파식 계략도 싫었다. 그래서 그는 일을 마치고 남는 시간에 야간 학교에 다니면서 법학 학위를 땄고, 청구서를 보내는 간 큰 회사들에 불을 지르는 대신 완벽하게 합법적으로 파산시켜버리곤 했다. 그는 문제되는 사업들은 모두 합병해서(제라치는 델라웨어에서 사람을 고용했다), 명의를 빌려 개인 재산으로 은닉했다. 만일 명의를 빌린 자가 쓸 만한 녀석일 경우 제라치는 천 달러의 돈과 플로리다나 네바다에 있는 땅을 주기도 했다.

비토 코를레오네가 일선에서 물러나자, 뒤를 이은 아들 마이클 코를레오네는 아버지가 반대했던 매춘이나 마약으로 은밀히 이익을 냈다. 그러면서 마이클은 제라치에게 마약 사업의 책임을 맡겼고, 테시오의 조직에서 골라낸 부하 몇 명과 예전에 소니 밑에 있던 부하들까지 관리하게 해주었다. 몇 달 정도 지나자 제라치는 다른 일을 했다. 뉴저지와 잭슨빌의 항만과 뉴욕과 중서부의 공항에서 엄청난 세력을 가지고 있는 시칠리아인 돈 체사레 인델리카토와 일을 하며, 그곳에서 서류상에 기재되어 있지는 않지만 코를레오네 패밀리에 속한 회사 소유의 작은 비행기 몇 대를 관리했다. 코를레오네 패밀리의 조직 내 부하들은 거의 알려지지 않았기 때문에 미국 내에서는 마약으로 누구보다도 많은 돈을 벌 수 있었다. 마약이 아니었다면 그들은 결코 바르지니와 타탈리아 패밀리와의 전쟁 자금을 모을 수 없었을 것이다.

마침내 9시가 조금 넘었을 때, 클레멘자가 세 명의 부하들을 이끌고 투 톰스 안으로 들어왔다. 그는 제라치가 있는 테이블로 다가와 앉았다. 제라치는 마이클이 오지 않고 카포레짐이 대신 온 것을 보고 불길한 징조를 느꼈다. 더군다나 상대는 오랫동안 패밀리의 가장 중요한 사건들을 전담해온 클레멘자였다. 테시오가 죽었다는 사실이 더욱 더 확실해졌다.

"뭐 좀 먹었나?" 차에서 내려 테이블까지 걸어오느라 숨을 헉헉거리며 클레멘자가 물었다.

제라치는 고개를 저었다.

클레멘자는 식당 안에 떠도는 음식 냄새를 두꺼운 손으로 휘젓는 동작을 했다. "어떻게 이 냄새를 참을 수 있지? 우리 뭐 좀 먹자고. 간단하게 말이야." 클레멘자는 안티파스토 크루도*, 카포나타** 한 접시, 빵 두 바구니, 조개 소스를 곁들인 링기니***를 주문하더니 게걸스레 먹어치웠다. 클레멘자는 문자 그대로 마지막 1세대였다. 마이클은 아버지 대에서 자리를 이어받은 최후의 카포였다. 테시오가 죽은 지금으로서는.

"테시오는 죽지 않았네." 클레멘자가 식당을 나서면서 제라치에게 속삭였다. 제라치는 속이 뒤집어지는 것 같았다. 그들은 지금 제라치의 충성심을 시험하기 위해서 그에게 직접 테시오를 죽이라고 하는 것이다. 제라치는 자신이 그 시험을 분명히 통과하리라는 것을 알았지만, 그 사실은 전혀 위안이 되지 못했다.

어둠이 내려앉았다. 그는 클레멘자와 함께 자동차 뒷좌석에 타고 있었다. 가는 도중 클레멘자가 시가에 불을 붙이며, 제라치에게 무엇을

---

* 전채 요리로 날 것으로 된 햄이나 해산물 같은 것이 나오는 요리
** 가지와 피망을 토마토와 함께 찐 요리
*** 납작하게 뽑은 파스타

알고 있고, 무슨 생각을 하고 있느냐고 물었다. 제라치는 사실대로 털어놓았다. 그는 모르고 있었지만, 이미 전날 바르지니와 타탈리아 패밀리의 우두머리들이 살해되었다. 제라치는 클레멘자가 마이클의 매형인 카를로 리치를 교살하고 오느라고 약속 장소에 늦게 왔다는 사실을 모르고 있었다. 그 일을 비롯해서 다른 계획적인 몇 건의 살인사건을 바르지니나 타탈리아 쪽이 범인인 것처럼 보이게 처리해 놓았다. 제라치는 그 사실 역시 모르고 있었다. 하지만 그는 모든 일이 제대로 되어가고 있다는 것을 짐작할 수 있었다. 제라치는 클레멘자에게 받은 시가에 불을 붙이지 않았다. 그는 나중에 피우겠다고 말했다.

차는 플랫부시가를 지나 싱클레어역 근처에서 멈췄다. 제라치는 차에서 내렸다. 그들 뒤를 따라오던 다른 두 대의 자동차 역시 그 옆에 멈춰 섰다. 한 대에는 클레멘자의 부하들이 타고 있었고, 다른 한 대에는 제라치의 부하들이 타고 있었다. 클레멘자는 운전사와 함께 그대로 차에 남아 있었다. 제라치는 그들을 돌아보았다. 그는 공포의 전율에 휩싸였다. 그들이 자신을 죽일지도 몰랐다. 제라치는 일이 어떻게 된 것인지 알아야만 했다. 왜 부하들이 저토록 소극적인 태도로 그저 자신을 보고만 있는지, 그리고 그들이 무엇 때문에 자신을 배신했는지도.

클레멘자가 창문을 내리며 말했다. "이봐, 그런 건 아니네. 여기 상황도 역시 그렇고." 그는 양손바닥으로 때라도 닦아내려는 듯 턱이 튀어나온 얼굴을 여러 번 문지르기 시작했다. 그리고 긴 숨을 내쉬었다. "샐리와 나, 우리 관계가 얼마나 오래 되었는지는 생각하고 싶지 않을 정도네. 하지만 사람은 원하지 않아도 봐야만 하는 것이 있는 법이야. 알겠나?"

그때 제라치는 알아차렸다.

그 뚱뚱한 남자는 울고 있었다. 클레멘자는 아주 작은 소리로 흐느끼고 있었지만, 그 사실을 부끄럽게 여기는 것 같지는 않았다. 그는 더 이상 말을 하지 않았다. 그리고 운전사에게 손짓을 해 자동차 문을 올리게 하고는 곧장 차를 출발시켰다.

제라치는 클레멘자가 탄 차의 후미등이 보이지 않을 때까지 그 자리에서 지켜보았다.

차가 완전히 사라지자 제라치는 차고로 들어갔다. 첫 번째 주차 구역의 지저분한 뒤쪽에 낙하복에 싸인 두 구의 시체가 포개진 채 놓여 있었다. 바닥은 시체에서 흘러나온 검붉은 피로 젖어 있었다. 그 다음 구역에 살바토레 테시오가 있었다. 그 옆을 알 네리가 지키고 있었다. 전직 경찰로 제라치와도 악연이 있었던 네리는 현재 마이클의 전속 해결사였다. 살바토레 테시오는 기름통이 들어 있는 상자 위에 앉아 있었다. 그 노인은 등을 구부린 채 앉아 자기 신발 끝만 쳐다보고 있었다. 마치 결정적인 실점으로 경기에서 쫓겨난 운동선수처럼. 그의 입술이 움직였지만 제라치는 그가 무슨 소리를 하는지 한마디도 알아들을 수가 없었다. 제라치는 떨고 있었다. 하지만 그건 이미 1년 전부터 있어왔던 증상이었다. 지금 그곳에서 들리는 건 오직 제라치의 발소리와 다른 방의 텔레비전에서 흘러나오는 가늘게 윙윙거리는 웃음소리뿐이었다.

네리는 그를 보자 고개를 숙여 인사했다. 테시오는 고개를 들지 않았다. 네리가 안심시키는 듯한 동작으로 노장의 어깨 위에 손을 올리고는 힘을 주었다. 테시오가 무릎을 꿇었다. 여전히 고개를 숙인 채 입술을 달작거리고 있었다.

네리가 제라치에게 총을 건네주었다. 제라치는 총을 능숙하게 다루는 편이 아니었고, 총기류에 대해 잘 알지도 못했다. 네리가 준 총은 금고만큼 무거웠고, 천막 말뚝만큼이나 길었다. 이번 일에 사용하기에는 지나치게 큰 것 같았다. 제라치도 이런 일에는 보통 소음기가 부착된 22구경 정도가 쓰인다는 것쯤은 잘 알고 있었다. 총은 세 발을 연속으로 머리에 쏘아야 한다(두 번째는 확인 사살을 위해서, 세 번째는 추가 확인을 위해 쏜다. 너무 많이 그리고 빨리 쏘면 소음기가 막혀 버리기 때문에 네 번째는 쏠 수 없다). 이 총의 종류가 무엇이든 22구경보다는 컸다. 소음기도 부착되어 있지 않았다. 제라치는 그가 좋아했던 테시오와 함께 어두운 차고 안에 있었다. 더군다나 그 자리에 있는 네리란 작자는 예전에 제라치의 손목에 수갑을 채우고, 난방기에 묶은 다음 급소를 두들겨 팼던 인간이다. 그 당시에 그는 간신히 빠져 나왔었다. 지금 그런 자와 같이 있는 것이다. 제라치는 깊은 숨을 내쉬었다. 그는 언제나 심장이 아닌 머리를 따르는 사람이었다. 심장은 그저 혈액 공급처일 뿐이다. 조종은 머리로 하는 것이니까. 그는 언제나 나이가 들어 어딘가에 정착해야 할 때가 되면 샬롯과 함께 키웨스트로 이사 가서 부유한 바보처럼 살겠다고 생각해왔다.

이 순간 제라치는 테시오를 보면서 그런 일은 절대로 일어나지 않으리라는 것을 깨달았다. 테시오는 자신보다 스무 살 이상은 많았다. 지금 이 순간이 오기 전까지는 꽤 많은 나이 차이라고 생각했었다. 테시오는 지난 세기에 태어났다. 이제 1분만 지나면 그는 죽을 것이다. 테시오 역시 심장이 아닌 머리로 삶을 결정하며 살았던 사람이다. 그런 그가 지금 있는 곳은 어디인가? 바로 여기다. 그를 존경했던 자신의 손으로 이제 그의 머리에서 피와 뇌수가 흘러내리게 할 것이다.

"미안합니다." 테시오가 여전히 고개를 숙인 채 중얼거렸다.

그 말은 코를레오네에게 한 것일 수도, 제라치에게 한 것일 수도, 아니면 신에게 잘못을 빈 것일 수도 있었다. 제라치는 테시오의 말이 누구에게 한 것인지 정확하게 알고 싶지 않았다. 그는 총을 들고 테시오의 뒤로 걸어가 대머리를 겨누었다. 어둠 속에서 어슴푸레 빛나는 거리의 불빛에만 의지해서.

"안 됩니다. 그렇게 해서는 안 돼요. 정면에서 해야 합니다. 그의 눈을 똑바로 쳐다보면서 말이오." 네리가 말했다.

"빌어먹을, 지금 나하고 장난하자는 거야?"

네리가 목소리를 가다듬었다. "난 지금 장난하는 게 아닌데요."

"대체 그건 누구 발상이야?" 제라치가 물었다. 네리는 총을 갖고 있지 않았다. 하지만 제라치는 테시오를 제거하지 않고는 이 끔찍한 차고에서 빠져나갈 수 없을 것이었다. 뒤쪽 사무실의 텔레비전에서 간간히 깡통 두드리는 것 같은 박수소리와 함께 웃음소리가 터져 나오고 있었다.

"모릅니다. 당신이 알 필요도 없습니다. 난 그저 전하라는 말만 전하는 심부름꾼일 뿐이니까요, 선생." 네리가 대답했다.

제라치는 고개를 치켜들었다. 저 얼간이는 사람을 죽이라는 전갈을 전해주면서 농담을 할 수 있을 만큼 재치 있는 놈이 못 되었다. 하지만 그는 자기 대신 인정사정없이 살인을 저지를 수 있을 만큼 잔인할 것처럼 보였다. 그리고 '선생' 이라니? 대체 무슨 의미로 그렇게 부른 것일까? 제라치가 입을 열었다. "살바토레 테시오가 무슨 짓을 했든 이런 대접을 받을 수는 없어."

"집어 치워!" 테시오가 큰소리로 말했다. 하지만 여전히 그의 시선은 피투성이의 바닥에서 떨어지지 않았다.

"고개 들어, 이 배신자." 네리가 테시오에게 명령했다.

노인은 더 이상 몸을 떨지 않았다. 네리의 말에 따라 건조한 눈빛으로 제라치를 올려보았지만 초점을 잃은 눈이었다. 그는 제라치가 알 수 없는 이름들을 연이어 중얼거리고 있었다.

제라치는 총을 들어올렸다. 자신의 손이 떨리지 않는 것이 그나마 다행이라는 생각은 들었지만, 그래도 마음이 아팠다. 그는 노인의 부드러운 이마 위에 가만히 총신을 들이댔다. 테시오는 움직이지 않았다. 눈도 깜박하지 않았다. 더 이상 떨지도 않았다. 그의 축 처진 살이 총구를 받쳐주었다. 제라치는 이제까지 총으로 사람을 죽여본 적이 없었다.

"단지 일일 뿐이야." 테시오가 속삭였다.

"우리 아버지를 위대하게 만든 건 모든 일에 있어서 그저 일이라고만 생각하지 않았기 때문입니다. 무슨 일에나 인간적으로 대하셨죠. 아버지도 그저 사람인지라 다른 사람과 마찬가지로 죽음을 피하지는 못했지만, 위대한 분이셨습니다. 오늘 이 자리에서 아버지를 신과 같다고 생각하는 건 나뿐만이 아닐 겁니다." 마이클 코를레오네는 자기 아버지를 추모하며 이렇게 말했었다.

"뭘 더 기다리는 건가? 소노 포투토. 빨리 쏘게. 이 친구야." 테시오가 속삭였다.

제라치는 총을 쐈다.

테시오의 몸이 뒤로 쓰러지면서, 널빤지 지붕이 부서지는 듯한 소리가 났다. 주위에는 온통 연분홍색의 잿빛 연기가 가득 퍼졌다. 테시오의 두개골 조각이 차고 벽에 부딪혀 튕겨 나와 네리의 얼굴에 찰싹 부딪혔다가 바닥에 떨어져 달그락거렸다. 테시오가 흘린 피 냄새가 죽으면서 싼 배설물 냄새와 뒤섞였다.

제라치는 어깨를 문질렀다. 총을 쏜 반동 때문에 어깨에 큰 통증이 밀려왔다. 주저하던 그는 안도감을 느꼈다. 제라치는 자책감도, 두려움도, 혐오감도, 분노도 느끼지 않았다. 난 살인자다. 살인자들은 살인을 하는 거야. 그는 생각했다.

제라치는 몸을 돌리고는 웃기 시작했다. 이성을 잃어서 그런 것이 아니라 기쁨을 느꼈기 때문이다. 헤로인을 맞았을 때보다 훨씬 격한 감정이었다. 그는 무슨 일이 일어났는지 잘 알고 있었다. 사람을 죽인 것도 사실 이번이 처음은 아니었다. 때때로 제라치는 자신이 사람을 죽였다는 것을 전혀 느끼지 못했을 뿐만 아니라 심지어 자기 자신에게 거짓말을 하기도 했다. 명백한 진실은 사람을 죽이면 기분이 좋다는 것이었다. 누구라도 살인을 저지르고 나면 기분이 좋다고 말할 수 있을 것이다. 하지만 아무도 그렇게 말하지 않았다. 그들은 그렇게 말하지 않는다! 제라치가 읽은 1차대전에 관한 책에서도 그 주제에 대해 한 장이나 할애하고 있었다. 그런 사실을 말할 수 있는 사람은 거의 없다. 왜냐하면 대부분의 사람들은 사람을 죽이면 처음에는 기분이 좋았다가 그 다음에 기분이 나빠지기 때문이다. 게다가 아무리 무식한 녀석이라도 사람을 죽이면 기분이 좋다고 대놓고 떠들고 난 다음, 듣는 사람이 자신이 농담이 아니라 진지하게 이야기하고 있다는 것을 정말로 알게 된다면 기분이 많이 나빠질 거라는 정도는 예측할 수 있는 법이다. 이번에도 마찬가지였다. 기분이 좋았다. 거의 성적인 흥분을 느낄 정도로(아무리 무식한 놈이라도 인정하고 나면 기분이 나빠진다는 것 정도는 알 수 있는 법이다). 너는 힘이 있지만, 죽은 남자는 그렇지 않다. 너는 살아 있지만, 죽은 사람은 죽었다. 너는 이 세상을 살아가면서 이처럼 흥분된 순간에 정말로 하고 싶으면서도, 대개 결코 하려고 하지 않는 일을 지금 해낸 것이다. 그건 쉬운 일이면서도, 특별하게 느껴졌다. 제라치는 실제로 차고의 미끈거리는 바닥을 미끄럼을 타면서 가로 질렀다. 확실히 이번에는 나중에도 기분이 나쁘지 않을 것 같았다. 시간이 지난 뒤에도 절대로 그런 기분이 들지 않을 것이다. 모든 건 언제나 지금과 같을 테니까. 모든 건 언제나 지금과 같다.

제라치는 살아 있는 모든 사람들과 끌어안고, 하이볼을 마시고 싶었다. 하지만 그는 그런 기분을 꾹 참고 성큼성큼 문 쪽으로 다가가 조무래기 놈들이 자리에서 일어나기도 전에 권총을 높이 치켜 올렸다. 겁이 많은 한심한 녀석들이 즉시 바닥에 엎드리는 바람에 그는 사무실 문 입구에 서서, 아무런 방해 없이 목표물을 겨냥할 수 있게 되었다. 그들 뒤로 탁한 청색의 직사각형 모양의 브라운관이 놓여 있었다. 제라치는 총을 쐈다. 그 충격으로 그는 반동에 밀려났고(자신에게 한 발 이상의 총알이 들어 있는 총을 건네주다니, 네리는 정말 멍청한 놈이 아닌가? 정말 얼간이 같은 녀석이다!), 둔탁한 소리를 내며 텔레비전이 갈라졌다. 독한 연기가 퍼져나갔고, 작은 불꽃들이 이리저리 튀었다. 그리고 여운을 남기기라도 하듯 브라운관의 유리파편들이 바닥에 우수수 떨어져 내렸다. 인간이 만든 것 중에 텔레비전만큼 흥미롭게 부숴버릴 수 있는 것은 없었다.

고요함이 흘렀다.

제라치에게는 그 고요함이 무섭게 느껴졌다.

"내가 TV를 보고 있었는데!" 제라치의 부하 중 하나가 귀에 거슬리는 목소리로 소리쳤다.

그 소리에 모든 사람들이 웃기 시작했다. 그건 의사의 처방과 마찬가지였다. 네리는 제라치의 어깨를 부드럽게 두들겼다. 제라치는 그에게 총을 돌려주었다. 그러자 모든 사람들이 일을 하기 시작했다.

클레멘자의 부하들은 마이클 코를레오네를 죽이려고 했던 자들의 시체를 뼈 톱으로 자르기 시작했다. 제라치는 기름통이 들어 있는 상자에 앉아 그 광경을 지켜보았다. 아드레날린이 썰물처럼 빠져나가면서 모든 일이 똑같이 느껴졌다. 지저분한 창문. 젖소처럼 커다란 가슴을 드러낸 채 몸을 꼬고 있는 달력 속의 여자. 금속 고리로 된 팬 벨트. 친구의 시체. 소매의 단추. 세상에 존재하는 모든 것들이 구분 없이 똑같이 느껴졌다.

부하들이 일을 끝마치자, 네리가 제라치에게 뼈 톱을 건네주며 테시오의 머리를 가리켰다. 이미 벌어진 상처 사이로 죽은 자의 뇌수가 흘러나와 있었다.

제라치는 멍하니 톱을 집어, 한쪽 무릎을 꿇었다. 후에 그 순간을 돌이켜 볼 때마다 그는 분노에 휩싸이곤 했다. 하지만 제라치는 그 순간, 누가 시켰다면 집에 있는 풀장의 pH지수까지도 측정했을 것이다. 문자 그대로 본질적으로만 따진다면야 죽은 시체의 머리를 톱으로 잘라내는 것이 칠면조 요리에서 즙이 많은 다리를 잘라내는 것과 다를 바 뭐 있겠는가? 물론 인간의 뼈가 좀 더 두껍고, 매형이 결혼 선물로 준 칼보다는 뼈 톱이 좀 더 나은 도구라는 점을 제외하고 말이다.

제라치는 테시오의 불룩 튀어나온 눈을 감겨준 다음, 톱을 몸 뒤에 두었다. 이 일이 나중에, 지금보다는 좀 더 이후에 후환이 없도록 하기 위해서라는 것을 제라치는 잘 알고 있었다.

순간 네리가 제라치의 팔뚝을 꽉 붙잡더니 톱을 쥐어주었다.

"이 일 역시 명령이오."

"뭐가 말이야?"

"당신이 이 일을 어떻게 하는지 지켜보라고 했소."

제라치는 자신이 그 지시에 얼마나 기꺼이 따랐는지, 그리고 그보다 더 나쁜 건 그런 명령을 누가 내렸는지 물어보지 않아도 잘 알고 있다는 점이었다. 그는 아무 말 없이 그저 서 있기만 했다. 눈앞이 희미해지면서 아무것도 보이지 않았다. 제라치는 피 묻은 재킷의 앞주머니를 뒤적였다. 네리가 고개를 끄덕였다. 제라치는 클레멘자가 준 시가를 꺼냈다. 짙은 초콜릿색의 쿠바 시가였다. 그리고는 기름통 상자 위에 앉아 시가를 음미했다.

클레멘자의 부하들이 마이클을 죽이려 했던 자들의 시체에서 옷을 벗긴 다음, 그 옷들과 함께 가차 없이 열 조각으로 된 시체를 옷가방 속에 쑤셔 넣었다. 이제 남아 있는 건 테시오의 시체뿐이었다.

그제서야 제라치는 모든 것을 알 수 있었다.

바르지니 패밀리에게 일부러 알려줄 필요도 없었다. 테시오의 배신과 관련된 사람들은 이미 거의 다 죽어버렸기 때문에 그래야 할 이유가 전혀 없었다. 그러므로 코를레오네 패밀리에서는 당연히 테시오의 시체가 발견되기를 원하고 있었다. 브룩클린의 이쪽 구역은 바르지니 쪽에서도 확인해 볼 테니까. 경찰도 이 사건의 배후가 누구인지를 조사할 것이다. 형사들은 먼저 알아볼 수 없게 된 자들의 시체를 맞추어야 할 것이고, 그 시체들에서 코를레오네 쪽과의 연관성을 찾지는 못할 것이다. 코를레오네 패밀리는 뉴욕시의 판사나 경찰 쪽 사람들과 문제를 일으킬 필요가 없었다. 결국 경찰 쪽에서는 신문에 기사거리를 제공하기 위해 평상시에는 그냥 넘어가던 도박 청구서나 대부금의 유예기간을 연장하는 것을 적발했다. 그들은 마이클 코를레오네의 뜻대로 움직여줬고, 모든 치사한 행각들을 고상한 방식으로 진행시켰다.

제라치도 마이클이 뛰어나다는 것을 인정하지 않을 수 없었다.

마지막으로 정신적인 지주였던 테시오의 시체를 흘끗 돌아보고, 제라치는 알 네리와 함께 자동차 뒷좌석에 올라탔다. 제라치는 두렵지도 화가 나지도 않았다. 이제 그는 현실을 직시하고, 다음에 무슨 일이 닥치더라도 대처 준비를 해야 할 유일한 사람이었다.

그 일이 있고 몇 주 동안 제라치는 마이클 코를레오네 가까이에서 일을 했다. 그는 마이클이 마피아들 간의 전쟁에서 세부적인 일들을 처리하는 것을 지켜보면서 도왔다. 그러면서 제라치는 자신이 새로운 돈을 얼마나 과소평가했던가를 뼈저리게 실감할 수 있었다. 코를레오네 일가는 시의 곳곳에 안전 가옥을 가지고 있었고, 열두 채의 교외 별장을 가지고 있었다. 그들은 그 사이에서 끊임없이 자산들을 이동시켰다. 지하 차고마다 가짜 번호판과 등록증을 가진 자동차와 트럭들이 수없이 많았다. 그 중에는 방탄유리가 부착된 차도 있었고, 르망 자동차 경주대회에 나가도 될 만큼 엔진 성능을 높인 차도 있었다. 그 외에도 고물차처럼 보이게 개조하여, 비밀 단추 하나만 누르면 고장이 나는 차도 있었다. 그런 차들은 교통마비를 일으키거나 추적자들의 차를 가로막는 역할을 했다. 그 중에는 처음부터 강이나 늪에 빠지거나 부서지도록 예정되어진 차들도 있었다. 또 목격자나 적, 경찰의 주의를 돌리기 위해 패밀리의 고위 계층이 사용하는 것과 똑같이 만들어진 차도 있었다. 그들은 도시 곳곳을 무기 보관소로 이용했다. 벨몽트가 세탁소의 옷걸이 뒤라든가, 캐롤 가든 빵집 창고의 밀가루와 설탕 푸대 아래, 린덴허스트의 장의사 관 속에 무기들을 숨겨 놓았다. 마이클은 네바다주와 쿠바 같은 지역에서 정치적인 영향력을 얻어냈다. 그 과정에서 제라치는 그런 일들이 꽤 그럴듯하게 보이기 시작했다는 것을 알게 되었다. 코를레오네 패밀리가 주는 월급을 받는 경찰관들의 수가 FBI보다 많았는데 그들은 FBI보다 높은 지위의 신분증을 가지고 다니면서 최고 후원자에게 간이나 쓸개라도 빼어줄 것처럼 아부했다.

마이클의 계획은 원대하면서도 복잡했다. 먼저 평화적인 방식의 대규모 확장과 재배치를 위한 결합을 통해, 미국 전역의 범죄 패밀리들을 조직화한다. 그와 동시에 시칠리아와의 사업적인 연계를 강화시키고 확장시킨다. 모든 합법적인 방법을 동원하여 쿠바를 완전히 장악하고, 백악관은 물론 바티칸에까지 영향력을 행사한다. 새로운 것은 전부 다른 사람들의 돈으로 만들되, 다양한 기관의 연금기금에서 자금의 대부분을 '차용' 한다. 트럭 운전사나, 전기기술자, 자동전축을 가진 사람들은 이전에 주식 시장 같은 곳에서 얻을 수 있었던 것보다 훨씬 더 높은 이율의 대가를 돌려받게 되는 것이다. 코를레오네 가문은 조직원들과 거리 범죄와 같은 여러 가지 일들로 인해 점점 더 많은 변호사를 두게 되었다. 머지않아 그들은 이제까지의 전면적인 사업을 중지하고, 조직을 개방하여 운영하게 될 것이다. 그렇게 되면 포춘지에서 선정한 5백대 기업이나 온갖 곳에서 끌어 모은 대규모의 범죄 조직이나 구분이 가지 않게 될 것이다.

제라치는 그 계획은 실행될 수 없을 것이라고 생각했다. 뿐만 아니라 불필요하기까지 했다. 이미 그들은 해마다 이윤을 돌려주는 유구한 역사를 지닌 유일한 사업을 하고 있었다. 하지만 그는 그 일에 같이 동참하고 있었다. 단기간의 일이라면 그로서는 선택의 여지가 없었다. 장기간 이런 일이 계속된다 하더라도 그로서는 잃을 게 없었다. 일이 잘된다면 그가 진짜 원하는 대로 테시오의 조직을 가지게 될 것이다. 이웃들과의 연계에 뿌리를 둔 전통적인 조직 말이다. 만일 코를레오네 일가가 그들의 사람 수를 줄이고, 서로 분산시킨다고 해도 제라치는 그들을 모두 끌어 모아 제대로 이끌 수 있을 것이다.

그는 테시오에 대해서 생각하지 않으려고 의식적으로 노력했다. 권투선수들은 무슨 일이든 마음에서 재빨리 떨쳐내는 일을 배운다. 그렇지 않으면 쉬운 상대가 되고 만다. 제라치는 권투를 하는 내내 싫어했지만 마지막으로 싸운 지 10년이 지난 지금, 그때의 경험이 그를 도와주고 있다는 것을 인정할 수밖에 없었다.

여름이 지나는 동안, 닉 제라치와 마이클 코를레오네는 친구 비슷한 사이가 되었다. 일이 한두 가지만이라도 다르게 진행되었다면 두 사람의 관계도 그런 식으로 좀 더 지속되었을지도 몰랐다.

이를테면 마이클이 8월에 형인 프레디를 소토 카포로 삼기로 결정하지 않았더라면 어떻게 되었을까? 그 지위는 코를레오네 조직 내에서 이전에는 없던 것으로, 마이클은 정이 많고 실수투성이인 프레디에게 상징적으로나마 이런 직위를 주어 조직 내에서 끌어안을 생각이었다. 그게 아니라면 차라리 마이클이 아무도 모르게, 조직 내의 고위 계층에게 프레디의 그 자리가 상징적인 것일 뿐이라는 사실을 밝히지만 않았더라도 괜찮지 않았을까?

아니면 제라치가 클리블랜드가 아니라 뉴욕 출신이기만 했어도 괜찮았을 지도 모른다. 만일 그가 포를렌자와 그 같은 유대를 갖고 있지만 않았어도, 아니면 그의 야망이 조금만 작았더라도 그렇게까지는 안 되지 않았을까? 그것도 아니라면 마이클이 프레디를 소토 카포로 삼기로 했다는 소식을 듣자마자 제라치가 마이클에게 달려가 세정신이냐고 정중하게 묻지만 않았더라도, 설사 그랬다 하더라도 그 뒤에 곧장 사과해서 자신의 폭언을 덮을 수만 있었더라도 괜찮았을 것이다.

만일 프레디가 자신이 새로 얻은 지위가 상징적이라는 것을 알아차리기만 했더라도 자기가 가지게 된 영향력을 행사해 보려고 날뛰지 않았을 지도 모른다. 그랬더라면 프레디도 뉴저지의 늪지에 자신의 시체를 묻게 되는 일은 없지 않았을까? 어쩌면 그는 살아서 마흔네 번째 생일을 자축할 수도 있었을 것이다.

만일 톰 헤이건이 콘실리에리 직을 그만두고 네바다의 주지사가 되기 위해 애쓰는 대신 패밀리 사업의 모든 일에 좀 더 관여하고 있었더라면 그렇게 되지 않았을지도 모를 일이다.

또는 20년 전 클리블랜드에서 돈 포를렌자가 첫 번째 심장발작을 일으키기 전, 두 번째 저격을 당하지 않았더라면 자기와 나이가 비슷한 자를 후계자로 지명하는 일도 없었을 것이다. 또 어쩌면 포를렌자의 수많은 적들 중 하나가 그를 죽여주기만 했더라도 일은 이렇게 되지 않았을 지도 모른다. 그게 아니라면 살 나르듀치가 적절한 야심을 가지고 있는 남자이기만 했어도, 권력을 이어받기 위해 20년을 보내지는 않았을 것이다.

만일 비토 코를레오네가 위원회에서 콘실리에리로 일하고 있던 나르듀치를 유심히 지켜보지만 않았더라도 그렇게 되지 않았을지 모른다. 그게 아니라면 비토가 죽기 직전에 아들에게 나르듀치를 클리블랜드의 돈의 자리에 앉히면 어떻겠냐고 제안하지만 않았더라도, 차라리 모든 일이 자연스럽게 진행되기를 지켜보며 기다리기만 했더라도 뉴욕 밖에서 바르지니 패밀리의 가장 큰 동맹을 제거하지 않아도 되지 않았을까?

이 중 한두 가지만 바뀌었어도, 누가 알겠는가? 어쩌면 지금 닉 제라치와 마이클 코를레오네는 여기가 아닌 다른 곳에서 이를테면, 아리조나의 수영장 옆에서 나란히 염소 가죽을 깔고 앉아 잘 살아왔다고 서로의 인생에 축배를 들며, 건너편에 있는 예순 몇 살 먹은 할머니 두 명을 유혹해 비아그라의 도움을 받아 즐기고 있었을지도 모른다.

역사는 많은 것을 내포하고 있지만, 반드시 필연적인 것만은 아니다.

비토 코를레오네는 종종 남자란 모름지기 한 가지 운명을 타고난다고 말하곤 했다. 비록 그 자신의 인생은 그가 소중히 여기는 그 금언과는 모순이었지만. 그랬다. 그는 시칠리아에서 그를 죽이려는 사람들을 피해 이곳으로 도망쳤다. 그랬다. 이웃에 살던 피터 클레멘자라는 젊은 깡패가 총을 감춰달라고 부탁했을 때는 그에게도 선택의 여지가 없었기에 그대로 따랐다. 그랬다. 그리고 비토가 미국에서 저지른 첫 번째 범죄는 값비싼 양탄자를 훔치는 일이었다. 물론 그가 그 순간에는 그저 클레멘자가 양탄자를 옮기는 일을 도와주는 거라고 생각하고 있었다 하더라도. 그런 일련의 일들로 지금의 그가 될 수 있었던 것이다. 그건 드문 일은 아니다. 나쁜 일의 유혹은 누구에게나 찾아온다. 그런 걸 운명이라고 부르는 사람도 있다. 혹자는 그걸 기회라고 부르기도 한다. 하지만 비토는 그 다음 범죄부터는 의도적으로 참가했다. 그 일은 클레멘자와 뉴욕의 헬스 키친에서 온 또 다른 깡패, 테시오와 함께 트럭을 강탈하는 일이었다. 그 두 사람이 비토를 일당으로 끌어들이려고 했을 때, 비토는 거절할 수도 있었다. 같이 하겠다고 말한 것은 약탈을 일삼는 범죄자가 되는 길을 선택한 것이나 마찬가지다. 같이 하지 않겠다고 거절했다면 그에게도 다른 길이 주어졌을 것이며, 어쩌면 세 아들과 함께 살인 같은 것과는 관계없는 가족 사업을 했을 수도 있었을 것이다.

비토는 유능하고 직관력이 뛰어난 논리가였고, 확률에 뛰어난 재산관리인이었으며, 앞날을 내다볼 줄 아는 사람이었다. 비이성적이고, 상상력이라고는 전혀 없는 운명 따위를 믿는 건 비토의 성격에 맞지 않았다. 그런 건 그답지 않은 일이었다.

아무래도 인간이란 자신이 저지른 최악의 일을 합리화시키고 싶어하기 마련인 걸까? 인간은 누구라도 직접적이든 간접적이든 —자신의 아이를 포함한— 수백 명을 죽인 것에 대해 책임이 있다면, 거짓을 말하지는 않을 것이다. 하지만 자세히 알아보지도 않고, 그 책임이 자신에게 있다고 말하는 사람이 있을까?

닉 제라치와 마이클 코를레오네 두 사람은 모두 젊고, 영리하고, 창의적이며, 신중하고, 강인했다. 각자 스스로를 개혁시킬 수 있는 능력을 가지고 있고, 과소평가되는 부분을 이용하여 자신을 도리어 유리하게 만들기도 했다. 그들은 너무 많이 비슷했기 때문에 적이 될 수밖에 없는 운명을 타고났다는 말을 종종 듣기도 했다. 흔히 전쟁을 하는 건 평화를 지키기 위해서라고 말한다. 또 지구는 평평하다고 말하기도 하고, 악마가 곳곳에 있다고 말하기도 한다. 지혜는 말로 내뱉기도 힘들지만 —죽은 비토 코를레오네가 종종 말했듯— 듣기는 더욱 힘든 법이다.

마이클 코를레오네와 닉 제라치는 확실히 다른 선택을 할 수도 있었을 것이다. 그리고 오히려 쉽게 상황이 좋아질 수도 있었을 것이다. 또한 그들은 결코 서로를 파괴할 운명도 아니었다.

2

그 화장터의 주인은 다름 아닌 아메리고 보나세라였다. 네리는 열쇠를 가지고 있었다. 그와 제라치는 곧장 앞문으로 들어가, 피 묻은 옷을 벗고 뒷방에서 몸에 맞을 만한 옷을 찾기 시작했다. 제라치는 몸집이 큰 편이었다. 옷장에는 몸에 맞는 것이라곤 애기 똥색 느낌의 면 정장밖에 없었는데, 그나마 그것도 두 치수는 작았다. 보나세라는 거의 은퇴한 거나 다름없었는데 대부분 마이애미 해변에서 시간을 보내고 있었다. 네리로부터 피 묻은 옷뭉치들이 들어 있는 가방을 아무 말 없이 받아간 사람은 그의 사위였다.

제라치의 부하 하나가 그를 집까지 바래다주었다. 아직 자정도 채 되지 않은 시간이었다. 샬롯은 잠을 자지 않고, 침대에 앉아 뉴욕타임즈의 낱말풀이를 하고 있었다. 그녀는 낱말풀이를 잘했다. 하지만 그걸 할 때는 뭔가 걱정거리가 있을 때였다.

닉 제라치는 침대 발치에 섰다. 그는 지금 자신의 몰골이 어떨지 잘 알고 있었다. 제라치는 자기 모습이 우습게 보이기를 바라며 고개를 번쩍 들고, 눈을 둥글게 치켜뜨고는 연예인처럼 팔을 앞으로 쭉 내밀며 "타—다"라고 외쳤다.

아내는 웃기는커녕 미소조차 짓지 않았다. 필립 타탈리아와 에밀리오 바르지니의 '암흑가 살인사건'이 이미 텔레비전 뉴스에 나온 뒤였다. 그녀는 뉴욕타임즈를 한쪽으로 던져 버렸다.

"긴 하루였어. 이야기할 것도 많아. 그렇지, 샬? 하지만 먼저 좀 쉬고 싶어."

그는 자신에 대해 평가를 내리고 있는 듯한 아내를 쳐다보았다. 제라치는 샬롯의 표정이 서서히 풀어지는 것을 보면서, 그녀가 더 이상 아무 말도 하지 않겠다는 결심을 했다는 것과, 어떻게 된 일인지 알고 싶은 것을 억누르고 있다는 것을 알아차렸다. 역시나 그녀는 아무 말도 하지 않았다.

닉 제라치는 옷을 벗어 의자 위에 던져 놓았다. 이제 오줌을 누고, 이빨을 닦고 파자마로 갈아입을 시간이었다. 샬롯은 그가 벗어 놓은 옷을 안 보이게 치워버리고는(제라치는 그 뒤로 다시는 그 옷을 보지 못했다), 방의 불을 끄고 침대로 가 잠든 척 했다.

케이 코를레오네는 뉴햄프셔에 있는 부모님 집에 있는, 어릴 때부터 자기가 쓰던 더블 침대에 누워 있었다. 잠든 아이들 옆에서, 그녀는 손에 들고 있는 도스토예프스키의 소설에 집중하려고 애쓰고 있었다. 차마 물어보지 못했고, 또 물어서는 안 된다는 것을 잘 알고 있지만 왜 하필 마이클이 날을 정해 처가에 다녀오라고 했는지에 대한 의문이 머릿속에서 떠나지 않았다.

라스베가스 최고의 고층 건물인 모래의 성 꼭대기 층에 있는 스위트룸에도 어둠이 내리기 시작했다. 코니 코를레오네 리찌는 방에서 저녁으로 50달러짜리 스테이크를 먹고 니켈 도금 잔에 든 커피를 마신 뒤, 갓 세례를 받은 아기에게 젖을 물리고 있었다. 아래로 펼쳐진 도시의 불빛들이 하나 둘씩 눈에 띄기 시작했다. 하루를 마감하는 마지막 햇살이 사막 저편으로 사라져갔다. 이 순간 그녀는 행복했다. 사실 코니는 평소에는 그다지 행복하지 않았다. 오늘도 그리 편한 날이 아니었다. 아침 일찍 일어나 비행기를 타야 했고, 온종일 끊임없이 꼼지락거리면서 꾀를 부리며 못된 짓이나 할 궁리를 하는 여섯 살짜리 아들 빅터를 감시해야만 했다. 그러는 한편 여행 내내 손가락 하나 까딱 안하고, 전혀 도와주지도 않으면서 미사를 어떻게 올리면 좋겠냐고 투덜거리기나 하는 엄마까지 상대해야 했다. 하지만 이 아기만큼은 완벽한 천사였다. 어제 대부가 되어주기로 한 오빠 마이클의 이름을 따서 세례를 받고 마이클 프란시스 리찌라고 불리게 된 이 천사는 내내 잠을 자거나 소리도 거의 내지 않고 옹알거리며 그녀의 품에 파고들었다. 비행기가 로키산맥을 지나고 있을 즈음에는 처음으로 웃기까지 했다. 코니가 아기의 이마에 입김을 불 때마다 아기는 웃음을 지어 보였다. 이건 계시야. 그녀는 생각했다. 아기들은 저마다 행운을 가져다주니까. 라스베가스로 이주하는 것은 모두를 위한 새로운 출발이 될 것이다. 카를로도 변하게 될 것이다. 그는 변해야만 했다. 카를로는 그녀가 이 아기를 임신한 이후로 예전처럼 때리지 않았다. 이제 마이클도 패밀리 사업에서 카를로가 좀 더 막중한 책임감을 가질 수 있는 자리를 마련해준 것이다. 원래 카를로도 코니와 같은 비행기를 타고 오기로 되어 있었다. 집도 알아보고, 필요한 물건들을 마련하는 일을 도와주기 위해서 말이다. 하지만 마지막 순간에 마이클이 사업상의 일이라면서 카를로의 힘이 필요하니 남아달라고 말했다. 지금껏 아버지나 오빠들 중 누구도 카를로를 이번처럼 중요한 인물로 대접해준 적이 없었다. 그녀는 아기를 다른 가슴에 물리고, 아기의 부드러우면서도 결 좋은 머리카락을 쓰다듬어 주었다. 아기가 미소지었다. 코니는 아기의 이마에 입김을 불었다. 아기가 웃었다. 그녀가 다시 이마에 입김을 불자 아기는 이번에도 역시 웃어주었다.

옆방에서는 큰 아들 빅터가 침대 위에서 뛰기 시작했다. 그런 짓을 하지 말라고 이제껏 셀 수 없을 만큼 주의를 주었는데도. 전화벨이 울렸다. 코니는 미소지었다. 틀림없이 카를로일 것이다. 그녀는 빅터에게 전화를 받으라고 시켰다.

"엄마! 톰 아저씨예요!" 빅터가 외쳤다. 헤이건의 전화였다. 코니가 자리에서 일어났다. 아기는 울기 시작했다.

카멜라 코를레오네는 긴 검은 숄을 걸치고, 호텔에서 나와 거리로 향했다. 그녀는 번쩍거리는 네온 불빛을 보지 않으려고 고개를 숙인 채, 이탈리아어로 혼잣말을 중얼거리고 있었다. 그녀는 길을 따라 걷기 시작했다. 이미 9시가 넘은 시간이었다. 어느 곳에서든 미사를 올리기에는 너무 늦은 시간이었다. 더군다나 오늘은 월요일이었다. 하지만 이 도시는 결혼식을 위한 성당이 곳곳에 있어서 과부를 위해 기도를 올려줄 신부를 찾기가 어렵지는 않을 것이다. 누구든 신부복을 입고 있기만 하다면 상관없었다. 신부를 만나지 못한다면 이곳의 화려한 불빛에서 벗어날 수 있는 조용하고 성스러운 장소라도 찾아 성모 마리아에게 무릎을 꿇고 저주받은 영혼들을 대신해 용서를 구할 참이었다. 그녀 역시 성모 마리아처럼 자식 때문에 고통 받는 어머니의 심정이었다.

제2부

1955년 9월

3

그로부터 4개월 뒤 노동절 주말의 일요일 아침 이른 시간, 마이클 코를레오네는 라스베가스의 자택 침실에 누워 있었다. 옆에는 아내가 잠들어 있었고, 그 바로 옆에 두 아이들 역시 잠들어 있었다. 마이클은 어제 디트로이트에서 있었던 결혼식에 참석했다. 돌아가신 아버지의 오랜 친구의 딸 결혼식이었다. 그곳에서 마이클은 안면만 있는 정도였던 살 나르듀치에게 가볍게 고개를 숙여 인사를 했다. 그건 코를레오네 가문을 여전히 노리고 있는 만만치 않은 경쟁자들에게 경고를 주기 위한 의식적인 행동이었다. 뜻한 대로만 이루어진다면, 마이클은 아무런 비난도 받지 않을 것이다. 그렇게만 된다면 미국의 암흑가에도 평화가 지속되는 것이다. 코를레오네 패밀리 최후의 피의 승리가 바로 눈앞에 다가온 것이다. 수술로 제 모습을 되찾은 마이클 코를레오네의 얼굴에 살짝 떠오른 미소는 사라지지 않았다. 그의 숨소리가 한층 더 깊어졌다. 마이클은 새 집의 신선한 공기 속에서 미동도 하지 않은 채 고요히 숙면을 즐기고 있었다. 밖에서는 희미한 아침 햇살이 사막을 서서히 달구고 있었다.

기름이 둥둥 떠다니는 디트로이트강 제방 근처에 땅딸막한 남자 두 명이 서 있었다. 각각 남청색과 오렌지색의 반소매 실크 셔츠를 입은 그들은 디트로이트의 돈인 조 잘루치 소유의 손님용 저택에서 막 나온 참이었다. 조 잘루치는 경박하고 제멋대로인 갱들의 폭력으로부터 이 도시를 지키고 있었다. 오렌지색 옷을 입은 쪽은 프랭크 팔코네로, 시카고에 있다가 지금은 L.A. 조직범죄단의 우두머리로 있었다. 남청색 옷을 입은 쪽은 토니 몰리나리로 샌프란시스코를 주름잡고 있는 자였다. 두 사람 뒤로 외투를 입은 남자 두 명이 옷가방을 하나씩 나르고 있었다. 가방에는 지난밤 클레멘자와 잘루치 가문의 결혼식에서 입었던 턱시도가 들어 있었다. 강물 위에는 죽은 물고기들이 떠다니고 있었다. 휑하니 커다란 주차장에서 두 사람을 태울 리무진이 나왔다. 리무진이 도로를 달리기 시작하자 경찰차가 따라붙었다. 잘루치에게 매수된 경찰이었다.

디트로이트 공항에 도착한 그들은 비포장 진입로에서 속도를 줄여 담을 따라 계속 달렸다. 그러자 '응급차량용'이라고 쓰인 출입구 앞에 이르렀다. 거기서 경찰차는 멈춰 섰다. 리무진은 계속 달려 곧장 활주로에 들어섰다. 실크 셔츠를 입은 남자들은 차에서 내려 종이컵에 든 커피를 홀짝거리며 마셨고, 두 명의 경호원들은 가라데 동작을 연습하기 시작했다.

그들 앞으로 정육회사의 로고가 찍혀 있는 비행기가 다가왔다. 그 회사는 마이클 코를레오네가 남몰래 회사 지배권을 가지고 운영하는 곳이었다. 로고는 사자의 얼굴을 형상화한 것이었다. 조종사의 출생증명서에 적혀 있는 이름은 파우스토 도미니크 제라치 2세였지만, 지금은 그 위에 '제럴드 오멜리'라는 이름이 붙여져 있었다. 접혀 있는 비행 계획란에는 아무것도 쓰여 있지 않았다. 제라치는 관제탑에 있는 사람도 매수해 놓았다. 제라치는 미국 전역의 공항에서 기록을 남기지 않고 비행기를 자유롭게 이용할 수 있었다. 그가 앉아 있는 조종석 밑에는 현금이 가득 든 가방이 놓여 있었다. 서쪽 하늘에 먹구름이 밀려오기 시작했다.

강 건너편, 윈저* 외곽에 있는 해피 원더러 모텔의 14호실 문이 쾅

---

* 캐나다 온타리오주에 있는 도시

소리를 내며 열렸다. 프레디 코를레오네는 문턱에 서 있었다. 동생에게서 소토 카포라는 새로운 직위를 얻은 그는 지난밤부터 입고 있던 구겨진 셔츠와 턱시도 바지를 볼링 핀처럼 생긴 몸에 걸친 채였다. 그는 주차장을 둘러보았다. 아무도 없었다. 프레디는 청소차가 부르릉거리며 지나가기를 기다리고 있었다. 그 차는 사람을 깨울 만큼 커다란 소리를 냈다. 프레디는 뒤에 있는 침대가 엉망으로 어질러져 있다는 것을 알아차렸다. 하지만 그가 마지막으로 한 일은 방안을 한 번 뒤돌아 본 것뿐이었다.

서서히 해안이 밝아오고 있었다. 그는 펠트 모자를 눈 위까지 푹 눌러 쓴 다음, 조심스럽게 방문을 닫았다. 그리고 서둘러 모퉁이를 돌아 둑 아래로 내려간 뒤, 버려진 종이컵과 팝콘 통이 잔뜩 널린 자동차극장을 가로 질렀다. 팝콘 통에는 뚱뚱한 파란색 광대들이 가득 새겨져 있었다. 고개를 치켜세운 채 웃기 위해 얼굴을 잔뜩 일그러뜨리고 있는 광대들. 모자는 그의 것이 아니었다. 아마 방 안에 남아 있는 남자의 것이거나 지난밤에 프레디가 들렀던 여러 곳 중 어딘가에서 가져왔을 것이다. 어쩌면 경호원 중 누군가의 것일 수도 있었다. 경호원들은 전부 새로 온 자들로 프레디에게는 아직 낯설었다. 그의 머리가 울리기 시작했다. 프레디는 셔츠 주머니와 바지 주머니를 뒤적였다. 방에 담배를 놓고 나온 모양이었다. 라이터도 역시. 그 라이터는 보석이 박힌 밀라노제였는데 마이클이 선물로 준 것이었다. '1954년 크리스마스' 라고 새겨져 있었지만, 당연히 이름은 새겨져 있지 않았다. 아버지는 항상 어디에도 절대 이름을 남겨서는 안 된다고 말하곤 했다. 프레디는 성큼성큼 걷던 걸음을 멈추지 않았다. 그건 멍청한 짓이었다. 그는 진흙 구덩이를 뛰어넘고는 아파트 앞 주차장으로 뛰어갔다. 프레디는 잘루치가 빌려준 링컨 자동차를 쓰레기

소각장 뒤에 몰래 세워두었다. 그는 뒷좌석에 던져 놓았던 턱시도 재킷을 입었다. 그 옆에는 자기 것이 아닌 노란색 새틴 셔츠와 위스키 병이 놓여 있었다.

그는 차에 올라탔다. 위스키를 한 모금 마시고는 옆자리에 술병을 던져 놓았다. 어쩌면 음주 단속 시간일지도 모른다고 생각했다. 그리고 다른 것들도 단속할지 모른다. 젠장. 그토록 하고 싶었던 일을 했건만 어째서 이렇게 기분이 나쁜 것일까? 그도 이제는 그만두고 싶었다. 지금 이 시간에는 문을 연 클럽도 없었다. 기분이 너무 엿 같아서 같이 잔 녀석이 누군지 알고 싶지도 않았다. 오늘 하루를 시작하는 데 가장 손쉬운 방법은 라스베가스에 있는 집으로 향하는 것이었다. 사람들이 자신을 여자나 밝히는 바람둥이로 알고 있는 곳, 너무 작은 동네라 이런 일은 도저히 저지를 수 없는 바로 그곳으로. 프레디는 자동차 기어를 넣었다. 그리고 미사에 참석하러 가는 신앙심 두터운 캐나다인 신부라도 되는 것처럼 조심스레 차를 몰기 시작했다. 비록 신호에 걸려 차를 세웠을 때 위스키를 다 마셔버리긴 했지만. 프레디는 중심가에 들어서자 속도를 냈다. 그 속도로 달리면 라스베가스행 비행기를 탈 수 있을 것이다. 비가 내리기 시작했다. 그 때문에 와이퍼를 작동시킨 다음에야 그는 조수석 쪽 와이퍼 아래 전단지인지도 모를 종이 한 장이 끼여 있는 걸 알아차렸다.

해피 원더러 모텔의 14호실에도 어둠이 걷히기 시작했다. 벌거벗은 남자가 눈을 뜬 채 침대 위에 있었다. 그는 디어본에서 식당 설비 영업사원으로 일하는, 두 아이를 둔 가장이었다. 남자는 다리에 끼고 있던 베개를 빼내고 자리에서 일어났다. 그리고 손가락 끝의 냄새를 맡아보고, 눈을 문질렀다. "트로이? 거기 있는 거야, 트로이? 이런 망할. 다시는 안 해. 이봐, 트로이?" 그때 라이터가 보였고, 트로이의 총도 보였다. 트로이는 그도 총을 가지고 다니는 깡패일 거라 생각한 모양이지만 실제로는 그렇지 않았다. 그 총은 45구경 콜트로 카우보이들이 쓰는 총이었다. 하얀 접착테이프가 손잡이와 방아쇠를 감싸고 있었다. 벌거벗은 남자는 이제껏 진짜 총을 만져본 적이 한번도 없었다. 그는 침대에 몸을 기대고 앉았다. 약간 어지러웠다. 그는 당뇨병이 있었다. 어딘가에 오렌지가 있을 것이었다. 그는 트로이가 바텐더에게 50달러를 주며 주방에 가서 오렌지 한 자루를 얻어 오라고 했던 것을 기억하고 있었다. 그는 그 자리에서 오렌지를 세 개나 먹었다. 트로이가 거리를 살펴본 뒤 돌아오겠거니 하는 생각에 남자는 오렌지를 먹고 껍질을 버렸었다. 하지만 남은 오렌지들을 어떻게 했는지는 기억이 나지 않았다.

남자의 심장이 두근거리기 시작했고 땀을 흘리기 시작했다. 그는 프런트 데스크에 전화를 걸어 룸서비스를 부탁했다. "손님은 여기가 어디라고 생각하는 겁니까? 리츠 호텔이라도 되는 줄 아나보죠?" 전화를 받은 직원이 말했다. 물론 적절한 질문이었다. 지금 이곳은 어디인가? 그도 묻고 싶었다. 하지만 그보다는 먼저 혈당을 내리기 위해 뭔가를 해야만 했다. "그렇다면 뭐라도 먹을 게 없을까요? 자동판매기나 다른 거라도?" 남자가 물었다. 하지만 직원이 그에게 가져다 줄 수 있는 것은 고작 사탕 정도였다. "다리를 다치기라도 했나요?" 직원이 물었다. 남자는 직원에게 사탕을 방까지 가져다주면 5달러를 주겠다고 했다. 그러자 직원은 곧장 가져다주겠다고 대답했다.

그는 아내에게 전화를 해야 했다. 이전에도 이런 일이 있었다. 그는 아내에게 여자 비서와 함께 있었다고 말했다. 그리고 다시는 이런 짓을 하지 않겠다고 아내와 약속했다. 남자는 전화기를 쳐다보았다. 하지만 외부로 전화를 하려면 직원이 있어야 한다는 사실을 깨달았다. 직원은 지금 사탕을 가지고 그의 방으로 오고 있는 중일 것이다.

남자는 좋은 직업을 가지고 있었고, 멋진 아내와 귀여운 아이들과 함께 좋은 집에 살고 있었다. 최근에는 로터리 클럽의 회원이 되기도 했다. 하지만 지금 그는 이런 험한 거리에서 밤을 보냈고, 이런 일을 저질렀으며, 일요일 아침 이런 장소에서 깨어났다.

그는 다시 자리에서 일어나 오렌지를 찾아보았다. 운이 나빴다. 바지는 보였지만, 노란 셔츠가 보이지 않았다. 펠트 모자도 없었다. 그는 자기 차를 세워둔 술집의 이름도 몰랐다. 그는 셔츠도 입지 못한 채 택시를 타고 집까지 가야 할 참이었다. 그런 다음 아내와 함께 이 지저분한 동네로 다시 돌아와 차를 찾으러 다녀야 할 것이다. 새 차를 사는 것보다는 그러는 편이 낫기 때문이다.

남자는 총을 집어 들었다. 콜트 총은 보기보다 훨씬 무거웠다. 그는 손가락을 방아쇠에 걸었다. 그리고 입을 벌렸다. 총구가 혀에 닿자 그 상태로 가만히 있었다.

밖에서 자동차 바퀴가 끼익 거리며 멈춰 서는 소리가 들렸다. 차문이 닫히는 소리로 봐서 큰 차임이 분명했다. 틀림없이 트로이일 것이다. 그가 돌아온 것이다. 그때 다시 차 문이 닫히는 소리가 들렸다.

그들은 두 명이었다. 그들은 시카고에서 먼 길을 왔다. 벌거벗은 남자는 그 사실을 알지 못했지만 사실 그들이 찾아온 것은 그가 아니었다. 그들은 지난 몇 시간 동안 그를 미행하고 있었지만, 그 남자는 그 역시도 모르고 있었다. 벌거벗은 남자는 입에서 콜트 총을 꺼낸 뒤, 자리에서 일어나 문을 겨눴다. "지옥에서 만나자." 그는 속삭였다. 어느 영화에선가 그렇게 말하는 걸 들은 적이 있었다. 그는 강인한 남자가 아니었다. 6연발 진주색 권총 방아쇠에 손가락을 걸고 있는 이 순간이 그저 끔찍하게만 여겨졌다.

프란체스카 코를레오네는 플로리다의 헐리우드에 위치한 산호색 저택의 간이 차고에 있는 엄마의 스테이션 왜건에 타고 있었다. 그녀는 경적을 족히 10초는 눌러대고 있었다. 아버지 소니가 차사고로 죽은 이후 그녀는 이 집에서 계속 살고 있었다.

"그만 좀 해." 뒷좌석에 몸을 기대고 있던 캐시가 말했다. 캐시는 프랑스 소설을 원어로 읽고 있었다. 버나드대학은 가고 싶어 하지도 않으면서.

캐시는 외과의사가 되기를 원했고 프란체스카는 주도(州都)인 텔헤시에 있는 플로리다주립대학에 갈 예정이었다. 그녀는 정말 그 대학에 가고 싶었다. 집을 나와 혼자 힘으로 살고 싶었기 때문이다. 그녀의 집안은 뉴욕에서 끔찍한 사업을 하고 있고, 신문에는 친척들의 이름이 오르내렸다. 설사 그 모든 일들이 사실이 아니라고 해도 새로운 생활을 시작한다는 것은 쉽지 않을 것이다.

반면 캐시는 뉴욕에 있는 학교에 가고 싶어 했는데 특히 가족들과 가까운 곳에 있고 싶어 했다. 물론 지금은 카멜라 할머니와 끔찍한 코니 고모를 제외한 다른 친척들이 모두 이사를 가버렸지만 말이다. 카를로 고모부는 실종되었다. 그 바보 같은 인간은 담배를 사러 나갔다가 돌아오지 않았다. 아무리 고모부가 불쾌한 인간이라 할지라도 집을 나간 건 너무 심한 짓이었다. 하지만 프란체스카도 코니 고모와 결혼했다면 그런 생각이 들 수밖에 없을 거라는 점은 인정하고 있었다. 캐시는 어쩌면 학교에서 매일 질문을 받게 될지도 몰랐다. 교수들조차도 캐시가 코를레오네라는 악질적인 마피아 집단과 무슨 관계가 있는지 물어볼지 모른다. 만일 지난 몇 달 동안 헐리우드에서 어떤 징후라도 보였다면, 프란체스카는 그 일에 대비해야 했을 것이다. 심지어 텔헤시에 있다 하더라도.

지금도 딸들에 대해 권위적이고 독선적인 엄마와 함께 차를 타고 가야 했다. 가자! 뉴욕으로! 그나마 다행인 점은 프란체스카가 가장 먼저 내릴 거라는 것이었다. 그녀는 다시 한 번 경적을 울렸다.

"정말 짜증나게 하네." 캐시가 말했다.

"네가 그 책을 읽고 있다는 것처럼 말이지."

캐시가 진짜 프랑스어인지 장난인지 모를 말로 대꾸했다.

프란체스카는 외국어는 할 줄 몰랐다. 그리고 앞으로도 이탈리아어를 전공하지 않을 생각이었다. 사실 이탈리아어를 아주 잘 하는 편도 아니었을 뿐만 아니라 그 말을 써야 할 필요를 거의 느끼지 못했기 때문이다. "우린 이탈리아인이야. 너는 왜 이탈리아어를 배우지 않는 거야?" 프란체스카가 물었다.

"세이 우나 프레그나 퍼 시큐로." 캐시가 대답했다.

"발음 좋은 걸?"

프란체스카의 말에 캐시가 어깨를 으쓱했다.

"넌 이탈리아어로 욕은 할 수 있지만, 글은 읽지 못하잖아." 프란체스카가 말했다.

"네가 입을 닥치지 않으면 난 아무것도 읽지 못하겠지."

엄마는 옆집에 있는 할아버지 집에 들어갔다. 할아버지와 할머니가 프란체스카의 열다섯 살짜리 남동생 프랭크와 열 살인 칩을 봐주는 동안 지켜야 할 여러 가지 것들을 일러주기 위해서였다. 칩의 본명은 산티노 주니어로, 애칭은 티노였다. 그런데 그가 여름에 야구 연습을 하러 갔다가 집에 돌아와서는 앞으로 '칩'이라고 불러야만 대답하겠다고 선언했다. 프란체스카도 그렇게 할 수 있을 것이다. 대학에 가서 다른 이름을 가지면 된다. 프란 콜린스, 프래니 테일러, 프랜시스 윌슨과 같은. 하지만 그녀는 그렇게 하지 않을 것이다. 사람들은 이미 코를-레-오-니를 미국식으로 발음해서 콜-리-원이라고 부르고 있었고, 그것만으로도 충분했기 때문이다. 그 정도면 충분히 변화를 준 셈이었다. 프란체스카는 자기 이름을 자랑스럽게 생각했고, 이탈리아인인 것에도 자부심을 가지고 있었다. 그녀는 아버지가 마피아인 할아버지나 삼촌들과 달리, 합법적인 사업가였다는 사실에 자부심을 느꼈다. 게다가 프란체스카의 성은 남편이 생기면 언제라도 바뀔 것이다.

프란체스카는 다시 한 번 경적을 울렸다. 무엇 때문에 이렇게 안 나오는 거지? 할아버지나 할머니는 어차피 엄마 말을 잘 듣지 않았다. 남동생들은 누가 죽이러 오더라도 살 녀석들인데. 특히 프랭키는 풋볼을 시작한 이후 체격이 더 좋아지기까지 했다. 프란체스카가 다시 한 번 경적을 울렸다. "일 참 어렵게 한다." 캐시가 입을 열자 프란체스카가 그 말을 받았다. "널 모셔다주려고 그런 거지. 유난스럽다는 거 나도 알아." 캐시는 여느 미국 소녀들이 하듯 한숨을 내쉬었다. 잠시 후, 그녀는 프란체스카의 뒷머리를 부드럽게 쓰다듬어주었다. 쌍둥이 자매는 18년 동안 한 번도 밤에 떨어져서 지낸 적이 없었다.

할 미첼의 모래의 성 호텔과 카지노는 문을 닫는 일이 없었다. 조니 폰테인은 자신의 쇼를 공연한 날이면(저녁 8시와 밤 12시에 두 번) 밤을 새가며 명사들이나 친구들과 좋은 시간을 보내곤 했다. 그러다가 운이 좋으면(이를테면 오늘 파티처럼) 그의 숙소에 젊은 아가씨 두 명이 따라오기도 했다. 한 명은 길 건너 카지노에서 춤을 추는 금발의 프랑스 여자로, 미키 루니의 영화 한 장면에 나온 적이 있다고 했다. 그 영화는 작년에 이곳에서 촬영했는데, 미키는 사막을 개발하는 시골자 역으로 폭탄 실험을 하다가 방사능에 노출된 뒤로 어떤 슬롯머신이든 건드리기만 하면 돈이 쏟아지게 하는 힘을 갖게 되는 역할이었다(그 영화에는 잘난 척 하는 인간들이 미키 루니를 두들겨 패는 장면은 없었다). 다른 한 명은 제왕절개 수술 자국이 남아 있는, 갈색머리의 가무잡잡한 피부를 가진 관능적인 여자로 아마도 돈을 받고 온 직업여성인 것 같았다. (조니로서는 전혀 상관없었다. 그가 데리고 있는 스타들을 봐도 재능 있는 인간들 중에서 최고가 되기 위해서는 전문가가 되어야 하는 법이니까) 조니가 신사적으로 두 여자에게 세 명이 같이 침대에 들어가도 괜찮은지 묻자, 여자들은 웃으며 그 자리에서 옷을 벗기 시작했다. 이름이 '이브'라는 갈색머리 여자가 먼저 능숙하게 조니를 흥분시키자, 금발머리는 조니의 그것을 입에 집어넣고 빨아야 할 때를 잘 알고 있었다(그녀는 조니의 그것의 크기를 보고는 싱긋 웃으며 "세상에, 이것 좀 봐!"라고 속삭였다). 이번에는 순서를 바꿔 금발머리가 조니의 등을 문지르는 동안 그를 방 한가운데 있는 분수에 몸을 기대게 한 채 갈색머리가 조니의 그것을 빨기 시작했다. 이브는 조니를 바닥에 눕힐 순간을 완벽하게 알고 있었다. 이번에는 금발머리가 그의 흥분한 그것을 손으로 처리해주었다. 그런 다음에야 조니는 처음으로 금발머리를 제대로 안고 가슴을 주물럭거리며 키스하면서 금세 절정에 오를 수 있었다. 이건 선물이었다. 여자들은 대개 이렇게 해주지 않는다. 금발머리의 이름은 마르그리트로, 줄여서 리타라고 부른다고 했다. 조니는 다음 날 아침까지도 두 여자의 이름을 결코 잊어버리지 않았다. 잠들어 있는 금발머리를 내버려 두고, 그는 옥상에 있는 수영장으로 올라갔다. 그는 물의 온도를 확인하기 위해 새끼발가락부터 집어넣는 남자들을 싫어했다. 조니는 묵직한 가운을 벗어던지고, 가장 깊은 쪽으로 뛰어들었다. 점차 익숙해지자 숨을 참고 물속에 들어가 2백까지 세었다.

머리가 아팠지만 수심 때문에 그런 것은 아니었다. 그는 사람들이 생각하는 것만큼 술이 세지 않았다. 적어도 지금은 그랬다. 하지만 사람들은 그 사실을 몰랐다. 조니가 이리저리 자리를 옮겨 다닐 때마다 그가 마시던 술이 절반쯤 남아 있다는 사실을 알아차리는 사람은 없었다. 사람들은 그가 자리를 옮길 때마다 새 잔을 받는다는 사실만 알고 있었다. 한 불쌍한 무크족*은 그의 주량에 맞추려고 무리하다가, 결국은 조니 폰테인의 정중한 배웅을 받으며 택시 뒷좌석에 쓰러진 채 집으로 돌아가야 했다. 그는 자기 주량을 조절했다. 조니는 자신이 무슨 일을 하든, 누구와 함께 있든 자기 자신을 통제할 수 있었다.

그는 수면 위로 올라왔다. 그리고 유연한 동작으로 수영장을 두 바퀴 돌았다. 그런 다음 다시 숨을 깊이 들이마시고 잠수를 시작했다. 그는 이 과정을 세 번 정도 반복한 후에야 물 밖으로 나왔다. 옥상의 맨 끝부분에 광고판이 세워져 있었다. 폭탄이 떨어진다! 라스베가스 최고의 볼거리! 주황색이 도는 보라색 버섯 모양의 구름이 그려져 있는 아래로 이동 문자들이 시간을 알려주고 있었다. 내일 아침이었다. 그것도 아주 이른 시간이었다. 조니는 그들이 바와 아침식사용 뷔페에도 뭔가를 설치할 예정이라는 소리를 들었다. 심지어 미스 원자폭탄을 뽑아 왕관까지 씌울 모양이었다. 어떤 할 일 없는 놈들이 100킬로미터 넘게 멀리 떨어진 곳에 폭탄이 떨어지는 것을 보기 위해 꼭두새벽부터 일어날까? 어쩌면 그들은 폭발이 시작될 때 옥상에 슬롯머신을 설치할 생각인지도 모른다. 돈을 내고 폭탄이 떨어지는 것을 구경하고 싶어 하는 사람들이라면 조니의 마지막 영화도 보러갈 것이 틀림없다. 그는

---

* 랩록, 레슬링, 포르노에 열광하고, 락 콘서트에 광란하는 반체제적 젊은이들을 의미

가운을 집어 들고, 한 번에 두 칸씩 계단을 내려가 방으로 돌아갔다.

여자는 가고 없었다. 리타. 괜찮은 여자였다. 방에는 여전히 위스키와 담배 냄새, 여자 냄새가 남아 있었다. 분수에 놓인 벌거벗은 여자 조각상의 활짝 펼쳐져 있는 두 팔은 아무래도 망가진 것 같았다. 조니는 옷을 입었다. L. A.까지 가는 동안 졸지 않기 위해 줄스 시갈 박사가 처방해준 작은 초록색 알약 한 알을 삼켰다.

조니 폰테인이 귀빈용 주차장으로 나오자, 햇살이 무자비하게 내리비쳤다. 하지만 그는 뒤로 물러서지 않았다. 옷깃을 매만졌는데 너무 빳빳해서 손이라도 벨 것 같았다. 재킷도 가다듬었다. 그런 다음 새로 산 빨간 썬더 버드에 올라탔다. 이곳 경찰들은 이 차를 알고 있었다. 조니는 보통 시내에 나가기 전에도 차를 수백 번씩 세심히 검사하곤 했다. 그는 시간을 확인했다. 두 시간 내에 연주자들이 하나둘씩 스튜디오에 모이기 시작할 것이다. 그들은 시간 조정을 하고, 잡담을 하며 시간을 보낼 것이다. 그리고 한 시간쯤 뒤에는 음악 감독인 에디 닐스가 모습을 나타낼 것이고, 모두 함께 리허설을 할 것이다. 조니는 제시간에 도착해야 했다. 처음 몇 곡을 마치고 난 다음, 6시까지 공항에 가서 전세 비행기로 오는 팔코네와 쥬시 시체로를 맞이해야 했다. 그런 다음 다시 시간을 넉넉히 잡고 여기로 돌아와 마이클 코를레오네와 약속한 쇼를 공연해야 했다.

톰 헤이건은 라켓을 챙겨오지 않은 것을 깨달았다. 새벽 4시도 안 된 시간, 지친 몸을 이끌고 비스타 델 마르 골프 & 라켓 클럽의 객실에 도착한 직후였다. 전문용품점은 오전 9시는 돼야 문을 열 것이다. 하지만 헤이건이 대사를 만나기로 한 시간이 바로 9시 정각이었다. 헤이건에게 있어 약속 시간에 늦는다는 건 도저히 용납할 수 없는 일이었다.

그는 안내 직원에게 라켓을 빌릴 수 있는지 물어보았다. 그러자 직원은 그가 로비에 깔린 하얀 카펫 위에 진흙이라도 묻히고 있는 듯한 시선으로 쳐다보았다. 헤이건은 직원에게 이른 시간에 게임 약속이 있다고 말하고는 혹시 지금 바로 전문용품점에 가서 라켓을 구할 수는 없겠느냐고 물었다. 직원은 고개를 저으면서 가게 열쇠를 가지고 있지 않다고 대답했다. 그러자 헤이건이 지금 당장 안 된다면, 조금 일찍 8시 30분경에는 가게 문을 열어줄 수 있는지 물어보았다. 직원은 안 되겠다고 대답하며 그에게 사과했다. 헤이건은 지폐로 2백 달러를 꺼내 보이고, 직원에게 어떻게든 라켓 문제를 해결할 수 있게끔 인간적인 차원에서 도와준다면 사례를 하겠노라고 말했다. 하지만 직원은 그저 웃기만 할 뿐이었다.

어제는 라스베가스에 있는 자택에서 잠을 자고, 새벽이 되기도 전에 마이클 코를레오네와 함께 디트로이트로 날아가 조 잘루치와 처음 만났다. 잘루치의 딸 결혼식이 있었다. 그리고 결혼식이 끝난 후, 피로연에 얼굴을 내밀었다가 곧바로 비행기를 타고 라스베가스로 돌아왔다. 마이클은 곧장 집에 돌아가 잠을 잘 수 있었을 것이다. 하지만 헤이건은 사무실에 가서 한 시간 정도 서류 작업을 한 뒤, 집에 잠깐 들려 옷을 갈아입었다. 그리고 이제 막 두 살이 된 딸 가이아나의 잠든 얼굴에 키스를 했다. 미술품 수집가인 아내 테레사는 뉴욕에 있는 거래 상인으로부터 잭슨 플록의 그림이 들어왔다는 소식을 듣고 흥분한 상태였다. 이제 10대가 된 아들 프랭크와 앤드류는 각자 자기 방문을 닫고 들어앉아 SF소설을 읽거나 니그로스의 음반을 듣고 있었다. 아들들은 이제 모두 키스해줄 나이가 지나버렸다.

톰 헤이건이 테니스복을 챙기고 있는 동안 테레사는 새로 이사 온 집 정면으로 보이는 넓고 하얀 벽에 기대놓은 멋진 그림들 앞에서 서

성거리고 있었다. 그녀가 라스베가스로 이사왔다고 좋아한 이유는 그림을 더 사서 걸어둘 수 있는 공간이 넓어졌기 때문이었다. 그림들은 이 집보다 몇 배나 더 가치 있었다. 헤이건은 취향이 맞는 여자와 결혼한 것이 만족스러웠다. "복도 가운데에 있는 붉은색 로스코 작품 맞은편에는 어떤 걸 거는 게 좋을까?" 테레사가 물었다.

"침실에는 뭘 걸어 놓을 건데?" 그가 되물었다.

"당신 생각은?"

"생각해볼게." 헤이건은 아내와 눈이 마주치자, 지금은 그림을 어디에 걸어놓을지 이야기할 때가 아니라는 걸 알려주기라도 하듯 눈썹을 치켜 올렸다.

테레사가 한숨을 쉬었다. "당신 말이 맞는 것 같아." 그녀는 그림을 내려놓고, 그의 손을 잡았다.

결혼생활.

하지만 지금 그는 너무 지쳐 있었고, 일도 잘 되지 않았다.

헤이건은 더 이상 코를레오네 패밀리의 콘실리에리가 아니었다. 하지만 그를 콘실리에리로 만들어주었던 비토 코를레오네와 테시오가 죽었고, 클레멘자가 뉴욕의 사업을 이어받게 되자 마이클에게는 경험 있는 사람이 필요했다. 바르지니와 타탈리아 패밀리와의 전쟁이 완전히 끝났다는 확신이 들 때까지는 누가 새로운 콘실리에리의 자리를 차지하게 될지 기다려야 할 것이다. 마이클은 전쟁을 끝낼 최후의 수단을 가지고 있었다. 그리고 헤이건은 그 수단이 클리블랜드와 관계된 것이라는 사실을 잘 알고 있었다. 그때까지 헤이건은 계속 콘실리에리의 일을 해나가면서 다른 일을 할 준비도 해야 했다. 헤이건은 이제 마흔다섯이었고, 그의 부모는 지금의 그의 나이가 되기 전에 돌아가셨다. 사실 그가 이런 험한 일을 하기에는 나이가 너무 많았다.

잠자기 전에 미리 주문해 놓은 룸서비스가 방문을 두드리자, 그는 자리에서 일어났다. 헤이건은 벨 보이가 문을 닫고 나가기도 전에 커피 한 잔을 다 비워버렸다. 커피는 묽었다. 여기서는 어딜 가도 커피가 이 모양이다. 헤이건은 이럴 거라고 예측하고 미리 커피를 두 포트나 시킨 것이 만족스러웠다. 그는 그 중 커피 한 포트를 들고 베란다로 나갔다. 오전 8시였다. 해가 겨우 산 위로 솟아올랐을 뿐인데도 벌써부터 타는 듯이 뜨거웠다. 이 정도면 사우나에 있는 거나 마찬가지였다. 10분쯤 지났을까? 커피를 다 마시고 헤이건이 방으로 들어왔을 때 그의 가운은 땀에 흠뻑 젖어 있었다.

헤이건은 샤워와 면도를 한 뒤 테니스복으로 갈아입고 나가 8시 30분부터 전문용품점 앞에서 누군가 오기를 기다렸다. 지루한 몇 분이 흐르고 헤이건은 다시 안내 데스크로 돌아왔다. 어제와는 다른 직원이 가게 관리인도 이곳에 머무르고 있다고 말해주었다. 그는 사환을 보내 가게 관리인을 불러달라고 했다.

헤이건은 다시 가게 앞으로 돌아갔다. 기다리는 건 힘들었다. 그가 비토 코를레오네에게 배운 것 중 하나는(하기야 비토 코를레오네에게 배우지 않은 것도 있었던가?) 기민함이었다. 헤이건은 계속 앞뒤로 서성거리고 있었다. 화장실에 가고 싶었지만, 가게 관리인이나 직원을 놓치게 될까봐 도저히 그 자리를 뜰 수가 없었다. 마침내 어떤 여자가 오더니 가게 문을 열었다. 슬라브인인 듯한 그 여자는 가게 관리인이나 클럽 소속 선수라기보다는 아무래도 안마사 같은 느낌이었다. 시간은 정각 9시였다.

헤이건은 라켓을 움켜잡고 계산대에 2백 달러를 아무렇게나 내던진 다음 잔돈은 필요 없다고 말했다.

"저희는 현금은 받지 않습니다. 여기 서명을 해주세요." 여자가 말했다.

“어디에 서명해야 하는 거요?”

“여기 회원이신가요? 뵌 적이 없는 것 같은데요.”

“난 시어 대사의 손님이오.”

“그분이라고 해도 여기 서명하셔야 해요. 그분의 가족과 수행원들까지 모두 다요.” 그 여자는 타악기를 두드리듯 박자를 넣어 말했다.

헤이건은 다시 백 달러를 꺼내고는 그 여자에게 자기 자신의 마음에서 우러나오는 소리를 솔직하게 들을 수 있다면, 라켓 값과 그를 상대하느라 보낸 시간을 보상하기에 이 정도 액수면 충분할 거라고 말했다.

여자는 어젯밤에 근무했던 직원과 똑같은 눈으로 그를 바라보았다. 하지만 그녀는 그 돈을 받았다.

헤이건은 방광이 터질 것 같았지만, 벌써 9시 5분이었다. 그는 라켓의 포장지를 벗기고 죽기 살기로 달리기 시작했다. 지금 그에게 딱 들어맞는 말이었다. 죽기 살기로 달리기.

헤이건이 14번 코트에 들어갔을 때는 이미 10분이나 지난 뒤였고, 그곳에는 아무도 없었다. 이제껏 이렇게 늦어본 적이 거의 없었기 때문에 그는 어떻게 해야 하는 건지 알 수 없었다. 대사는 이미 여기 왔다가 가버린 것일까? 혹시 대사도 늦게 오는 것은 아닐까? 그렇다면 얼마나 더 기다려야 하는 걸까? 지금 상황에서 화장실에 갔다 오는 건 미친 짓일까? 그는 주위를 둘러보았다. 덤불이 많이 있었지만, 남자들이 볼 일을 보기에 적당한 장소는 아니었다. 헤이건은 소변을 참기 위해 그 자리에서 껑충껑충 뛰면서 기다렸다. 분명히 대사는 왔다 간 것이 분명했다. 마침내 그는 더 이상 참지 못하고, 가까운 화장실로 달려갔다. 헤이건이 다시 14번 코트로 돌아오자 네트 위에 쪽지가 꽂혀 있었다. “오늘 아침 테니스는 아무래도 힘들 것 같군요. 시간은 늦었지만 아침식사나 하는 게 어떻겠소? 2번 풀장으로 오면 당신을 태우고 올 사람이 기다리고 있을 거요. — 시아 대사.”

쪽지에는 장소는 적혀 있지 않았다.

케이가 이미 지나쳐버린 라스베가스 공항으로 가는 길을 가리키며 말했다. “아무래도 길을 잘못 든 것 같아요, 마이클.”

마이클이 고개를 저었다. 지금 두 사람은 새로 산 노란 캐딜락 뒷좌석에 앉아 있었다.

케이가 얼굴을 찌푸렸다. “그럼 L.A.까지 차로 가겠단 말이에요? 당신 미쳤어요?”

그 날은 두 사람의 다섯 번째 결혼기념일이었다. 그녀와 아이들, 어머니가 침례교 목사와 함께 예배를 올리고 있어야 할 시간이었다. 마이클은 원래 오늘도 일이 있다고 했다. 그리고 밤에는 트럭운전기사 조합의 지지를 얻기 위해 조니 폰테인의 비공식 쇼가 공연될 예정이었다. 하지만 마이클은 그녀에게 그날만큼은 예전처럼, 아니 그때보다 더 즐겁게 하루 종일 데이트를 하자고 했다.

마이클이 고개를 저었다. “우린 차로 가는 게 아니야. 그리고 L.A.에도 가지 않을 거고.”

케이는 이리저리 길을 살피다가 남편 쪽으로 몸을 돌렸다. 순간 그녀는 창자가 얼어붙는 것 같은 기분을 느꼈다. “마이클, 용서해줘요. 우리가 결혼하기만 하면 어떤 놀라운 일이 있더라도 이겨낼 수 있을 거라고 생각했는데.” 케이는 마치 운동경기에서 어떤 잘못된 행동이 있었을 때 알려주는 신호처럼 손으로 원을 그려 보이며 말했다.

마이클은 미소를 지었다. “이번 일도 아마 깜짝 놀랄 거야. 그건 약속하지."

얼마 가지 않아 그들은 미드 호수에 도착했다. 근처 선창가에는 수상 비행기 한 대가 서 있었다. 비행기는 조니 폰테인의 영화사 명의로 등록되어 있었다. 비록 폰테인을 비롯해서 영화사에 다니는 누구도 그 사실을 알지 못했지만 말이다.

"첫 번째 깜짝 선물이야." 마이클이 비행기를 가리키며 말했다.

"세상에, 첫 번째라고 했어요? 그렇게 일일이 세는 걸 보니 당신 정말 수학교수라도 되려나 보죠?" 케이가 대답했다. 금단의 일, 불법적인 일을 한다는 짜릿함은 마이클이 수학교수 대신 지금의 일을 이어받은 후, 그 의미를 실제로 알게 되면서 점차 사라져가고 있었다.

두 사람은 차에서 내렸다.

"단순히 세는 정도지. 기껏해야 계산 정도랄까. 수학까지는 아니고." 마이클이 손을 들어 선창 쪽을 가리켰다. "케이, 저길 좀 봐."

케이는 두렵다고 말하고 싶었지만 하지 않았다. 아니 말할 수 없었다. 그녀는 남편이 자기를 해칠지도 모른다고 생각할 아무 이유가 없었다.

"두 번째로 깜짝 놀랄 일은…."

"마이클."

"조종을 내가 한다는 거야."

그녀의 눈이 휘둥그레졌다.

"처음 조종사 훈련을 받은 건 해병대에 있을 때였지. 당신도 알고 있겠지만." 그는 구더기가 들끓는 시체와 진흙으로 뒤덮인 산호섬에 길을 내기 위해 36도의 더위 속에서 싸워야 했다. "조종을 배운 건 좀 쉬고 싶어서이기도 해. 그 때문에 계속 배운 거야."

케이는 숨을 내쉬었다. 그녀는 자기가 지금껏 숨을 참고 있다는 사실조차 깨닫지 못하고 있었다. 케이는 지난 몇 주간, 마이클이 하는 일이 무서울 때마다 자신이 수없이 그랬었다는 것도 알지 못했다. 이건 사실이 아니야. 그건 그녀가 두려워하는 것보다도 더 나쁜 거였다. "당신도 취미가 있으면 좋을 거예요. 누구나 취미는 필요하니까. 아버님도 정원을 가꾸셨잖아요. 다른 형제들은 골프를 치기도 하고." 케이가 과감하게 말했다.

"골프라. 흠, 당신도 취미가 없잖아, 안 그래?"

"그래요."

"골프 정도야 언제라도 칠 수 있지." 마이클은 빳빳한 흰색 셔츠에 타이를 매지 않고, 맞춘 듯한 스포츠 코트를 입었다. 머리카락은 가다듬을 필요가 없었다. 이미 부드러운 바람에 흩날리고 있었다.

"당신, 내가 교단에 돌아가는 일을 어떻게 생각해요?"

"그건 직업이잖아. 당신은 일할 필요가 없어. 그리고 그렇게 되면 메리와 안토니는 누가 돌보지?"

"우리 생활이 안정을 찾을 때까지 시작하지 못했던 것뿐이에요. 그리고 어머님이 여기 같이 계시니까 아이들은 돌봐주실 수 있을 거예요. 기꺼이 맡아주실 거예요." 사실 케이도 다시 일을 시작하겠다고 하면 시어머니가 뭐라고 할지 두려웠지만 그렇게 대답했다.

"그리고 그 일이 취미가 될 거예요, 나한테는."

"당신, 일을 하고 싶은 거야?"

케이는 시선을 돌렸다. 사실 일이라고 할 수는 없었다.

"한번 생각해볼게." 아버지였다면 인정해주지 않았겠지만, 마이클은 아버지가 아니었다. 예전에 마이클도 아버지처럼 착한 이탈리아 여자와 결혼했던 적이 있다. 하지만 케이는 그 일에 대해 잘 알지 못했고, 그 여자에 대해서도 몰랐다. 마이클이 걱정하는 건 아내의 안전이었다. 그 일을 하게 된다면 아내가 약간이라도 위험에 노출될 가능성이 있었다. 마이클은 케이의 팔을 잡고 부드럽게 힘을 주었다.

케이는 그의 손 위에 자기 손을 겹쳤다. 그녀는 숨을 깊이 들이마셨다. "저기, 여보. 난 저런 이상한 거 한번도 타본 적 없어요. 게다가 우리가 어디에 가는지도 말해주지 않았잖아요, 당신."

마이클은 어깨를 으쓱했다. "타호에 가는 거야. 타호 호수." 마이클의 얼굴에 싱긋 미소가 번졌다. 그가 수상비행기를 가리키며 말했다. "당연한 거잖아."

예전에 케이가 마이클에게 가고 싶다고 말했던 곳이다. 그녀는 마이클이 그 말을 기억하고 있을 거라고는 미처 생각하지 못했다.

마이클이 비행기의 문을 열었다. 케이가 올라탔다. 그녀는 엉덩이 밑에 말려 올라간 드레스 자락을 끌어내렸다. 마이클은 갑자기 그녀의 엉덩이를 움켜잡고 싶은 충동을 느꼈다. 그렇게 하는 대신 그는 눈길을 거두지 않았다. 지금처럼 케이가 눈치 채지 못하고 있을 때 그녀를 지켜보고 있다 보면 그렇게 매력적일 수가 없었다.

"지금이 수상비행기를 몰기에는 가장 까다로운 때이지. 가끔 뒤집어질 때도 있으니까." 마이클이 비행기에 올라 타 시동을 걸면서 말했다. "뒤집어진다고요?" 케이가 물었다.

"드문 일이기는 하지만. 정말 수상비행기가 뒤집어진다면 어떻게 될 것 같아? 표류하게 될지도 몰라." 벼락이 치는 것처럼 실제로 거의 일어나지 않는 일을 말하면서 마이클은 아랫입술을 꼭 다물었다.

케이는 남편을 응시했다. "괜찮을 거예요."

"당신을 사랑해. 알고 있지?"

케이는 마이클이 비행기를 능숙하게 조종한다고 생각했지만, 그런 생각을 티내지 않으려고 애썼다. "괜찮네요."

두 사람이 탄 비행기는 부드럽게 날아올랐다. 케이는 온몸의 긴장이 풀어지는 것을 느꼈다. 그녀는 두 사람이 가는 동안 내내 입을 다물고 있다는 것도 알아차리지 못했다. 얼마나 오래 비행을 했는지도 몰랐다.

4

에리 호수 위 뇌우가 몰아치는 사이로 작은 비행기 한 대가 날아가고 있었다. 조종실은 더웠다. 닉 제라치가 앉아 있는 자리는 그나마 괜찮은 편이었다. 비행기에 같이 타고 있는 남자들은 이미 그보다 훨씬 더 많은 땀을 흘리고 있었고 경호원들은 벌써 그 더위에 욕설을 내뱉고 있었다. 거친 사내들. 제라치도 예전에는 그 사내들과 같은 처지였다. 모두들 덩치만 커다란 바보로 여기면서 필요하면 의지하기도 하지만 언제라도 버릴 수 있는 그런 존재.

"뒤에서 폭풍우가 몰려오는 것 같은데." 오렌지색 실크 셔츠를 입은 프랭크 팔코네가 말했다. 그는 비행기를 조종하고 있는 사람이 누군지도 모르고 있었다.

"큰일이지." 남청색 셔츠를 입은 토니 몰리나리가 말했다. 그는 비행기를 조종하는 사람이 누군지 알고 있었다.

바르지니와 타탈리아, 코를레오네 패밀리 간의 고위 간부들 살인사건이 일어나는 바람에 어디서나 경찰의 감시가 심해졌다. FBI에서 지방 경찰관 나부랭이까지(그럼에도 불구하고 코를레오네 패밀리는 경찰 책임자와 서로 통하고 있었기 때문에 소위 마피아의 신화가 계속 유지될 수 있었다). 그래서 여름 내내 구석에 박혀 있는 고리대금업자들조차 영업을 중지해야 했다. 뉴욕의 다른 패밀리의 돈인 '우유장수 레오'라고 불리는 오틸리오 쿠네오와 '검은 토니'라고 불리는 안토니 스트라치는 휴전이 되기만을 기다려야 했다. 패밀리 간의 전쟁이 끝난다는 것이 무엇을 의미하는지 알고 있는 사람은 아무도 없었다.

"이봐, 난 진짜 폭풍우를 말하는 거야. 밖에 폭풍우가 몰아치고 있다니까. 망할 놈의 폭풍우 같으니." 팔코네가 말했다.

몰리나리가 고개를 저었다. "이보게, 친구. 농담하지 말게."

두 경호원은 비행기 바닥만 쳐다보고 있었는데, 얼굴이 눈에 띄게 창백해져 있었다. "호수 효과입니다. 공기와 물이 만나면서 급격한 온도 변화를 일으키기 때문에 나타나는 현상이지요." 제라치가 말했다. 그는 진짜 조종사처럼 말하려고 애를 썼다. 영화에서 보면 조종사들이 항상 주도권을 잡았다. 그는 조종간을 잡고 있던 손의 힘을 풀었다. "폭풍우는 어떤 방향에서라도 갑자기 일어날 가능성이 있습니다. 그런 쪽에 관심이 있으신가요?"

몰라니리가 제라치의 어깨에 손을 올려 놓으며 말했다. "고맙군, 과학선생 양반."

"별 말씀을요, 선생님." 제라치가 대꾸했다.

팔코네는 시카고의 고위층과 연줄이 닿는 인물이었다. 그는 정치인들, 판사들, 경찰까지 모두 매수해 놓았다. 그리고 지금은 로스앤젤레스에서 자기 조직을 운영하고 있었다. 몰리나리는 샌프란시스코에 별네 개짜리 선창 레스토랑을 가지고 있었다. 그는 거기에서 자신이 하고 싶어 하는 이런저런 사업체들을 운영하고 있었다. 마이클이 제라치에게 준 보고서에 따르면 팔코네와 몰리나리는 언제나 의견 차이를 보이고 있었다. 특히 뉴욕 패밀리들에 대한 견해는 확연히 달랐다. 팔코네는 뉴욕 패밀리들을 속물이라고 생각하고 있었고, 몰리나리는 무모한 폭력조직이라고 생각했다. 또한 몰리나리는 죽은 비토 코를레오네에게 개인적으로 애정을 가지고 있었지만, 팔코네에게는 결코 그런 감정이 없었다. 하지만 지난 몇 년간, 서부지역을 장악하던 두 패밀리의 돈인 두 사람은 서로를 경계하면서도 효과적인 연합 체제를 이루게 되었는데, 특히 필리핀과 멕시코산 마약의 수입과 분배를 조직화하면서 한층 효과를 보았다(마이클은 아무 말도 하지 않았지만 제라치가 만나본 결과 알아낸 또 다른 이유이기도 했다). 그리고 마이클이 코를레오네 패밀리를 계승하기 전까지 두 사람은 미국 내에서 가장 젊은 돈이기도 했다.

"오멜리라고 했나?" 팔코네가 말했다.

제라치는 적란운 속으로 비행기를 조종하면서, 좀 더 나은 대기를 찾고 있었다. 그는 팔코네가 조종사 면허증에 붙어 있는 이름대로 자신을 불렀다는 것을 알아차렸다. 현재 비행은 누가 봐도 어려운 상황이었기에 팔코네 역시 제라치가 대답을 하지 않아도 신경 쓰지 않았다. 눈으로만 보려하지 말고 머리를 써야 한다. 마이클이 예측한 대로 팔코네는 건장한 체격에 금발머리를 가진 시칠리아인인 제라치가 아일랜드 이름을 쓰자 자연스럽게 클리블랜드 조직의 일원으로 생각하는 듯 했다. 그래서 그의 눈에는 제라치가 아일랜드인으로 보인 것이다. 왜 아니겠는가? 클리블랜드 조직에는 수많은 유태인과 아일랜드인, 흑인들이 일하고 있었고, 그 덕에 연합조직으로 불렸다. 다른 쪽 사람들은 돈인 빈센트 포를렌자를 '유태인'이라고 불렀다.

그것은 정말 꼭 필요한 속임수였다. 래틀스네이크섬은 쉽게 갈 수 있는 곳이 아니었다. 팔코네는 이 비행기가 코를레오네 패밀리 소속이라는 것을 알았다면 타지 않았을지도 모른다. 돈 포를렌자도 결혼식에 참석하고 싶어 했지만, 그의 건강 상태로는 힘든 일이었다.

비행기가 마침내 구름 위로 날아올랐다. 모두들 눈부신 햇살에 흠뻑 젖어들었다.

"이봐, 오멜리. 자네는 클리블랜드에서 일하고 있지?" 팔코네가 물었다.

"예, 거기서 태어나고 자랐죠." 의도적으로 속이고는 있었지만 그 말은 사실이었다.

"올해는 양키즈가 인디언즈를 상대로 꽤 이기고 있잖아."

"내년에도 그럴 겁니다." 제라치가 대답했다.

몰리나리는 디마지오가 샌프란시스코 실즈에서 활약하고 있을 때 경기를 봤다면서, 그때도 디마지오는 정말 눈에 띄는 선수였다고 말했다. 또 실즈의 경기가 있을 때의 표를 패키지로 샀지만, 디마지오가 실즈 소속이었을 때 전 경기를 본 적은 한 번도 없었다고 했다. "사람들은 이탈리아인들에 대해 그런 생각들을 갖고 있지. 안 그런가, 오멜리?"

"전혀 아니라고는 할 수 없겠죠, 선생님."

"우린 카카산그와 함께 있군, 그래." 팔코네가 말했다.

"네? 무슨 뜻인가요?" 제라치가 물었다. 그 말이 무엇을 의미하는지는 너무나도 잘 알고 있었지만 그렇게 물었다.

"똑똑한 척하는 바보란 뜻이지." 팔코네의 경호원이 대꾸했다.

"자-아-알-난-척하는 놈이라고요?" '바보 삼총사'로 에 나오는 컬리 같은 말투로 제라치가 말했다.

몰리나리와 경호원 두 명이 웃었다. "꽤 비슷한 걸." 몰리나리가 말했다. 그러자 제라치는 그를 돌아보며 그 TV시리즈에 나오는 등장인물의 웃는 모습을 똑같이 흉내 내며 웃어보였다. 이번에도 역시 그들은 즐거워했다. 팔코네만 제외하고.

난기류를 만나 비행기가 흔들거리기 시작하자, 이런 잡담이나 제라치의 면허증에 나와 있는 이름에 관한 이야기는 중단되었다. 그들은 잠시 식당에 대해 이야기하다가 오늘 밤 보러가기로 한 클리블랜드 아머리에서 하는 타이틀 방어전에 대한 이야기를 나누기 시작했다. 그들은 마이클 코를레오네가 라스베가스에서 트럭 운전사 조합을 위해 특별히 마련한 폰테인의 쇼에 초대받았지만, 그곳에 가는 대신 타이틀 방어전을 보러가기로 한 것이다. 그들은 또 '언터처블'에 대해서도 이야기했다. 그 프로그램을 부분적으로나마 재미있었기 때문에 둘 다 좋아했다. 제라치도 라디오로 그 프로그램을 들어본 적이 있었다. 전형적으로 고지식한 경찰들과 스파게티를 후루룩거리며 먹어대는 잔인한 이탈리아인들이 나와서 짜증났다. 그는 이제껏 텔레비전 쇼를 본 적이 없었다. 대신 책을 읽었다. 그는 텔레비전을 절대 사지 않겠다고 맹세했지만, 작년에 샬롯과 딸들의 성화에 지고 말았다. 그래서 그가 아는 사람을 통해 텔레비전을 구했다(제라치는 언제나 누군가를 알고 있거나 부하로 두고 있었다). 어느 날 집 앞에 트럭이 한 대 서더니, 양복을 입은 두 남자가 이제껏 본 것 중 가장 커다란 텔레비전을 내려 놓았다. 얼마 지나지 않아, 샬롯은 텔레비전 앞에 음식을 차리기 시작했고, 결국 토요일마다 "TV 앞에서 저녁식사하기"가 돼버리고 말았다. 제라치는 질색이었지만 그나마 돌아가신 어머니가 그 꼴을 보지 않아도 된다는 것이 위안이었다. 그는 텔레비전에 일상생활이 끌려가는 것이 싫었다. 하지만 어떻게 해서든 그 상황에 대처해 나가야만 했다. 1주일 후, 제라치는 부하들을 시켜 알고 있던 토건업자를 퀸즈에 있는 건물 주차장으로 끌고 왔다. 그리고 자기 집에 있는 수영장 뒤 야생 뽕나무 덤불들을 걷어내고 땅을 파게 만들었다. 2주일이 지나자 제라치는 뒤뜰에 자신만의 작은 공간을 가질 수 있게 되었다. 스포츠 중계를 볼 때를 제외하고 텔레비전을 볼 때마다 자신이 멍청이가 된 듯한 느낌과 지긋지긋한 소음에서 벗어날 수 있는 피난처가 생긴 것이다.

제라치는 구름 속에서 비행기의 방향을 밑으로 잡았다. "이제 하강할 겁니다."

비행기가 덜컹거렸다. 승객들의 시선은 비행기 안의 모든 버팀목과 나사, 못, 리벳에 쏠렸다. 마치 비행기 안의 나사나 못들이 전부 분리될 거라는 생각을 한 듯.

제라치는 비행기의 계기판을 믿어보려 애를 쓰고 있었지만, 그의 눈동자에 어린 근심을 감출 수는 없었다. 그는 깊은 숨을 내쉬었다. 이내 진흙탕 같은 호수의 수면이 눈에 들어왔다.

"래틀스네이크섬이 저건가?" 몰리나리가 손으로 가리키며 물었다.

"로저*." 제라치가 다시 목소리를 가다듬으며 말했다. "조종사들이 쓰는 말이죠."

"저곳에 착륙한다고? 이런 젠장, 저렇게 작은 활주로에 말인가?" 팔코네가 말했다.

그곳은 겨우 40 몇 에이커밖에 되지 않는 섬으로 뉴욕 센트럴 파크의 15분의 1의 크기였다. 공중에서 내려다보자, 섬의 대부분을 차지하고 있는 것이 골프장인 것처럼 보였고, 불안할 정도로 작은 활주로가 보였다. 래틀스네이크섬의 북쪽으로 길게 뻗어 있는 부두가 보였는데, 실제로는 거기까지가 캐나다 해역이라 금주법 실시 기간 동안 아주 유용하게 이용하기도 했다. 개인 소유의 섬인 이곳은 미국에 부분적으로 접점에 위치해 있어서 우편 요금 문제 때문에 말이 많은 곳이기도 했다.

"여기에서 보는 것보다는 활주로가 훨씬 넓습니다." 제라치가 말했다. 그 역시 그다지 확신은 없었지만. 이제껏 이 섬에 내려본 적은 한 번도 없었다. 비록 그의 대부가 사실상 소유한 섬이기는 했지만, 제라치는 아직까지 이곳에 와본 적이 없었던 것이다.

몰리나리가 팔코네의 손을 가볍게 두드리며 말했다. "긴장을 풀게나, 친구."

---

* '그렇다, 맞다'를 뜻하는 통신용어

팔코네는 고개를 끄덕이고는 좌석에 몸을 기대고 앉아 마음을 다스리려는 듯 컵에 남아있던 커피를 마저 삼켰다.

그들이 탄 비행기가 막 착륙하려는 순간, 하강 기류에 휩쓸려 버렸다. 거인의 손바닥으로 한 대 얻어맞은 느낌이었다. 비행기는 호수의 수면으로 급강하하기 시작했다. 제라치는 호수에서 일어나는 기포까지 볼 수 있었다. 그는 재빨리 조종간을 붙잡고, 날개가 수평이 되도록 만들었다. 비행기의 진동으로 물가 근처의 오두막이 흔들렸다.

"조-오-왔-어. 다시 한번 시도해봅시다." 제라치가 조종간을 뒤로 획 잡아당기며 말했다.

"젠장, 애송이 같으니." 제라치보다 겨우 몇 살 많을 뿐인데도 몰리나리가 이렇게 말했다. 제라치는 작은 소리로 시편 23장을 라틴어로 중얼거리기 시작했다. 그러다가 악마를 두려워하지 않는다는 부분에 이르러 "주께서 나와 함께 하심이니라" 대신 "나는 골짜기에서 가장 거친 쌍놈일 것이니라"라고 말했다.

팔코네가 웃었다. "라틴어로 들을 수 있는 말이 아니군."

"라틴어를 아나?" 몰리나리가 물었다.

"사제가 되기 위해 공부했었지." 팔코네가 대답했다.

"흠, 그래봐야 1주일 정도였겠지. 조종사를 방해하지 말게나, 프랭크."

제라치는 눈 깜짝할 사이에 엄지손가락을 들어올렸다.

그는 잔잔해 보이는 대기의 틈을 발견했고, 두 번째 착륙시도는 믿어지지 않을 만큼 매끄럽게 이루어졌다. 이제야 비행이 끝났다. 그때 경호원 중 한 명이 토하기 시작했다. 제라치는 그 냄새를 맡자, 속이 뒤집어지는 것 같아 입을 틀어막았다. 그러자 다른 경호원도 속에 들어 있던 것을 내뱉었다. 잠시 후 활주로 끝 쪽에서 그들을 맞이하기 위해 나온 노란 레인코트 입은 남자들의 모습이 보였다.

제라치는 창문을 열고 신선한 공기를 들이마셨다. 승객들은 모두 비행기에서 내렸다. 마중 나온 남자들은 비행기에서 내리는 사람들을 위해 우산을 펼쳤고, 비행기 바퀴 뒤에 받침을 대고 날개를 고정시켰다. 그리고 짐 가방을 내렸다. 검은색의 큰 자동차가 대기하고 있었다. 붉은 벨벳으로 둘러진 신 안에 하얀 말들이 그려져 있는 그 차는, 백 미터 정도 위로 올라가야 하는 언덕까지 그들을 태우고 가기 위해 기다리고 있었다.

제라치는 두 명의 돈이 토한 흔적을 남긴 부하들을 데리고 서둘러 그 차에 올라타는 것을 지켜보았다. 예전에 그들이 사용했던 별장이 있는 언덕으로 제라치는 혼자 가방을 끌고 올라갔다. 그리고 지하실 문을 열고 계단을 내려갔다. 한때는 꽤 잘 나가던 카지노였던 지하실에는 여전히 밴드 연주대와 거미줄투성이의 바, 분장실이 남아 있었다. 그는 전등불을 켰다. 뒷벽은 브룩클린의 차고처럼 강철 미닫이문으로 되어 있었다. 그러나 그 안은 라스베가스의 고급 호텔방처럼 보였다. 킹사이즈의 침대, 곳곳에 깔린 붉은 벨벳, 고급 욕조까지. 철문 뒤에 있는 방에는 통조림들과 방독면, 산소통, 발전기, 급수 처리 설비, 무선 라디오, 금고까지 온갖 물건들로 가득 차 있었다. 그 아래 바닥에는 거대한 연료 탱크를 달아 놓았고, 그 외에 다른 방에도 그런 식으로 좀 더 많은 물품들이 비치되어 있었다. 돈 포를렌자는 무슨 일이 일어나더라도 살아남기 위한 만반의 준비를 오랫동안 해왔다. 경찰이 불시에 들이닥친다거나, 그를 죽이기 위해 누군가가 나타난다거나, 행여 러시아에서 폭탄을 떨어뜨린다 하더라도 그 안에서 몇 년간은 숨어 지낼 수 있었다. 포를렌자는 클리블랜드 근처의 호수 아래에 있는 암염산지에서 일하는 노동조합을 시켜 이 공간을 마련했다. 패거리들 사이에서는 밤낮으로 래틀스네이크섬에서 클리블랜드로 이어지는 깊은 터널을 파고 있다는 소문이 돌기도 했다. 제라치는 웃었다. 트럭 운전사의 아들이었던 제라치가 그를 좋아했기에, 심복들도 알지 못한 이 장소에 이렇게 서 있게 된 것이다. 제라치는 돈이 들어 있는 가방을 들고 가 다른 방의 금고 앞에 내려 놓았다.

그는 그 자리에 가만히 서서 돈 가방을 쳐다보았다.

돈은 환상이다. 가방 가죽만 해도 그 안에 들어 있는 작은 종이 뭉치 수천 장보다 더 큰 가치를 타고났다. 돈이란 거리에서 일어나는 일의 1퍼센트도 해결 못하는 정부에서 발행한 수천 장의 채권에 불과하다. 이 세상 최고의 사기다. 정부는 원하는 만큼 채권을 찍어내고는 그 돈을 지급할 수도 없으면서 그 법을 통과시켜버렸다. 제라치가 이해한 바로는 코를레오네와 포를렌자 패밀리가 라스베가스의 도박장에서 한 달 동안 거둬들이는 불로소득 역시 그 종이 뭉치로 바뀌고 있었다. 포를렌자의 환대와 영향력을 고려한 엄청난 선물과 함께였다. 수백 명의 부하들의 노동의 대가인 현금 뭉치들을 소수의 고위 권력자들과의 협상을 위해 가치도 없는 종이조각과 교환하는 것이다. 돈 포를렌자는 쓸모없는 그 종이조각들을 아무 생각 없이 받아들였다. 채권에 불과한 종이 쪼가리를.

어리석은 녀석 같으니. 좀 더 깊이 생각하도록 해라. 아버지는 이렇게 말씀하시곤 했다.

프레디는 창문을 내리고, 정복을 입은 경찰에게 운전 면허증을 건네주었다. "아무것도 없어요."

"이 오렌지들은 뭡니까?" 경찰이 물었다.

"오렌지라니?"

"뒷좌석에 있는 거 말입니다. 바닥에 떨어져 있군요."

정말 오렌지가 있었다. 반 알스데일 오렌지 회사의 망사 가방에 들어 있었는데 프레디의 것이 아니었다. 지구상에 먹을 것이 오렌지밖에 남아 있지 않는다 해도 그는 오렌지는 절대 먹지 않을 테니까.

"선생님, 차를 저쪽 차선에 세워주시겠습니까? 하얀 정복을 입은 사람 옆에 말입니다."

"오렌지 따위는 가져가 버려요. 버려도 상관없소. 내 것이 아니니까." 그의 아버지는 그가 보는 앞에서 오렌지를 사다가 저격당했다. 총알 하나가 오렌지를 관통하면서 아버지의 배에 박혔다. 그날 있었던 일 대부분이 흐릿했지만 프레디는 자신이 총을 놓쳤다는 사실은 기억하고 있었다. 그리고 9번가로 도망가는 남자를 쳐다만 보고 있었다는 것도 기억하고 있었다. 그자는 프레디에게는 총을 쏘지 않았다. 아무래도 상관없다는 듯 단 한 발도 쏘지 않았다. 프레디는 그날의 오렌지를 기억하고 있었다. 하지만 아버지가 죽었는지 확인조차 하지 못하고 바닥에 주저앉아 울던 자신의 모습은 기억하지 못했다. 그 당시 그의 모습을 찍은 사진사가 온갖 종류의 상을 휩쓸기까지 했는데도 말이다. "그게 거기 있다는 걸 잊어버리고 있었소."

"프레데릭 씨, 오늘 아침에 술을 얼마나 많이 마셨습니까?" 경찰이 프레디의 운전 면허증을 살펴보며 말했다. 면허증에는 칼 프레데릭이라는 가명이 쓰여 있었다. 하지만 면허증 자체는 네바다 교통 관리국에서 정식으로 발급받은 것이었다.

프레디는 고개를 저었다. "저기로 가란 말이죠? 저 남자 옆으로?"

"예. 협조해주십시오."

디트로이트 경찰복을 입은 두 남자는 앞쪽에 있는 하얀 옷을 입은 남자 쪽으로 가 합류했다. 프레디는 차를 길옆에 대고, 뒷좌석에 있던 노란 셔츠로 위스키 병을 감쌌다. 하얀 옷을 입은 남자가 그에게 차에서 내려달라고 했다.

지금 이 상황은 형 소니가 목숨을 잃었을 때와 비슷했다. 만일 이것이 프레디를 죽이기 위해 계획된 상황이라면, 그가 좌석 밑에 놓아둔 총을 잡을 수 있는 기회는 지금뿐이었다. 차에서 내리자마자 총을 쏴야 할 것이다. 하지만 그들이 만일 진짜 경찰이라면? 그가 경찰을 한 두 명 죽인다면, 아무래도 사형당할 것이다. 물론 마이클이 그렇게 되기 전에 그를 도망시켜주겠지만.

생각을 해야 해.

"어서 내리시죠." 그 남자가 말했다.

만일 그들이 정말 경찰이고, 프레디가 총을 가지고 있다는 것을 알게 된다면 그는 체포될 것이다. 누군가, 아마도 잘루치가 그들을 매수해줄 것이다. 이제는 도저히 총을 없애 버릴 수 없는 상황이었다.

프레디는 오렌지 하나를 손에 쥐었다. 그런 다음 문을 열고 천천히 차에서 내렸다. 갑작스런 움직임은 없었다. 그는 오렌지를 하얀 옷을 입은 남자에게 던졌다. 그리고 죽을지도 모를 상황에 대비했다. 하지만 그 남자는 그저 옆으로 비켜섰을 뿐이다. 오렌지가 땅에 채 떨어지기도 전에 그 남자가 프레디의 팔을 움켜잡았다.

"당신들은 캐나다 기병 친구들인가요?" 프레디가 기관 단총을 가지고 있는 남자를 뭔가 살피는 시선으로 쳐다보며 물었다.

"프레데릭 씨는 이미 미합중국에 들어왔습니다. 같이 이쪽으로 가주시겠습니까?"

"이 차 알죠? 이건 조 잘루치 씨 겁니다. 아마 알고 있겠지만, 그분은 디트로이트에서 상당히 중요한 사업가로 알려져 있죠." 프레디가 말했다.

순간이기는 했지만 팔을 붙잡고 있던 경찰의 힘이 느슨해졌다. 그들은 프레디를 길옆에 있는 A자형 건물 뒤로 데리고 갔다. 프레디의 심장이 갈비뼈에 부딪힐 만큼 두근거리기 시작했다. 그는 끊임없이 총을 가지고 있는 남자들을 살피며, 망치 두드리는 소리라든가, 탄창 끼우는 소리 같은 것이 들리지 않는지 귀를 기울였다. 프레디는 어떻게 하면 그 자리를 벗어나 도망갈 수 있을지 생각했다. 그가 행동을 개시하려는 바로 그 순간, 그 남자들이 바닥에 그려져 있는 선을 가리키면서 프레디에게 선을 따라 걸어보라고 했다.

그들은 진짜 경찰이었다. 그를 죽이는 일은 없을 것이다. 아마도.

"잘루치 씨는 이 차를 돌려받기를 원하고 계실 겁니다." 프레디가 말했다.

"저처럼 팔을 이렇게 들어보십시오." 경찰 중 한 명이 말했다. 그의 발음은 캐나다인들이 하는 것처럼 웃겼다. 그런 억양은 들을 때마다 항상 재미있었다.

"정말 캐나다 기마병이 아닌가요?" 프레디가 경찰의 지시를 따르면서 이렇게 물었다.

그는 이렇게 말하면서 선을 따라 완벽하게 걸었다. 하지만 그가 던진 농담은 그다지 깊은 인상을 주지 못한 모양이었다. 경찰들은 프레디에게 알파벳을 끝에서부터 외워보라고 했고, 이번에도 그는 제대로 해냈다. 프레디는 시계를 쳐다보았다.

"당신들 이름을 알려준다면, 잘루치 씨가 틀림없이 당신들의 은퇴 연금이나 뭔가를 위해 기꺼이 기부해주실 거라는 점을 보증하죠. 그분이 어떻게 하든 나 역시 기부를 할 테지만요."

경찰들이 모두 강아지마냥 얼굴을 쫑긋 내밀었다.

프레디는 깔깔거리며 웃기 시작했다.

"프레데릭 씨, 뭐가 그렇게 웃깁니까?"

프레디는 고개를 저었다. 제멋대로 웃음보가 터져버려서 웃음이 사라지도록 애를 써야만 했다. 사실, 우스운 건 아무것도 없었다.

"우리가 뭔가를 오해하고 있는 거라면 죄송합니다만, 혹시 지금 우리에게 뇌물을 주시겠다고 하셨습니까?" 경찰 한 명이 물었다.

프레디는 얼굴을 찌푸렸다. "기부라는 말을 듣지 못했소?"

"그 말은 들었습니다만, 아마도 밥은 당신의 제안을 일종의 보상으로 생각한 모양입니다." 다른 경찰이 대답했다.

그 경찰은 법률 용어를 조금 배운 것 같았다. 국경을 지키는 것을 잔뜩 부풀려서 대단한 임무라고 여기는 듯 했다. 저 잘난 척하는 꼴이라니. 프레디는 억지로 입가에 미소를 지어보였다. 우습기는커녕 자기 자신에게 화가 치밀어 오르고 있는 상태였지만. 잘난 척 하는 꼴이라. 지금 그의 모습은 라스베가스에 있는 쇼걸 중 절반을 안았고, 돌아가서 나머지 절반을 보듬어주어야 할 프레디 자신의 모습이 아니었다. 그는 깊은 한숨을 내쉬었다. 프레디는 웃을 수 없었다. "문제를 일으키고 싶지는 않소. 무슨 일이든 나서고 싶지도 않고. 그건 그렇고…" 여기서 그는 다시 한 번 웃고 싶은 충동을 참아내야만 했다. "내가 검사에 통과한 건가요?"

경찰들이 눈짓으로 서로 의견을 교환했다.

하얀 옷을 입은 남자가 건물 모퉁이에서 돌아 나왔다. 총이 있다는 걸 들켰나보군. 프레디는 생각했다. 하지만 그 경찰은 프레디의 총을 가지고 오지 않았다. 그 대신 젖어서 엉망이 되어버린 전단지를 끼워 넣은 필기 판을 손수건으로 감싸들고 있었다. "프레데릭 씨, 이 종이에 대해 설명해주시겠습니까?"

"그게 뭔가요?" 프레디가 물었다. 그제서야 모텔 방에 총을 남겨두고 왔다는 사실이 기억이 났다. "본 기억이 없는데요."

그러자 그 남자가 종이에 얼굴을 바짝 붙인 채 읽었다. "이렇게 써 있군요. '날 용서해줘. 프레디.' 프레디가 누구죠?"

그는 서명 란에 남겨진 귀도라는 이름을 리듬감 있게 발음했다.

결국 프레디는 웃음을 터뜨리고 말았다.

운동복 차림의 주치의가 불과 30분 전에 목 상태가 최고라는 처방을 내려줬지만, 조니 폰테인은 운이 없었다. 그는 사막에서 그들과 함께 출발했다. 바스토우에 들러 꿀과 레몬이 든 김이 모락모락 나는 찻잔을 받아든 다음 노래의 왕국으로 곧장 향했다. 내셔널 레코드 타워까지 두 블록 남았을 때 경찰이 붉은 불빛을 깜박거리며, 그리고 사이렌 소리를 15번쯤 울리며 쫓아오고 있었다. L.A. 기동 순찰대의 오토바이가 그의 차 뒤를 바짝 쫓았다. 건물 후문 근처에서 그가 탄 차와 경찰 오토바이는 같이 멈춰 섰다. 내셔널 레코드의 2인자인 필 오른스테인이 그 앞에 혼자 서서 담배를 피우고 있었다.

조니는 결이 가느다란 머리카락을 손가락으로 쓸어내리고는 옆에 놓아두었던 모자를 집어 들었다. 그리고 차에서 내렸다. "잘 좀 부탁드립니다." 조니가 경찰에게 엄지손가락을 세워 보이며 말했다. "잘 있었나, 필리?"

필이 담배를 껐다. "곧장 들어가게. 자네가 자정에 쇼를 끝마치고, 여기까지 차로 오는 동안 우리도 생각을 좀 했어. 앰버서더 호텔에 우리 이름으로 방을 잡아놨네. 자네가 거기 묵는 건 아무도 모를 거야."

경찰이 헬멧을 벗고 물었다. "조니 폰테인 아닙니까? 맞죠?"

성큼성큼 앞으로 걸어가던 조니는 발걸음을 멈추지 않은 채 눈부신 백만 달러짜리 미소를 지으며 돌아보았다. 그리고는 살짝 윙크하면서 손가락을 총 모양으로 만들어 여섯 발을 쏘는 시늉을 했다.

필은 조니가 경찰과 이야기를 나누는 동안 걸음을 멈추고 한숨을 내쉬더니 머리카락을 손가락으로 쓸어내렸다.

"아내도, 저도 조니 씨의 지난 번 영화를 아주 좋아합니다." 경찰이 말했다.

서부극인 그 영화는 진짜 쓰레기 같았다. 누구나 그와 같은 남자라면 말을 탈 수 있고, 무법자들로부터 선량한 주민들을 구해낼 수 있다고 믿게 만드는 영화였다. 조니는 경찰이 내민 주차 위반 딱지 철 뒤에 사인을 해주었다.

"다시 음반을 내시는 겁니까?"

"그럴 예정입니다만."

"아내는 언제나 조니 씨의 노래를 좋아했습니다."

뉴욕에 있는 음반회사 중 어느 곳도 그와 계약을 맺으려고 하지 않았던 이유가 영화 때문은 아니었을 것이다. 여자보다 남자에게 인기를 얻기 위해 애쓰는 가수는 아무도 없을 테니까(그를 전 세계 가수들의 대부라고 했던 이들도 있었다). 하지만 조니는 지금 그 경찰이 한 말 중 무엇보다 과거 시제가 싫었다. 좋아하고 있는 것이 아니라 좋아했다는 그 말이. 영화는 괜찮았다. 현재 그는 제작사를 직접 운영하고 있을 뿐만 아니라 아카데미상(현재 그 트로피는 전처 집에 있는 딸의 장난감 애기침대에 포대기를 두르고 누워 있다)까지 받았다. 하지만 아직까지도 그는 이곳에서 한다하는 사람들 틈에서 자신이 초대받지 못한 파티에 참석한 말도 안 통하는 기니인 같다고 느끼곤 했다. 제자리걸음으로 한없이 기다리고 있어야 했던 조니의 모습은 어리석어 보였고, 덕분에 재수 없이 잘난 척 하는 놈들이 그를 '한입거리(One-Take) 조니'라고 부르는 것도 참아야만 했다. 이번만큼은 무슨 수를 써서라도 제대로 해내야만 했다. 그가 그렇게 되기를 진심으로 바라고 있지는 않더라도. 그는 사실 배우도 아니었고, 직업 댄서도 아니었다. 10대들의 우상도 아니었으며, 심지어 인기 가수조차 아니었다. 그는 조니 폰테인이고, 능력 있는 술집 가수일 뿐이다. 모든 것을 걸고 있는 내셔널 레코드와의 이번 계약은 그에게 기회를 줄 것이다. 아마도 생애 최고가 될 수도 있을 그런 기회를. 아마 최고가 될 것이다. 안 될 이유가 뭔가? 사람들이 보는 자신의 모습이 자기가 알고 있는 그 모습이 아닐 때 화가 난다. 그는 아무 말도 하지 않았다. 자신을 욕하는 사람에게나 좋아해주는 사람에게나 아무 말도 할 필요가 없다. "부인 이름이?" 조니가 물었다.

"이렌느입니다."

"두 분, 라스베가스에 온 적이 있습니까?"

그 경찰은 고개를 저었다. "가자고 얘기만 했죠."

"직접 와서 보면 믿을 수 있을 겁니다. 전 한 달 내내 모래의 성이라는 곳에 있습니다. 고급 술집이죠. 언제라도 오고 싶을 때 오십시오. 제가 들어올 수 있게 해드릴 테니."

경찰은 조니에게 고맙다고 인사했다.

"망할 자식 같으니. 여기 오는 탤런트들한테 전부 저러는 거라고 내기해도 좋아. 저 작자는 주차장에 가득 찰 만큼 유명인 사인을 모아놓았을 거야." 스튜디오로 올라가는 엘리베이터에 타자 조니가 필에게 말했다.

"자넨 지나치게 냉소적이라니까."

"툭 까놓고 말할까? 필리, 자넨 너무 진지해." 엘리베이터의 반짝거리는 벽에 비친, 컵을 들고 있는 조니의 모습은 전혀 진지해 보이지 않았다. 그는 모자를 벗고, 손가락으로 머리카락을 가지런히 한 후 다시 모자를 썼다. "준비는 다 됐나?"

"한 시간 전부터 대기하고 있었네. 한 가지 문제가 있긴 하지만. 제대로 듣고 있긴 한 건가?" 필이 말했다.

조니는 그를 무표정하게 바라보며 아무 말도 하지 않았지만, 사실 그의 이야기를 제대로 듣고 있었다. 필 오른스테인은 다른 대형 음반사에서 전부 무시당했던 조니와 7년간 계약을 맺은 사람이었기 때문이다(비록 계약금은 보잘것 없었지만. 하지만 무슨 상관인가? 돈은 전혀 문제가 아니었다). 필 오른스테인은 조니 폰테인의 목소리는 다시 돌아올 것이며, 술을 많이 마신다거나 요란하게 폭행을 저지르고 다닌다는 그의 대중적인 이미지는 부정적이었지만 오히려 음반 판매량을 높일 거라고 주장했다.

"자네가 음악 감독으로 에디 닐스를 원하는 건 알고 있지만, 그렇게 되지 못하더라도 괜찮을 거야. 우리가 애써볼 테니까."

조니는 엘리베이터의 정지 단추를 눌렀다. 그가 마지막으로 인기를 끌었던 음반의 작업을 같이 했던 사람이 에디 닐스였다. 이번에도 조니는 그의 집에 찾아가 자신의 오디션을 봐줄 때까지 독수리상과 벌거벗은 조각상들이 가득한 대리석 바닥이 깔린 복도에서 꼼짝도 하지 않고 기다렸다. 마침내 듣기 괴로울 지경이었던 조니의 목소리가 겨우 들을 만해지자 에디는 다시 한 번 그와 일하기로 해주었다.

"자네 말은 에디가 지금 여기 없다는 소린가?"

"지금 그 이야기를 하려던 참이야." 필이 자기 배를 톡톡 건드리며 대답했다. "위궤양이 심해. 어젯밤에 병원에 실려 갔어. 이제 괜찮은가봐. 하지만…."

"에디가 지금 여기에 없단 말이지."

"그래, 맞아. 그게 바로 문제지. 에디가 자네를 위해 일할 수 없다는 거."

필은 자네의 컴백을 위해가 아니라 자네를 위해서, 라고 돌려 말해주었지만, 조니에게는 전혀 위로가 되지 못했다. "자넨 늘 다른 사람을 원했지. 그 풋내기, 트롬본 치던 녀석 말이네." 조니가 말했다.

"그래, 싸이 밀너를 말했지. 그 친구는 풋내기가 아니야. 40대야, 마흔다섯 살이니까. 우린 그 친구를 고용해서 자유롭게 새 노래를 두 곡 정도 쓰라고 할 생각이네."

밀너는 레스 할리에서 연주했었다. 하지만 그때는 조니가 그 밴드를 떠난 뒤여서 그와 만난 적이 없었다. "언제부터? 어제부터 말인가?"

"어제부터지. 그 친구는 정말 빨리 일해. 속도에 있어서만큼은 전설적이야."

그 풋내기는 전설이고, 난 '한입거리' 조니지. "에디가 이미 작곡한 곡은 어떻게 할 건가?"

"물론 그 곡도 써야지. 다른 식으로 말이야."

필은 평상시와 다르게 양손으로 머리를 쓸어 넘겼다. 그는 무의식적으로 다른 사람의 독특한 버릇들을 따라하곤 했다.

"대체 자네는 나에 대해 어떻게 생각하는 거지? 어려울 거라고 생각하는 건가? 이봐, 필리. 난 프로야. 그 싸이라는 친구와 한번 해보도록 하지. 뭔가 애쓰다 보면 혹시 모르지, 우리가 기적이라도 만들어낼 수 있을지 말이야, 안 그래?" 조니가 엘리베이터의 정지 단추를 재빨리 누르며 말했다.

"고맙네, 조니."

"난 늘 예절바른 유대인처럼 행동하니까."

"집어치우게, 조니."

"참아봐."

조니는 엘리베이터에서 내려 1A 앞에 있는 홀로 성큼성큼 걸어갔다.

그곳은 그가 원하는 대로 유일하게 오케스트라 연주자들이 들어갈 수 있을 만큼 커다란 스튜디오였다. 조니가 문을 훽 열고 안으로 들어가자, 바로 건너편 직선거리에 잿빛으로 물들기 시작한 금발머리 남자가 서 있었다. 그는 영국식 트위드 양복을 입고, 뿔테 안경을 끼고 있었다. 한쪽 렌즈가 너무 두꺼운 탓에 눈이 우스웠다. 게다가 미식축구라도 한 것처럼 넓은 어깨를 가지고 있는 그 모습으로는 도저히 지휘봉을 잡을 사람으로 보이지 않았다. 그는 어떤 영화에 나왔던 친절한 교장과 비슷해 보였다. 조니와 싸이 밀너는 의례적으로 간단한 인사만 나누었다. 조니가 마이크 앞에서 엄지손가락을 훽 들어 올리자, 밀너도 고개를 끄덕였다.

밀너는 엔지니어 쪽을 보며 뭐라고 중얼거리고는 지휘대에 올라갔다. 연주가들이 각자 악기들을 집어 들었다. 밀너가 코트를 벗더니, 건장한 두 팔을 들어올렸다. 그리고 지휘봉을 경쾌하게 움직이기 시작했다. 조니는 마이크 앞에 서서 노래부를 준비를 했다.

"자, 시작해봅시다. 여러분." 그가 말했다. 하지만 그게 조니의 마지막 말이었다.

조니는 악보를 처음 봤을 때부터 그 노래가 인상적이었다. 그리고 에디 닐슨이 한 사람 한 사람 모은 오케스트라가 그의 목소리를 화려하게 뒷받침해줄 것이다. 상황은 예전과 같았다. 조니는 그 노래가 자신을 최고로 만들어줄 거라고 느꼈다. 그는 여전히 그렇게 부를 수 있었다. 그건 자전거를 타는 것과 마찬가지였다.

마침내 오케스트라의 연주가 끝나자, 부스 안에 있던 사람들이 소리를 내지 않고 박수갈채를 보내는 동작을 했다.

밀너는 의자에 앉아 있었다. 조니가 그에게 의견을 묻자 밀너는 자신의 생각을 말했다. 조니는 다시 해야 하는 건지 물었다. 밀너는 아무 말도 하지 않았다. 그저 일어나 다시 한 번 팔을 올렸을 뿐이다. 그들은 다시 연주했다. 밀너는 다시 의자에 앉더니 이번에는 뭔가를 적기 시작했다.

"지금 뭐하는 겁니까?"

밀너는 고개를 젓고는 아무 말도 하지 않았다. 조니는 필을 쳐다보았다. 필은 그의 의도를 바로 알아차리고는 밀너와 조니를 데리고 부스 안으로 들어갔다.

"오케스트라의 3분의 2를 줄입시다." 밀너가 말했다.

그는 "줄여야 합니다"나 "줄여야 할 것 같습니다"가 아니라 단정적으로 말했다. 조니가 딱딱거리며 대들었다. 예전에 최고의 인기를 누렸던 노래에서도 지금과 똑같은 오케스트라를 이용했고, 그리고 그 소리 덕분에 사람들의 마음을 움직였다고 말했다.

밀너는 무표정하게 조니의 신랄한 비난을 듣고는 자리에서 일어났다. 그리고 필에게 종이 한 장을 건네주었다. 집으로 돌려보낼 사람들의 명단이었다. 필은 그 명단을 보고 눈썹을 치켜 올렸다. 그런 다음 자기 자신을 가리켜 보였다. 밀너는 필이 더 이상 그곳에서 할 일이 없다고 말했다.

"망할. 자네 할 일이나 하게." 조니가 말했다. 그는 가죽 의자에 몸을 깊이 묻었다.

밀너는 집으로 돌려보낼 사람들을 불러 모았다. 조니는 자리에 앉은 채 직접 고른 노래들을 살펴보면서 닐이 만든 곡과 밀너가 만든 곡을 비교해보았다. 밀너는 급히 휘갈겨 쓴 듯, 지저분한 점들이 종이에 가득 묻어 있었다. 이제까지 이런 건 본 적이 없었다.

잠시 후 조니는 마이크 뒤에 앉아 그 앞에 있는 악보대에 놓인 악보를 쳐다보았다. 이번에는 밀너가 고른 곡이었다. 아주 예전에 그가 녹음했던 콜리 포터의 옛 노래로 마치 그 시절로 되돌아간 것 같았다. 조니는 밀너를 죽여 버리고 싶다는 충동과 그를 안아주고 싶다는 충동을 동시에 느끼고 있었다. 그는 밀너가 틀렸다는 것을 입증해 보이고 싶었다. 동시에 밀너가 옳기를 기도했다.

클럽에서나 혹은 10년 전 음반을 녹음할 때의 조니 폰테인을 본 적이 있는 사람들은 지금 그가 마이크 뒤에서 깊은 숨을 내쉬며 이런 고뇌와 깊은 생각에 잠겨 있다는 것을 알아차리지 못할 것이다. 남아 있는 연주자들이 모두 제자리를 잡았다. 엔지니어가 마이크를 확인하고 싶어 했다. 그들이 모든 준비를 끝마쳤을 때, 한 아이가 들어와 폰테인 씨가 드실 차를 어디에 놓으면 좋겠느냐고 물었다. 조니는 아무 말 없이 찻잔 놓을 곳을 가리키고는 제자리에서 천천히 박자에 맞춰 몸을 흔들기 시작했다. 그의 눈동자는 악보에 고정되어 있는 것처럼 보였지만, 실제로는 전혀 보고 있지 않았다. 몇 분에 불과한 시간이었지만 조니에게는 몇 시간처럼 느껴지기도 했고, 전혀 시간이 흐르지 않는 것처럼 느껴지기도 했다. 그는 눈을 감았다. 마침내 노래를 부르기 시작하자 그가 그토록 걱정하고 신경 썼던 목소리는 빗방울처럼 청량하게 울려 퍼졌다.

조니는 노래가 시작된 것을 거의 알아차리지 못했다. 그의 호흡은 그동안 수영장에서 연습한 대로 자연스럽게 조절되고 있었고, 그 자신은 노래를 부르고 있다는 것을 거의 느끼지 못하고 있었다. 오케스트라의 연주는 여기저기서 그가 원할 때마다 치고 들어왔고, 맞출 필요도 없이 그의 노래에 머물러 있었다. 1절을 부르면서 조니는 자신이 노래에 푹 빠져 들었다는 것을 깨달았다. 떠나버린 여자 없이 혼자 살아야 한다는 내용으로 적절한 농담을 조화시킨 가사에 그 자신이 동화되어 있었다. 조니는 1절의 후렴구를 부르면서 또 다시 푹 빠져버렸다. 그는 다른 사람들을 위해, 지금 스튜디오에 있는 사람들이나 라디오를 통해 들을 사람들, 거실에서 위스키를 가져오는 것보다 더 빠른 속도로 잔을 비우면서 그 노래를 들을지도 모를 사람들을 위해서가 아니라, 오직 자신만을 위해 노래하고 있었다. 돌이라도 뚫을 수 있을 것 같은 뜨거운 마음으로 자신만이 알고 있는 진실을 노래했다. 실제로 그 음악을 듣는 사람들은 감미로운 가사 속에서 실연이 남긴 부정적인 모습만을 보게 될 것이고, 옳은 일이라는 것을 알기에 절망을 남기면서라도 떠날 수밖에 없는 사람들을 비난하게 될 것이다.

노래가 끝났다.

밀너는 지휘봉을 내리고, 엔지니어를 쳐다보며 고개를 끄덕였다. 스튜디오에 있는 사람들, 인원이 확 줄어버린 밴드 단원들조차 뜨거운 박수를 보냈다. 밀너가 부스를 향해 고개를 숙여 보였다.

조니는 마이크에서 물러섰다. 그는 만면에 미소를 띤 채 주위 사람들을 돌아보았다. 밀너가 부스로 돌아와 마이크의 위치를 옮겼다. 그는 아무 말도 하지 않았다. 거의 입을 떼지 않고도 많은 말을 하는 것으로 봐서 밀너는 시칠리아인이 분명했다.

"아니, 정말 고맙게 생각하지만 아니예요. 당신 친구들도 대단하지만 난 더 잘할 수 있어요. 한 번 더 갑시다. 괜찮아요?"

밀너는 다른 마이크의 위치도 바꿨다.

"싸이, 8번째 소절 말인데, 푸치니처럼 높여서 연주해줄 수 있겠소?" 조니가 말했다.

밀너는 셔츠 주머니에서 세탁소 영수증처럼 보이는 구겨진 종이 한 장을 꺼냈다. 그리고는 피아노 의자에 앉아 잠시 곰곰이 생각하더니 종이 몇 장에 나눠 뭔가를 적어 넣은 다음 밴드 멤버들에게 나눠주었다.

조니는 이제 에디 닐스와는 일할 수 없을 것 같았다.

그 노래를 부르고 있는 동안 조니의 영혼은 어딘지 모를 곳에 가 있었다. 그는 알고 있었다. 좀 더 깊이, 몇 십번이라도 그곳으로 다시 갈 수 있다는 것을. 사람들을 일상에서 벗어나게 할 수 있는 그런 노래들로 음반을 가득 채울 수 있었다. 조니의 내면 깊은 곳에서 뭔가 섬광처럼 떠오르는 것이 있었다. 예전에 레스 할리에서 노래를 불렀을 때와 같은 기분이었다. 최고의 재즈 가수들조차 하지 못했던, 이제껏 그 누구도 한 적이 없는 그런 모든 것을 담은 최고의 음반이 탄생할 것이다.

필 오른스테인은 이제까지 모든 사람들을 만족시켜 왔다. 이번 시즌에는 이 노래 하나만 나오게 되어 있어서 그다지 좋은 상황은 아니었다. 하지만 최악은 아니었다. 솔직히 내셔널 레코드에서 어떤 음반들이 새로 나올 거냐고 묻는 레코드 가게 주인들에게 조니 폰테인의 신곡이 나온다고 이야기해도 폰테인은 무시당할 수 있는 그런 존재였다. 그들이 원하는 건 노래들이었고, 가수들이었으니까.

밀너가 연주단 위에 올라갔다. 안경을 쓴 덕에 그가 오케스트라를 보고 있는 것처럼 보였지만, 그의 커다란 눈은 조니에게 고정되어 있었다. 조니가 시선을 내리깔자 그들은 다시 시작했다.

8번째 소절에 들어서자 푸치니의 유령이 나타나기라도 하듯 노래하는 소리가 찢어질 듯 높게, 보다 멀리 울려 퍼졌다. 조니는 폐에 공기가 가득 찼다가 빠져나가는 것을 느꼈다.

마이클과 케이는 처음 한 시간 동안은 적당한 침묵 속에서 비행했다. 케이가 사막의 경이로운 아름다움에 감탄하며, 마이클도 알고 있을 추상화가의 작품과 비교해가며 이야기를 시작했다. 마이클은 그녀가 미술에 대해 이야기하는 동안 알아듣는 척하면서, 왜 이렇게 사소한 문제에서조차 케이에게 정직할 수 없는지에 대해 생각했다.

마이클이 이사는 어땠는지 물었다. 케이는 지난주 클레멘자 가족들이 마이클 부모님의 예전 집에 들어갔을 때(그들은 이미 그 집을 샀다), 카멜라 코를레오네가 지난 몇 년간 좀처럼 들어가지 않았던 죽은 남편의 사무실 창문 앞에 서 있었다는 것을 마이클에게 말을 해야 할지 고민했다. 카멜라는 술에 취한 채 라틴어로 기도문을 중얼거리고 있었다. 여긴 내 집이야. 난 사막으로 이사 가지 않을 거다. 카멜라는 그렇게 선언했다. 마이클도 이내 알게 될 이야기였다. 아니, 이건 농담이다. 마이클은 벌써 그 사실을 알고 있는 것이 분명했다. "좋아질 거예요. 코니도 많이 도와주니까." 케이가 대답했다.

중립적인 대답을 하기도 힘들었다. 마이클은 여동생 이야기에 아무런 반응도 보이지 않았다. 하지만 그는 알고 있었다. 코니가 남편인 카를로의 죽음에 대해 자신을 비난하고 있다는 것을. 마이클과 알고 지내는 지방 검사보가 과달카날*에서 카를로의 살인범으로 바르지니 패밀리의 하급 조직원을 체포했음에도 말이다.

"신기해요. 수상 비행기를 타고 사막 위를 날아간다는 것 말이에요." 또 다시 침묵이 한참 흐른 후 케이가 말했다.

어느 방향을 돌아보아도 황량하게 인적 없는 모래에, 지평선 쪽으로 펼쳐져 있는 관목뿐이었다. 그러다 마침내 북쪽으로 안개 사이를 뚫고 불쑥 솟은 산맥들이 보이기 시작했다.

"아이들도 같이 데리고 올 걸 그랬나?" 마이클이 겨우 입을 열었다.

"오늘 아침에 그 애들이 하는 짓 봤잖아요." 케이가 대꾸했다. 두 사람이 나올 때 이제 두 살이 된 메리는 "아빠, 아빠"만 부르며 울음을 터뜨렸다. 그리고 내년이면 유치원에 가야 하는 안토니는 마루에 있는 상

---

* 태평양 솔로몬 제도의 섬

자 안에 들어가 구멍 사이로 텔레비전을 보고 있었다. 점토로 만든 인형들이 인생의 여러 가지 문제들을 말해주는 프로그램이었다. 빨간 왜건을 다른 사람과 같이 타고 싶지 않은 기분에 대해서라든가, 엄마의 바느질용 램프를 깨고 난 후 잘못을 인정해야 한다는 그런 내용들이 담겨 있었다. 그 작은 점토 소년에게는 결코 살해당하는 삼촌들이 있지 않을 것이다. 카디건 스웨터를 입은 점토 아빠도 결코 뉴욕타임즈에서 "암흑가의 인물"이라고 불리지는 않을 것이다. 점잖은 점토 할아버지도 발 아래 시체를 두는 일은 없을 것이다. "그 애들을 어쩌면 좋죠?"

"차차 좋아지겠지. 애들이 아직 친구들을 사귀지 못했어? 이웃들은 어때?"

"아직 짐도 다 못 풀었는 걸요. 시간이 없었잖아요."

"그랬지. 당신 탓을 하자는 건 아니야."

르노 근처에 다다르자, 마이클은 영공을 확인했다.

"장인, 장모님 여행은 어떠셨대?"

"좋으셨나봐요." 케이의 아버지는 오랫동안 다트머스에서 신학을 가르쳤고, 그 덕분에 큰 액수는 아니지만 연금을 받게 되었다. 그래서 5년 전에 목사직에서 은퇴한 뒤로는 주로 그림을 그리면서 생활했다. 그러다가 아내와 함께 여행용 트레일러를 사서 미국 전역을 돌아다니기로 계획을 세웠다. 그들은 어제 이곳에 도착해서, 케이가 집을 정리하는 것을 돕고 손자들을 보살펴주었다. "여기 트레일러 파크*가 너무 좋아서 떠나고 싶지 않다고 하시던 걸요." 모래의 성에는 그 안에 트레일러 파크가 따로 있었다.

---

* 이동 주택 주차 구역

"언제까지든 계시고 싶을 때까지 계셔도 좋다고 말씀 드려."

"그거야 농담이시죠. 그런데 타호에서는 뭘하죠?"

"저녁 먹고 영화나 보면 어때?"

"아직 11시밖에 안 됐는데."

"그럼 점심 먹고 영화보지, 뭐. 마티니도 한 잔 하고. 거기도 마티니 정도는 있을 거야."

"좋아요. 세상에, 마이클, 저것 좀 봐요! 너무 아름다워요!"

고리 모양의 산맥에 둘러싸인 호수는 케이가 상상했던 것보다 훨씬 컸고, 낚싯배들이 점점이 떠다니고 있었다. 그 주위를 에워싼 우거진 소나무 숲은 제방까지 연결되어 있었다. 호수의 수면은 반지르르 윤기 나는 탁자처럼 잔잔했다.

"정말이네. 이렇게 아름다운 곳은 처음이야" 마이클이 말했다.

그는 아내를 슬쩍 쳐다보았다. 그녀는 자리에서 몸을 돌린 채 목을 길게 내밀고 하강하는 비행기 밖으로 보이는 화려한 풍경을 바라보고 있었다. 케이는 행복해 보였다.

마이클은 호숫가 근처까지 내려오자 제방과 보트 하우스 근처에 비행기를 착륙시키기로 했다. 주위에는 숲과 근처의 호수 위까지 튀어나온 개척지 말고는 아무것도 없었다.

"시내에서 꽤 멀리 떨어진 곳인가봐요." 케이가 말했다.

"근처에 점심 먹기 좋은 곳이 있어."

비행기가 제방에 닿자, 숲 속에서 검은 양복을 입은 남자 세 명이 불쑥 나타났다.

케이는 숨을 들이마시고 좌석에 몸을 바짝 기대었다. 남자들이 제방 쪽으로 나오자 그녀는 남편의 이름을 불렀다.

그러나 마이클이 고개를 저었다. 그 의미는 분명했다. 걱정하지 마.

날 위해 일하는 사람들이야.

남자들은 물 위에서 흔들거리는 비행기를 끈으로 제방에 고정시켰다. 그 중 한 명은 토미 네리라는 자로 알 네리의 조카였다. 예전 뉴욕 경찰이었던 알은 탄창이 없는 자동 권총을 돈 에밀리오 바르지니의 가슴에 겨눈 적도 있었고, 부엌에서 집어온 스테이크용 칼로 필립 타탈리아의 부하 한 명을 찔러 죽이고, 그 시체에 오줌을 갈기기도 했던 인물이다. 토미 네리는 패밀리가 관리하는 호텔의 안전을 책임지고 있었다. 알 네리처럼 토미 역시 뉴욕 경찰이었다. 세 명 모두 갓 고등학교를 졸업한 것처럼 보였다. 그들은 일이 끝나자 아무 말도 없이 숲 속으로 되돌아갔다.

그들이 가고 나자 케이는 마이클과 함께 제방에 내려섰다. 그곳에는 두 사람뿐이었고, 말이 필요 없는 곳이었다.

"여기서 잠깐만 기다려." 마이클이 말했다. 그는 예전에 부상당했던 쪽 얼굴을 쓰다듬고 있었다. 긴장했을 때 무의식적으로 그런 행동을 하는 것 같았다. 수년 전 마이클의 얼굴을 때린 경찰은 그의 코에도 잇달아 강타를 날렸다. 하지만 마이클은 수술을 하지 않았다. 그러다가 결국 그의 망가진 얼굴에 대한 이야기가 대두되자 케이의 바람대로 수술을 받았다. 물론 많이 좋아지긴 했지만 예전과 똑같은 얼굴로는 돌아오지 못했다. 케이는 이제까지 그런 말을 하지 않았다.

마이클은 보트 하우스의 입구로 걸어가서 선반에서 열쇠를 찾아 그 안으로 들어갔다.

케이는 이 보트 하우스가 누구의 것인지 물어보고 싶기도 했지만 한편으로는 그러고 싶지 않기도 했다. 그가 무슨 대답을 할지 두려워서가 아니라 마이클이 물어보는 걸 싫어할지도 모른다는 두려움 때문이었다.

잠시 후 마이클이 나오더니, 케이에게 열두 송이의 장미다발을 내밀었다. 그녀는 한걸음 뒤로 물러섰다가, 이내 앞으로 다가가 꽃다발을 받았다. 두 사람은 키스를 했다.

"결혼기념일 축하해." 마이클이 말했다.

"이 여행이 선물인 줄 알았어요."

"선물 세트의 일부지."

그는 보트 하우스 안으로 다시 되돌아갔다. 그리고는 줄무늬 해변용 담요와 붉은 바둑판무늬의 식탁보가 덮인 커다란 소풍 바구니를 들고 나왔다. 바구니 밖으로 긴 이탈리아빵 두 덩이가 십자가 모양으로 튀어나와 있었다. "저길 봐! 호숫가에서 점심을 먹는 거야." 마이클이 얼굴로 개척지를 가리키며 말했다.

케이가 앞장섰다. 그녀는 꽃다발을 내려놓고, 바닥에 담요를 펼쳤다. 두 사람은 인디언식으로 마주 보고 앉았다. 배가 고팠던 그들은 열심히 먹었다. 그러다가 마이클이 케이의 머리 위쪽에 달려 있는 포도송이를 가리켰다.

"근사해라. 따먹어야지." 그녀가 포도송이를 땄다.

"잘 했어." 마이클이 말했다.

케이는 숲을 돌아보았지만, 남자들의 모습은 보이지 않았다. "정말 이럴 생각은 아니었는데. 정말이예요." 그녀는 말을 멈췄다. 하지만 왜 물어보면 안 되는 거지? 사업에 관한 질문도 아닌데 말이다. 마이클은 데이트를 하자며 그녀를 이곳으로 데리고 왔다. 결혼기념일을 축하하기 위해서. "이 음식들은 어디서 난 거예요?"

마이클이 호수 건너편을 가리켰다. "저쪽에서 배달시켰지."

"이 땅은 누구 거예요?"

"이 땅? 여기 말이야?"

그녀가 얼굴을 찡그렸다.

"당신 거라고 생각되는데."

"생각된다고요?"

"당신 거야." 마이클이 일어섰다. 그리고 뒷주머니에서 종이 한 장을 꺼냈다. 복사본이었다. 두 사람이 가지고 있는 다른 모든 것처럼 이곳 역시 그가 아니라 그녀의 명의로 되어 있었다. "결혼기념일 축하해."

케이는 장미 꽃다발을 집어 들었다. 라스베가스의 최상급 저택을 소유하고 있으면서 이곳까지 살 수 있을 정도의 여유가 있다고 생각하자 그녀는 짜릿하면서도 어딘지 모르게 질리는 느낌이 들었다. "당신이란 사람, 여자를 즐겁게해주는 법을 잘 알고 있군요."

마이클 역시 이 땅을 결혼기념일 선물이라고 부를 수 없다는 건 잘 알고 있었다. 이건 그가 과장한 것이다. "마지막 선물이야." 마이클은 오른손을 꺼내고, 성서가 놓여 있기라도 한 것처럼 그 위에 왼손을 올렸다. "맹세할게. 더 이상 놀랄 일은 없을 거야."

케이가 그를 올려다보았다. 그리고 딸기를 먹었다. "나한테 말도 없이 여기를 산 거예요?"

마이클은 고개를 저었다. "관심 가는 부동산 회사가 있어. 거기서 산 거야. 일종의 투자지. 난 우리가 이 땅을 개발할 수 있을 거라고 생각해. 우리를 위해서, 그리고 가족을 위해서."

"가족을 위해서?"

"그래."

"어디까지가 가족인데요?"

마이클은 고개를 돌려 호수를 바라보았다. "케이, 당신은 날 믿어줘야 해. 지금 이곳은 무척 아름다워. 그리고 변하는 건 아무것도 없을 거야."

모두 변해버린 걸요. 하지만 케이는 그 말은 하지 않는 편이 낫다는 걸 알고 있었다. "당신은 우리를 라스베가스로 이사시켜 놓고, 짐도 다 풀기 전에 또 다시 여기로 이사 오자는 말이예요?"

"라스베가스에 온 건 프레디 형이 이미 자리를 잡아 놓았기 때문이지. 하지만 머지않아 타호 호수는 훨씬 좋은 기회가 될 거야. 우리를 위해서. 케이, 꿈꾸던 집을 지어도 좋아. 건축가처럼 말야. 1년이 걸리든 2년이 걸리든 말이야. 서두를 것 없어. 잘 들어봐. 아이들은 이 호수에서 수영을 하고, 숲을 탐험하고, 승마에 스키를 하면서 자라게 되는 거야." 마이클이 그녀 쪽으로 얼굴을 돌렸다. "당신에게 청혼하던 날, 내가 말했었지. 모든 일이 잘되면 5년 안에 우리 사업은 모두 합법적으로 될 거라고."

"기억해요." 케이가 대답했다. 비록 그 이후로 두 사람 사이에서 그 이야기를 꺼낸 건 이번이 처음이었지만.

"그 일은 계속 진행 중에 있어. 조금만 더 조정하면 돼. 사실이야. 물론 모든 것이 잘되고 있다고 할 수는 없지만. 난 아버지가 돌아가신 것에 연연하지 않아. 다른 일도 마찬가지고. 이 세상에 제대로 살아가기 위해 계획했던 일들이 모두 이루어질 거라고 믿는 사람은 아마 없을 거야. 하지만…." 마이클이 집게손가락을 펼쳤다. "하지만 우린 끝낼 수 있어. 물론 어려움이 따르겠지만 말이야. 케이, 정말로 끝내버릴 거야." 그는 미소를 짓고는 무릎을 꿇었다. "이미 라스베가스에서는 확실한 명망을 쌓았어. 이 계획의 또 다른 미래로 우리는 호텔과 카지노 사업을 유지하게 될 거야. 하지만 타호 호수는 달라. 이곳은 분명히 우리만을 위한 장소야. 우리에겐 충분한 땅이 있고, 당신이 원하는 어떤 집이라도 지을 수 있어. 우리 어머니나 당신 가족들도 원하면 얼마든지 같이 살 수 있지. 원하는 사람은 누구라도 찾아올 수 있도록 방을 만들면 되니까."

마이클은 여동생이나 형에 대해서는 말하지 않았다. 케이는 그가 의도적으로 두 사람을 언급하지 않았다는 것을 확신할 수 있을 만큼 남편에 대해 잘 알고 있었다.

"난 여기까지 수상 비행기를 몰고 올 수 있어. 그리고 르노까지 제트기를 타고 와서 자동차로 와도 되지. 여기서 카슨*까지는 한 시간 정도만 가면 돼. 샌프란시스코까지도 세 시간밖에 안 걸리고."

"카슨?"

"주도야."

"난 르노가 주도인줄 알았는데."

"모두들 그렇게 생각하지. 하지만 주도는 카슨이야."

"확실해요?"

"난 여기 사업차 왔었어. 주도청도 그곳에 있지. 증거라도 보여줘야 믿을 거야?"

"그래요."

"카슨이 주도야. 케이, 날 믿어. 어떻게 해야 내 말을 믿을 수 있는 거지?"

"증거를 보여주겠다고 한 사람은 당신이잖아요."

마이클은 달걀을 들고 다트라도 하듯 케이를 향해 던졌다.

그녀는 그 달걀을 잡아 다시 남편에게 던졌다. 하지만 케이는 실수했다. 달걀은 그를 지나쳐 호수 위에서 두 번 튀더니 그대로 사라져버렸다.

---

* 네바다주의 주도

"이런 당신 모습을 보니까 좋아요." 케이가 말했다.

"무슨 소리야?"

"설명할 수는 없지만."

마이클이 케이 옆에 앉았다. "설명할 수 없는 일은 나 역시 많아, 케이. 하지만 내겐 꿈이 있어. 언제나 꿈꿔왔던 바로 그 꿈. 지금 이 순간 현실은 지옥에 가까워도 우리 아이들은 내가 자라온 것보다는 당신이 자라온 환경과 가깝게 자랄 거야. 보통 미국 아이들처럼 자라서 무엇이든 그 애들이 원하는 일을 할 수 있도록 말야. 당신은 소도시에서 자란 것처럼. 우리 아이들도 그렇게 될 거야. 당신은 좋은 대학을 다녔지. 우리 아이들도 대학에 다닐 수 있게 될 거야."

"당신도 대학을 다녔잖아요. 나보다 더 좋은 학교를 다녔으면서."

"당신은 학위를 땄어. 우리 아이들은 어떤 이유로든 떠날 필요가 없고, 내 일을 도와야 할 필요는 절대로 없을 거야. 그 애들은 내가 아버지의 영향을 받았던 것처럼 내 영향을 받지 않아도 돼. 그리고 바로 여기서 그 일들과는 떨어져서 살게 될 거야. 우리 가족은 패밀리와는 거리를 두고서…."

케이가 눈썹을 치켜 올렸다.

"당신이 원하는 대로 확실히 규정지을게. 알았지? 가족 말이야. 우리 가족. 우리들. 우린 떨어져서 지내게 될 거야. 그런 일들…." 마이클은 반쯤 빈 우유병을 들고 그 나머지를 소리내어 마셨다. "뉴욕에서 있었던 모든 일들과는 거리를 두게 되는 거지. 우리를 위한 새로운 진로를 계획하는 거야. 네바다 주에 있는 우리 소유지, 아직 그다지 각광받는 주는 아니지만. 케이, 이곳에 있는 우리 땅은 내 사업이 인정받게 해주는 기반이 될 거야. 그건 뉴욕에서는 도저히 불가능했던 일이지. 우린 이미 가장 어려운 부분을 해냈어. 내가 말했잖아. 지금부터 5년 이

내에 코를레오네 패밀리는 스탠더드 오일 회사만큼이나 합법적인 조직이 되어 있을 거야."

"그렇게 될 거예요." 케이가 확신을 심어주었다.

마이클은 한숨을 쉬었다. 만일 케이가 선생으로서도 이처럼 행동한다면, 그녀가 맡은 아이들에겐 행운인 동시에 불운인 셈이다. "백퍼센트 확신을 주지 못해 미안하군. 나중에는 어떻게 될까?"

"패밀리 일 말이예요?"

마이클은 가볍게 대답하기로 마음먹었다. "그 외에 달리 무슨 일이 있겠어? 도망이라도 갈까? 그렇게 도망쳤다고 치고, 그래서 당신을 과부로 만들지는 않았다고 해. 그 다음엔 어떻게 하지? 야간 학교라도 다녀 학위를 마치고 신발 영업직이라도 구해야 할까? 사람들은 모두 날 의지하고 있어, 케이. 언제나 당신과 아이들이 가장 첫 번째이긴 하지만, 난 다른 사람들 생각도 해야 해. 프레디 형, 코니, 어머니. 그리고 사업 때문이 아니라도 정말 가족 같은 사람들이 있잖아. 우린 올리브 오일 회사를 팔았어. 정부의 허가를 받아내기 위해서는 엄청난 돈이 필요했기 때문이야. 그 이후에 우리는 완전히 합법적인 온갖 종류의 사업에 관심을 기울여 왔어. 공장들, 전망 좋은 부동산, 수십 개의 식당과 햄버거 체인점들, 여러 신문사와 라디오 방송국, 출판 중개업체, 영화 스튜디오, 심지어 월 스트리트의 투자회사까지. 우리가 투자하고 있는 도박업과 대출에 관련된 사업들까지도 전부 합법적인 곳에서 운영하게 될 거야. 그렇게 하려고 그동안 정치가들이 출세하는 것을 도왔던 거야. 다른 대형 주식회사나 노동조합들도 다를 바 없어. 그만두겠다고 마음먹게 되면 가만히 뒤로 물러 앉아 모든 것이 산산조각 나는 걸 지켜봐야 했을 거야. 우리가 모든 것을 잃어버리는 걸 내 두 눈으로 보게 된다는 거지. 아니면…." 마이클이 집게손가락을 들어 올렸다. “그렇게 하지 않는다면, 난 이미 세워져 있던 계획들을 실행에 옮길 수 있어. 생각한 이상의 위험을 무릅써야 겠지만. 내가 말했을 거야. 이미 80퍼센트는 완성되었다고. 구체적으로 말해줄 수 없다는 건 당신도 알고 있겠지. 하지만 지금 이것만큼은 이야기해주고 싶어. 케이, 당신이 나를 믿어준다면 앞으로 5년 이내에 우린 지금 이 자리에 앉아 있게 될 거야. 메리와 안토니, 어쩌면 두 명쯤 더 늘지도 모르겠지만…. 우리 아이들이 호수에서 수영을 하고 있는 모습을 지켜보면서 말이지. 그리고 앞으로 두 달 뒤면 친형이나 다름없는 톰 헤이건을 내보낼 거야. 장차 네바다의 주지사로 만들기 위해서. 그렇게 되면 코를레오네라는 성(姓)은 대다수 미국인들에게 록펠러나 카네기와 같은 이름으로 여겨지게 되겠지. 난 엄청난 일들을 하고 싶어, 케이. 대단한 일들을. 그리고 그런 일을 하려는 가장 중요한 이유는 다른 무엇보다도 당신과 아이들을 위해서야.”

두 사람은 남은 음식들을 모았다. 마이클이 신호를 보내자, 숲 속에서 토미 네리가 나와 음식을 받았다. 그는 자기와 일행들은 이미 점심을 먹었지만 간식으로 먹겠다면서 고맙다고 인사했다.

마이클과 케이는 보트 하우스를 돌아보았다. 안에는 전나무로 만들어진 남청색의 크리스 크래프트* 한 대가 서 있었다. 마이클이 손을 내밀었고, 케이는 보트에 올라탔다. 그녀는 토미 네리도 뒤따라 탈 거라고 생각했지만, 그는 보트를 풀어주기만 하고 그대로 뒤에 남았다.

“궁금한 게 있는데, 전통적인 결혼 5주년 선물은 뭐지?” 마이클이 호수로 나가기 위해 배를 조금씩 후진시키면서 물었다.

---

* 보트 회사 이름

"숲이요. 아, 그러고 보니 잊어버리고 있었네." 케이가 지갑에서 봉투 한 장을 꺼내 그에게 건네주었다.

"정말이야? 숲이라고?"

"그렇다니까요. 열어봐요."

마이클은 미소를 지으며, 세 줄로 나란히 서 있는 호수의 제방 쪽을 가리켰다. "저길 봐. 숲이야."

"카드나 열어봐요." 케이가 재촉했다.

그가 봉투를 열자 팸플릿이 떨어졌다. 마이클이 집어 들었다.

"봐요. 숲이예요."

그건 라스베가스에 있는 컨트리클럽의 골프 전문용품점 것이었다.

"숲도 있고, 아이언도 있죠. 내가 당신에게 주는 선물은 골프채에요." 케이가 마이클의 오른팔을 꽉 잡으며 말했다. "골프를 치다보면 여기도 단련될 거예요."

"골프를 쳐라, 이 말이군?"

"싫어요? 한번 해보고 싶지 않아요?"

"해보지. 완벽해. 골프 좋지. 여느 미국인 경영인들과 마찬가지로 말이야. 나도 좋아. 해볼게." 마이클이 수술한 얼굴 쪽을 문지르면서 대답했다.

마이클이 배의 시동을 걸자, 두 사람이 탄 배는 시내 쪽으로 나가기 위해 호수를 가로지르기 시작했다. 케이는 남편에게 기댄 채 앉아 있었고, 마이클은 팔로 그런 그녀의 어깨를 감싸고 있었다. 그는 빠른 속도로 배를 몰았다. 케이는 20분 정도의 항해 내내 그의 어깨에 머리를 기대고 있었다.

"고마워요. 정말 기뻐요. 당신이 준비한 계획들, 모두 마음에 들어요." 두 사람이 호수 건너편에 도착하자 그녀가 말했다. 케이는 그에게

다가갔다. "그리고…." 그녀는 마이클에게 키스했다. 평상시 그는 사람들 앞에서 그런 식으로 감정적인 행동을 하는 걸 좋아하지 않았다. 하지만 이번에는 그녀가 짧게 키스하고 몸을 떼자, 그가 그녀를 다시 끌어안으며 열정적으로 키스했다.

두 사람이 숨을 쉬기 위해 간신히 몸을 떼었을 때 박수소리가 들렸다. 호숫가에는 각자의 여자친구와 함께 나온 10대 소년 두 명이 있었다. 소녀들이 사과했다. "아직 철이 안 들어서 그래요." 여자 아이 중 한 명이 말했다.

"자리를 비켜드리려고 했지만 따라오려고 하질 않아서요." 다른 소녀가 말했다.

그들은 막 교회에서 예배를 마치고 나온 듯한 차림이었다.

"사과할 필요 없단다. 그보다 이 근처에 영화관이 어디 있는지 가르쳐줄 수 있겠니?" 마이클이 말했다.

마침 영화관은 가까이 있었고, 아이들이 방향을 일러주었다. 소년들은 웃고 장난치느라 꾸물거리며 여자 아이들의 뒤를 따라갔다.

"내가 하려던 말은…." 케이가 말했다.

"당신이 날 사랑한다는 거잖아." 마이클이 말했다.

"당신도 저 남자애들만큼이나 나빠요." 케이가 말했다. "그리고 당신도 날 사랑한다는 말이예요."

극장 문은 닫혀 있었다. 상영 중인 영화는 조니 폰테인의 제작사에서 만든 것이었다. 사실 남들은 잘 모르고 있었지만, 조니 폰테인의 제작사 지분 중 60퍼센트가 코를레오네 패밀리에서 주도하는 델라웨어 특허 회사의 소유로 되어 있었다. 마이클은 어느 정도 시점에서 전체를 인수할 계획이었다(상징적인 액수의 돈만 지불하고). 그 제작사도 한때는 상당한 이익을 내곤 했지만 사실 살 만한 가치는 없었다. 지금 이 영화를 비롯해서 최근에 만들어진 영화들에는 스타 조니 폰테인이 나오지 않았다. 마이클이 극장 창문을 두드렸다.

"문이 닫혔어요, 마이클."

그는 고개를 저었다. 그리고 좀 더 세게 두들겼다. 이내 휴게실에서 카우보이 셔츠에 무명 바지를 입은 대머리 남자가 고개를 내밀더니, 극장 문을 아직 열지 않았다고 소리치고는 창문을 닫아버렸다. 마이클은 고개를 내젓고는, 다시 한 번 문을 두드렸다. 좀 전의 그 남자가 문 앞까지 나와 말했다. "죄송합니다. 일요일에는 항상 7시 30분에 한 차례만 상영합니다."

마이클은 남자에게 문을 열라고 손짓했다. 그러자 그 남자가 문을 열었다.

"알고 있소. 그저 아내와 난 데이트 중이었는데, 마침…." 마이클은 고개를 돌려 영화 포스터를 흘깃 쳐다보았다. "딕 샌더스가 나오는 영화가 상영 중이군요. 아내가 제일 좋아하는 배우라서 말이오. 그렇지, 여보?"

"그래요. 정말 좋아해요."

"그렇다면 오늘 밤에 보러 오시면 되겠군요. 영화는 7시 30분에 시작합니다."

마이클은 남자의 왼손을 쳐다보았다. "안타깝지만, 7시 30분에는 집에 돌아가 있어야 할 시간이라서. 그리고 오늘은 우리의 결혼 5주년 기념일이오. 이제 어떻게 해야 할지 알겠소?"

"제가 주인이긴 합니다만, 영사 기사는 따로 있습니다."

"시간을 낭비하지 않았으면 좋겠군. 물론 당신이 모든 사람들에게 이런 식으로 호의를 베풀어줄 거라고는 생각하지 않소. 하지만 당신도 영사기를 다룰 줄은 알고 있을 거요, 안 그렇소?"

"물론 할 줄 압니다."

"그렇다면 잠시 저쪽에서 이야기를 나누어도 되겠소? 잠시면 되오."

그 남자가 눈동자를 굴렸다. 하지만 케이는 마이클의 차가운 시선이 그 남자에게 영향력을 미쳤다는 것을 잘 알 수 있었다. 그는 마이클을 안으로 들어오게 했다. 두 사람은 뭔가 속닥거리며 대화를 주고받았다. 잠시 후, 마이클과 케이는 극장의 한 가운데에 앉아 있었고, 영화는 시작되었다. "저 사람한테 뭐라고 했어요?"

"저 사람과 내가 같은 친구를 가지고 있다는 것을 알려줬을 뿐이야."

몇 분 후, 주인공들이 파리의 테크니컬러 방음 스튜디오에서 막 마주쳤을 때, 극장 주인이 소다수 두 개와 갓 튀겨낸 팝콘을 가져다주었다. 영화 속의 남녀 주인공들은 서로를 보자마자 싫어하면서도 결국엔 그들이 사랑에 빠지게 될 거라는 상투적인 암시를 보여주었다. 얼마 지나지 않아 케이와 마이클은 사춘기 아이들처럼 어둠 속에서 사랑을 나누기 시작했다. 그들을 위해 주인이 틀어준 영화가 다 끝난 뒤에도 두 사람은 그 자리에서 움직이지 않았다. 점차 흥분되고 있었다. "이것 봐요." 케이가 그의 은밀한 곳을 잡으며 속삭였다. "숲이네."

마이클이 웃음을 터뜨렸다.

"쉿." 케이가 입을 막았다.

"우리뿐이야. 아무도 없어." 마이클이 말했다.

두 남자가 디트로이트 공항의 10B 게이트 쪽 티켓 판매대쪽으로 걸어가 표를 예약했다. 그들 중 한 명은 불과 1년 전만 해도 브룩클린의 커트가에서 이발사를 하고 있었다. 그는 페트 클레멘자의 세 단계 아래에 있는 부하였다. 다른 한 명은 시칠리아 근처 프리찌에서 염소를 키웠다. 지난 몇 년간 충성심이 돋보이거나 전투 능력이 탁월한 자들은 평화로울 때보다는 훨씬 빨리 승진할 수 있었다. 솔직히 말하면 조직원의 부족 현상도 그렇게 될 수밖에 없는 원인 중 하나였다. 이발사는 이태리어에 서툰 3세대였다. 염소치기는 여전히 영어에 서툴렀다. 지금 두 사람은 비행기를 타고 라스베가스로 가려는 참이었다. 프레디 코를레오네가 흔적도 없이 사라져버렸다. 염소치기가 귀에 달고 있는 소형전화기는 유명무실이었다. 이발사는 한숨을 쉬고는 고개를 끄덕였다. 달리 선택의 여지가 없었다. 그는 공중전화로 가 라스베가스에 있는 전화 서비스로 전화를 걸었다.

"무슨 일이십니까?" 여자가 전화를 받았다. 소문에 의하면 전화를 받는 여자들 중 두 명은 브룩클린에서 온 로코 램포네의 조카들로 엄청난 미인들이라고 했다. 하지만 그녀들을 본 사람은 아무도 없었고, 누구도 확실히는 알지 못했다.

"이발사입니다."

"예. 전하실 말씀은요?"

"우리 짐이 엉뚱한 곳에 가 있는 것 같습니다." 그는 하마터면 분실했다고 말할 뻔했다. 그들 사이에서 '분실' 은 살해당했다는 의미로 쓰인다. "탑승자 명단에도 없습니다."

"알겠습니다. 그게 전부인가요?"

그게 다냐고? 돈 코를레오네는 프레디의 새로운 경호원들이 디트로이트의 유흥지 어딘가에 있는 도박장에서 프레디를 놓쳤다는 말을 듣게 될 것이다. 그래, 단지 그것뿐이라면 괜찮을지도 모른다. "이렇게만 전해주시면 됩니다. 저와…." 이발사는 잠시 말을 멈췄다. 이탈리아어로 염소를 뭐라고 하더라? 그는 수화기를 손으로 막았다. 염소치기는 저쪽에서 커피를 마시고 있었다. "코메 시 디체 코우트?"

"라 카프라." 염소치기가 고개를 흔들면서 대답했다.

이발사는 커트가에서 성장했다. 만일 그가 염소를 본 적이 있었다면 그 망할 단어를 배울 기회가 틀림없이 있었을 것이다. "카프라 씨가 짐을 찾고 있습니다. 다음 비행기로는 짐을 찾아 모두 함께 돌아갈 수 있기를 바라고 있다고요."

"알겠습니다. 수고하십시오."

산드라 코를레오네는 프란체스카의 기숙사 근처 잔디밭에 로드마스터 왜건을 주차시켰다.

"엄마, 여기에 주차하면 안 돼요." 프란체스카가 새로 산 레인코트를 걸치며 말했다.

주차장은 물론 골목까지도 차들이 가득 주차되어 있었다.

"괜찮을 거야." 산드라가 차의 시동을 끄고 뒷자리로 가 캐시를 깨우면서 대답했다. 그게 신호라도 된 듯 다른 두 대의 차도 잇달아 그녀의 차 뒤에 세워졌다. "다른 사람들도 여기저기 주차해 놓을 테니까."

그들은 왜건 문을 열었다. 안에는 상자들이 가득 쌓여 있었다. 산드라의 애인이 운영하는 술집에서 가져온 상자들이었다. 다른 아이들은 보통 이사 업체의 상자나 트렁크를 가지고 올 것이다. 캐시는 탁자용 선풍기와 베이클라이트 라디오만 달랑 집어 들고는 이렇게 말했다. "문은 열어야 하니까."

현관문은 활짝 열려 있었다. 캐시는 두 사람을 위해 엘리베이터의 버튼을 누르고 있었다. 이미 산드라는 땀에 흠뻑 젖어 있었다. 그녀는 상자를 엘리베이터에 내려놓으며 말했다. "괜찮아." 숨이 너무 가빠서 다른 말은 할 수가 없었다. 산드라는 서른일곱 살이었고, 플로리다로 이사 온 이후로 몸무게가 많이 늘어난 상태였다.

"엄마한테 저렇게 무거운 짐을 들게 하다니 좀 심한 거 아냐?" 프란체스카가 말했다.

"그렇게 무거울 줄 몰랐지. 네가 레인코트를 입고 있다는 게 심한 거 같은 걸?" 캐시가 히죽히죽 웃으며 말했다.

"넌 여기 날씨가 어떤지 모르니까 그런 소리 하는 거야." 프란체스카가 말했다. 캐시는 옷을 어떻게 입어야 하는지 아주 잘 알고 있었다. 지금 프란체스카는 카프리 바지를 입고 있었다. 여학생들은 드레스 이외에 다른 옷들도 필요했다. 오리엔테이션 기간 동안 프란체스카는 레인코트가 필요하다는 말을 많이 들었다. 이사하는 날 드레스는 어울리지 않았고, 프란체스카는 그래서 레인코트를 입을 기회라고 생각했다. 그녀는 그런 규칙에 아주 잘 따르는 편이었다.

세 사람이 프란체스카의 방에 들어서자, 캐시는 선풍기와 라디오를 내려 놓고는 바로 시트도 깔지 않은 침대에 벌렁 드러누웠다. 그리고는 몸을 웅크린 채 끙끙거리기 시작했다.

프란체스카는 눈동자를 굴렸다. 왜냐하면 그녀는 복통이라는 걸 앓아본 적이 거의 없을 뿐만 아니라 언니가 저렇게 굴 때마다 꾀병이 아닌지 의심이 들었기 때문이다. 하지만 그런 불평을 해봐야 캐시에게는 아무런 효과도 없었다.

"시트는 어디 있니?" 산드라가 물었다.

"저쪽 침대에 있어요." 프란체스카가 대답했다.

"저건 못 쓰겠다." 산드라는 손톱 줄로 상자들을 뜯기 시작했다. 프란체스카는 혼자 짐을 가지러 가는 수밖에 없었다. 그녀가 다시 방으로 돌아왔을 때 침대에는 분홍색 시트가 깔려 있었고, 캐시는 베개를 세운 채 침대에 기대 앉아 선풍기 바람을 맞고 있었다. 그리고 이마 위에 젖은 수건을 올리고 눈을 감고 라디오에서 나오는 재즈를 들으며 콜라를 빨대로 마시고 있었다.

"콜라는 어디서 난 거야?"

"기숙사 사감이 가지고 왔더라. 네가 온 걸 환영한다고 했어." 산드라가 말했다.

"내가 너라고 했지." 캐시가 중얼거렸다.

프란체스카는 순간이었지만 분통이 터졌다. 하지만 그다지 나쁜 생각은 아닌 것 같았다. 그저 콜라일 뿐이었다. 그리고 캐시가 프란체스카인 척 했다고 해도 사실 상관없었고, 언니가 오래 있을 것도 아니었으니 그리 문제될 일도 아니었다. 캐시와 그녀는 거의 똑같이 생겼으니까. "고마워." 프란체스카가 인사했다.

캐시가 손을 흔들었다. "신경 쓰지 마."

"안 써. 나도 콜라 좀 줄래?"

"이 음악, 찰스 마그누스야."

"좋은 걸. 콜라 안 줄 거야?"

캐시가 프란체스카에게 콜라를 건네주었다. "찰스 마그누스가 베이스를 연주하고 있어. 정말 끝내주지?"

프란체스카는 빨대를 빼버리고 다 마셔버릴 작정으로 콜라를 마시기 시작했다. 하지만 탄산이 코로 올라올 것 같았다. 그녀는 콜라 병을 다시 언니에게 건네주었다.

다시 짐을 가지러 내려가 보니, 산드라가 휴게실에서 고개를 내밀었다. 섬세해 보이는 나무 의자를 붙잡고는, 프란체스카에게 어두운 홀의 옆문으로 내려오라고 신호를 보냈다. 학기는 화요일이나 되어야 시작한다는 점에서 프란체스카는 엄마에게 감사했다. 그녀는 이미 오리엔테이션에서 주의받았던 중요한 규칙을 두 개나 어겼기 때문이다. 절대로 옆문을 열지 말 것. 거실에서 가구를 움직이지 말 것. 이번에도 역시 다른 아이들과 그 부모들이 산드라가 하는 짓을 따라했다.

엄마는 무거운 상자를 세 개나 든 채 간신히 걸음을 떼고 있었다. 프란체스카는 옆문으로 통하는 계단에 짐을 내려놓고, 엄마가 올 때까지 기다렸다.

"넌 왜 여학교에 가지 않은 거니?" 산드라 코를레오네가 숨을 헐떡거리면서 고개로 옆 건물을 가리키며 물었다. 그곳에서는 젊은 남자 수십 명이 각자 부모와 함께 이사 준비를 하고 있었다. 엄마의 목소리가 점점 커졌다. "네 언니처럼 말이야."

프란체스카는 엄마의 여름용 드레스가 이미 땀에 흠뻑 젖어 그 안에 입고 있는 검은 속옷이 비치는 걸 보았다. 산드라가 살이 찌긴 했지만, 그 속옷은 불필요하게 크다는 느낌이 들었다. "대체 어떻게 하려고 캐시의 짐까지 혼자서 들 생각을 하는 거예요?"

"캐시는 걱정하지 마. 괜찮을 거야. 그런데 너 벌써 알고 있었지? 옆문을 열면 바로 남학생 기숙사가 있다는 말은 한 번도 안 했잖아." 산드라의 목소리가 점점 더 커졌다. "그다지 좋아 보이지는 않는구나."

다른 사람들이 쳐다보고 있었다. 프란체스카는 확실히 알 수 있었다. 그녀는 '남자' 기숙사라고 엄마의 말을 정정해주고 싶었지만, 그렇게 했다가는 상황이 더 나빠질 것 같았다.

다시 짐을 가지러 가자, 이번에는 엄마도 가벼운 짐을 나르고 있었다. 이번에도 두 사람이 옆문을 통해 지나갔을 때, 그녀는 갑자기 화가 나고 숨이 차서 멈춰서고 말았다. 그러다 나무 의자를 떨어뜨려버렸고, 거의 부서지는 듯한 소리가 났다. 사람들은 플로리다로 이사 가면 내내 태양이 비추고, 모두 날씬한 몸매를 자랑하며 테니스복 같은 것을 입고 해변가를 돌아다닐 거라고 생각한다. 엄마는 이사 온 뒤로 점점 살이 쪘다. 이번 여름에 프란체스카는 술집 '리쿠르 맨'을 운영하는 스탠이 엄마의 엉덩이를 꼬집으면서 그 부위를 좋아한다고 말하는 걸 보고 말았다. 프란체스카는 몸서리를 쳤다.

"감기라도 걸린 거야?" 산드라가 물었다.

"아뇨."

"아픈 거 아니니?"

프란체스카는 엄마를 쳐다보았다. 사실 그 어울리지도 않는 의자 때문에 일사병에라도 걸릴 것 같은 느낌이었다. "아니예요. 아무렇지도 않아요."

"바로 옆문이라니." 산드라가 이번에는 엄지손가락으로 남자 기숙사 쪽을 가리키며 또 이야기했다. "넌 믿을 수 있겠어? 난 도저히 믿을 수가 없구나."

어째서 엄마는 다른 사람한테 다 들리도록 저렇게 큰 소리로 말을 하는 걸까?

"여학교에 가고 싶지 않은 이유가 대체 뭐야?"

산드라는 이번에도 큰 소리로 말했다. 프란체스카는 남자 기숙사 쪽에서도 엄마 목소리가 들렸을 거라고 확신했다. "여긴 좋은 학교예요, 엄마. 그럼 된 거잖아요?" 프란체스카가 팔을 내밀며 엄마를 도왔다. "어서 가요."

그들이 버나드에 도착했을 때, 프란체스카는 캐시로부터 들을 수 있는 말이 "왜 이렇게 집에서 멀리 떨어진 학교에 온 거야?"뿐이라는 걸 알고 있었다. 프란체스카가 하는 일은 무엇이든 캐시가 하는 일과 정반대의 선상에 놓여 있었다. 동창회 댄스파티에서도 산드라는 프란체스카를 옆으로 부르더니, 캐시가 데리고 온 남자에 대해 입에 침이 마르도록 칭찬했다. 막상 그 남자는 그날 밤 이후에 캐시를 차버렸다. 그 뒤 사디 호킨스 댄스 파티에서 이번에는 프란체스카가 그 남자에게 춤을 신청 받았다. 다음 날, 엄마는 프란체스카에게 그 남자에 대한 온갖 안 좋은 이야기들을 들려주기 시작했다. 산드라는 말했다. 그 남자는 변심할 거야. 눈을 보면 누구라도 알 수 있지.

프란체스카는 다시 혼자서 짐을 가지러 갔다. 그제서야 꽤 많은 방문 위에 꽃줄로 그리스 문자가 새겨져 있다는 것을 알아차렸다. 엄마와 캐시는 이곳에 오기 1주일 전에 프란체스카에게 여성클럽 같은 데는 가입하면 안 된다고 으름장을 놓았다. 엄마는 프란체스카가 사회봉사 여행 같은 데 빠져서는 안 된다는 것이 이유였고, 캐시는 여성 클럽은 와스프*들이나, 문란한 여자들, 혹은 바보 같은 금발머리들이 몰려다니면서 자매처럼 굴기 마련인데, 이미 프란체스카에게는 진짜 언니가 있으니까 무리지어 다니는 단정치 못한 금발머리 와스프들과 자매인 척 할 필요는 없지 않느냐고 했다. 프란체스카는 그렇게 하겠다고 말했고, 그대로 행동에 옮기려고 했다. 하지만 그렇게 할 수 없었다. 그랬다가는 지난주에 사귄 친구들에게 버림받게 될지도 모를 일이었다. 그건 전혀 다른 문제였다.

프란체스카가 방으로 돌아갔을 때, 산드라는 이미 짐 상자들을 풀고, 옷가방을 열어 정리하고 있었다. 그녀는 작은 성모상과 붉은 소뿔 장식도 걸어 놓았다. 그런 일들은 엄마가 가고 난 후, 프란체스카가 할 일이었다. "그런 일까지 엄마가 하지 않아도 돼요."

"괜찮아."

"정말이에요. 내가 할 수 있어요."

캐시가 웃었다. "그냥 간단하게 엄마가 네 물건에 손대는 게 싫다고

---

* 앵글로 · 색슨계 백인 신교도. 미국 사회의 주류를 이루는 지배 계급쯤으로 여겨짐

하면 되잖아?"

"엄마가 내 물건에 손대는 거 싫어요."

"집에서도 네 물건은 내가 정리했다. 쓸데없는 소리야. 난 네가 이 좋은 학교에서 망나니 같은 비트족처럼 말하는 법을 배우지 않기만 바랄 뿐이다. 혹시 나한테 숨기고 싶은 거라도 있는 거니?"

"그런 거 없어요. 그리고 엄마는 별로 느끼지 못하는지 모르겠지만, 우린 집에 있는 게 아니예요." 비트족이라니?

산드라는 깜짝 놀라 비명이라도 지를 것 같은 얼굴로 프란체스카를 쳐다보았다.

그리고는 프란체스카의 책상에 반쯤 기대앉은 채 울음을 터뜨렸다.

"이제 다 됐다." 캐시가 자리에서 일어나 앉으며 말했다.

"넌 하나도 도와주지 않았잖아."

"대신 말은 걸지 않았잖아." 캐시가 말했다. 물론 그녀가 옳았다. 하품과 웃음만 전염성이 있는 건 아니었다.

쌍둥이는 눈물을 흘리기 시작하다가, 큰 소리로 울기 시작했다. 세 사람은 침대 위에서 서로를 끌어안았다. 돌이켜보면 끔찍한 한 해였다. 할아버지인 비토의 장례식이 있었고, 그건 모든 사람들에게 힘든 일이었다. 그리고 카를로 고모부의 기괴한 실종사건이 있었다. 사랑스러운 막내 칩은 학교에서 자기 이름을 불렀다는 이유만으로 보온병으로 어떤 아이의 머리를 내리쳐서 금이 가게 만들었다. 그러나 지금 세 사람이 이렇게 서로 꼭 끌어안고 눈물 흘리도록 만들었던 일은 따로 있었다. 두 자매는 로모스 선생이 가르치는 수학 시간에 그 소식을 들었다. 교장이 갑자기 들어오더니, 아무 말 없이 두 사람을 교장실로 데리고 갔다. 그곳에 엄마가 와 있었는데, 얼굴이 붉게 부어 있었다. 산드라는 말했다. "아버지가, 아버지가 사고를 당했단다." 그들은 교장실에 있는 냄새나는 오렌지색 소파에 쓰러지듯 앉아 얼마나 오랫동안 울었는지 모른다. 지금도 그때처럼 울고 있었다. 세 사람 모두 그날의 기억을 떠올리고 있었다. 흐느낌은 점점 더 심해졌고, 세 사람은 숨쉬기 힘들 만큼 서로를 꼭 끌어안았다.

간신히 진정이 되고 나자, 그들은 서로 떨어졌다. 산드라가 숨을 가다듬으며 말했다. "내가 바라는 건…." 그녀는 나머지 말을 이을 수 없었다.

누군가 문을 날카롭게 두드렸다. 프란체스카는 이번에야말로 기숙사 사감과 처음으로 인사하게 될 것을 기대하며 고개를 들었다. 그곳에는 담청색 양복을 입은 남자와 짧게 자른 곱슬머리를 한 여자가 서 있었다. 두 사람 모두 미소를 띠고 있었으며, 운동선수처럼 '안녕하세요. 제 이름은' 이라는 이름표를 붙이고 있었다.

"실례합니다. 여기가 322호실이 맞나요?" 밥이라는 이름표를 붙인 남자가 말했다.

문에 그 번호가 검은색 페인트로 쓰여 있었다. 남자는 집게손가락으로 숫자를 어루만졌다.

"방해해서 죄송합니다만." 여자가 말했다. 두 사람 모두 심한 남부 사투리를 쓰고 있었다. 그녀의 이름표에는 바바라 수(밥스)라고 쓰여 있었다. 그녀는 프란체스카 가족들 뒤로 성모상이 놓여 있는 것을 보자 얼굴을 찌푸렸다. "나중에 오는 편이 좋다고 하신다면…."

"여긴 이 아이 방이기도 하잖소." 남자가 문에서 옆으로 물러서며 가무잡잡한 피부의 소녀를 부드럽게 방안으로 밀었다. 그 여자아이는 마리화나라도 한 것 같은 몽롱한 눈빛을 하고 있었다.

"우리가 방해한 것 같아서요." 여자가 말했다.

"우리가 방해했다고?" 남자가 물었다.

산드라 코를레오네는 코를 풀었다. 캐시도 프란체스카의 베개로 얼굴을 닦았다. 프란체스카는 손으로 눈물을 닦아내며 말했다. "아니예요. 죄송해요. 어서 들어오세요."

"근사하군요. 전 킴벨 목사라고 합니다. 이쪽은 제 아내죠. 그리고 이 아이가 딸 수지(Suzy)입니다. 'Z' 로 발음하죠. 수잔느의 애칭이 아니라 그냥 수지입니다. 인사드려라, 수지."

"안녕하세요." 소녀가 말했다. 그런 다음 고개를 숙인 채 신발 끝만 쳐다보았다.

남자가 성모상 앞에서 고개를 끄덕거리더니 말했다. "우린 침례교인입니다. 하지만 이웃 마을인 폴리에는 천주교 신자들이 살고 있죠. 전 예전에 그 마을 대표인 론 사제와 함께 골프를 친 적도 있답니다."

프란체스카는 인사를 하고 가족들을 소개했다. 여전히 성은 콜-리-원이라고 발음했고, 최근엔 엄마도 그렇게 발음했다. 그리고 이름에 대해 물어올 것을 각오했다. 하지만 그들은 물어보지 않았다.

수지는 프란체스카와 캐시를 번갈아보더니, 헷갈린 듯 보였다.

"그래, 우린 쌍둥이야. 그리고 너랑 방을 같이 쓸 사람은 이쪽이고. 난 다른 학교에 다니니까." 캐시가 말했다.

"일란성 쌍둥이야?" 수지가 물었다.

"아니." 캐시가 대답했다.

수지는 아까보다 더 혼란스러워 보였다.

"농담한 거야. 일란성 쌍둥이 맞아." 프란체스카가 말했다.

그 남자는 황소의 뿔이 놓여 있는 것을 알아차리고는 만져 보았다. 그리고 나서야 그 뿔들이 진짜라는 것을 알았다. "수지는 인디언이랍니다. 당신들과 같죠." 그가 말했다.

"입양했거든요." 여자가 속삭이듯 말했다.

"하지만 세미놀족*은 아니죠." 그 남자는 다른 사람들이 깜짝 놀랄 정도로 큰소리로 웃기 시작했다.

"무슨 말씀인지 잘 모르겠군요." 산드라가 말했다.

남자는 짜증나는 듯 한숨을 내쉬더니 웃음을 멈췄다. 수지는 자기 자리일 거라고 생각되는 포마이카 책상 앞에 앉아 그것만 쳐다보고 있었다. 프란체스카는 꽃이든, 와인이든, 초콜릿이든 무엇이라도 줘서 그녀가 웃게 만들고 싶었다.

"플로리다 말입니다. 세미놀족은 그곳에 살았어요." 그 남자는 미식축구 공을 던지는 것 같은 동작을 해보였다. 그리고 다시 웃기 시작했다. 아까보다 더 큰 소리로 웃다가 갑자기 웃음을 멈췄다.

"그들이야 그랬겠죠. 전 인디언에 대해 말한 거였어요. 우린 이탈리아인이니까요." 산드라가 말했다.

그 남자와 여자는 서로 눈짓을 교환했다. "재미있군요." 그가 말했다.

"맞아요. 정말 다르니까요." 이번에는 여자가 말했다.

프란체스카는 그들에게 사과했다. 그리고 수지가 자기 짐을 챙길 수 있게 엄마와 언니에게 밖으로 나가자고 말했다.

산드라는 슬며시 그 짐들에서 물러섰다. 하지만 프란체스카는 킴볼 가족 앞에서 그 사실을 말하지 않았다.

프란체스카와 캐시는 차까지 가는 동안 내내 손을 잡고 있었다. 두 사람 중 누구도 말을 할 수 없었다. 아니, 말할 필요가 없었다.

"내가 운전할까요?"

---

* 북미의 플로리다주에 살다가 지금은 오클라호마주에 사는 인디언

산드라가 지갑을 열더니, 손수건과 자동차 열쇠를 꺼냈다. 그리고 자동차 열쇠를 캐시에게 던져주었다.

"임신 같은 건 하지 마." 캐시가 말했다.

산드라는 그 소리를 듣고도 예의상 놀란 척도 하지 않은 채 그냥 지나쳤다.

난 와스프 같은 건 되지 않아. 멍청한 금발머리들이랑 어울리지도 않을 거고. 어느 누구와도 자매 같은 건 되지 않아. 프란체스카는 생각했다. 그녀는 캐시의 손을 꽉 붙잡으며 말했다. "눈 나빠지니까 책 너무 많이 읽지 마."

"내가 하지 않을 일은 아무것도 하지 마." 캐시가 말했다.

"그래, 내가 곧 너니까." 프란체스카가 말했다.

그건 오래된 농담이었다. 그들은 엄마가 어떻게 아기 때부터 자신들을 분간하는지 항상 궁금했었다. 그래서 어릴 때는 서로의 흉내를 낸 적도 있었다. 나이가 들어 자신만의 개성을 주장하게 되기 전까지는.

두 자매는 남자들처럼 양쪽 뺨에 키스를 나누었다. 그리고 캐시는 차에 올라탔다.

프란체스카는 엄마와 끌어안고 작별인사를 나누었다. 산드라가 마침내 아까 하려던 말을 끝마쳤다. "내가 바라는 건 네 아버지가 여기서 이 모습을 보실 수 있었으면 하는 거란다." 산드라는 자랑스러운 듯 한 걸음 뒤로 물러섰다. 그리고 딸들을 번갈아 쳐다보았다. "딸들이 대학에 간 모습을 말이야." 산드라는 코를 풀었다. 아주 큰 소리였다.

"아빠는 우리가 우는 모습을 좋아하지 않을 거예요." 프란체스카가 말했다.

"가족이 우는 모습을 보고 좋아하는 사람이 누가 있겠어?" 캐시가 말했다.

"아빠는 절대로 눈물 같은 거 흘리실 분이 아니었잖아." 프란체스카가 훌쩍거리다가 레인코트 소매로 눈물을 닦으며 말했다.

"지금 농담하는 거니? 아빠가? 아빠는 우리 중에서 가장 큰 애기였어. 영화만 봐도 울었다니까. 코니가 옛 이탈리아 민요만 불러도 엉엉 울었지. 기억나지 않니?" 엄마가 말했다.

이미 7년이나 지난 이야기였다. 프란체스카는 이미 아버지에 대한 기억이 거의 남아 있지 않았다.

그녀는 손바닥만한 좁은 도로 사이를 로드마스터가 큰 소리를 내며 이리저리 뚫고 지나가는 모습을 지켜보았다. 차가 모퉁이를 돌아설 쯤 프란체스카는 소리를 내지 않고 안녕이라고 중얼거렸다. 그녀는 앞날에 대해 확실히 알지는 못했다. 하지만 그녀의 인생이 언니와 똑같을 거라는 것만은 분명했다.

5

닉 제라치는 문을 닫은 카지노의 어둠 속에서 누군가가 다가오는 발소리를 들었다. 심하게 절뚝거리는 남자가 발걸음을 내딛을 때마다 삐걱거리는 소리와 그 남자의 목소리가 들렸다. "자네 어머니에 대해 안타까운 소식을 들었네."

제라치는 일어섰다. 그 자는 '웃는 살' 나르듀치였다. 예전 포를렌자의 콘실리에리였던 그는 다이아몬드 모양으로 짜여진 모헤어* 스웨터를 입고 있었다. 나르듀치는 제라치가 성인이 됐을 때 그가 이탈리아계 미국인 사교 클럽의 앞자리에 앉아 독한 검은색 시가를 피우던 것을 봤었다. '웃는 살' 이라는 그의 별명은 불가피했다. 그 지역 놀이공원 입구에는 자동인형이 하나 있었는데, 모두가 '웃는 살' 이라고 불렀다. 그 인형에는 어떤 여자가 섹스의 절정에 이르렀을 때 내는 것 같은 웃음소리가 녹음되어 있었다. 그 덕에 클리블랜드에 있는 샐리와 살바토레라는 이름을 가진 모든 사람들과 알이나 사라라는 이름을 가진 사람들의 절반은 '웃는 살' 이라는 별명이 붙었다.

"감사합니다. 어머니는 오랫동안 지병을 가지고 계셨죠. 이제야 편안해지신 셈입니다." 제라치가 대답했다.

나르듀치가 그를 끌어안았다. 그리고 품에서 그를 놓아주면서 제라치의 몸을 재빨리 더듬었다. 이미 디트로이트에서 팔코네와 몰리나리의 경호원들이 그의 몸수색을 했음에도.

나르듀치는 벽 한쪽을 열었고 가방을 보고 들어 올리더니 고개를 끄

---

* 소아시아의 앙고라 털

덕였다. "애리조나에 가 있는 것이 어머니께 그다지 도움이 되지 않았나 보군." 그는 들어보기만 해도 그 속에 들어 있는 액수를 알 수 있다는 듯 가방을 열어보지도 않고 다시 내려 놓았다. 100달러짜리로 50만 달러는 6킬로그램이 조금 안 되었다. "날씨는 괜찮지 않았나?"

"많은 도움이 되었습니다. 어머니께서는 그곳을 좋아하셨어요. 수영장을 비롯해 모든 것이 다 있었으니까요. 어머니는 수영을 잘하셨습니다."

나르듀치가 벽을 닫았다. "고향이 바다 근처라 그러실 걸세. 나와 같은 밀라조니까. 나야 여기서 저기 위스키 잔이 놓여 있는 거리 이상은 헤엄칠 수 없지만 말이야. 가본 적 있나?"

"저기 위스키 잔이 놓여 있는데 말입니까?"

"밀라조 말이야. 시칠리아에 있는."

"시칠리아는 가봤습니다만 밀라조는 아직까지 못가봤습니다." 제라치는 불과 1주일 전에 팔레르모에 갔었다. 그곳에서는 인델리카토 일당과 함께 일하고 있는 소수 패거리들의 문제로 일이 있었다.

나르듀치는 제라치의 어깨에 손을 올렸다. "모두들 하는 말이네만, 어머니는 더 좋은 곳에 가셨을 걸세."

"모두 그렇게 말씀해주시더군요."

"예수께서 자네를 보살펴주실 거야." 나르듀치는 제라치의 이두근을 꽉 잡았다. 마치 과일을 고르는 것처럼. "에이스 제라치! 자네는 지금도 20라운드는 뛸 수 있을 것처럼 보이는군."

"아마 10~11라운드 정도밖에는 뛰지 못할 겁니다."

나르듀치가 웃었다. "그 당시 자네 덕에 내가 얼마나 많은 돈을 잃었는지 알고 있나? 거금이었어, 친구. 아주 큰돈을 잃었지."

"상대방에 돈을 거셨어야죠. 저야 이기는 경우가 드물었으니까요."

"그렇게 한 적도 있었어. 그럴 때면 꼭 자네가 이기더군. 참, 자네 아버지는 어떠신가? 잘 지내고 계신가?"

"그럭저럭 지내고 계세요." 제라치의 아버지인 파우스토 제라치는 트럭 운전사였고, 트럭 운전사 조합의 간부였다. 연고가 있기는 했지만, 정식으로 임명되지 않았음에도 그는 운전을 하면서 '유태인' 포를렌자를 위해 여러 가지 일을 했다. "거기서 제 동생도 보신 모양이에요." 아무도 모르고 있지만 투산 반대편에 사는 멕시코 여자와의 사이에서였다. "앞으로는 괜찮을 겁니다. 사실대로 말씀드리자면 일을 하고 싶어하시죠."

"은퇴가 어울리지 않는 사람도 있지. 하지만 자네 아버님은 은퇴하실 때가 되었어."

그건 닉 제라치가 맞서게 될 거라고 예상했던 문제는 아니었다. 자넨 살아서 들어왔지만 죽어서나 나갈 수 있을 거네. 비토 코를레오네는 제라치가 입문할 때 이렇게 말했다.

"준비는 됐나요?" 제라치가 물었다.

"끝났어." 나르듀치는 제라치의 엉덩이를 찰싹 내리치고는 그를 뒤에서 감싸안듯 카지노 안으로 이끌었다. 제라치는 비상구 계단을 찾았다. 만약의 사태에 대비한 것이었다.

"이 카지노에서 사업이 시작된 건 언제부터입니까?" 제라치가 물었다.

"이탈리아 해군들이 있을 때부터지." 나르듀치가 대답했다. 그건 금주법 시행 기간 동안 5대호에서 그들이 쾌속정 선단을 이끌기 시작했을 때를 의미했다. "이제 우리도 배를 가지게 되었네. 최고의 배를 보유하게 된 거야. 지역 패거리들 중 우리에게 덤빌 수 있는 패거리는 아무도 없지. 더군다나 자네가 데려온 손님들은 밤새 호수에서 꼼짝도 하지 못할 거야. 쇼를 보여주고, 방 몇 개 잡아서 여자들 좀 넣어줄 테니까. 그자들이 타고 온 차는 돌려보낼 걸세. 그런 다음 자네가 그 친구들의 돈을 전부 긁어모으는 거야. 자네가 상대라면 그 친구들도 다행이라고 여길 테니까."

스트라치 패밀리는 저지 팔리세이드호에서 대규모의 비밀 카지노를 운영하고 있었다. 제라치가 아는 한 뉴욕의 어느 패밀리도 그처럼 거대한 도박선을 운영하지 않았다. 평화가 정착되고, 사태가 진정되면 그도 도박선을 운영하는 것에 대해 생각해볼 참이었다.

"우리가 육지에서 하는 건 라스베가스와 아바나에서의 합법적인 합작사업뿐이라네. 웨스트 버지니아는 그렇게까지는 가치가 없으니까 제외하고 말이야. 오늘 이 자리에서 오고 가는 돈이면 자네가 그 주를 통째로 사고도 남을 걸세." 나르듀치가 말했다.

그는 제라치를 금고가 있는 방으로 이끌었다. 그리고 낡은 엘리베이터의 문을 열었다.

"마음 편하게 먹게. 여기서 누가 자네를 죽이려고 하겠는가?"

"제가 좀 더 편해지길 원하신다면, 저를 이 안에 처넣고 책이라도 읽어주시지요."

두 사람은 엘리베이터에 올라탔다. 나르듀치가 싱긋 웃으며 버튼을 눌렀다. 제라치가 어떤 훈련을 받아왔는지 잘 알고 있었으므로 그가 버튼을 누르는 게 당연했다. 엘리베이터는 흔히 죽음의 함정을 파기 쉬운 곳이었으니까.

"화제를 바꾸지. 물어보고 싶은 게 있네. 어떻게 자네 같은 카포네가 법대를 나올 수가 있었지?" 나르듀치가 물었다.

"아는 사람이 있으니까요." 제라치는 순전히 자기 노력으로 피땀 흘려 야간 대학을 다녔다. 아직까지도 그는 몇 과목을 수강하고 있었다. 하지만 제라치는 이런 경우 어떻게 대답해야 하는지 잘 알고 있었다. "친구들이 있죠."

"친구라, 굉장하군." 나르듀치가 대꾸했다. 그는 거리의 깡패들이 하는 식으로 제라치의 어깨에 양손을 올리고 재빨리 문질렀다.

문이 열렸다. 제라치는 용기를 냈다. 그들은 어둠 속으로 발걸음을 내딛었다. 양탄자가 깔려 있는 홀에는 굉장히 비싸 보이는 의자들과 조각된 탁자들이 가득 놓여 있었다. 홀의 안쪽으로 밝은 대리석 바닥의 방이 있었다. 붉은 머리의 젊은 간호사가 '유태인' 이라는 별명을 가진 빈센트 포를렌자가 탄 휠체어를 밀고 나타났다. 나르듀치는 그들만 남겨 놓고 팔코네와 몰리나리가 있는 쪽으로 가버렸다.

"몸은 좀 어떠십니까, 파드리노*?" 제라치가 물었다. 포를렌자는 머리가 여전히 좋고, 연설도 훌륭히 해냈지만 다시 걸을 수 없는 몸이었다.

"음, 의사들이 뭘 알겠나?" 포를렌자가 대답했다.

제라치는 포를렌자의 두 뺨에 키스하고, 그의 반지에 입을 가져갔다. 포를렌자는 그의 세례식에서 대부가 되어주었다.

"아주 잘 하고 있더구나, 파우스토. 좋은 이야기를 많이 들었어."

"감사합니다, 대부님. 좀 거친 구역을 치긴 했지만, 확실히 전진하고 있으니까요."

포를렌자는 싱긋 웃었다. 그의 비난은 부드러웠지만, 확실히 얼굴에 나타났다. 시칠리아인들은 전진과 같은 미국인들의 신념을 가지고 있지 않았다. 그래서 제라치가 조금 전에 말한 것 같은 단어는 사용하

---

* '대부' 를 뜻하는 시칠리아어

는 법이 없었다.

포를렌자는 창문 옆에 놓여 있는 둥근 탁자를 가리켰다. 폭풍우는 점점 더 거세어지고 있었다. 간호사가 포를렌자를 그 탁자 앞으로 밀고 갔다. 제라치는 계속 그 자리에 서 있었다.

나르듀치가 다른 돈들과 함께 돌아왔다. 같이 온 경호원들은 지독했던 비행기 멀미에서 벗어나 어느 정도 기분이 나아진 듯 했지만, 여전히 상태가 좋아 보이지 않았다. 프랭크 팔코네는 무거운 눈꺼풀 아래 멍하니 둔해 보이는 눈빛이었다. 미리 계획했던 대로 몰리나리가 그에게 제라치에 대해 전체적인 이야기를 다 해준 모양이었다. 팔코네는 승마 바지를 입은 남자들과 보석 장식이 된 관을 쓴 핏기 없는 뚱뚱한 여자들이 그려진 그림을 가리켰다. "아는 사람들입니까, 돈 포를렌자?"

"원래 이곳에 있던 그림이랍니다. 안토니, 프랭크. 나의 아미고 노스트로를 소개해드리지요." 우리들의 친구라는 뜻이었다. 내 친구라고 했다면 그저 안면이 있는 정도지만 우리들의 친구라고 한다면 정식 마피아 단원이라는 뜻이었다. "파우스토 도미니크 제라치 주니어입니다."

"닉이라고 불러주십시오." 제라치가 팔코네와 몰리나리에게 말했다.

"괜찮은 클리블랜드 출신 친구지요. 우린 저 친구를 에이스라고 부른답니다. 지금은 뉴욕에서 사업을 하고 있죠. 게다가 이 친구는 자랑스럽게도 내 대자(代子)입니다." 포를렌자가 말했다.

"이미 아는 사입니다. 어느 정도는." 팔코네가 말했다.

"프랭크, 당신도 돈 포를렌자가 대자를 자랑스럽게 생각하는 것을 이해하실 수 있을 겁니다."

팔코네가 어깨를 으쓱했다. "물론이죠."

"여러분, 전 돈 코를레오네의 전언을 가지고 왔습니다." 제라치가 말했다.

포를렌자가 경호원들을 쳐다보며 제라치를 가리켰다. "가서 저 친구 좀 살펴보지."

제라치는 기꺼이 몸수색을 받았다. 디트로이트에서도 이미 몸수색을 당하기는 했지만. 한 번만 더 하면 이 친구들이랑 사귀어야 할지도 모르겠는 걸. 제라치는 이렇게 생각했다. 몸수색을 하는 그들의 솜씨는 거의 예술적이었다. 녹음기 같은 것을 달고 있지 않은지 셔츠 안과 속옷에까지 손을 집어넣어 뒤지고 있었다. 그들이 제라치의 몸수색을 마치자, 보타이를 맨 머리가 하얀 웨이터 두 명이 비스코티 올루보*를 담은 크리스털 쟁반을 들고 들어왔다. 딸기와 오렌지 파이가 든 작은 그릇들과 김이 모락모락 나는 카푸치노가 든 유리컵이 보였다. 그들은 포를렌자 옆에 작은 은종을 내려 놓고는 밖으로 나갔다.

"원래 여기서 일하는 자들이랍니다." 포를렌자는 카푸치노를 한 모금 마신 다음 말했다. "일단 시작하기 전에 돈 코를레오네의 사자를 부르기로 한 것이 나 혼자 내린 결정이었다는 것을 모두 이해해주셨으면 합니다."

제라치는 그 말이 의심스러웠지만, 확인할 길은 없었다.

"화가 난 건 아닙니다, 빈센트. 그건 그렇다 치고 이름이 뭐라고 했지? 그래, 제라치. 악의가 있는 건 아니지만, 난 아직도 그 젖비린내 나는 신출내기를 돈 코를레오네라고 부르는 것에 익숙하지 않아서 말이

* 버터가 많이 들어간 이탈리아식 비스킷

야." 팔코네는 바르지니 패밀리와 손잡고 있었고, 코를레오네 패밀리가 의도적으로 헐리우드 노동조합에서 내쫓아 버린 빌리 코프라는 자와도 인연이 있었다. 게다가 그는 시카고의 카포네 밑에서 돈을 벌었다.

"프랭크, 제발. 그래가지고서는 아무것도 할 수 없지 않은가?" 몰리나리가 말했다.

포를렌자는 그들에게 앉으라고 권했고, 모두들 그 말에 따랐다. 나르듀치는 거기서 약간 떨어진 가죽의자에 자리를 잡았다. 경호원들은 멀리 벽 쪽에 붙어 있는 소파에 앉았다. 그들이 모두 쳐다보자 간호사는 갑자기 몸을 돌려 그 방에서 나가버렸다.

팔코네가 낮게 휘파람을 불었다. "하얀 제복이군요. 당신은 어느 여자한테나 이 옷을 입게 할 수 있겠군요. 난 간호사복을 입은 여자들을 보기만 하면 환자용 침대에 눕힌 다음, 제복을 끌어 올리고서 그 짓을 한번 해보고 싶어요. 병원에 갈 때마다 내 물건은 흥분해서 난리랍니다. 간호사들이 수혈을 하려고 다가오기만 해도 단단해진다니까요."

"프랭크." 몰리나리가 주의를 주었다.

"왜? 이런 농담은 재미없나보군, 친구."

포를렌자가 몰리나리와 팔코네에게 조 잘루치가 딸을 사업 상대자도 아닌 페트 클레멘자의 아들과 결혼시킨 것에 대해 물었다(잘루치는 쇼핑센터를 짓고 있었다). 그러자 그들은 클리블랜드 출신이 어떻게 코를레오네 가문에서 일하게 되었는지 물었다. 제라치는 권투를 그만둔 뒤 아내와 아이를 데리고 뉴욕으로 갔는데, 그때 대부의 소개로 그들을 알게 되었다고 대답했다. 팔코네의 얼굴에 어느 정도 표정이 돌아왔다. 포를렌자는 사람들의 주의를 환기시키기 위해 목소리를 가다듬고 한참 동안 물을 마신 뒤 입을 열었다.

"산구 사이우라 산구. 피는 피를 부르는 법이다. 이 전통 때문에 우리의 고향인 시칠리아는 파멸해버리고 말았소. 끝없이 돌고 도는 복수 때문에 그곳에 있는 우리 친구들의 힘은 약해져버린 셈이지. 하지만 지금 미국에 있는 우리는 이전까지 볼 수 없었던 번성기를 구가하고 있어요. 모두를 위한 충분한 돈과 권력을 가지고 있지. 우린 쿠바에 합법적인 조직을 가지고 있고, 특히 지금 여기 계신 분들은 네바다주를 대표하는 패밀리를 이끌고 있소. 솔직히 말해서 우리가 여기서 벌어들이는 수익은 상상을 초월할 겁니다. 만일…." 그가 손가락 하나를 들어올렸다. "우리가 피의 싸움을 되풀이하지도 않고, 또 모두가 피를 보고 죽어야만 잊혀지는 그 망할 놈의 전통만 지키지 않는다면 말이오."

포를렌자는 높은 하얀 천장을 올려다보며 시칠리아어로 말을 이었다. 제라치는 시칠리아어를 알아들을 수는 있었지만, 직접 하지는 못했다. "아마 이 방에 있는 여러분은 뉴욕에서 있었던 살인사건들에 대해 누가 책임이 있는지 알고 계실 거요." 그는 제라치와 팔코네, 몰리아리를 각각 똑같은 시간 동안 응시하였다. 그런 다음, 의도적으로 시간을 끌며 카푸치노를 마셨다. "살해된 에밀리오 바르지니는 대단한 인물이었지. 나와는 가장 오래된 절친한 친구 사이기도 했소. 또 필립 타탈리아도 죽었지." 포를렌자는 비스킷 한쪽을 먹기 위해 말을 멈췄다. 유약하고, 매사에 투덜거리기만 하던 돈 타탈리아를 칭찬할 만한 말이 별로 없는 것을 감추기 위해서였다. "그리고 마이클 코를레오네 쪽에서는 패밀리에서 가장 용감하고 오랫동안 일해 온 카포레짐 테시오가 살해당했소. 돈 코를레오네의 매제인 카를로도 역시 살해당했지. 그 밖에 다섯 명이 더 죽었소. 이게 어떻게 된 일이오? 아마 여러분들 중 누군가는 알고 있을 거요. 하지만 굳이 알아내고 싶은 생각은 없소. 내가 듣기로는 바르지니와 타탈리아 패밀리는 자신들의 마약사업을 지키기 위해 정치계와 법조계에 힘이 닿는 코를레오네 패밀리의 도움을 얻으려다가 뜻을 이루지 못하자 일을 저질렀고, 그 뒤에 코를레오네 패밀리가 복수를 한 거라고 알고 있소. 아마 그럴 수도 있을 거요. 사람들 말로는 마이클 코를레오네가 바르지니와 타탈리아를 죽인 뒤, 서부로 조직의 본부를 이주하려 한다고 하던데. 그렇다고 코를레오네 패밀리의 세력이 약해졌기 때문에 이주를 하는 것 같지는 않지만. 어쨌든 충분히 있을 수 있는 일이오. 의문의 여지가 없지. 그렇다면 이 일을 7년 전에 있었던 비토 코를레오네의 장남과 필립 타탈리아의 죽음에 대한 복수라고 볼 수 있을까? 어떤 것 같소? 하긴 7년이라는 시간은 복수를 잊기에는 너무 짧은 시간이지. 마치 물고기가 꼬리를 한 번 움직일 만큼 짧을 시간일 수도 있을 테니 말이오. 그게 아니라면…."

그는 다시 쿠키 한쪽을 집어 들더니 우적우적 씹어 먹기 시작했다.

"누가 알겠소? 이 모든 일들이 전부 돈 스트라치와 돈 쿠네오가 계획한 일일 수도 있겠지. 그 두 패밀리가 바르지니나 코를레오네와 대적할 만한 힘이 없다 보니 뉴욕을 장악하기 위해 그런 짓을 벌인 건지도. 그들이 평화를 위한다며 재빨리 협상에 나섰을 때 많은 사람들의 마음속에 그런 생각이 떠올랐고, 더불어 그런 결론을 내릴 수밖에 없었을 거요. 심지어 신문에서조차 과감하게 그런 추측을 받아들여 기사화하는 바람에 어리석은 대중들은 그걸 기정사실화해 버렸지만."

사실을 제대로 확인도 하지 않은 그 기사는 웃음거리밖에 안 되었다. 신문기사들은 전부 사기였다. 스트라치 패밀리는 뉴저지에 기반을 두고 있었고, 쿠네오 패밀리는 뉴욕의 북부 지역을 전담하고 있었다(그 지역에서 가장 큰 우유 회사를 운영하고 있었기 때문에 오틸리오 쿠네오는

'우유장수 레오'라는 별명을 가지게 되었다). 두 패밀리 중 어느 쪽도 막강한 3대 패밀리를 공격할 정도로 커다란 야망이나 힘을 가지고 있다고는 보이지 않았다.

"그게 아니라면, 또 누가 알겠습니까? 코를레오네 패밀리에서 전부 죽여 버렸는지도 모르죠." 팔코네가 영어로 말했다.

그가 홧김에 한 이 말이 백퍼센트 맞다는 사실을 알게 된다면 팔코네가 얼마나 놀랄지 제라치는 궁금했다.

"그럼 자기 편까지 죽였단 말인가?" 몰리나리가 말했다. 비록 코를레오네 패밀리와 친밀하게 지내고는 있었으나, 그 역시 뉴욕에서 무슨 일이 일어났는지 정확하게 알지는 못하고 있었다. "말도 안 돼, 프랭크."

팔코네가 어깨를 으쓱했다. "그야 나도 모르지. 난 빈센트를 좋아합니다. 그 빌어먹을 사건들이 어떻게 된 건지는 몰라요. 그저 사람들이 얘기하는 걸 들었을 뿐이니까. 하지만 저 세상에서 고이 쉬고 있을 돈 비토에게 들은 바로는, 그는 아들의 죽음에 대한 복수를 하지 않겠다고 맹세했습니다. 이름이 뭐더라…."

"산티노입니다." 제라치가 말했다.

"어디서 들었던 이름이군." 그는 카푸치노 잔을 들어올렸다. "고맙네, 오멜리. 맞아 산티노였어. 비토는 아들 일로 복수하지 않을 것이며, 그 일을 파헤칠 생각도 없다고 말했죠. 그랬기 때문에 우린 코를레오네 패밀리가 그 일에 연루되지 않았을 거라고 생각했어요. 하지만 그건 모두 앞뒤가 안 맞는 허튼 소리였죠. 그건 돈 비토 자신이 직접 하지는 않을 거라는 의미였어요. 비토는 자신이 죽자마자 복수를 하라고 모든 계획을 마이클에게 물려준 겁니다."

"끼어들어서 죄송합니다만, 그때 그 말은 허튼소리가 아닙니다. 그런 일은 없었어요." 제라치가 말했다.

"이것 보세요, 빈센트. 왜 코를레오네 가문이 뉴욕을 대표해서 이 자리에 있는 겁니까? 내가 왜 당신들과 함께 이 자리에 앉아서 다른 누군가의 풋내기 부하에게 이야기를 들어야 한단 말입니까? 당신의 콘실리에리조차 함께 앉지 못하는 이 자리에서 말입니다." 팔코네가 말했다.

"이 자리에는 누구라도 올 수 있어. 그저 친구들이 모여 이야기나 나누자는 것이니까. 날씨는 좋아졌는지 모르겠군. 아마 돈 포를렌자가 우리에게 골프채를 빌려주실 걸세. 나가서 골프를 치거나…." 몰리나리가 말했다.

"아주 편안한 의자군요." 나르듀치가 팔을 문지르며 말했다.

"아니면 보트를 타고 나가 낚시라도 하지. 간호사 아가씨와 칵테일이나 마시면서 오후 내내 그 아가씨 엉덩이에 열심히 박아보든가." 몰리나리가 말을 이었다.

팔코네가 얼굴을 찌푸렸다. "난 그런 짓은 하지 않아. 엉덩이에 박으라고? 내가 그런 짓을 한다고 누가 그러든가?"

"내가 아픈 곳이라도 찌른 건가?" 몰리나리가 말했다.

돈 포를렌자는 카푸치노를 다 마시고는 잔을 쾅 내던져 깨뜨려버렸다. 순간 그 자리에 있는 모두가 움직이지 못했다. 깨진 컵 조각을 치우려는 사람도 없었다.

문이 열렸다. 경호원들이 자리에서 벌떡 일어나 그 쪽을 쳐다보았다. 포를렌자의 부하 두 명이 들어왔다. 나르듀치가 그들에게 그대로 나가라고 손짓했다. 그들이 다시 밖으로 나갔다. "그 사건들을 해결하기에는 우린 경찰만큼도 영리하지 못하오." 포를렌자가 말했다. 그는 '사건들을 해결' 한다는 말을 마치 입에 고양이 똥이라도 문 듯 시칠리아어로 중얼거렸다. "나 역시 해결해야 할 문제들이 있고, 당신들 역시…" 그가 팔코네와 몰리나리 쪽으로 몸을 돌렸다. "마찬가지겠지. 만일 클리블랜드에서 문제가 생긴다면, 그 여파는 뉴욕까지 미치지 않을 거요. 그곳과는 아무 관계가 없을 테니까. 그 문제는 전적으로 나만의 문제이고, 사실 그렇게 될 것이오. 하지만 뉴욕에서 문제가 생긴다면, 나와는 전혀 관계없는 문제도 지금 이 상황처럼 결국은 내게 골칫거리가 되는 거요. 신문마다 추측 기사들이 잔뜩 보도되지. 경찰은 뉴욕에서 일어난 그 같은 범죄 때문에 우리 친구들을 거칠게 다루면서 심문하고 있소. 심지어 우리가 뇌물을 준 자들이나 사업을 같이 하고 투자를 해주는 동업자들에게조차 의심받게 되는 거요. 워싱턴에 있는 자들이 FBI에게 요원들을 공산주의와의 전쟁에서 잠시 손을 떼고 우리 쪽으로 관심을 돌리게 압력을 넣었단 말이오. 상원의원들은 우리와 연락하는 것만으로도 위협을 느낄 지경이 되었지. 심지어 우리의 합법적인 사업조차도 미 국세청의 표적이 될지도 모를 일이지. 난 손자들을 대학에도 보내야 하고, 집도 사줘야 하오. 그러니 이런 복잡한 상황에서도 돈을 벌기 위해 애써야 한다는 말이오."

그는 물을 마셨다. 그 자리에 있는 사람들은 그가 물컵을 조심스럽게 내려놓는 것을 지켜보았다.

"자, 이제 알았을 거요. 당신들 역시 몇 백만 달러 정도 손해보게 되었다는 걸."

팔코네는 쿠키와 딸기, 오렌지 껍질, 그리고 근처에 떨어져 있던 유리 조각으로 뭔가를 만들기 시작했다.

"우리의 관심사는 네 가지요." 포를렌자가 말했다. 그는 하나씩 그 이유들을 세기 위해 왼손을 들어 올렸다. 특유의 동작이었다. 포를렌자는 무엇이든 네 가지 이유를 댔다. 유태인들을 오해하는 네 가지 이유. 조 루이스가 자존심을 걸고 록키 마르치아노를 넉아웃시킬 수 있었던 네 가지 이유. 송아지고기가 소고기보다 좋은 네 가지 이유. 만일 돈 포를렌자가 손가락을 두 개 더 가지고 태어났더라면, 모든 일에 여섯 가지 이유를 붙였을지도 모를 일이다.

"첫 번째 이유는 뉴욕이오." 그가 다시 영어로 말했다. 오른손 집게 손가락을 왼손 등에 대고 구부리면서 말했다. "그들을 도와야만 우리 역시 이런 내분을 견뎌낼 수 있다는 점과 그저 지켜보는 것만으로도 얻기 힘든 평화를 얻을 수 있다는 점이지."

모두 동의한다는 듯 고개를 끄덕거렸다. 제라치조차 그러했다.

"두 번째는…." 이번에는 가운데 손가락을 구부렸다. "라스베가스요. 7년 전 우리는 뉴욕의 은행 건물에 앉아 우리 모두를 위해 라스베가스에서 사업을 시작하자는 데 동의했소. 라스베가스는 미래의 도시니 어느 패밀리든 참가할 수 있도록 말이오. 하지만 지금 그곳에는 코를레오네 패밀리가 본부를 세웠지."

제라치가 입을 열려고 했지만, 포를렌자가 그에게 손가락을 흔들어 보였다.

"그 때문에 시카고 쪽에서는 코를레오네가 그곳에서의 세력 강화를 노리고 있는 것처럼 본 모양이오."

"여자 거시기 빨기." 나르듀치가 멍한 시선으로 중얼거렸다.

"들리는 바에 따르면 그자는 그렇게 불리는 걸 싫어하오." 팔코네가 딸기에 좀 더 많은 유리조각을 쌓아 올리며 말했다. 루이 루소는 시카고를 주름잡고 있는 자로 루이라고 불리는 것을 좋아했다. 그가 원하는 건 오직 섹스뿐인데 자신의 은밀한 곳에 코를 처박고 싶어 했다고 말해버린 매춘부 덕분에 루이는 그런 거창한 별명을 얻게 되었다(신문에서는 차마 그 별명을 그대로 실을 수 없어 '색마' 정도로 표현했다). 그 뒤 그녀는 목이 잘린 채 미시간 근처의 호수에서 발견되었다. 머리는 찾을 수 없었다.

"세 번째를 말하자면." 포를렌자가 약지를 들어올렸다. "시카고가 문제요."

제라치는 팔코네를 흘깃 쳐다보았다. 그도 한때는 시카고에서 한 일파를 이루고 사업을 했었다. 아무런 반응이 없었다. 깨진 컵 조각들은 모두 그의 앞에 모아져 있었다.

"7년 전, 우리가 만났을 때 시카고는 초대조차 받지 못했지. 상상할 수 있겠소?" 포를렌자가 말했다.

한때 카포네가 무섭게 성장하면서 뉴욕 패밀리에서 떨어져 나가자 그들은 서부 시카고 전역을 시카고 일파에게 넘겨주기로 동의했다. 닉 제라치가 몸을 담고 있던 클리블랜드는 그것이 오직 뉴욕 사람들에게나 합당한 계획이라고 생각할 만한 충분한 근거를 가지고 있었다. 카포네는 몰락했다. 엄청난 혼란이 뒤를 이었다. L.A.와 샌프란시스코는 분열되었다. 라스베가스를 접수하겠다는 꿈을 가졌던 뉴욕의 모 그린은 시카고에는 알리지 않고 라스베가스를 개방도시가 되도록 만들었다. 모 그린이 살해당한 뒤, 코를레오네 패밀리가 그가 만든 카지노를 이어받았고, 호텔 '모래의 성'을 지었다. 하지만 그때까지도 그 도시에서 가장 큰 세력을 가지고 있었던 건 디트로이트와 클리블랜드가 주도하는 중서부 패밀리들의 연합이었다. 시카고는 그 연합의 이권에 조금씩 손을 내밀고 있었는데(그건 코를레오네 패밀리도 마찬가지였지만 거의 미미한 수준이었다), 루이 루소는 좀 더 많은 부분을 가져가고 싶어 한다고 소문이 나 있었다. 시카고는 다시 한 번 단일화되었고, 나날이 세력이 확장되어 갔다. 뉴욕이 혼란스러운 동안, 수많은 사람들이 미국 조직범죄에서 가장 영향력이 있는 인물로 루소를 꼽기도 했다.

포를렌자는 믿을 수 없다는 듯 고개를 저었다. “뉴욕 패밀리들은 시카고를 교화시키려는 노력을 포기했다는 말들을 했소. 그때를 되돌아보면, 사람들은 그들을 검은 양이라고 불렀지. 우린 미친개라고 불렀고.”

“우린 거세당한 닭이었죠.” 몰리나리가 카포네(Capone)라는 말을 문자 그대로 옮겨 말했다.

“동물농장이군요.” ‘웃는 살’ 나르듀치가 말했다.

팔코네는 쌓아 올리고 있던 무더기의 한쪽 끝을 두드려 버팀목으로 만들고 있었다. 그건 양손 높이만큼 쌓여 있었다. 그는 혹시 남아 있을지 모를 커다란 유리 파편들을 찾기라도 하듯 얼굴을 그 앞에 숙였다.

“그리고 네 번째는 마약이오.” 포틀렌자가 새끼손가락을 들어 올렸다. 그 말을 하면서 그는 몸을 휠체어에 깊이 파묻었다. 몹시 지친 듯 보였다.

“마약?” 몰리나리가 되물었다.

“오, 이런.” 나르듀치가 말했다.

“그 문제는 다시 언급하지 않기로 했잖습니까?” 팔코네가 말했다.

제라치는 애써 반응을 보이지 않으려고 했다.

“오래된 골칫거리요. 하지만 한 가지 문제가 여전히 풀리지 않고 있소. 그건 우리 모두에 대한 가장 큰 위협이오. 우리가 마약 문제를 장악하지 못한다면, 아마 힘을 잃게 될 거요. 하지만….” 포르렌자가 대꾸했다.

“만일 우리가 지금 이 상태에서 마약에 손을 댄다 하더라도 경찰들은 이제껏 도박이라든가, 매춘, 노동조합과 같은 일들에 대한 것과 별다를 바 없이 대응할 겁니다. 용기를 내봐요, 빈센트. 새 노래들을 배워야 하지 않을까요? 주위를 둘러봐요. 이곳은 술에 취한 밀수꾼들의 작은 낙원이잖소.” 팔코네가 포를렌자가 말하는 중간에 끼어들었다. 때맞춰 낙원에 완벽하게 어울리는 천둥소리가 들렸다. “여긴 당신 거요. 이제껏 잘 해왔어요. 하지만 우리 세대에서는 마약이 있어야 해요. 다음에야 뭐가 등장할지 누가 알겠소?”

나르듀치가 뭐라고 중얼거렸다. 제라치가 듣기에 ‘군신 마르스의 배’가 어쩌고 하는 것처럼 들렸다.

“우리 중 많은 사람들이 마약에는 손을 대지 않기로 맹세를 했소. 패밀리의 이름을 걸고 맹세했지.” 포를렌자가 말했다. 그리고 그는 팔코네가 쌓아 놓은 쿠키와 과일 유리조각들을 가리켰다. “지금 뭘 하고 있는 거요?”

“이것밖에 할 일이 없어서요. 봐요, 빈센트. 난 당신을 대부처럼 생각하고 사랑하오. 하지만 당신도 시대에 맞춰 살아야 할 필요가 있어요. 서부 바깥에만 나가면 마약 같은 건 얼마든지 간단하게 구할 수 있어요. 이곳에 사는 흑인들이나 멕시코인들, 예술가인척 하는 인간들, 잘난 척 하는 인간들 중에는 마약을 하는 작자들이 수두룩해요. 약을 파는 사람들도 여기저기 잔뜩 있죠. 다 그런 겁니다. 차라리 우리가 일을 시작하면 훨씬 더 제대로 될 수 있어요. 경찰들이든, 누구든 그 문제에 대한 관심도 많이 줄어들었고. 특히 요즘처럼 골치 아픈 문제들이 많이 있을 때는 더 그렇죠. 그 중 합법적인 것으로 잘못되는 경우가 얼마나 있겠어요? 그러니 잊어버려요. 기회가 없어요.”

제라치가 알고 있기로 클리블랜드 패밀리도 마약에 조금은 손을 대고 있었고 이익도 꽤 남기고 있었다. 대부분 흑인들이나 아일랜드인들, 혼혈들에게서 마약으로 이익을 얻었다. 금주법 이후, 클리블랜드는 마약 다음으로 최고의 사업이라 할 수 있는 도박이나 노동조합들을 움직이는 일에 주력해왔고, 그로 인해 조직의 힘을 확장시킬 수 있었다. 클리블랜드 패밀리는 새로운 사고나 새로운 사람들에게 개방되어 있는 조직이 아니었다. 제라치의 아버지도 클리블랜드에서 새로운 조직원을 뽑은 지 10년도 넘었다고 말할 정도였으니까.

포를렌자는 마약 문제에 있어서는 직접 나서서 천천히 일을 진행시키고 있었다. 술은 다른 문제였다. 경찰들도 술을 마셨고, 그로 인해 조직이 실질적으로 와해될 일은 없었다. 하지만 마약은 그것과는 확실히 달랐다.

팔코네가 몸을 숙여 바닥에 떨어진 유리 조각들을 집어 샹들리에 쪽으로 들어 올렸다. 몰리나리는 그 순간을 무마하기 위해 포를렌자가 요즘 젊은 순찰 경관들의 성향에 대해서는 잘 몰랐던 모양이라고 언급했다.

"그럴 수도 있겠지." 포를렌자가 대답했다. 그는 손가락을 입에 대고 휘파람을 불었다. 웨이터들이 들어왔다. 그는 유리조각과 과자들이 쌓여 있는 것을 가리켰다. "저것 좀 치워버리게."

"내가 언제 이걸 치우고 싶다고 말했습니까?" 팔코네가 들고 있던 유리조각을 내려 놓고는 웨이터들을 돌아봤다. "이걸 치웠다가는 네 놈들 머리를 날려버릴 테니 알아서 해."

그렇군, 역시 시카고 출신이야. 시카고 출신 중에 또라이들이 많지. 제라치가 이렇게 생각했다.

웨이터들은 그 자리에서 꼼짝 못하고 서 있었다. 오른쪽에 있던, 슬라브인처럼 보이는 외모에 짙은 회색 머리를 한 남자는 얼굴이 입고 있는 셔츠 색처럼 하얗게 질려 있었다. 왼쪽에 서 있던, 이마를 덮은 하얀 머리카락에 검은 콧수염을 기르고 있는 남자는 포를렌자 쪽을 돌아보고는 가볍게 고개를 숙여보였다.

"어서 치워버려." 포를렌자가 말했다.

"그러기만 해 봐." 팔코네가 그가 쌓아 올리고 있던 더미에 체리로 장식하듯 마지막 비스킷을 가만히 올려 놓았다.

"우리 손자는 상류층 아이들을 위한 사립학교에 다니고 있죠. 그것과 비슷한 걸 만들더군요. 그 애와 만나보는 것도 좋을 것 같은데요." 나르듀치가 말했다.

"아, 그래요? 어딘가요?" 팔코네가 의자를 돌려 그를 쳐다보았다.

"그 애를 어디로 만나러 가면 좋겠냐는 뜻인가요, 아니면 그 애가 다니는 학교가 어디냐는 뜻인가요?"

"학교 말이오."

나르듀치가 어깨를 으쓱해보였다. "난 그저 돈만 낼 뿐이니까요. 내가 보기에는 그 애가 다니는 유치원이나 다른 곳이나 똑같아 보이는데 말입니다."

팔코네가 늙은 콘실리에리에게 돌진하려는 듯 자리에서 벌떡 일어났다. 제라치는 그대로 자리에 앉은 채 팔코네의 턱을 정면으로 후려쳤다. 머리가 뒤로 젖혀진 팔코네는 비틀거리다가 바닥에 쓰러졌다.

경호원들이 식탁 앞으로 달려왔다. 제라치는 자리에서 일어섰다. 시간이 천천히 흐르고 있었다. 아마추어들은 발동작이 좋지 못했다. 제라치는 경호원들이 그보다는 훨씬 빨리 움직일 거라고 예상하고 있었다.

몰리나리가 갑자기 웃음을 터뜨렸다. 놀랍게도 바닥에 쓰러져 있던 팔코네 역시 웃고 있었다. 경호원들이 그 자리에서 멈춰 섰다. 제라치는 움직이지 않았다.

"유치원이라니. 정말 재미있군." 몰리나리가 말했다.

팔코네도 자리에서 일어나 턱을 문질렀다. "꽤 좋은 펀치였네. 오멜리, 이제 그만 자리에 앉지."

"본능적으로 나가고 말았습니다. 죄송합니다. 괜찮으신지요?" 제라치가 말했다. 나르듀치조차 그에게 고맙다고 말하지 않았다.

팔코네가 어깨를 으쓱했다. "이 일은 잊도록 하지."

"자네야말로 나이든 사람을 때리려고 한 건가?" 몰리나리가 팔코네에게 물었다.

"처음에는 그럴 생각이 아니었는데 말이지." 팔코네의 말이 모두 웃음을 터뜨렸다. 제라치가 자리에 앉자, 경호원들도 자리로 돌아갔다. "상관없어. 이제 치워도 좋아." 팔코네가 말했다.

웨이터들은 눈에 띄게 안도하는 모습으로 서둘러 치우기 시작했다. 콧수염을 기르고 있던 웨이터는 잠시 후 다시 돌아와 비어 있는 잔에 물을 따라주기까지 했다.

"그들의 머리는 어떻게 날려버릴 생각이었소, 프랭크?" 포를렌자가 물었다.

"그냥 해본 소리였죠." 팔코네가 큰 소리로 웃으며 대답했다.

제라치는 그 상황을 가만히 지켜보면서, 자신이 이 자리에 참석한 이유를 말할 기회를 엿보고 있었다. 지금이 바로 그때인 것 같았다. 그의 시선이 포를렌자와 마주쳤다.

포를렌자가 고개를 끄덕였다.

그는 다시 뭔가 지시를 내릴 것처럼 목청을 가다듬는가 싶더니 아무 말도 하지 않고, 전혀 서두르는 기색도 없이 천천히 물을 마셨다.

"여러분, 안타깝게도 우리 손님이 가야 할 시간이 된 모양입니다." 그 순간 그 자리에 있는 사람들은 모두 그의 말을 이해했다. 그건 제라치가 달리 갈 데가 있어서가 아니라 그들이 바로 이 자리에서 확실한 결론을 내기 전에 나가달라는 말이었다. "하지만 이 사람도 먼 길을 오랜 시간에 걸쳐 왔으니 떠나기 전에 몇 마디 할 기회를 주고 싶군요."

포를렌자가 소개하자 제라치가 자리에서 일어났다. 그는 대부에게 감사를 전하고, 짧게 하겠다고 약속했다. "제가 이 자리에 참석할 수 있어서 기쁘기 한이 없습니다만, 돈 팔코네의 말씀이 맞습니다. 여긴 제가 있을 자리가 아닙니다. 아까 말씀하셨던 것처럼…." 제라치는 팔코네를 가리켰다. 순간 언제나 자신의 능력에 대한 과소평가 때문에 스트레스를 받았던 테시오가 떠올랐다. "저야 누군가의 풋내기 부하에 불과하니 말이죠." 거짓말이었다. 하지만 팔코네가 먼저 시작했다.

나르듀치가 뭔가 몸짓을 해보였으나 너무 애매해서 제라치조차도 그가 전하려는 것이 무엇인지 알 수가 없었다.

"코를레오네 조직은 여러분 중 어느 누구에게도 위협이 되지 않을 거라는 걸 먼저 말씀드리겠습니다. 마이클 코를레오네는 평화를 원합니다. 또 그분은 영원히 끝나지 않을 것 같은 분쟁을 중단하기로 결심했고, 그렇게 처신하고 있습니다. 그분은 라스베가스 전체를 장악할 어떤 의도도 가지고 있지 않습니다. 잠정적인 기간이긴 합니다만, 3~4년 후에 코를레오네 패밀리는 타호 호수로 이주하게 될 겁니다. 사실상 조직은 해체되는 셈이죠. 우리 뉴욕 조직은 어떤 형태로든 명맥을 유지할 것입니다만, 타호 호수로 이주한 뒤에 마이클 코를레오네는 미국의 다른 부호들, 즉 카네기나 포드, 휴즈 같은 사람들과 같은 일을 하게 될 겁니다."

"법과대학원이라도 만들 참인가 보군." 나르듀치가 총이라도 맞은 듯한 목소리로 말했다.

"코를레오네 패밀리는 앞으로 새로운 조직원들을 받아들이지 않을 겁니다." 제라치가 말을 이었다. 현재를 다른 말로 바꾸면 오늘 밤이 된다. "마이클 코를레오네는 이제 이런 생활에서 은퇴할 것입니다. 그렇다 하더라도 다른 조직들에 대한 존경과 예의는 계속해서 지켜나갈 것입니다. 자신과 비슷한 길을 가겠다고 결심하는 분이 계시다면 기꺼이 도움을 드릴 것이라고 했습니다." 제라치는 의자를 밀어냈다. "혹시 궁금하신 점이나 말씀하고 싶으신 게 있으신지요?"

그는 잠시 기다렸다. 팔코네와 포를렌자 두 사람의 시선이 눈만 깜박거리고 있는 몰리나리에게로 향했다. 코를레오네 패밀리와 친분이 있는 것으로 알려진 몰리나리는 상세히 설명할 준비를 했고, 그가 말하는 편이 나을 것 같기도 했다.

"이제 날씨가 어떤지 살펴보러 가야 겠습니다. 그럼…." 제라치가 말했다.

"망할 놈의 날씨!" 팔코네가 말했다. 그는 이번 시합에 10만 달러를 걸었다. "이봐, 잘난 친구. 몇 시쯤 떠날 예정인가? 우리도 가야지."

나르듀치가 "신의 예정대로"처럼 들리는 말을 뭐라고 중얼거렸다.

"신은 무슨. 이번에는 잘못되지 않을 거요. 빈센트, 하지만 난…." 팔코네가 말했다.

"곧 괜찮아질 겁니다." 제라치가 대답하고는 그 자리를 떠났다.

톰 헤이건은 방으로 돌아와 기다리기 시작했다. 그는 한 번도 쓰지 않은 3백 달러짜리 라켓을 침대 위에 던져 버렸다. 헤이건은 테니스 셔츠는 그대로 입은 채 반바지를 치노 바지로 바꿔 입고, 스니커즈를 로퍼로 갈아 신었다. 시원하게 에어컨이 작동되는 그의 방에서는 두 개의 다른 골프 코스가 보였다. 밝은 색 옷을 입은 남자 네 명이 드넓은 초록빛을 배경으로 칵테일을 마시고 있었다. 불과 몇 십 년 전까지만 해도 선인장과 모래밖에 없었던 이곳은 한낮에는 서 있기만 해도 누구든 뜨거운 태양과 굶주림, 갈증으로 죽어나가 머리 위를 뱅글뱅글

도는 대머리수리*만 좋아하는 그런 장소였다. 지금은 골프 카트 안에서 시중들어주는 사람들이 차가운 맥주와 깨끗한 수건을 들고 대기하고 있다. 그 모습을 보자 헤이건은 예전에 읽었던 책의 내용을 떠올렸다. 고대 로마에서는 여름에 황제들이 시원하게 지내기 위해 노예들을 시켜 산꼭대기에서부터 엄청난 양의 눈을 가져오게 했다고 한다. 그리고 많은 노예들이 눈 더미 옆에 서서 밤낮으로 커다란 파피루스로 된 부채를 흔들어야 했다. 막상 자신들은 땀에 흠뻑 젖은 채로. 온 세상이 왕을 위해서 존재했다.

헤이건은 안내 데스크에 연락해, 그를 데리러 차가 오는 즉시 호출을 해달라고 말했다. 그리고 1시 45분에 잠을 깨워달라고 했다.

전화가 울렸다. 그는 허기를 느끼며 잠에서 깨어났다. 헤이건은 점심을 늦게 먹는 것이 싫었다. 이제 시간은 2시를 넘어가고 있었다. 그는 안내 데스크에 자신을 찾아온 사람이 있는지 물었다. 그러자 "아뇨, 손님. 아무도 없었습니다"라는 대답만 돌아왔다.

헤이건은 전화기를 내려놓고, 전화벨이 울리기라도 기다리듯 가만히 쳐다보았다. 애인에게서 전화오기만을 기다리는 사내 녀석 같다는 생각이 들었다. 그는 다시 전화기를 들어 교환에게 마이클의 사무실과 연락해달라고 말했다. 아무도 전화를 받지 않았다. 이번에는 마이클의 집으로 전화를 했다. 만일 대사와 만나는 일이 그다지 중요한 일이 아니었다면 그는 벌써 비행기를 타고 집으로 돌아갔을 것이다. 케이의 아버지가 전화를 받았다. 마이클과 케이는 결혼기념일을 맞이해 점심 식사를 하러 밖으로 나갔다고 알려주었다. 헤이건은 두 사람의

---

* 벌레의 일종

결혼기념일이라는 사실을 까맣게 잊고 있었다. 마이클과의 연락은 나중에나 가능할 것이다. 그런 다음 그는 자신은 잘 도착했고, 모든 일이 잘 되고 있다고 말하려고 집에 전화를 걸었다. 전화를 받은 테레사가 집에서 키우던 늙은 닥스훈트인 가르반조가 집을 나갔다며 울었다. 아이들이 전단지와 포스터를 만들어 밖으로 나가 이웃사람들에게 나누어주며 애완견을 찾고 있는 중이라고 했다. "가르반조가 사막에서 길을 잃어버린 거라면 어떻게 해요? 모두들 그런 경우라면 죽을 거라고 말해요. 코요테나 쿠거*, 뱀의 공격을 받을 수도 있고, 그게 아니라도 목이 말라 죽게 될 거라고. 생각해 보니까 내일은 원자 폭탄 실험도 있잖아요." 헤이건은 아내를 진정시키려고 애썼다. 그는 닥스훈트가 그 구역을 벗어나지 못했을 거라고 말하고, 폭탄을 실험하는 장소는 거기에서 60킬로미터도 훨씬 넘게 떨어져 있다고 말해주었다.

헤이건은 라켓을 쳐다보았다. 아무 가게에서나 20달러면 살 수 있을 정도의 제품이었고, 집에 있는 것보다 좋지 못했다. 순간 형제나 다름없던 소니를 떠올렸다. 그가 있었다면 이 같이 무례한 호텔 측의 대접에 불같이 화를 냈을 것이다. 그리고 먼저 룸서비스 메뉴판에 나와 있는 음식을 전부 주문해서 먹을 만큼 먹은 다음, 남은 음식에는 오줌을 갈겨줬을 것이다. 그런 다음 라켓을 실컷 휘둘러 방안을 때려 부순 다음, 그 피해보상은 대사가 치르게끔 했을 것이다. 우린 현금이 없으니 대신 서명하지, 라면서. 그렇게 하고는 집으로 돌아갔을 것이다. 헤이건의 배에서 꼬르륵 소리가 났다. 그는 미소 지었다. 문득 소니가 그리웠다.

---

* 고양이과의 야생 동물

그때 전화벨이 울렸다. 기사가 대기 중이라고 했다.

헤이건이 내려갔지만 자동차는 아무데도 없었다. 그는 주차 요원에게 물어보았다. 하지만 대기 중인 차는 없었다는 대답만 돌아왔다. 헤이건의 머리가 울렸다. 미처 선글라스를 안 가지고 나와 햇살에 부신 눈을 가늘게 뜨고 있기도 힘들었다. 다시 로비로 되돌아가 보니 턱시도를 입은 흑인이 서 있었다. 그를 따라 건물의 반대편 쪽으로 나가니 눈에 확 띄는 하얀색 지붕이 달린 6인용 골프 카트가 대기하고 있었다. 시간은 2시 30분이었다.

"이제껏 본 중에 가장 큰 골프 카트군." 헤이건은 하얀 카트에 반사되는 빛을 가로막으며 중얼거렸다.

"감사합니다." 기사가 말했다. 분명히 누군가에게 고용주나 손님이 있을 때 말할 때를 제외하고는 시선을 마주치지 않도록 교육받은 것처럼 보였다.

그것을 타고 골프장을 가로질러 테니스 코트를 지나 또 다른 골프장을 건너가는 데 15분 가량 걸렸다. 그동안 헤이건과 기사는 서로 눈을 마주치지 않도록 주의를 기울였다.

대사가 처음 비토 코를레오네와 함께 일을 시작했을 때 그의 이름은 미키 시어였다. 지금은 언론에 M. 콜버트 시아로 알려져 있다. 아무도 그를 미키라고 부르지 않았다. 가까운 친구나, 가족, 심지어 부인조차도 콜버트라고 불렀다. 그 외 다른 사람들에게는 대사로 불렸다. 그의 아버지는 코크*를 떠나 볼티모어에 정착해 베이브 루스**의 아버지가 하고 있던 술집 건너편에 술집을 개업했다. 여섯 명의 자녀들 중 장남

---

* 아일랜드 남부에 있는 먼스터주, 코크군의 주요 도시

** 미국의 유명한 프로야구 선수

인 미키 시어는 어려서부터 열심히 일을 했다. 바닥을 닦기도 하고, 상자들을 운반하기도 하고, 길에 쌓인 눈을 삽으로 치우기도 했다. 하지만 그런 그의 인생도 옆집에 살던 아일랜드 꼬마와 비교해본다면 훨씬 편안한 것이었다. 그러나 이내 그의 부모도 식기까지 몽땅 다 팔아야 될 지경에 이르렀다. 그들은 모든 것을 잃었다. 그의 어머니는 드물게도 권총 자살을 선택했다. 금고 밑 선반에 놓여 있던, 총신을 짧게 자른 산탄총의 총구를 입에 집어넣고 쏘았다. 술집 근처에 있던 골목길에서 손에 눈삽을 들고 나온 미키는 머리 형태가 거의 남아 있지 않은 어머니의 시신을 발견했다. 그 순간까지도 계속해서 술만 마시고 있던 그의 아버지는 그 뒤로도 계속 그 모양이었다.

미키는 열일곱 살에 군에 입대했고, 바로 보급 담당 하사관이 되었다. 군대는 볼티모어의 거리와는 달랐다. 그는 그곳에서의 규칙을 익혔고, 어떻게 해야 하는지를 배웠다. 암시장은 평화 시에도 돈이 됐지만, 미국이 전쟁에 참전한 이후부터는 돈을 찍어내는 기계나 다름없었다. 휴전 1주일 뒤에 그는 명예제대를 했다. 이미 백만장자가 되어 있었다. 그것도 대부분을 현금으로 가진. 그는 뉴욕으로 갔고, 텐더로인 지역에 술집을 차렸다. 아일랜드인이자 수완 좋은 중개자로서 그는 재빨리 경찰과 좋은 관계를 만들어가기 시작했으며, 그와 동시에 마지널스와 고퍼스 같은 아일랜드 갱단과도 유대를 형성했다. 미키는 부두 근처에 창고를 몇 개 사들였는데, 그건 꽤 안정적인 투자로 그의 수출입 작업을 빈틈없이 해나갈 수 있도록 도와주었다. 아마 금주법이 제정되지 않았다고 하더라도 그는 밀수 일을 완벽하게 해냈을 것이다. 그는 창고들을 가지고 있었으며 항만 근로자들을 고용했다. 그리고 법의 테두리 밖에서 물건들을 어떻게 들여오는지 잘 알고 있었다. 미키에게는 캐나다와 동부 도시 두 곳에 친구들이 있었다. 그들은 예전에 영국 공군에 있던 공급 담당 하사관들로, 그의 사업을 도와주고 있었고 계속해서 친밀한 관계를 유지하고 있었다. 그리고 그는 그 술집뿐만 아니라 경찰들의 아지트로 알려진 술집도 운영하고 있었다. 거의 자정이 되면 그 술집은 아이스크림 가게가 되었고, 대신 지하실을 비우고 새로 무허가 술집으로 꾸며 문을 여는 것이다. 예전부터 단골이었던 경찰들은 그곳에서 공짜로 술을 마셨다. 그들이 쓰는 돈도 상당했다. 왜냐하면 그곳이 불시 단속에 안전하다는 명성이 입소문으로 전해졌기 때문이다. 시아도 모르는 사이에 그 지하실로 맨해튼의 명사들이 모여들기 시작했다. 오페라의 디바들, 브로드웨이 스타들, 신문사 편집자들과 그들의 스타 칼럼니스트들, 유명한 변호사들과 시의회 의원들, 심지어 은행장들과 월 스트리트의 거물들까지 드나들었다. 시어는 옆 건물을 사들여, 지하실 사이를 잇는 통로를 만들었다. 그렇게 만들어 놓으니 지하실 술집은 이전보다 세 배는 큰 장소가 되었다. 그곳에서는 매일 밤 오케스트라가 연주를 했다. 미국 어디를 가도 그곳처럼 대놓고 장사를 하는 곳은 없었다.

하지만 미키 시아는 충분히 그럴 수 있는 남자였다. 전쟁 기간 동안, 그 같은 점점 더 부자가 되었다. 하지만 그 부자들 위에는 부유층과 권력을 가진 사람들이 있었다. 그들은 모르핀이나 팔팔한 젊은이들을 위한 누드잡지 같은 것을 사들이는 지저분한 일에는 절대로 손을 대지 않았다. 그리고 그들이 뇌물을 준 경찰들이 있는 뒷방에서 재빨리 물건을 주고받는 짓 같은 건 하지 않았다. 그는 평상시 연계되어 있던 맨해튼 경찰들에게 그의 창고 앞에서 올리브 오일 배달 트럭에 그런 물건들을 바꿔치기할 수 있도록 도와달라고 했다(그리고 창고는 불시 단속을 당하지 않게 해달라고 부탁했다). 그렇게만 된다면 트럭에 탄 사람들은 무슨 일이든 할 수 있었다. 왜 그가 창고업과 무허가 술집으로만 돈을 벌어야 한단 말인가? 그라면 아주 쉽게, 정말 손쉽게 마약을 들여와 직접 팔 수도 있는데 말이다. 그래서 캐나다에 있던 동료들이 그에게 마약을 실을 수 있도록 새로 설비한 트럭과 쾌속정들을 여러 대 제공해주었다. 그러자 이내 올리브 오일 트럭에 탔던 남자들은 그의 보트와 트럭에 옮겨 타기 시작했고, 종종 시아의 부하들이 함께 타 비좁은 공간 속에서 몸을 웅크려야 했다. 시아는 경찰들을 포섭했고, 또 다른 경찰들과 인연을 맺었으며, 계속해서 경찰들과의 연계를 확고히 했다. 그리고 국경 보안관들, 판사들, 퀘벡에서 맨해튼까지의 구역을 담당하는 모든 경찰들을 그의 편으로 만들기 위해 애를 썼다. 하지만 그들은 어느 정도 도움은 되었지만, 모든 문제들을 해결해주지는 못했다.

그러던 어느 날, 젠코 아반단도가 시아의 뇌물을 받고 있던 경찰 서장에게 연락을 해서 미키 시아와 비토 코를레오네 사이의 만남이 주선되었다. 젠코는 헤이건 이전에 코를레오네 패밀리의 콘실리에리였다. 그들은 헬스 키친에 있는 이탈리안 식품점에 붙어 있는 간이식당에서 만났다. 그곳은 시아 소유의 창고들이 있는 곳에서 불과 여섯 블록밖에 떨어져 있지 않았지만, 시아로서는 처음 가보는 장소였다. 그는 향료가 든 음식을 싫어했기에 다른 건 먹지 않고 빵과 소스를 뿌린 국수만 먹었다. 음식을 다 먹었을 때, 돈 코를레오네는 트럭의 내용물을 바꿔치기하는 일은 젠코 푸라에서 허가를 받은 사람만이 할 수 있는 거라고 설명했다. 그의 이야기 속에는 암시가 숨어 있었다. 돈 코를레오네는 자유 시장 경쟁이 얼마나 낭비인지에 대해 이야기했고, 이 일 역시 마찬가지라고 말했다. 미키 시아는 재빨리 알아차렸다. 돈 코를레오네는 미키 시아에게 많은 친구들을 가진 누군가를 믿는다면, 반드시 위대한 사람이 될 수 있을 거라고 말했다. 그리고 그 누군가를 알아두면 틀림없이 큰 도움이 될 것이라고 했다. 그 뒤 미키 시아의 친구들은 모두 코를레오네 패밀리의 친구가 되었다. 시아는 돈 코를레오네의 정치권과 법조계의 인맥의 도움을 받아 승승장구하기 시작했고, 결국 가장 큰 권력을 움켜질 수 있었다. 돈 코를레오네는 시아가 좀 더 거대한 부를 축적할 수 있도록 도움을 주었다. 그건 어떤 유혈사태가 일어났을 경우나 혹은 그런 사태를 예방하기 위해 물리적인 힘을 과시할 필요가 있을 때를 대비한 일종의 보험과 같은 것이었다. 심지어 시아는 금주법 철회로 현금을 낳던 거위가 사라져 버린 이후에, 자신이 그 부를 어떻게 쌓았는지 다른 사람들이 알 수 없도록 모든 흔적을 지워 버릴 수 있었고, 대중의 눈에 자신이 명문가의 사람으로 보이게끔 만들 수 있었다. M. 콜버트 시아는 증권 회사의 대표였으며, 야구단의 지분을 가지고 있었고, 널리 알려진 자선 사업가이기도 했다(주에 있는 수많은 콜버트 홀과 콜버트 회관, 콜버트 도서관 등은 대사로서 그가 기금을 조성한 것이다). 그의 자녀들은 로렌스빌을 거쳐 프린스턴대학을 졸업했다. 또 전쟁 기간 동안 입대하여 전국의 잡지에 그들의 무용담이 실리기도 했다. 재선에서 떨어진 대통령의 임기 동안 시아는 캐나다의 대사로 6주 동안 근무했다. 가족들이 모두 캐나다로 이사 가야 할 만큼의 임기도 못 되었지만, 직함을 얻는 데는 충분한 시간이기도 했다. 시아의 장녀는 록펠러 가문의 남자와 결혼했고, 장남은 현재 뉴저지의 주지사이다.

대사는 톰 헤이건에 대해 알지 못했다. 전쟁 중인 탓에 소식이 잘 전해지지 않아 아직도 젠코가 콘실리에리인 줄로 알고 있었다.

그리고 헤이건은 대사가 돈으로 대사직을 샀다고 생각하고 있었지만 —사실 그렇기도 했다— 그 사실을 모른 척하고 있었다.

헤이건은 그런 사실들에 대해서는 알고 있어도 모르는 척해야 한다고 비토 코를레오네로부터 배웠다.

자동 대문이 소리 없이 열렸다. 크기는 절반 정도였지만 영국 성을 본떠 만든 저택 앞, 바닥에 돌을 깔아 놓은 입구에 운전기사가 골프 카트를 세웠다. 멕시코 고용인들이 정원에 잔디를 깔고, 선인장을 심고 있었다. 구릿빛의 피부를 가진 금발머리 남자들이 셔츠도 입지 않은 채 발판 위에 올라서서 고대 양식에 따라 좁은 덤불 사이에 돌을 깔고 있었다. 헤이건은 머리가 터질 것 같았다.

"이쪽입니다, 선생님." 운전기사가 여전히 시선을 마주치지 않은 채 말했다.

헤이건은 운전기사를 곁눈질했다. 만일 기사에게 3백 달러 정도를 준다면 헤이건이 고개를 들고 걸을 수 있도록 아스피린 네 알과 선글라스를 구해줄 수 있는지 궁금했다.

"아닙니다. 선생님, 이쪽입니다."

헤이건은 고개를 들었다. 기사는 미처 다듬지 못한 정원의 바위 위에 서 있었다. 그는 마치 헤이건을 집 안에 들일 만큼은 믿을 수 없다는 듯 저택 옆을 빙 둘러 풀장으로 안내했다. 헤이건은 시간을 확인했다. 거의 3시였다. 이대로라면 마지막 비행기로나 집으로 돌아갈 수 있을 것이다.

뒤뜰에 있는 수영장은 P자형으로, 원형 부분은 한 바퀴를 돌 수 있도록 레인으로 이어져 있었다. 원형 부분의 주위는 일곱 개의 하얀 대리석 천사 조각상으로 둘러싸여 있었다. 대사는 돌로 된 테이블에 앉아 하얀 전화기에다 소리치고 있었다. 테이블 위에는 고기와 치즈가 담긴 접시가 놓여 있었다. 대사의 앞에 놓인 접시에는 겨자가 지저분하게 펴져 있었고, 빵가루가 어지럽게 흩어져 있었다. 저 거만하기 짝이 없는 인사는 이미 식사를 끝마친 모양이었다. 더군다나 그는 홀딱 벗고 있었다(예외적이긴 했지만 가장 최근에 헤이건이 대사와 프린스턴 클럽의 한증실에서 만났을 때는 그 역시 옷을 벗어야 했다). 대사의 피부는 최고급 생갈비 같은 색이었고, 갓 태어난 돼지처럼 가슴과 등에 체모가 하나도 없었다. 그는 선글라스조차 끼지 않고 있었다.

"어서 오게!" 그가 수화기를 든 채 헤이건을 보고 외쳤다.

헤이건이 고개를 숙였다. "안녕하십니까, 대사님."

대사는 헤이건에게 자리에 앉으라고 손짓을 했다. 자리에 앉자 대사가 식사를 하라는 손짓을 했지만 헤이건은 먹지 않았다. "먹고 왔습니다." 헤이건이 말했다. 그리고 식사를 같이 못하게 되어 유감이라는 듯한 몸짓을 해보였다.

대사는 목소리를 낮추기는 했지만, 여전히 수화기에 대고 신랄하게 이야기하고 있었다. 대화 내용으로 봐서 일이 아니라 개인적인 용건인 듯 했다. 그러다가 수화기를 손으로 막고는 헤이건에게 수영복을 가지고 왔는지를 물었다. 헤이건이 고개를 저었다. "그거 안 됐군." 대사가 말했다.

그러시겠지. 이 휘황찬란한 자리에 그와 함께 앉으려면 대부 정도나 되어야 할 테니까. 헤이건은 옷을 벗고 싶지도 물에 몸을 담그고 싶지도 않았다. 이런 대사의 무례한 제안에 도저히 응할 수 없었다.

마침내 대사가 수화기를 내려놓았다.

"이보게! 자네는 아일랜드인 콘실리에리로군." 칸－시－리－에리라니.

헤이건은 대사가 정말로 그 단어의 발음을 잘못 알고 있는 건지, 아니면 일부러 '아일랜드인' 이라고 장난을 치려고 그렇게 발음을 하는 건지 알 수가 없었다.

"독일계입니다."

"완벽한 사람은 없지." 대사가 말했다.

"전 그저 변호사일 뿐입니다." 헤이건이 대꾸했다.

"더 나빠." 대사가 말했다. 자식 네 명을 모두 법과 대학원에 보낸 사람이 저런 말을 하다니 웃기는군. 헤이건이 생각했다. 대사가 물었다.

"뭐 좀 마실 텐가?"

"얼음물이면 됩니다." 헤이건이 대답했다. 다른 대꾸는 하지 않았다. 대사는 사람들에게 잘 알려진 매력적인 인물이었다. 사과를 잘 하지 않는 것도 목적이 있어서였으며, 의도적인 것이기도 했다.

"좀 더 센 걸 마시지 그러나?"

"얼음물이면 충분합니다." 아스피린 한 주먹이 따라온다면 더 좋겠지만. "얼음을 많이 넣어서요."

"그럼 나도 마시지 않도록 하지." 대사가 얼음이 절반 가량 들어 있는 잔을 들어 올리며 말했다. "가끔씩 페르노* 대신 자두 주스를 마시곤 하지. 좀 마셔보겠나?" 헤이건이 고개를 젓자, 대사는 큰 소리로 웨이터를 불렀다. "우리 아버지도 자네처럼 자기주장이 강한 분이셨지. 알고 있나? 마시게. 우리 같은 사람을 저주하면서."

프랑스 하녀처럼 옷을 입은 젊은 흑인 여자가 얼음물이 든 은주전자와 작은 크리스털 잔을 가지고 왔다. 헤이건은 바로 물을 마신 다음, 다시 직접 잔을 채웠다. "테니스 코트에서 만나 뵙지 못해 유감입니다. 오래 전부터 테니스를 아주 잘 치신다는 이야기를 계속 들어왔으니까요." 그라운드 스트로크를 하는 시늉을 하며 헤이건이 말했다.

---

* 아니스 향이 든 프랑스제 리큐르

대사는 그가 무슨 이야기를 하는지 모르겠다는 듯 헤이건을 쳐다보았다.

"사람들 말이 그렇더군요." 헤이건이 덧붙였다.

대사는 고개를 끄덕였다. 그는 샌드위치 하나를 다시 덥석 집어 들고는 자리에서 일어나 헤이건에게 따라오라고 손짓을 했다. 그리고 수영장 옆으로 걸어가더니 둥근 부분의 끝 쪽, 그늘진 계단 위에 걸터앉았다. 절반쯤 몸이 잠기자 물 속에 그의 음경이 축 늘어졌다. 대사는 멍하니 자기 물건을 톡톡 건드렸다.

"전 그냥 여기 있겠습니다. 그늘에요. 대사님께서 괜찮으시다면 말입니다."

"자넨 지금 실수하고 있는 거네." 대사는 입에 샌드위치를 문 채 수영장 안으로 첨벙 뛰어들었다. 그런 다음 한 입 크게 베어 물었다. 헤이건의 위에 눈이라도 달린 듯, 그 순간 배속이 요동을 치기 시작했다.
"시원하다니까." 대사가 말했다.

대사가 샌드위치를 다 먹어치웠다. 헤이건이 그에게 가족들의 안부를 물었다. 대사는 입에 남아 있는 샌드위치를 씹으면서 가족들에 대해 이야기하기 시작했다. 특히 대니(대니얼 브렌든 시아는 미 대법원에서 예전에 서기로 일하다가, 현재는 뉴욕주 법무장관의 보좌관으로 일하고 있다고 했다)와 대니의 형인 지미(제임스 카바나우 시아는 뉴저지주의 주지사이다)에 대해 말했다. 대니의 경우 작년에 폴 리비어의 직계 자손과 올린 결혼식이 뉴포트 사교계에서 최고의 화제로 떠올랐다. 그는 그 결혼으로 헤이건의 아내와 딸도 보는 TV 인형극 사회자의 인기를 넘어섰었다. 그리고 지미는 주지사였다. 아직 첫 임기에 들어선 정도이지만, 그는 이미 대선을 노리고 있음을 분명히 밝혔다. 대사는 헤이건 가족의 안부는 묻지 않았다.

대사는 두 사람이 모두 알고 지내는 몇몇 사람들에 대해 물었다. 뉴욕에서 일어난 최근 사건들에 대한 기탄없는 대화가 이루어졌다. 하지만 죽은 사람들의 이름은 거론되지 않았다. 테시오라든가, 타탈리아, 바르자니 등 그 누구의 이름도. 그리고 헤이건과 대사, 두 사람 모두 그와 관련된 사건에 대해서는 언급하지 않았다.

대사가 몸을 일으키더니 무릎 높이의 수영장 계단을 밟고 올라와 온몸을 쭉 폈다. 그는 비슷한 연배의 남자들 평균보다 훨씬 더 키가 컸을 뿐만 아니라 몸집도 거대했다. 그는 어렸을 때 베이브 루스와 주먹을 다툰 적이 있다고 주장했다. 그건 거짓말이었다. 하지만 베이브는 몇 년 전에 죽었고, 대사는 여전히 그의 나이에 걸맞게 시원찮은 음경을 치켜세우고 살아 있었다. 그렇기 때문에 그 이야기는 사실처럼 되어버렸다. 대사는 다시 수영장으로 뛰어들어 수영을 하기 시작했다. 열 바퀴를 돌고 나서야 그는 수영을 멈췄다.

"젊음은 분출시키는 거라네, 젊은 친구." 헤이건의 생각과는 달리 전혀 숨차지 않은 목소리로 대사가 말했다. "맹세하게. 빌어먹을 하느님한테도 맹세하고."

태양이 더 이상 내리쬐지 않았음에도 헤이건의 두통은 대사 덕분에 아까보다 세 배는 심해진 것 같았다. 오늘 밤에는 반드시 집에 돌아가 약을 먹어야 할 것이다.

"대사님, 우리와 거래를 하시겠습니까?"

"오! 자네는 단도직입적이군. 안 그런가?"

헤이건은 시계를 힐끗 보았다. 막 4시를 넘어가고 있었다. "그러는 걸 좋아하는 편입니다."

대사가 수영장 밖으로 나왔다. 어떻게 알았는지 하녀 옷을 입은 여자가 어디선가 나타나 그에게 수건과 두꺼운 가운을 건네주었다. 헤이건은 대사를 따라 유리로 가려진 베란다로 갔다. 정말 감사하게도 그곳은 그늘이 진데다 에어컨까지 작동되고 있었다.

"자넨 날 즐겁게 하는군. 마이크도 그렇지만 말이야. 더 정확하게 말하자면 자네 쪽 사람들이 대니를 즐겁게 해주고 있지." 대사는 잠시 말을 멈추었다. 헤이건은 그의 암시를 알아차릴 수 있었다. "조사를 완전히 중지시킬 수는 없네. 자네도 그 점은 알아야 할 거야. 대니 역시 그렇게 할 수는 없을 걸세. 만일 그가 할 수 있는 일이 있다면 그건 그 지역 문제정도겠지. 뉴욕시 정도 말이야. 뉴욕주가 아니고."

헤이건은 그의 말을 완전히 정반대의 의미로 이해하고 있었다. 대니에 대한 이야기로 화제를 돌렸다는 건 대사가 직접적으로 나설 수는 없지만, 뒷조사를 하지는 않겠다는 의미였다.

"저희도 조사가 완전히 중지되기를 바라는 건 아닙니다. 정의가 이루어지는 건 중요한 일이죠. 그렇지만 앞으로 나아가기 위해서는 무고한 일들로 인한 사업의 불이익이 없어야 하니까요. 그것이 저희 최고의 관심사입니다."

"그 점은 반박하기 어렵군." 대사가 고개를 끄덕이며 말했다. 그들의 거래는 이루어졌다. 헤이건은 성공했다고 여겼다.

"대사님 역시 절 즐겁게 해주셨습니다. 아니, 우리의 사업적인 관계가 그런 거라고 할까요. 대사님도 알고 계실 거라고 생각합니다만, 많은 사람들이 내년에 있을 전당대회에서 후보 지명 연설을 할 사람이 이미 정해졌다고 말하고 있습니다. 우리가 말하고 있는 그 사람이 될 건 분명합니다. 전당대회는 애틀랜틱 시티에서 개최될 겁니다. 이미 확정되었죠."

"확정되었다고?"

헤이건이 고개를 끄덕였다.

대사가 허공에 대고 주먹을 휘둘렀다. 늙은 나이에 어울리지 않는 소년 같은 동작이었다. 그것은 지금 그에게 아주 엄청난 소식이었다. 그러니까 이 순간부터 그들 간의 거래가 좀 더 세밀한 부분에서 어긋나버리게 될 경우, 아들인 시아 주지사가 자기 주에서 개최되는 전당대회에 나가게 될 황금 같은 기회가 없어진다는 거나 마찬가지였다. 코를레오네 패밀리의 돈을 이용하여 전당대회에 나가게 될 기회 말이다.

"그곳이 선정된 건 아주 유리한 징조라고 할 수 있죠. 다수의 사람들이 전당대회가 개최되는 주의 주지사가 후보 지명 연설을 하는 것을 좋은 생각이라고 여길 겁니다. 그 이후에야 누가 알겠습니까만." 헤이건이 동조하듯 말했다.

'그 이후' 라고 헤이건이 말했다. 마치 후보 지명 연설을 누가 하게 될 것인지를 확신하는 것처럼. 이제 대사는 헤이건의 말을 완전히 이해하고 있었다.

"그 말은 그러니까 그 연설을 지미가 하게 된다는…." 대사가 말했다.

헤이건이 고개를 끄덕였다. 가정의 항목이 좀 길었다. "전 신중한 편입니다만 낙천적이기도 하죠. 1960년의 긴 여정이 이제 막 시작된 겁니다."

여정은 효과적인 단어였다. 만일 가장 중요한 가정이 이루어진다면, 코를레오네 패밀리가 담당하고 있는 노동조합들은 제임스 카반나우 시아가 백악관으로 갈 수 있도록 힘을 실어줄 것이다.

"소문에 듣기로는 자네도 정치적인 야심이 있다고 하던데." 이제는 대사가 헤이건을 직접 집 안으로 안내한 뒤, 골프 카트가 오기를 기다리며 말했다.

"그 일이 어떻게 된 건지는 잘 알고 계시잖습니까? 여기는 미국입니다. 기회의 나라죠. 사내아이들이라면 누구나 대통령이 되기를 꿈꾸며 자라지 않습니까?"

대사는 필사적으로 미소를 지어 보였다. 그리고 헤이건에게 시가를 건네주며 그를 배웅했다. "자네는 크게 성공할 걸세." 뒤에서 대사가 외쳤다. 마치 지금까지의 톰 헤이건의 인생이 아무것도 아니었다는 듯이.

6

루이 루소가 프레디 코를레오네를 죽이라고 지시했다는 사실이 시카고 일단 외부에까지 알려지게 된 것은 그로부터 몇 년이 지난 뒤의 일이다. 루소는 원래 프레디와 반목할 일이 전혀 없었다. 루소와 사이가 틀어진 아들(아버지와 이름이 같은)이 파리로 건너가 드러내놓고 게이로 생활하기 시작한 지 몇 달 안 된 시점에서 프레디의 암살 시도가 있었다는 건 아무 의미 없는 우연의 일치였을 뿐이다. 루소 주니어는 1년 동안 라스베가스에서 지낸 적이 있었고, 아버지의 정보 수집 덕에 프레디의 일탈적인 성적 취향을 간접적으로 알게 되었다고 말했다. 암살범들은 아마도 프레디가 다른 남자와 침대에 들어갈 때까지 기다렸던 모양이다. 그 편이 시간적으로도 새벽 무렵이라 더할 나위 없었고, 암살 자체도 프레디가 같이 잔 남자를 죽이고 자살한 것처럼 위장하기에 좋기 때문이다. 그 입에 담기도 지저분한 사건으로 마이클 코를레오네는 창피를 당하게 될 것이며, 그로 인해 그의 입지 또한 약화될 것이다. 안 그래도 형인 프레디에게 소토 카포의 지위를 준 일로 조직 내 많은 이들의 반발을 산 적이 있어서 더욱 그러했다. 그렇게만 되면 그 일로 시카고 조직이 어떤 비난을 받는다거나 보복의 두려움에 떨지 않아도 될 것이다. 루소가 일을 그렇게 꾸민 건 단지 폭력적인 보복을 피하기 위해서만은 아니었다. 그는 위원회에 들어가 라 코사 노스트라*를 주도하는 자리에 앉게 되기를 간절히 바라고 있었다. 만일 그가 위원회의 동의 없이 다른 패밀리의 조직원을 암살했다는 것이 알려지게 되면

* 마피아연합체

그 일은 완전히 물 건너가게 되는 셈이었다. 만약 프레디가 빌린 차의 와이퍼 밑에 가짜 유서를 끼워 놓은 뒤, 암살범 중 한 명이 갑자기 심한 위경련을 일으켜 주유소의 화장실로 달려가지만 않았더라면 모든 일은 뜻대로 이루어졌을지도 모른다.

프레디는 그 일에 대해 아무것도 모른 채 그 후 4년을 더 살았다. 프레디가 자동차 와이퍼 밑에 놓여 있던 가짜 유서를 찢어버리지만 않았더라면 사건의 전말을 알아낼 수 있었을지도 모른다. 잉크는 번져 있었고, 읽기 쉬운 글씨로 "날 용서해 줘. 프레디"라고 쓰여 있었던 그 종이를. 프레디는 그것이 지난밤을 같이 보낸 필사적이었던 동성애자가 자신에게 용서를 빌기 위해 써 놓은 것이라고 생각했다. 프레디의 경험으로 볼 때 그런 남자들은 항상 그런 식으로 행동했다. 경찰들은 그를 세관 사무실이 나란히 이어져 있는 하얀 A형 건물 안으로 데리고 들어가더니 필적 감정을 했다. 그런 다음 심문을 시작했다. 하지만 그는 변호사 없이는 아무 대답도 하지 않겠다고 버텼다. 프레디는 비록 시(市)를 벗어나긴 했지만, 좋은 친구인 조 잘루치 씨가 아마도 변호사를 추천해줄 거라고 언급했다. 필적 감정 결과 와이퍼에 끼워진 종이에 쓰인 필적과 동일하지 않는 것으로 나왔다. 그때 잘루치의 뇌물을 받고 있던 경찰서장이 갑자기 나타나 모든 문제는 다 해결되었다고 했다. 서장을 제외한 모든 사람들은 네바다에서 왔다는 트레일러 파크 관리자와 서장이 거래를 한 거라고 생각했다. 굉장히 취한 상태에서도 음주 측정에 그처럼 민첩하게 반응하고, 발음도 똑똑하게 하는 칼 프레데릭이라는 자와 말이다.

프레디는 급히 전화 두 통을 걸어야 겠다고 말했다. 서장은 다른 사람들을 모두 밖으로 내보냈다. 프레디는 자기 사무실이라도 되는 양 책상 앞에 자리를 차지하고 앉아 공항에 전화를 걸어 이미 한 시간 전부터 자기를 기다리고 있을 경호원들을 호출해달라고 말했다. 서장은 프레디가 앉아 있는 책상 맞은편에 앉아 그로부터 압수한 오렌지를 먹기 시작했다. 그 옆에는 서류 정리용 캐비닛이 있었고 그 위에 고장 난 라디오가 놓여 있었다. 서장이 라디오를 켰다. 갑자기 활기 넘치는 페리 코모의 노래가 큰소리로 울려 퍼지기 시작하자 프레디가 얼굴을 찌푸렸고, 경찰 서장은 즉시 라디오의 볼륨을 낮추며 중얼거렸다. "미안합니다."

프레디는 계속 기다렸다. 하지만 그가 이발사와 염소치기라고 부르는 두 사람 모두 응답을 하지 않았다. 그는 수화기를 내려 놓은 뒤, 다시 교환수에게 조 잘루치와 연결시켜달라고 했다. 하지만 이번에도 역시 아무도 전화를 받지 않았다. 경찰서장은 프레디의 사생활을 존중하겠다는 듯 그와 시선을 마주치지 않은 채 커피를 홀짝거리면서 미친 듯이 오렌지를 먹어 치우고 있었다.

"서장님, 혹시 조 잘루치와 연락할 수 있는 방법을 모르시나요?" 프레디가 물었다.

"모르겠는데요. 무슨 일로 그러시죠?" 서장이 눈을 깜박거리며 대답했다. 그는 서장님이라고 불리는 걸 좋아했다.

"제가 그분에게 차를 빌렸거든요. 그런데 이미 비행기를 한 대 놓쳐 버렸어요. 이 차를 그로스 포인테에 돌려주고 다시 공항까지 가려면…."

서장이 그의 말을 가로막았다. "차는 여기 놔두세요. 마침 공항 쪽으로 갈 일이 있으니 당신은 내가 태워다주겠소. 차는 나중에 알아서 돌려주도록 하죠."

서장을 어제 결혼식에서 보지 못했더라면 충분히 의심스러울 만한 상황이었다.

"고맙습니다." 프레디는 인사를 하고는 다시 한 번 더 공항에 전화를 걸었다. 이번에도 연결이 되지 않았다. 그는 라스베가스에 있는 전화 서비스에 걸었다. "미스터 E요. 누구한테라도 좋으니까 내가 비행기를 놓쳤으니 다음 비행기를 예약해달라고 전해줘요, 알았소?" 미스터 E는 '미스터 엔터테인먼트(Mr. Entertainment)'의 약자였다.

프레디가 만일 서장에게 라디오의 볼륨을 낮춰달라고 말하지만 않았어도 모든 일을 확실히 알 수 있었을 것이다. 노래가 끝나자 뉴스가 이어졌다. 주요 뉴스 중 하나로 경찰이 윈저에 있는 모텔에서 일어난 살인사건에 대해 조사하고 있다는 내용이 흘러 나왔다. 디어본에서 온 식당 설비 영업사원이 방문을 부수고 들어온 무장한 침입자 두 명을 45구경 콜트로 쐈다고 했다. 침입자 중 한 명은 그 자리에서 사망했고, 또 다른 한 명은 중상을 입어 구세군 그레이스 병원에서 치료를 받고 있다는 것이다. 부상자의 신원은 일리노이주 줄리엣에서 자동판매기 제조업을 하고 있는 40세의 오스카 지온프리도로 밝혀졌다. 하지만 죽은 자의 신원은 아직까지 밝혀지지 않고 있었다. 총을 쏜 사람은 그 총이 친구 것이라고 밝혔다. "이제껏 살아오면서 총을 쏴본 적은 이번이 처음입니다. 제 행운을 도저히 믿을 수가 없군요." 그 남자의 목소리는 쉬어 있었다. 그는 한 명, 어쩌면 두 명을 죽인 것에 대해 아이리시 경마 대회에서 우승이라도 한 것처럼 기뻐하고 있었다.

서장은 그 뉴스를 들으면서도 별 다른 관심이 없었고, 라디오의 소리가 너무 작아 방 저편에 있는 프레디에게는 제대로 들리지 않았다.

전화벨이 울렸다. 서장이 전화를 받았다. 그건 경호원인 이발사, 피가로의 전화였다. 프레디는 그에게 공항에 그대로 있으라고 말했다.

"다 됐습니다." 프레디가 서장에게 말했다.

"모든 문제가 해결되었습니까? 아, 이것만 제외하고 말이죠." 서장의 입에는 오렌지가 가득했다. "이건 가지고 가실 수 없습니다. 캐나다에서는 총을 가져가는 것보다 과일 한 쪽을 가지고 나가는 게 더 어려우니까요. 뭔가 다른 건 없으시죠?"

총.

네리는 콜트 총은 추적당하지 않는다고 말했다. 여전히 총을 남겨놓고 온 것이 마음에 걸렸다. 프레디는 자신이 바보 같다고 생각했다. 더 나쁜 건 총 없이 움직여야 한다는 점이었다. 그는 서장에게 총을 한 자루 부탁해볼까 생각했지만 굳이 무리하고 싶지는 않았다.

"없습니다." 프레디는 출입 문 쪽으로 걸어가며 대답했다.

두 사람은 경찰 표시가 없는 서장의 차에 올라탔다. 라디오에서는 디스크자키의 목소리가 최고 음량으로 흘러나왔다. "이제 좀 더 음악을 들어보죠!" 서장은 즉시 볼륨을 낮추며 다시 한 번 사과했다. 옛날 노래가 흘러나왔다. 레스 할리와 히스 뉴 헤븐 레이번스의 거대한 밴드의 연주에 조니 폰테인이 부른 '추억의 길' 이었다. 그들이 마지막으로 작업했던 곡 중 하나였다. 디스크자키가 말했다. "그는 예전에 이 노래를 끝으로 영화를 위해 음악 세계를 떠났죠."

"아내는 저 노래를 늘 좋아했어요." 서장이 라디오를 가리키며 말했다.

프레디가 고개를 끄덕였다. "모든 아내들이 다 그랬죠. 앞으로 누군가의 아내가 될 여자들까지 전부 이 노래를 좋아했으니까."

"손만 내밀면 여자들이 넘어왔을 테니, 저 가수가 얼마나 많은 여자들을 안았을지 상상조차 되지 않는다니까요."

"아, 난 잘 알죠. 물론 그렇다고 해서 존이 정말 멋진 남자라는 사실에는 변함이 없지만." 프레디가 대꾸했다.

"조니 폰테인을 압니까?"

"친구죠." 프레디가 어깨를 으쓱해 보이며 대답했다.

"친구라고요?" 서장이 물었다.

"친해요. 사실대로 말하면 우리 아버지가 저 친구의 대부죠."

"말도 안 돼!"

"정말이예요."

"그럼 하나만 물어봐도 되겠군요. 그 친구의 거시기가 당신 팔뚝만 하다는 게 사실인가요?"

"내가 그딴 걸 어떻게 알겠소?"

"그거야 사우나나 뭐 그런데 같이 가면 알 수 있지 않을까요? 그렇다는 이야길 들은 적이 있어요. 그래서 내가 생각하기에는…."

"당신 건 과일만 한가요?"

서장은 눈을 껌벅거리더니 사이렌을 올렸다. 두 사람은 그 뒤로 공항까지 가는 내내 더 이상 아무 말도 하지 않았다.

7

41층 한 구석에 있는 필 오른스테인의 사무실에는 골드 레코드와 사진들이 놓여 있었다. 사진은 유명인들의 것이 아니었다. 솔직히 말해 그다지 매력적이라고 할 수 없는 필의 가족사진이었다. 그건 일종의 꾸밈이기도 했지만, 그를 좋아할 수밖에 없는 이유이기도 했다. 필은 조니 폰테인을 자신의 스테인리스 스틸 책상 뒤로 이끌었다. "얼마든지 원하는 만큼 이용하게나." 이렇게 말하긴 했지만 큰 의미는 없는 말이었다. 밀너가 다음 곡을 위해 밴드를 정리시키고 있었다. 조니는 예전에 살았던 집의 전화번호를 돌리기 시작했다.

그러나 그는 반쯤 돌리던 수화기를 내려 놓았다. 지니와 딸들은 그가 L. A.에 있는 것을 몰랐다. 전화만 하지 않으면 그들은 전혀 모를 것이다. 같은 도시에 있으면서도 그들을 만나러 가지 못하는 것에 대해 사과할 생각이었지만 전화기가 앞에 놓여 있다는 점을 빼면 굳이 전화해야 할 이유는 없었다.

그는 각성제를 꺼냈다. 상표를 확인한 다음 한 알을 꺼내 물도 없이 삼켰다.

망할. 무엇 때문에 무도회의 여왕에게 춤을 신청하는 것을 두려워하는 고등학생이라도 된 것처럼 행동하고 있는 거지? 조니는 전처인 지니를 열 살 때부터 알고 지냈다. 글자 그대로 옆집 소녀였다. 그는 다시 전화번호를 돌렸다.

"나야."

"안녕, 자기." 지니가 대답했다. 그녀는 이런 식으로 다정하면서도 비꼬는 투로 말을 하곤 했다. 전혀 브룩클린 출신답지 않았다. "어디야?"

"당신 목소리를 들으니까 정말 좋은 걸. 뭐 하고 있었어?" 조니가 물었다.

지니는 딸들과 함께 메이 상점에서 막 돌아온 참이었는데 큰 딸이 처음 착용할 브래지어를 사러 갔었다고 대답했다.

"너무 이른 것 아냐?" 조니가 물었다.

"당신이 그 애를 마지막으로 본 게 언제지?" 지니가 대꾸했다.

그는 애틀랜틱 시티에서 좋은 대우를 받고 계약을 해, 저지 팔리세이드에 있는 여러 사교클럽에서 노래를 부르기로 되어 있었다. 그 중 한 곳은 루이 루소가 시카고 외부 지역에 가지고 있는 클럽이기도 했다. 조니는 뉴올리언즈에서 영화 촬영을 하고 있었는데, 영화의 초기 장면을 이곳에 있는 방음 스튜디오에서 찍었다. 딸들을 마지막으로 본 게 아마 그때쯤이었을 것이다. "전몰장병 기념일이었나?"

"그걸 나한테 물어보는 거야? 당신 지금 여기 와 있어?"

"연도는 잘 모르겠지만, 언젠가 노동절에 케이프 메이의 어디를 빌려서 해안가 파티를 한 적이 있었지?"

"아니."

"농담하지 마." 전화기 너머로 딸들이 싸우는 소리가 들렸다.

"물론 농담이야. 내 인생에서 있었던 시간이니까. 그때의 내가 없다 뿐이지."

레스 할리는 조니가 사춘기 소녀들이 소리를 지를 만한 노래나 부르려 했다고 주장했다. "그건 내 생각이 아니었어."

"그때 당신은 시내 저쪽에 매춘부 같은 여자애를 데려다 놓고는 담배 사러 나간다고 하면서 매번 그 계집애한테 달려가곤 했었지."

"내가 그때 옥수수인지 뭔지를 구우려고 하다가 손에 화상을 입었던 걸 기억해."

"그리고 폭죽을 터뜨리다가 또 화상을 입었잖아."

"맞아." 그가 웃었다.

"내일 골목 파티가 있어. 파이를 만들기로 했는데 당신도 올래?"

"파티라고?"

"당신 지금 시내에 있잖아. 그지? 소리가 가깝게 들려."

조니는 수화기를 어깨 위에 걸치고, 양손으로 눈을 가렸다. "아냐. 딴 데 있어. 전화가 감이 좋은 것뿐이야."

"아, 당신 운이 없네. 치킨 스카르파리엘로를 만들 참이었는데. 당신 어머니가 내게 전수해준 요리법으로 말이야. 애들이 옆에 있어. 저러다 살인이라도 나겠네. 그럴 나이긴 하지만."

조니는 딸들을 사랑했다. 하지만 그 애들은 나이에 상관없이 늘 그랬다고 말하고 싶었다.

지니는 딸들과 통화하고 싶은지 물었다. 그는 바꿔달라고 했다. 하지만 간신히 둘째 딸하고만 통화할 수 있었다. 그때 필이 들어오더니 시계를 톡톡 두들겼다.

"엄마한테 전해주렴. 아빠가 내일 파티에 참석할 수 있도록 최선을 다하겠다고 말이야."

"알았어요." 딸이 대답했다. 그 애는 아이답게 그 말을 그대로 전했다. 하지만 아빠가 오지 않을 거라는 걸 이미 알고 있는 듯한 목소리였다.

그 초록색 알약들은 줄스 시갈이 처방해준 것이었다. 그는 조니의 성대를 진찰한 다음, 소위 전문가라는 의사 두 명이 모두 놓쳤던 문제점을 찾아냈고, 수술을 해줄 전문의를 소개해주었다. 그 덕분에 조니는 예전의 목소리를 되찾을 수 있었고 지금 이렇게 스튜디오에 서 있게 된 것이다. 헐리우드에 상주하는 천명도 넘는 돌팔이 의사들은 사람의 건강에는 도무지 관심이 없고, 이제 막 떠오르는 여배우의 싱싱한 육체나 자신들의 훗날을 위해 돈을 벌어들이는 데만 열중하고 있었다. 약을 주거나 문제가 있는 여자애들을 처리해주는 일 같은 것들이었다. 시갈 역시 그 같은 일을 하며 악명을 떨쳤다. 하지만 그는 코를레오네 패밀리가 라스베가스에 짓고 있는 새 병원의 외과 과장이 될 만한 충분한 실력을 갖춘 일류의사임을 증명해 보였다. 그런데 절대로 병에 적혀 있는 양 이상은 먹지 않는데도 왜 조니는 이 약을 먹을 때마다 정신이 멍해지곤 하는 것일까?

조니는 귀가 가려운 강아지마냥 고개를 흔들었다. 그는 정말 좋아진 것이다. 어느 쪽도 이상이 없었다. 모든 것은 정상이었고, 언제라도 노래를 부를 수 있었다. 그는 알약 네 개에, 차 스무 잔, 커피 한 포트, 햄샌드위치를 먹었고, 잠은 한숨도 자지 못했다. 조니의 두피와 두개골 사이 어딘가에서 미세한 개미들이 엉덩이를 흔들며 재즈에 맞춰 춤을 추고 있는 것 같았다. 허벅지 위쪽 근육에 통증이 느껴졌다. 거의 몇 분 동안은 고통이 더 심했다. 조니는 너무 지쳐 바닥에 쓰러져 잠시라도 눈을 붙이고 싶었지만 계속 참고 있었다. 이상한 것은 그렇게 힘이 들면서도 동시에 기운이 넘치기도 한다는 것이었다. 조니는 재능이 넘치면서도 멍청이인 밀너를 얻었고, 이번 음반을 만드는 데 있어서 그가 이끄는 방식에 따라가지 않을 수 없었다. 그래서 최선을 다해 노래를 불렀다.

그는 여기서 멈출 수만 있다면 무엇이든 내놓을 수 있었다. 지금의 이 기분을 영원히 간직할 수만 있다면 말이다.

조니는 그때쯤 자신이 녹음을 절반 정도는 끝마쳤다고 생각했다. 녹음하는 몇 분간 조니는 자신과 싸이 밀러가 만족할 만큼 노래를 잘 불렀다는 사실을 알고 있었다. 하지만 라스베가스로 돌아가는 비행기를 타러가야 할 시간을 몇 분 남겨두었을 때, 조니는 그날 내내 그토록 쉬지 않고 노래를 불렀음에도 겨우 세 곡만 녹음을 끝마쳤다는 사실을 알아차렸다.

겨우 끝마치고 그가 눈을 떴을 때 멀리 떨어진 스튜디오의 문 앞에 재키 핑퐁과 구시 시체로가 서 있는 것이 보였다. 그들이 얼마나 오랫동안 그 자리에 있었는지 조니는 알지 못했다.

밀너는 이미 종이에 뭔가를 휘갈겨 쓰고 있었다. 지휘자로서의 그의 몸짓은 간결하고 유연했지만, 글을 쓰는 것은 길 잃은 개가 돼지 갈비살을 뜯어먹는 것과 같을 정도였다. 그는 스튜디오의 다른 일은 안중에 없었다. 바로 옆에 수련생이 음료수 병과 연필을 한 움큼 쥐고 서 있는 것조차 모르고 있었다.

조니는 의자에 앉아 담배에 불을 붙였다. "어－엄－마! 아－아－빠!" 조니가 외치자 처음에는 밀너가, 다음에는 오른스테인이 그를 쳐다보았다. 조니는 핑퐁과 구시를 가리키며 말했다. "난 나갈 거요. 그러니까 기다리지 말아요!" 다리가 주체 못할 만큼 무겁게 느껴졌다. 그는 겨우 구시와 핑퐁에게 손을 흔들어 보였다.

"친구!" 재키가 뒤뚱거리며 앞으로 걸어왔다. 그는 엄청나게 뚱뚱했다. 조니와는 사실 그저 아는 사이에 불과했다. "자넨 백만장자처럼 보이는군. 노래는 더 좋아진 것 같은데?"

조니는 지금 자신의 모습이 까맣게 타버린 토스트처럼 보인다는 것을 잘 알고 있었다. "백만장자보다 더 좋은 건 없나?"

"백만장자와 제트기*." 구시 시체로가 친한 척 하며 뒤에서 끼어들

---

* 원문에 쓰인 blow job에는 펠라치오를 한다는 뜻과 제트기라는 뜻이 모두 들어 있다. 그걸 가지고 말장난을 하는 것임.

었다.

"틀렸어. 만일 자네가 백만 달러를 가지고 있다는 걸 어린 여자친구가 알게 된다면 아마도 자네를 위해 펠라치오를 해줄 거야."

"최고로 비싼 펠라치오겠군."

조니가 갑자기 웃음을 터뜨렸다. 그는 시체로의 등을 내리쳤다. "내가 백만장자처럼 보인다고? 자네 두 사람은 오늘 아침 내가 눈 똥처럼 보이는 걸."

조니는 자리에서 일어나 핑퐁과 시체로가 그를 끌어안게 내버려두었다. 조니는 지난 몇 년간 핑퐁이라는 별명이 재키의 툭 튀어나온 눈 때문에 붙은 건 줄 알고 있었다. 하지만 얼마 전, 프랭크 팔코네가 처음부터 재키의 눈이 그렇게 튀어나온 건 아니었으며, 이미 그 전부터 이그나지오 피그나텔리라는 이름 때문에 그 별명이 붙었다고 말해주었다. 구시 시체로는 L.A.에 멋진 클럽을 가지고 있었다. 조니는 목소리가 이상해진 뒤로는 그 무대에서 노래를 부르지 않았다. 버라이어티지는 그 일을 두고 크라운 로열 호텔의 전 직원이 파업을 일으켰기 때문에 조니도 노래를 부르지 않게 되었다고 기사를 써줬다. 그 일이 있은 후에도 구시와 조니는 여전히 친구 사이로 남아 있었다.

"프랭크 팔코네가 안부를 전해달라고 하셨네." 구시가 말했다. 그는 시카고와 어느 정도는 연계가 있는 L. A. 조직에서 조직원들을 구하고 있다고 말했다.

"직접 온 건 아닌가?" 조니가 물었다.

"팔코네 씨는 다른 일이 생겨서 말이야." 핑퐁이 대답했다. 그는 살찐 손으로 새로운 모양의 가방을 들고 있었다. 재키 핑퐁은 팔코네의 부두목이었다. 조니는 부두목이 하는 일이 무엇인지 잘 몰랐다. 그 분야의 일에 대해서는 일부러 알려고 노력하지 않았다. "안부도 안부지만 이것도 같이 보내셨어."

"좋군." 조니가 대답했다.

"자네도 하나 주지. 가능한 한 빨리 시칠리아에서 만들어오게 할 수 있네. 처녀 가죽은 그곳이 최고지. 내가 개처럼 열심히 일하면서 1년에 열 개씩 만들고 있는 자를 알고 있어. 가방은 모래의 성으로 보내줄까? 아니면 집으로 보내주는 편이 나을까?" 핑퐁이 말했다.

폰테인도 처녀 가죽처럼 처녀란 말로 농담을 하고 있는 건 알았다. 하지만 거기에 반응을 보이기에 지금 너무 지쳐 있는 상태여서 이해가 되지 않았다. "나한테 주는 게 아니란 말인가?"

"자네도 하나 준다니까."

"농담하는 거 아냐, 잭."

"지금 준다는 게 아니라 주겠다고 말한 거야. 알겠나? 그러니 이 물건은 마이클 코를레오네에게 전해주게."

그 말의 의미는 이런 것이었다. 농담은 충분히 했지. 그러니까 무슨 짓을 해도 좋지만 이 가방을 열어서는 안 돼.

가방은 단단히 봉해져 있었고, 볼링공 정도로 무게가 나갔다. 조니는 아이들이 크리스마스 선물을 받았을 때처럼 무슨 소리가 나지는 않는지 귀에 대고 흔들어보았다.

"재미있는 친구라니까." 핑퐁은 살찐 얼굴에 눈을 가늘게 뜨고는 조니가 자신의 말을 충분히 알아들었는지 확인이라도 하려는 듯 계속 그 자리에 서 있었다. "나도 유감스럽다네. 개인적인 가족 문제라면 어느 정도 볼 수도 있었을 텐데 말이야." 핑퐁이 마침내 말했다.

"애쓸 것 없어." 조니가 말했다. 그러니까 내가 지금 네 놈의 망할 심부름꾼이란 말이지? 하지만 조니는 계속 그 자리에 서 있었다. 싸구려 시멘트를 뒤집어 쓴 듯한 모욕감을 참으면서 말이다.

"우리도 유감이야, 자네를 보지 못해서. 정말 노래는 멋있었네, 존." 핑퐁이 말했다.

밀너는 그때까지도 계속 무언가를 쓰고 있었다. 연주자들은 모두 나간 뒤였다. 조니는 작별 인사를 하고, 구시, 핑퐁과 함께 밖으로 나갔다. 후문에 은색 롤스로이스가 대기하고 있었다.

"여왕은 어디 갔나?" 조니가 물었다.

"뭐라고?" 핑퐁이 동성연애자라고 불리기라도 한 듯 얼굴을 찌푸리며 반문했다.

"영국차를 말한 걸세. 저 친구가 농담한 거야." 구시가 말했다.

핑퐁은 아이처럼 고개를 저었고, 조니는 아무 반응도 보이지 않았다.

"저 차는 내 거야, 조니." 구시가 말했다.

검은 링컨이 다가왔다. 핑퐁과 그의 부하는 그 차를 타고 사라져버렸다.

그들이 가고 난 후 조니는 갑자기 눈앞에 번쩍 불이 들어오는 것 같더니 이내 길이 흔들리는 것처럼 보였다. 그는 비틀거리며 롤스로이스에 몸을 기대었다.

총알은 아닌데.

왜 그런 생각이 들었는지 조니 자신도 분명히 알 수 없었다.

"다행이군. 괜찮은가?" 구시가 물었다.

조니는 구시의 차 열쇠를 받아 들면서 말했다. "긴 하루였어."

"자네도 거절할 줄 알아야 해."

"뭘 거절하란 말이야?"

"내 롤스로이스 따윈 운전하고 싶지 않다고 말이야."

조니는 그에게 열쇠를 던졌다. "자네 롤스로이스 따윈 운전하고 싶지 않네."

"그래? 그렇게 힘든가?"

"좋다고 한 거지? 난 지쳤어, 친구." 해가 이미 저물기 시작했다. 정말로 잠에서 깨어난 이후 하루가 얼마나 길었는지 조니는 차마 말로 다 할 수 없었다.

구시는 조니를 끌어안고는 그의 노래를 들을 수 있어서 기뻤다고 말했다. 그들은 차에 올라타 공항으로 향했다. 조니는 라디오의 채널을 돌리기 시작했다. 경쟁자들을 확인해보기 위해서였다. 채널마다 유행하는 음악들이 흘러나왔다. 락 앤 롤. 빠르게 중얼거리는 디스크자키들. 맘보는 또 다른 유행이었다. 눈물이라도 짜는 듯한 여자 가수들. 그것도 유행이었다. 조니의 목소리에는 절대 어울리지 않을 노래들이었다. 어쩌면 다른 음반 회사들이 옳았던 건지도 몰랐다. 조니 폰테인이 내는 종류의 음반은 성공 가능성이 거의 없어 보였다. 그는 계속 채널을 돌렸다. 구시는 어떻게 해야 조니의 신경을 건드리지 않을 것인지 잘 알고 있었기에 공항으로 향하는 고속도로에 진입할 때까지 고맙게도 거의 말을 걸지 않았다.

"마고 애쉬튼과 롤스로이스의 차이점은 뭘까?" 구시가 말했다.

마고는 폰테인의 두 번째 아내이자 구시의 첫 번째 아내였다. 폰테인은 마고에게 가기 위해 지니를 떠났다. 마고가 그의 마음을 훔친 것만으로는 만족하지 못했기 때문이다. 그녀는 모든 것을 원했다. 심지어 그의 자존심까지도. 한 번은 영화에서 마고가 일을 하고, 그는 집에서 스파게티나 만드는 역을 맡으라고 한 적도 있다. 폰테인은 불평 한마디 하지 않고 앞치마를 두르고 그대로 했다. 그건 사랑이었다. 망할 놈의 사랑. "누구나 롤스로이스에 타지는 못하지." 조니가 말했다.

"어디서 들었나?"

"사람들에게 들었네. 자네도 알다시피 그게 이 환상적인 차와 그 매춘부와의 다른 점이야."

"사실 매춘부나 마고 애쉬튼이나 별반 다르지 않을지도 모르지." 구시가 대꾸했다.

"그게 자네가 잘못 알고 있다는 거야, 친구. 그 여자는 매춘부 중에 매춘부라니까."

구시가 항공사 비행기가 있는 쪽으로 차를 돌렸다.

"자네 잘못 돈 것 같은데." 조니가 개인 격납고가 있는 쪽을 가리키며 말했다.

구시가 고개를 저었다. "아니, 잘못 온 게 아니야. 프랭크도 자네 기분을 상하게 할 생각은 없을 걸세. 하지만 오직 자네만을 태우기 위해 비행기를 띄우는 건…."

그가 총이라도 꺼내려는 듯 안주머니에 손을 집어넣었다. 하지만 아니다. 총이 아니었다. 조니가 잘못 안 것이었다. 구시는 주머니에서 봉투를 꺼냈다. "비행기 표일세. 그래도 일등석이야."

조니는 비행기 표를 받았다. 출발시간까지 15분이 남아 있었다. "자넨 정말 안 갈 건가?"

"그래. 초대받지 못했으니까."

"아니, 초대받았어. 내가 자넬 초대하겠네."

"알았어. 지나와 계획을 세워보지." 지나는 구시가 마고 애쉬튼에게 버림받은 뒤 재혼한 여자였다. 마고 애쉬튼은 그 이후에 아랍 족장과 결혼했고, 그와도 역시 이혼했다. "믿을지 모르겠네만, 우리 5주년 기념일이야." 구시가 차를 세웠다. 공항 수하물 짐꾼들이 롤스로이스를 보자 큰 가방과 많은 팁을 기대하며 달려왔다. "다음 주말쯤에 표를 구해서 자네를 만나러 가겠네."

"자네가 표를 산다고?"

"자네가 오늘처럼 착하게 군다면 반값으로 할인해줄 수도 있겠군."

"내가 출연하는 쇼는 전부 초대권을 보내줄 걸세. 이 바보 같은 친구야."

그곳에는 사람이 많았다. 각기 다른 연령대의 사람들로 스무 명쯤 있었다. 조니는 공항 수하물 짐꾼들에게 아주 작은 가방 하나 외에는 짐이 없다고 말했다. 하지만 그는 그들의 손에 각각 20달러씩 쥐어주었다. 하늘색 스포츠 코트를 입은 남자 두 명이 조니에게 다가와 사람들 사이를 지나갈 수 있도록 도와주었다. L.A. 같은 곳에서조차 사람들의 시선은 모두 그에게 집중되었다. 게이트로 가는 동안 그의 뒤를 따르는 군중들이 눈덩이처럼 불어나기 시작했다. 자신의 의사와 반해서 조니는 가방을 공항 직원에게 맡긴 다음, 얼굴에 사인을 받고 싶다며 자신의 얼굴을 내민 여자를 포함해서 사람들에게 사인을 휘갈겨주었다. 그는 공항 직원 두 명에게 50달러씩 쥐어주었다.

조니가 비행기에 오르자 타고 있던 승객들이 박수를 쳤다. 그는 손을 흔들고 미소를 지어 보였지만, 선글라스를 벗지는 않았다. 그는 자리에 앉았다. 조니는 가방을 바닥에 놓은 다음 다리 사이에 끼었다. 익숙하지 않은 상황이긴 했지만 그는 큰 가슴을 가진 빨간 머리 승무원에게 베개와 버번 록, 그리고 꿀을 넣은 뜨거운 차를 부탁했다. 그는 가방을 쳐다보았다. 다른 사람이었다면 지금 당장 열어봤을지도 모른다. 하지만 조니는 그런 짓을 할 수 없었다.

한참 후에 그 여자 승무원이 음료수를 가져다 주었다. "죄송합니다만, 꿀이 없는데요."

"뭐라도 좋으니 차를 주시오."

"지금 바로 물을 끓여 가져다 드리겠습니다."

그녀가 돌아섰다. 조니는 가방을 내려다보았다. 그러다 가방을 열었다.

엄청난 현금이 가득 들어 있었다. 그 위에는 서명도 하지 않고, 타자로 친 쪽지가 놓여 있었다. "자네가 본 걸 아무에게도 말하지 말게." 보다(Look)의 O자 안에는 점이 찍혀 있었다. 거꾸로 보면 웃고 있는 얼굴로 보였다.

조니는 그 쪽지를 구겨버렸다. 그는 빨간 머리 승무원이 차를 가지고 오는 걸 보며 버번 반 잔을 마셨다. 승무원이 찻잔을 내려 놓는 동안 그는 얼음을 씹었다. 그는 왼손을 총 모양으로 만들어 들어 올리며 승무원을 겨냥하고는 작은 소리로 말을 모는 소리를 내며 윙크를 했다. 그녀의 얼굴이 발그레 달아올랐다.

빨간 머리가 자리로 돌아가고, 조종석에서 이륙을 알렸다. 조니는 남은 버번과 차를 마시고는 잠이 들었다.

8

"혹시 트리 델트 아이스크림 모임에 왔었니?" 프란체스카 코를레오네가 음식을 기다리고 있는 동안 앞에 서 있던 금발머리가 상냥한 목소리로 물었다. 코티지 치즈*와 시들어빠진 냉동 양상추에 곁들인 복숭아에 달짝지근한 차가 그 금발머리의 저녁식사였다.

프란체스카 뒤로 수지 킴벨이 자기 쟁반에만 시선을 고정시킨 채 뭐라고 투덜거리고 있었다.

"사람 잘못 본 것 같은데." 프란체스카가 대답했다.

"아." 이쯤 되면 보통 자기소개를 하기 마련이었다. 하지만 그 여자애는 그대로 몸을 돌리더니 같이 온 여자애와 낄낄거리며 떠들기 시작했다.

식당에는 많은 여학생들이 줄을 지어 서 있었다. 하지만 옷에 그리스 문자를 새기고 있는 사람은 아무도 없었다. 모두들 무리를 지어 소곤거리다가 상급생들이 들어오자 레인코트 아래로 몸을 웅크렸다. 상급생들이 나타났지만, 프란체스카는 그들을 쳐다보지 않았다. 뒤에서 자기가 고른 음식과 똑같은 것을 고르던 까무잡잡한 피부의 조용한 수지가 그녀를 따라 창문 옆자리에 온 것을 알아차렸기 때문이다.

"알고 있어요? 여긴 예전에 여학교였답니다." 프란체스카의 뒤에서 누군가 깊은 목소리로 말했다.

프란체스카가 고개를 돌렸다. 옆 테이블에 적당히 태운 피부에 박직리넨** 옷을 입은 젊은 남자가 있었다. 그는 나무로 된 우주선 모형을

---

* 날 것으로 된 햄이나 해산물이 나오는 전채 요리
** 청색과 흰색 줄무늬가 들어간 인도산 면

꽉 움켜쥐고 있었다. 그리고 조종사들이나 쓸 것 같은 선글라스를 곱슬거리는 금발머리 위로 밀어 올리고 있었다.

"예?" 그녀가 되물었다.

"플로리다 여자대학이었다고요." 그는 하얀 이를 드러내며 싱긋 웃었다. "전쟁 직후까지 말이죠. 엿들어서 미안해요. 남동생과 짐을 옮기면서 그쪽 가족들이 이야기하는 것을 듣고 말았어요. 어머니가 많이 걱정하시더군요. 딸을 정말 사랑하시니까 그런 거죠. 운이 좋은 거예요."

그의 어머니는 자신과 남동생이 도착하는 걸 기다리지도 않았다고 그가 말했다. 결국 그는 모형선을 내려놓았다.

순간 프렌체스카는 어지러움을 느꼈다. 활짝 핀 올리브나무 향이 파도처럼 밀려왔다.

그는 상급생으로 보이는 일행들을 모른 척 하고 있었다. 그 속에는 아까 복숭아를 들고 프란체스카에게 말을 걸었던 금발머리도 있었다. 그 남학생은 어색하면서도 부드러운 태도로 이야기를 멈추지 않았다. 그러다가 자기소개를 잊었다며 사과했다. "난 빌리 반 알스데일이라고 해요." 그가 손을 내밀었다.

프란체스카에게는 이번이 커다란 기회였다. 프란 콜린스라고 할까? 프래니 테일러라고 할까? 아니면 프랜시스 윌슨이나 프랜시 로버츠는 어떨까? 그녀는 손을 내밀다가 손바닥이 땀으로 축축하게 젖어 있는 것을 알아차렸다. 그냥 축축한 정도가 아니었다. 완전히 젖어 있었다. 하지만 그대로 손을 잡았다. 이제 와서 관둘 수는 없었다. 프란체스카는 어쩔 줄 모른 채 땀에 젖지 않은 손가락 끝으로 빌리의 손을 잡은 다음, 손을 들어 올려 손가락에 키스했다.

빌리와 같이 있던 일행이 웃음을 터뜨렸다.

"프란체스카 코를레오네예요." 거의 속삭이는 듯한 목소리였지만, 그녀는 자기 성의 마지막 음절까지 똑똑히 발음했다. 그녀도 그 키스가 장난이라고 생각하는 것처럼 보이기 위해 애써 미소를 지었다. "음, 이 우주선은 뭐예요?"

"정말 사랑스러운 이름이군요." 빌리가 말했다.

"그 애는 이탈리아인이예요." 수지 킴벨이 눈을 빛내며, 마치 수업시간에 처음으로 정답이라도 발표하는 것처럼 불쑥 말했다. 그녀는 빌리의 일행들 쪽을 쳐다보며 말을 이었다. "이탈리아 사람들은 키스를 많이 해요. 난 네 성이 코를레오네가 아니라 콜리원인 줄 알았어. 어느게 맞아?"

프란체스카는 아무 말도 하지 못한 채 빌리에게서 시선을 떼지 못했다.

다른 테이블에 있던 누군가가 말했다. "맘마 미아*, 모차렐라가 어디에 있지?" 그 말에 모두들 더 크게 웃기 시작했다. 빌리는 그들을 무시했다. "플로리다주립대학에 입학한 걸 환영해요. 뭐든 내가 해줄 일이 있으면…."

"여기도 있어." 그의 일행 중 한 명이 말했다.

"자기는 정말 구제불능이야." 복숭아를 들고 있던 여자가 말했다.

"주저하지 말고 말해요."

"코를레오네라고?" 모차렐라라고 놀렸던 남학생이 말했다. 그는 주사기를 들고 있는 척하며 악악거리기 시작했다. "그건 무슨 관계가 있는 거야?" 누군가 물었다.

---

* '세상에' 란 뜻

"네 녀석들 모두 멍청해 보이는 것 알아? 바보 같은 짓 좀 하지 마. 저 녀석들은 바보예요. 언제라도 당신이 불러주기만 하면 달려갈게요. 명부에 내 이름이 적혀 있어요. 'W.B' 항목에." 빌리가 프란체스카를 돌아보며 말했다.

"그렇지, 달링. 윌리엄 브리스터 반 알스데일 3세라고 적혀 있잖아." 복숭아를 담았던 금발머리가 말했다.

빌리는 눈을 깜박거리면서 프란체스카의 어깨를 부드럽게 붙잡았다. 그리고는 나무로 만든 우주선을 다시 집어 들고, 선글라스를 쓴 다음 그 자리를 떠났다. 프란체스카는 그의 테이블에 있던 다른 사람들이 계속 자신을 놀릴 거라고 생각했지만 그들은 흥미를 잃어버린 듯 다른 사람의 이야기로 화제를 옮겼다.

"미안해." 수지가 중얼거렸다. 그녀는 학대받는 애완동물처럼 몸을 떨었다.

프란체스카가 달리 무슨 말을 할 수 있겠는가? "네 말이 맞아. 난 그래." 이탈리아인이야. "우린 정말 그렇거든." 키스를 엄청 하는 사람들이지. 더 안 좋은 일도 하고 있는데, 뭐. "잊어버려. 내 이름은 네가 부르고 싶은 대로 부르면 돼."

수지는 고개를 들고, 프란체스카의 입술을 가만히 쳐다보았다. "지금 네 모습을 네가 봐야 하는데."

"내 얼굴을 봐서 뭐하게?" 프란체스카가 물었다.

그때 천둥소리가 울렸다.

수지는 고개를 저었다. 하지만 프란체스카는 알고 있었다. 그녀는 여전히 빌리의 감촉을 느낄 수 있었다.

저녁식사 후, 두 사람은 방으로 돌아왔다. 수지의 옷은 전부 제복처럼 보이는 것뿐이었다. 치마와 블라우스는 거의 비슷한 모양이었고,

브래지어, 양말, 팬티는 완전히 똑같은 것뿐이었다. 두 사람은 방을 좀 더 넓게 쓰기 위해 침대를 한쪽으로 붙이기로 했다. 프란체스카는 수지에게 침대를 먼저 고르라고 말했다. 수지는 아래쪽을 선택했다. (당연한 선택이었다.) 비가 그쳤다. 기숙사 사감이 모두 불러 모으더니 작고 하얀 양초를 나누어주었다. 신입생들의 집회를 위해 양초를 들고 학교를 행진한다고 했다. 악단이 행진곡을 연주하는 가운데 그들은 미식축구 경기장에 입장했다. 안개비가 내리기 시작했다. 그곳에는 하얀 나무로 된 접이의자들이 줄지어 놓여 있었다. 수지와 프란체스카는 뒤쪽에 앉았다. 둘 다 피부색이 가무잡잡한 편이었다. 그녀는 나쁜 사람이 되지 않으면서 수지와 거리를 둘 방법을 찾아야만 했다.

경기장의 50미터 라인에서 학장이 그들을 맞이해주었다. 그런 다음 그는 검은 옷을 입은 침울해 보이는 얼굴의 총장을 소개했다. 그 학장이 자리에 앉았을 때, 프란체스카는 그 옆에 푸른색 박직 린넨 옷을 입은 금발머리가 앉아 있는 것을 보았다. 운동장 멀리서도 그의 하얀 이가 보였다. 잠시 후, 그녀는 착각한 거라고 생각했다. 더위 때문이었다. 그때 수지가 프란체스카를 팔꿈치로 찌르며 그쪽을 가리켰다.

"저기 있는 사람 윌리엄 브리스터 반 알스데일 3세잖아!" 그녀가 말했다.

"장난치지 마." 프란체스카가 대꾸했다.

"지금 네 얼굴을 네가 봐야 하는 건데." 수지가 말했다.

프란체스카는 몇 년 전에 본 영화에서 살인자를 연기했던 디에나 던이 했던 것처럼 눈썹을 치켜 올렸다.

빌리는 총장이 연설하는 동안 색인카드에 뭔가를 적고 있었다. 프란체스카는 세상에서 가장 멍청한 일은 누군가에게 홀딱 반하는 일이라는 사실을 자신에게 주입시키고 있었다. 그건 분명히 멍청한 사람이나 할 짓이었다.

총장이 허리끈을 힘껏 잡아당기더니, 학생들에게 좌우를 둘러보라고 말했다. 그곳에 있는 단 한 명이라도 졸업하지 못하는 사람이 되지 않기를 바란다고 하면서, 복도 끝에 서 있던 점퍼를 입은 스피리트 리더들에게 학생들이 들고 있는 초에 불을 붙이라고 지시했다. 천둥이 내리쳤다. 총장은 기꺼운 마음으로 학생회장을 소개하겠다고 했다. "신선한(fresh) 플로리다(Florida)의 과일(fruit)을 먹어본 적이 있는 사람이라면 이미 그의 가족(family)의 믿음직한(faithful) 친구(friend)일 겁니다." 총장은 말을 멈추고 껄껄거리며 웃었다. 그는 모두의 주의를 끌기 위해 쓴 두운법에 스스로 만족해하고 있었다. "여러분, 윌리엄 브리스터 반 알스데일 군을 소개합니다."

"이래도 내가 장난친 것 같아?" 수지가 물었다.

프란체스카는 어깨만 으쓱해 보였다. 혹시 반 알스데일 오렌지회사와 관련 있는 걸까?

빌리는 연단 위에 올라가 손을 흔들었다. 그는 재킷 안쪽에서 모형 우주선을 꺼냈다. 그러는 동안 비가 점차 거세지기 시작했다. 빌리가 연설을 시작했다. 그 우주선은 앞으로 다가올 우주시대에 지금 이 자리에 모여 있는 학생들이 흥미로운 삶을 살아갈 수 있기를 바란다는 그의 이야기에 어울리는 도구였다. 촛불이 하나 둘 꺼져가기 시작했다. 사람들도 자리를 떠나기 시작했다. 플로리다라면 이러다 날이 갑자기 갤지도 모를 일이었다. 프란체스카는 레인코트의 단추를 채웠다. 악단도 악기 덮개를 가지러 가버렸다. 잠시 후, 경기장 주위의 육상 트랙에까지 물이 차기 시작했다. 빌리는 모형 우주선을 다시 재킷 속에 집어넣고, 색인 카드가 바람에 날아가지 않게 움켜쥐었다. "우리는 정규교육을 통해 이미 배웠던 중요한 것들을 조화롭게 유지할 수 있어야 합니다. 사랑, 가족, 상식 같은 것을 말이죠. 자, 여러분, 어서들 들어가세요. 비를 피하는 것도 우리가 알고 있는 상식이니까요."

그가 말을 마치자, 대부분의 사람들이 그 자리를 떠났다. 여전히 그 자리에서 일어나지 않고 있는 프란체스카만 제외하고.

그녀는 스스로를 비웃고 있었다. 정말 웃기는 일이었다. 식당에서 그가 프란체스카에게 보여준 행동은 두 가지 중 하나였음이 분명했다. 장차 사회 개혁가를 꿈꾸고 있던 그가 이상하게 보이는 소수 인종 여학생들과 접촉해보고 싶었던 것이거나 아니면 그저 그녀를 놀리기 위해서 그랬던 것이다.

프란체스카는 그가 학장, 총장과 나란히 골프 우산을 쓰고 뛰어가는 모습을 지켜보았다.

그가 저렇게 커다란 우산을 쓸 만한 위치의 사람이라는 것을 그저 확인한 셈이었다.

그 자리에 혼자 남게 되자 프란체스카는 젖은 초를 던져 버리고 양손에 얼굴을 파묻었다.

그녀는 집에 가고 싶었다. 기숙사가 아니라 진짜 집에.

지금처럼 마음이 우울할 때면, 그녀는 항상 아버지의 얼굴을 떠올리려고 애쓰곤 했다. 매번 아버지의 얼굴을 떠올리는 일이 조금씩 힘들어졌다. 겨우 떠올린 아버지는 항상 사진에서 보던 모습으로, 사진과 똑같은 미소를 짓고 있었다. 지금 프란체스카가 떠올리고 있는 아버지는 그녀가 직접 보았던 모습인 걸까, 아니면 코니 고모의 결혼식에서 행복해 보이는 얼굴로 엄마와 사랑에 빠진 채, 모든 사람들에게 주의를 기울이며 가족들의 어깨에 팔을 걸치고 있던 바로 그 사진 속의 모습인 걸까? 프란체스카와 캐시는 그때 옆에서 조니 폰테인과 함께 춤을 추고 있었다. 이제 그녀에게 조니는 미키 마우스만큼이나 비현실적인 인물로 느껴졌다. 어쨌든 그 당시에는 그런 일이 있었다.

프란체스카는 몸을 숙이고 비에 젖게 가만히 내버려두었다. 마음속으로 그녀는 더 이상 아버지의 목소리를 기억하지 못한다는 것을 알고 있었다. 사실은 다른 모든 것도 그랬다. 그녀는 자기 자신을 비웃었다. 구식 머리 모양에 턱시도, 마이클 삼촌이 입었던 근사한 해병대 제복, 머리에 잘 맞지 않는 모자까지, 너무 많이 보다 보니 사진기술이나 예전의 조명 때문인 줄도 모르고 우둔한 여자 아이는 죽은 사람의 미소가 자연스러워 보인다고 착각하고 있었던 것이다. 그런 일은 절대로 있을 수 없다. 그걸 모르는 사람이 어디 있겠는가? 가족사진들 중에는 프란체스카가 별 생각 없이 골라낸 사진들이 있다. 연석 위에 앉아 울고 있는 프레디 삼촌의 사진, 뉴욕타임즈의 사망기사에 쓰였던, 비토 할아버지가 사진 기자에게서 얼굴을 숨긴 사진, 그리고 엄마가 셔츠를 입지 않은 스탠과 함께 그가 운영하는 술집 사무실에 앉아 있는 폴라로이드 사진. 그 사진은 엄마의 침대 스프링의 한 구석 거대한 고무 페니스 옆에 숨겨져 있었는데 캐시가 찾아낸 것이었다. 가리비 모양의 액자에 들어 있는 사진은 아버지가 언젠가 시칠리아의 해안에서 참치를 끌어올리면서 크리스마스 선물을 받은 소년처럼 미소 짓고 있는 것이다.

그게 무슨 상관이람? 그때 빌리가 자기 친구들이 바보 같다고 말하지 않았다면 프란체스카는 뭐라고 말할 수 있었을까? 알 수 없었다.

사랑의 폭풍우에는 너무 많은 이유들이 있다. 프란체스카 코를레오네는 울고 있는 것 같기도 했고 그렇지 않은 것 같기도 했다. 그녀는 마지막 빗방울이 떨어질 때까지 그곳에서 움직이지 않았다.

9

마이클 코를레오네가 미드 호수에 비행기를 착륙시키는 모습을 누군가 지켜봤다면 ―이를테면 부두와 정박지에 서 있던 캐딜락 두 대에 있던 운전기사 같은― 그가 겨우 20회 정도가 아니라 수백 번도 더 비행기를 착륙시킨 경험이 있다고 생각했을 것이다. 케이는 그 옆에서 미동도 없이 잠들어 있었다. 토미 네리와 젊은 남자 두 명이 뒤에서 별안간 박수갈채를 보낼 때까지.

케이는 깜짝 놀라 눈을 크게 뜨더니 자세를 바로 하면서 외쳤다. "우리 아이들!"

마이클이 웃음을 터뜨렸지만 바로 후회했다. 그녀가 깜짝 놀란 모습이 웃기기도 했지만 안 됐다는 생각도 들었기 때문이다. 다른 사람과 함께였다면 그는 결코 아무 생각 없이 반응하는 모습을 보이지 않았을 것이다. 케이는 이 세상에서 있는 그대로의 자신의 모습을 보여줄 수 있는 유일한 사람이었다.

"죄송합니다, 부인. 하지만 비행기를 착륙시키는 광경을 보다 보니 어쩔 수 없었습니다. 남편 분께서는 정말 타고나셨어요. 사실 조금 불안했었는데 이제는 인정하겠습니다. 전 작년까지 일반 비행기도 타지 못했으니까요." 토미가 말했다.

케이가 눈을 문질렀다.

"당신 때문에 웃은 거 아냐. 괜찮아?" 마이클이 말했다.

"물에 뜨기도 하잖아요, 수상 비행기니까. 가끔씩 뒤집어지기는 하지만." 케이가 토미에게 말했다.

"그렇죠." 토미가 대답했다.

"무슨 꿈이라도 꾼 거야?" 마이클이 물었다.

그녀는 아직까지 두근거리기라도 하는 듯 가슴에 손을 올렸다. “괜찮아요. 집에 온 거예요?”

“글쎄, 미드 호수로는 돌아왔어.”

“내 말이 무슨 뜻인지 알잖아요. 내가 롱비치 뒤에 있는 상점가에 도착했냐고 물어보는 줄 알아요?”

마이클은 애매하기 짝이 없는, 집이라는 개념이 싫었다. 그리고 친하지도 않은 다른 사람들 앞에서 별 것 아닌 일로 다투기도 싫었다. 마이클은 비행기가 부두에 도착할 때까지 아무 말도 하지 않았다. “그래, 나도 당신이 그런 뜻으로 말한 건 아니라고 생각해.” 그가 말했다.

케이는 좌석 안전벨트를 푼 다음 남자들을 밀어 제치고 비행기에서 내렸다. 그녀는 마이클이 돌아오는 길에 그 남자들을 뒷자리에 태운 것이 마음에 들지 않았다. 케이는 검은 지붕이 달린 노란 차의 뒷자리에 올라탔다.

마이클은 그 남자들에게 프레디와 페트 클레멘자에게 안부를 전해 달라고 말했다. 프레디의 붉은 캐딜락이 있었는데 다른 비행기로 오는 그를 마중 나온 것 같았다. 마이클은 모래의 성에 6시 30분까지 늦지 않게 가야 한다고 말했다.

마이클이 차로 돌아와 케이 옆자리에 올라탔다.

“예전처럼 데이트하자고 했죠. 하루 종일, 밤늦게까지. 당신이 그렇게 하자고 했잖아요.” 케이가 말했다.

“저 친구들도 여기로 데리고 올 필요가 있었어. 게다가 당신도 돌아오는 내내 잠만 잤잖아.”

케이가 어깨를 으쓱했다. 하지만 양보한다는 뜻이 아니었다. 그는 전혀 다른 두 명의 여자와 결혼했다. 마이클은 케이와 결혼하기 전에 그녀와는 전혀 다른 부류의 여자와 결혼한 적이 있었다. 그녀, 아폴로니아는 그의 어머니와 같은 부류라고 할 수 있을 것이다. 시칠리아 여자로 남편의 말에 무조건 따르지만 그에게는 어울리지 않았던 여자. 그녀와의 사이에서는 아이도 없었고, 또 그 결혼은 미국에서 한 것도 아니었다.

아직까지도 마이클은 그때 그 일을 견딜 수 없을 만큼 쓰라리게 생각했지만 다른 사람들 앞에서는 결코 티내는 법이 없었다. 아무리 충성스러운 부하라고 할지라도 패밀리를 이끄는 수장으로서 사소한 것이라도 약점을 보여주어서는 안 되기 때문이다.

"일 때문이야." 마이클이 말했다. 두 사람의 결혼에서 그건 일종의 신호였다. 더 이상 이 문제에 대해서는 이야기하지 말라는.

"그래요. 어련하겠어요." 케이가 대답했다.

두 사람은 라디오에서 흘러나오는 카우보이 노래를 들으며 집으로 돌아왔다.

케이의 부모님 차가 진입로에 주차되어 있었다. 길 건너편에 있는 코니가 살게 될 건물 앞에는 회색 플리머스*가 서 있었다. 주로 경찰들이 타는 차종이었다. 전직 경찰이었던 알 네리 때문에 그의 부하들은 진짜 경찰이라도 된 양 벌써부터 그 집을 지키고 있었다.

마이클이 집 안으로 들어오자 시끄러운 소리가 들렸다. 날카로운 오페라의 아리아 같았는데, 마이클은 아무 말도 하지 않았다. 이전의 무스타크 피트**와 달리 그는 오페라에 흥미가 있는 것처럼 보여야 할 필요를 느끼지 못했다. 집에 있는 음반들은 전부 케이의 것이었다.

케이는 주춤거리다가 이내 당황스런 눈빛으로 말했다. "아버지에

---

* 미국산 자동차 이름

** 1930년대초 미국의 전통적인 갱단의 리더들을 일컫는 말

요."

사실 그녀와 부모와의 냉담한 관계는 마이클을 당황하게 만들었다. 그들은 케이가 무언가를 하고 싶어 할 때마다 그녀를 궁지로 몰아넣었다. 예전에 FBI요원들이 찾아왔을 때, 케이의 아버지는 마이클을 깡패, 살인자로 부르며 설교를 늘어놓았다. 하지만 그녀가 그와의 결혼을 결심했을 때 그들은 망설임 없이 축복해주었다. 마이클도 이번만큼은 할 말이 있었다. 결혼한 사람들이라면 누구나 겪게 되는 일들이니까. 장인 장모가 뉴욕에서 가져온 녹음기로는 이렇게 큰 소리가 날 리 없었다. 그 소리는 마이클의 서재에 있는 하이 파이에서 나오는 것이었다.

"아버님이 내 서재에 계시는군." 마이클이 말했다.

"아버지는 귀가 잘 안 들리세요. 그러니까 너무 나쁘게 생각하지 말아요." 케이가 대답했다.

"아버님이 내 서재에 계신다니까." 마이클이 다시 한 번 말했다. 케이는 치마를 가지런히 한 다음, 뒤뜰을 가리켰다. 그곳에서는 케이의 어머니가 메리가 탄 그네를 밀어주고 있었다. 마이클은 고개를 끄덕이고는 집 안으로 들어갔다.

그는 계단을 올라 침실을 가로질렀다. 전체적으로 오렌지색과 갈색으로 꾸며진, 세련된 모양의 플라스틱 의자들이 놓여 있고 은근한 빛을 내는 둥근 막대 램프가 있는 서재는 완전히 엉망진창이었다. 마이클이 본 적 없는 빨간머리의 아이 두 명이 양탄자 위에 앉아 통카 덤프트럭을 가지고 놀고 있었다. 장인은 마이클의 금색 덴마크제 책상에 앉아 있었고, 안토니가 그 무릎 위에 안겨 있었다. 장인은 눈을 감은 채, 스테인드글라스에 있는 성스러운 예수상 모습처럼 고개를 비스듬히 기울이고 있었다. 마이클은 방을 가로 질러 벽에 올려 놓은 오픈 릴 방식의 카세트 플레이어를 꼈다.

안토니의 깜짝 놀란 표정은 케이가 몇 분 전, 마이클의 마음을 상하게 하기 전의 표정과 무척이나 많이 닮았다. 양탄자 위에서 놀고 있던 아이들이 자리에서 일어나더니, 그대로 도망가 버렸다.

"아버님." 마이클이 불렀다.

"내가 마음대로…."

"괜찮습니다. 신경 쓰지 마십시오."

"우리가 말썽을 너무 많이 부려서 그러세요?" 안토니가 물었다.

아이는 윗입술을 바르르 떨면서 눈을 크게 떴다. 마이클은 아이를 세 번쯤 때린 적이 있었다. 누구나 아이를 한두 명 키우다 보면 인간사의 모든 것을 알게 될 거라고 그는 생각했다. "아니, 그냥 논 거잖아. 말썽을 부린 게 아니잖니." 마이클은 안토니를 안아 올렸다. "좋았어? 음악 듣는 게?"

"여기서 이러면 안 된다고 외할아버지께 말씀 드렸는데…."

"괜찮아. 무슨 음악을 듣고 있었니?" 마이클이 말했다.

"아빠한테 말씀드리렴, 토니." 장인이 두꺼운 검은 테 안경을 다시 쓰면서 말했다.

"푸치니예요."

"이탈리아 작곡가라네. 아니 작곡가였지. 아주 오래 전에 죽은 사람이니까 말이야."

"알고 있습니다."

"뭐라고?"

"푸치니가 죽었다는 거 말입니다. 식사는 하셨습니까? 뭔가 드시겠어요?" 마이클이 목소리를 높였다.

"아그네스가 캐서롤을 만들고 있네. 콩을 넣어서 말이야."

마이클은 아무 냄새도 맡지 못했다. 어떻게 음식을 만드는 데 아무 냄새도 나지 않을 수 있는 거지?

"푸치니가 죽었어요?" 안토니가 핏기 없는 목소리로 물었다.

마이클이 아들의 머리카락을 헝클어뜨리며 말했다. "푸치니는 아주 잘 살다 갔단다." 비록 푸치니가 어떻게 살다 갔는지는 잘 몰랐지만 그는 아들을 안심시켜주고 싶었다. "아까 그 아이들은 누구니?"

"이웃집 아이들이라네. 그 집과 자네 집 뒤뜰이 접해 있지. 그 애들은 벌써 안토니, 메리와 친구가 된 것 같아. 안토니, 우린 그만 가보자. 정말 미안하네."

마이클은 장인을 보며 정말 괜찮다는 표정을 지어 보였다. 그리고 아들을 품에서 내려 놓았다. 두 사람이 나가자 마이클은 문을 닫고 혼자가 되었다.

옆방에서 샤워소리가 들렸다. 케이였다. 마이클은 턱시도를 꺼냈다. 결혼할 때 입었던 옷이었다(다른 한 벌은 어젯밤에 입었다). 바지는 허리를 고쳐 입어야 했지만. 그는 살짝 유리로 된 샤워실문을 통해 케이를 엿보았다. 그런 다음 다시 서재로 돌아와 옷을 갈아입었다.

프레디는 아마도 동생이 최종 판단을 내리게 되면 그대로 따라야 할 것이다. 그 차를 보면 알 수 있었다. 정말 굉장한 차였다. 자동차의 라디에이터의 그릴은 금색이었고, 차바퀴 살은 사브르제였다. 마이클은 아직도 프레디를 그런 번쩍거리는 자동차나 사들이는 생각 없는 사람으로 생각하고 있었다. 그러다 주위를 둘러보았다. 서부에서는 지금 마이클의 집 진입로에 서 있는 것과 같은 단순한 검은색 세단이 그 화려하고 멋진 차보다 더 어울리는 법이다. 이 하이 파이도 마찬가지였다. 프레디가 우겨서 샀는데 진짜 녹음 스튜디오에서 사용하는 것과 같은 종류라고 했다. 그 하이 파이는 벽 전체를 차지하고 있었다. 그렇지만 누가 집에서 이런 걸 필요로 하겠는가? 앞으로는 어떻게 될지 모르는 일이었지만 마이클은 음악이나 들으며 시간을 낭비할 사람이 절대로 아니었다.

그는 책상에 앉았다. 그제서야 자신이 얼마나 지쳤는지 알 수 있었다. 뉴욕에서 이틀, 디트로이트에서 하루, 그 시차도 극복이 안 된 상황에서 미드 호수까지 왕복 비행하느라 신경을 쓴 탓이었다. 더군다나 지금 그의 앞에는 긴 밤이 기다리고 있었다. 모래의 성에서의 모임들과 래틀스네이크섬에서 보내온 긴박한 소식들을 해결해야 했고, 폰테인의 쇼에도 얼굴을 내밀어야 했다. 그리고 그 후에는 바로 입단식이 있었다. 마이클은 멍하니 재떨이의 가장자리를 손가락으로 따라가며 매만졌다. 자기로 된 재떨이 가운데는 불쑥 올라온 섬에 앉아 있는 인어의 상이 새겨져 있었다. 아버지가 쓰던 물건이었다. 재떨이는 깨진 자국을 붙인 자국이 남아 있었다. 마이클은 커다란 탁자용 라이터로 담배에 불을 붙였다. 15센티미터 크기의 사자 모양의 라이터였다. 그는 손가락으로 금빛 책상 위를 두드리며 골프에 대해 생각했다. 골프를 해보는 건 아주 좋은 생각이었다. 운동도 되고, 취미도 될 수 있다. 휴식이 되기도 하면서 사업상의 수단으로 이용할 수도 있다. 커스텀 골프채까지 완벽했다.

그 상태로 계속 있다 보면 분명히 잠들 것만 같았다. 그날 밤의 일정을 생각하면 그래서는 안 됐다.

마이클은 잠을 쫓기 위해 소리내어 말해보았다. "난 잠들지 않아."

케이의 손이 그의 어깨에 올려졌다. "당신이 훔쳐본 거 알아요."

"미안해."

"괜찮아요. 당신이 훔쳐보지 않는 날이 오게 될까봐 걱정이니까."

"옷은 왜 갈아입었어? 어디 가려는 거야?"

그녀가 얼굴을 찌푸렸다. "그야 조니 폰테인을 보러 가는 거죠. 어서 일어나요. 같이 가요."

"폰테인을 보러 간다고?"

"이건 당신이 뉴욕에 살 때 자유의 여신상 위에 올라갈 수 있으면서도 한 번도 올라가지 못했던 것과 마찬가지라고요."

"우린 동업자일 뿐이야."

"폰테인이 당신 카지노에서 노래 부르기 시작한 지 벌써 몇 주나 지났어요. 언제라도 보러 갈 수 있지만 한 번도 가지 않았죠. 내가 그 사람 노래를 들은 건 당신 동생 결혼식 이후로 10년 만이라는 거 알아요? 그때 단 한 번, 처음이자 마지막이었죠."

그리고 케이가 웃었다.

"지금 당신 표정을 직접 봐야 하는 건데. 알았어요, 알았어. 일이 있단 말이죠. 당신은 일을 하러 가야죠. 어서 가요. 난 부모님과 아이들을 데리고 새로 문 열었다는 스테이크 집에나 갈 테니까."

"어머님이 캐서롤을 만들고 계신 줄 알았는데."

"우리 엄마가 만든 캐서롤 먹어본 적 있어요?"

마이클이 그녀에게 키스했다. 그는 행복한 하루와 멋진 인생을 함께 해준 그녀가 고마웠다. "기다리지 마. 늦을 테니까."

"당신은 항상 그래요." 케이가 미소를 지으며 말했지만 두 사람 모두 농담이 아니라는 걸 잘 알고 있었다.

"좋은 비행(Fwight)이었나?" 할 미첼이 골프복을 입은 채로 들어와 물었다. 비행(Flight). 이 하사관은 'l'과 'r' 발음에 문제가 있었다. 그 때문에 전쟁 기간 내내 놀림을 받았다. 일본인들에게서 가로챈 대부분의 암호문에는 항상 'l' 자가 들어 있었기 때문이다. 비록 사람들이 모두 그를 좋아한 덕에 아무도 대놓고 그 앞에서 퍼드*하사관이라고 부르지는 않았지만 말이다.

"아무 일 없었지. 최고였어." 마이클은 전우를 끌어안으며 말했다.

미첼의 뒤로 당연히 먼저 와 있던 톰 헤이건이 보였다. 헤이건은 백발의 카우보이와 함께 서 있었다. 마이클은 휠체어에 앉아 있는 대머리 남자가 악수하기 위해 손을 내밀었다. 턱시도를 입고 있는 사람은 마이클뿐이었다. 아직 해가 지지 않은 시간이긴 했지만, 옷을 갈아입을 시간이 도저히 없을 것 같아서였다.

미첼의 사무실 벽은 온통 유명 인사들의 사진으로 가득했다. 12년 전에 미첼 하사관과 코를레오네 일등병, 그리고 결코 가정을 이루지 못하고 죽은 몇 명의 해병들이 과달카날 해변가의 불타버린 일본군 탱크 앞에서 찍은 낡은 사진도 있었다. 그 사무실에서는 모래의 성의 정문이 잘 내려다보였다. 커다란 현수막에는 '미국 노동자들을 환영합니다' 라고 쓰여 있었다. 폰테인의 이름이 걸린 현수막은 내일이면 내려질 것이다. 돌로 만들어진 대광장에는 내일 있을 집회에 참석하기 위해 노동조합 간부들이 속속 도착하고 있었다. 코를레오네 패밀리의 다른 친구들도 마찬가지였다.

미첼은 마이클에게 자기 책상 뒤에 있는 자리를 권했다. 마이클로서는 아무래도 상관없었다. 휠체어에 앉아 있는 남자는 라스베가스 은행의 은행장이었다. 카우보이 모자를 쓴 백발의 남자는 변호사로 개업했다가 주 검찰 총장을 역임한 뒤, 몇 년간 네바다 공화당의 의장을 지냈다. 서류상으로는 그 두 명과 미첼, 톰 헤이건이 대표로 있는 부동산 채

---

* 루니 툰의 캐릭터로 항상 'l' 과 'r'의 발음을 'w'로 하는 앨머 퍼드

권 회사가 이 카지노의 4대 주주였다. 마이클의 건설회사에는 서류상 6번째 주주로 형 프레디의 이름이 올라 있었다. 코를레오네 패밀리와 네바다 도박 위원회 내부에서 많은 토론 끝에 위험을 무릅쓰고 프레디의 본명을 사용하기로 결정했다. 프레디 역시 이 자리에 참석했어야 했다.

"프레디 코를레오네가 참석하지 못한 데 대해 양해를 구했습니다. 불가피하게도 비행기가 제 시간에 출발하지 못한 모양입니다." 헤이건이 말했다.

마이클은 그저 고개만 끄덕였다. 그는 그 문제에 대해 더 이상 아무 말도 하지 않았다. 패밀리 외부의 사람들 앞에서 말할 수는 없었다. 더군다나 도청장치가 되어 있을 것이 분명한 이 방에서는.

그 모임은 한 시간 가량 계속 되었다. 은행장과 카우보이 변호사는 수사기관으로부터 도청당하고 있다는 것을 전혀 알지 못하고 있었기 때문에 전적으로 대외적으로 보여주기 위한 모임만은 아니었다. 보통의 주식회사들에서 열리는 주주 모임과 별반 다를 바가 없었다. 수입 문제라든가, 직원들 문제, 최근의 마케팅과 홍보 효과의 효능성에 대한 평가와 같은 이야기들이 오고갔다. 미첼이 지붕에서 원자폭탄 관광을 주선하면 어떻겠냐는 의견을 내놓았다. 마이클은 속으로 어떤 바보가 엉뚱한 시간에 지붕 위로 올라가 아래층에서도 얼마든지 들을 수 있는 폭탄 투하 소리와 자기 방에서도 쉽게 볼 수 있는 연기를 구경하기 위해 10달러를 내겠냐는 생각을 했다. 하지만 아무 말도 하지 않았다. 지금 그의 마음은 그 다음에 있을 두 모임에 가 있었다. 그 자리에서 가장 논의가 활발했던 문제는 타호 호수에 세울 새로운 카지노의 이름을 무엇으로 할지에 관한 것이었다. '구름의 성' 으로 하자는 할미첼의 제안에 모두 동의했다.

마침내 모임이 끝나자, 미첼은 그 자리에 있는 사람들 모두 부인과 함께 폰테인의 특별 쇼를 보러 오기 바란다고 말했다. 무엇보다도 조니는 새로운 동업자였고, 구름의 성 지분의 10퍼센트를 가지고 있었다. 은행장과 카우보이 변호사는 그런 기회를 놓치지 않겠다고 말했다.

헤이건은 그들이 나가기를 기다렸다. 그리고는 재빨리 루이 루소에게 전화를 걸었다.

"돈 루소가 지금 척 웨이건으로 가고 있는 중이라는 군." 헤이건이 마이클에게 말했다.

두 사람은 뒤쪽 계단으로 내려가기 시작했다. "프레디 형은 어떻게 된 거지?" 마이클이 물었다.

"내일 아침 일찍 도착할 거야. 괜찮아. 쓸 만한 친구 두 명이 같이 있으니까."

"쓸 만한 친구 두 사람이 이발사와 얼마 전에 들어온 염소치기인가?"

"맞아."

마이클은 고개를 저었다. 폰테인 쇼가 끝난 후, 입단식에서 이발사를 승진시킬 참이었다. 깜짝 놀라긴 하겠지만 그렇게 되면 그는 제법 높은 자리에 있게 될 것이다. "프레디 형은 어쩌다 비행기를 놓친 거지?"

"모르겠어. 흔히 사람들이 비행기를 놓치는 것과 같은 이유겠지."

"형은 놓치지 않았잖아."

"나도 놓쳤어, 바로 오늘. 정말이야."

"어쨌든 지금 형은 이 자리에 있잖아."

헤이건은 아무 말도 하지 않았다. 그는 언제나 프레디에게 관대했다.

"갔던 일은 어떻게 됐어? 팜 스프링스 말이야." 마이클이 물었다.

"너하고 얘기했던 대로 된 것 같아. 정곡을 찔렀어."

두 사람은 로비를 가로질러 카페 척 웨이건으로 갔다. 그곳은 아침 식사 때만 문을 열었다. 마이클은 열쇠를 가지고 있었다. 그와 헤이건은 구석에 있는 자리에 앉았다. 잠시 후, 할 미첼의 밑에서 일하는 한 친구가 루소와 그 부하 두 명을 카페 안으로 안내한 뒤 뒤에서 문을 잠갔다. 루소는 어울리지 않는 가발에 커다란 선글라스를 쓴 창백한 모습이었는데 손이 작았다. 그는 곧장 스위치가 있는 벽 쪽으로 가더니 불을 전부 꺼버렸다. 그의 부하들이 커튼을 내렸다.

"이런, 아일랜드인 콘실리에리를 데리고 오셨군. 영리한 걸." 그가 여자처럼 높은 목소리로 말했다.

"모래의 성에 오신 걸 환영합니다, 돈 루소." 헤이건이 자리에서 일어났다. 과장된 미소만이 그의 심기 역시 그다지 편하지 않다는 것을 유일하게 드러내고 있었다. 마이클은 루소의 부하들이 뒤로 물러나 카운터 앞에 있는 의자에 앉을 때까지 아무 말도 하지 않았다.

"돈 루소, 걱정하지 않아도 될 것 같소만. 우리는 전기세를 잘 내고 있으니까요." 마이클이 그의 머리 위에 있는 전등을 가리키며 말했다.

"어두운 것이 좋소." 루소가 선글라스를 톡톡 두드리며 말했다. 그 선글라스의 크기 때문에 그의 코는 마치 성기처럼 보였다. "어떤 망할 녀석이 사탕 가게 창문으로 날 쏘려고 했소. 그때 유리에 눈을 다쳤지. 보는 데는 아무 지장 없지만 빛을 보면 아무래도 눈이 아파서 말이오."

"우리도 당신이 편안하기를 바랍니다. 아무래도 상관없습니다." 마이클이 말했다.

"내가 아무 말 없이 불을 끄고 커튼을 쳐 버린 것에 대해 기분이 좋지는 않았을 거요. 그렇지 않소? 이제 그쪽도 이럴 때 어떤 기분이 드는지 잘 알았을 테지."

"무슨 말입니까?" 헤이건이 물었다.

"이봐, 아일랜드 친구. 내가 무슨 말을 하는지는 당신이나 당신네 대장도 잘 알고 있을 텐데. 당신네 뉴욕 사람들은 전부 똑같아. 우린 그쪽과 거래를 했었어. 시카고 서부의 모든 권리는 시카고에 있다고 말이지. 그래놓고는 시카고 서부에서 뭔가 건질 게 있다는 걸 알아차리자 당신들은 그 말을 뒤엎어 버렸어. 카포네는 자기에게 돌아오는 것만 얻어 갔고, 당신네들은 그 매독에 걸린 밀고자, 나폴리 녀석만 시카고에 있다고 생각한 거지. 나머지 우리들은 뭐야? 우린 아무것도 아니었어. 당신네는 위원회를 소집했지만 거기 우리 자리가 있었나? 없었어. 모 그린은 뉴욕에서 끌어 모은 돈으로 라스베가스를 만들었지. 우리에겐 한마디 말도 없이 말이야. 맘 내키는 대로 와서는 이곳을 개방도시라고 불렀지. 내가 무슨 생각을 했는지 알고 있나? 엄청난 생각을 했어. 마이애미에서도 여기와 똑같은 일을 벌이는 거야. 아바나에서도 말이지. 계속 그렇게 할 생각이야. 그리고 그 중에서도 최고는 아무래도 여기가 되겠지. 그런데 이런 일들이 왜 비난받아야 하지? 우린 많은 것을 요구하지 않았어. 그게 내 말의 핵심이지. 앞으로도 우린 이렇게 해나갈 테니까. 우린 싸울 만한 위치가 안 돼. 가지고 있는 것도 몇 년 전부터는 잊어버리고 있었기에 운영도 잘 되지 않아. 무슨 일이 있든, 난 당신네가 이익을 얻는 것에 대해 말하자는 게 아니야. 하지만 우리가 손해를 보고 말았어. 그래도 좋아. 라스베가스는 일하기에 완벽한 장소니까. 시카고에서 모든 것을 관리하도록 하겠어. 뉴욕에서는 요즘 거리마다 피바다를 이루고 있다고 들었어. 하지만 난 그쪽이 평화를 원한다는 말을 들었지. 그게 사실이기를 바라고 있어. 내가 말하고 싶은 건 이거야. 그쪽에 문제가 생겼다고 해서 내가 '어이, 뉴욕에 있는 내 친구들이 이익을 보겠군' 이렇게 생각할까? 아닐세. 난 이 자리에 가만히 있을 거야. 그쪽에서 나를 위해 행진 같은 걸 해주길 바라는 것도 아니고, 다른 건 아무것도 바라지 않아. 하지만 이런 젠장. 내가 무엇 때문에 당신에게 시간을 내야 한다고 생각하지? 그것도 당신들이 필요한 시간에. 내가 그런 성의를 보여야 하는 이유가 뭐지? 그쪽은 본부를 전부 여기로 옮겨 버렸어. 바로 이곳으로! 그리고 이곳을 열었지. 만일 실력으로 나오기를 원한다면, 여긴 우리 차지야. 난 바보가 아니란 말이야. 알겠어? 하지만 난 여기 있는 이 아일랜드인처럼 변호사도 아니고, 그 망할 아이비리그 대학도 가보지 못했지. 그러니 날 도와줬으면 해. 내가 대체 왜 이 자리에 서 있어야 하는지를 말해달란 말이야."

루이 루소는 지금 아이큐 90짜리처럼 굴고 있었지만, 사실 그는 사람의 마음을 읽는 데에는 천재적이었다. 게다가 선글라스 때문에 상대방이 그의 눈빛이 어떤지 알아내는 건 힘들었다. 마이클이 말했다.

"솔직하게 말해준 데 대해 고맙게 생각하오, 돈 루소. 난 이 세상에서 정직한 사람보다 더 대접받아야 할 사람은 없다고 생각하니까."

루소가 투덜거렸다.

"당신이 그 정보를 어디에서 얻었는지는 모르겠소만, 그건 사실이 아니오. 우린 라스베가스를 관리할 계획이 없소. 여기는 임시로 있는 것뿐이오. 난 타호 호수에 땅을 가지고 있고, 그곳 개발이 끝나면 그리로 이주할 것이오. 영구적으로."

"내가 알기로는 타호 역시 시카고 서부에 속해 있는 곳인데."

마이클이 어깨를 으쓱했다. "그때가 되면 당신이 걱정할 만한 일은 전혀 없을 거요."

"지금 벌써 걱정이 되는 걸."

"그럴 필요 없소. 앞으로 우리는 더 이상 조직원을 받지 않을 생각이니까. 난 단계적으로 뉴욕에 있는 조직을 분리시키고, 앞으로는 여기서 합법적인 사업만 할 생각이오. 그렇게 될 경우 난 당신의 협조를 바라고 있소. 그게 아니라면 최소한 방해는 하지 않을 거라고 생각하고 싶소만. 이미 알고 있겠지만, 난 다트무스에 다녔던 적이 있고 우리 아버지의 사업에 참여할 계획은 전혀 없었소. 아버지 역시 원했던 일이 아니었고. 그러니까 이건 모두 일시적인 거요. 우린 타호 호수에 새로운 카지노를 열 생각이고, 경찰이나 미 국세청 요원들만큼 깨끗하게 운영할 작정이오. 그래서 네바다 도박 위원회 사람들은 밤이나 낮이나 그곳에서 살게 될 거요."

루소가 웃었다. "행운을 빌어주지!"

"난 정말 그렇게 할 거요. 우리가 그렇게 해야 할 필요가 있기 때문이지. 양해를 구해야 되겠소. 손님으로 맞이하게 돼서 즐거웠소. 오늘 밤 다시 볼 수 있기를 기대하죠." 마이클이 말했다.

톰 헤이건은 지하실에 있는 엔조 아구엘로의 사무실 문을 열었다. 그는 코를레오네 패밀리의 오랜 친구이자 카지노에서 수석 제과 요리사를 맡고 있었다. 그 안에는 어제 디트로이트에서 있었던 클레멘자의 아들 결혼식에 참석했던 세 명이 있었다. 기존의 카포인 로코 램포네와 페트 클레멘자, 패밀리의 안전을 담당하는 알 네리였다. 그들의 눈은 모두 충혈되어 있었다. 램포네는 30대밖에 되지 않았음에도 10년은 더 들어 보였다. 그는 북부 아프리카에서 왼쪽 슬개골이 부서져 명예 제대한 뒤로 항상 지팡이를 사용하고 있었다. 클레멘자는 의자에서 일어나려고 애를 쓰며 헉헉거리고 있었다. 헤이건은 언제나 클레멘자가 뚱뚱해서 그다지 늙어 보이지 않는다고 생각하고 있었지만, 지금은 나이가 꽤 들어 보이는 모습이었다. 아마도 70대는 되었을 것이다.

그들은 위에 있는 객실에서 만날 수도 있었다. 하지만 엔조의 사무실은 나름대로 장점이 있었다. 음식을 얼마든지 먹을 수 있었고, 백퍼센트 안전했다. 최고의 설비를 갖춘 콘크리트 블록으로 만들어진데다 네리가 도청장치를 모두 제거했기 때문이다. 네리는 복도에 자리를 잡고는 뒤로 문을 닫았다.

"프레디는 어디 있나?" 클레멘자가 물었다.

마이클이 고개를 저었다.

"별 일 아닙니다. 디트로이트에 폭풍우가 있어서 비행기가 늦어진 것뿐입니다. 내일이면 도착할 겁니다." 헤이건이 대답했다.

클레멘자와 람포네가 서로를 쳐다보았다. 그들은 엔조의 잿빛 청동책상 주위에 놓인 단단한 금속 접이의자에 앉아 있었다.

"이런 말을 하고 싶지는 않지만, 프레디에 대해 말도 안 되는 이상한 이야기를 들었어. 입에 담고 싶지도 않은 내용이더군." 클레멘자가 말했다. 프레디의 새로운 경호원들은 클레멘자가 데리고 있는 부하들이었다.

"무슨 일입니까?" 마이클이 물었다.

클레멘자는 손을 흔들었다. "날 믿게나. 정말 말도 안 되고, 우스운 이야기야. 게다가 그 말을 해준 작자들이 마약중독자들이나 깜둥이들이라 99퍼센트는 무시해도 되는 이야기라고 생각하는 편이 좋아. 다만 우리가 알고 있는 것은 그 친구가…." 클레멘자가 독가스라도 맡은 듯 얼굴을 찌푸리며 말을 이었다. "뭐, 나 역시 금욕적인 생활에 대해서는 할 말이 없는 편이지만, 술 때문에 문제가 좀 있는 모양이더군."

"금욕적인? 그런 말은 어디서 배운 겁니까?" 마이클이 눈썹을 치켜 올렸다.

"망할 자식 놈을 자네가 다녔던 끝내주는 학교에 보냈더니 알게 됐지. 안 그러면 그런 말을 내가 어디에서 들어봤겠나, 마이크." 그는 눈을 찡긋해보였다. "자네와 다른 점이 있다면 그 애는 학교를 졸업했다는 것뿐이네만."

"그 애가 금욕적이라는 단어를 말했다고요? 큰 소리로?"

"자네는 다른 표현을 쓰나? 그게 아니라면 자네도 알다시피 내가 그런 말을 어디서 배웠겠나? 그건 영어 전체를 통틀어 다섯 개의 모음이 순서대로 들어 있는 단어 두 개 중 하나라고."

"다른 하나는 뭔데요?"

"다른 하나가 뭔지 내가 어떻게 알겠나? 불과 1분 전에 자네는 나 같은 멍청이가 그 두 개 중 하나를 어떻게 알고 있을까라고 생각했잖아?"

모든 사람들이 웃었다. 그리고 그들은 일을 하기 시작했다.

헤이건이 공인 변호사로서 일했던 얼마 안 되는 기간 동안 모임에 참석했을 때, 그 중 절반 정도는 중요한 이야기가 오고갔는데, 그 중에서도 10퍼센트 가량은 비서들이 미친 듯이 받아 적어야 할 정도의 세세한 내용들이었다. 모임의 나머지 절반은 아무 쓸모없는 이야기들이 오고 갔다. 그쯤 되면 잔뜩 지쳐버린 비서들도 더 이상 받아 적지 않게 되고, 모든 것을 기억에만 의존하게 된다. 그들은 구운 오징어와 콩으로 만든 파스타를 먹으며 세 시간 동안 예전의 사업과 새로운 사업에 대해 진지하게 의견을 교환했다.

그들은 바르지니, 그리고 타탈리아와의 전쟁으로 인한 손실과 인수받게 된 패밀리의 사업을 통한 이익에 대해 논의했다. 반역자 중에 테시오가 있었다는 점은 가장 믿어지지 않으면서도 슬픈 일이었다. 테시오는 비토 코를레오네가 젊었을 때부터 함께 일했던 동업자였기에 그의 부인과 가족에 대해 어떻게 도움을 줄 것인가에 대해서도 이야기를 나누었다. 그 외에도 조직 내 다른 희생자들의 의료비, 장례식, 가족에 대한 경제적인 지원을 어떻게 할 것인지 의논했다. 그들은 또 테시오와 아내를 두들겨 패던 짐승 같던 마이클의 매부 카를로, 형 소니를 실질적으로 죽인 자가 바르지니나 타탈리아 쪽에서 보낸 사람에 의해 살해당했다고 공론화시킨 것에 대해서도 의견을 교환했다. 뉴욕 경찰이나 언론, 그리고 다른 패밀리들 사이에서는 이번 사건에 코를레오네 패밀리가 전혀 관여되지 않은 것으로 알려져 있었다. 코를레오네 패밀리 쪽 인물인 뉴욕 지방 검사(마이클의 다스모스 시절의 동창생) 사무실에서는 이번 주 안에 에밀리오 바르지니의 살인범으로 타탈리아 패밀리의 잔당을, 필립 타탈리아의 살인범으로는 바르지니 패밀리의 조직원을 고소할 계획이었다. 비록 그들에 대한 판결이 유죄로 내려지지 않더라도 FBI는 이 사건은 그대로 마무리 지을 생각이었다. 지역 경찰들도 평소대로 일을 하게 되면 행복할 것이다. 그들 중 수백 명은 그동안 고리대금업자만큼이나 많았던 수입이 줄어들어 고통스러워하고 있었으니까. 대중들의 관심은 머지않아 빵이나 구경거리 같은 현실적인 문제들로 돌아서게 될 것이다. 그렇게만 되면 지금 이 분쟁도 끝나고 진짜 평화가 찾아올 것이다.

"10년마다 우리는 이런 일을 겪었고, 그런 뒤에 다시 평소처럼 일을 하곤 하지." 클레멘자가 어깨를 으쓱하며 말했다. 그는 엔조의 책상에서 이쑤시개 통을 발견하고는 하나씩 꺼내 2분 정도 질겅질겅 씹었다. 다른 사람들은 담배나 시가를 피우고 있었다. 클레멘자는 주치의의 명으로 금연해야 했다. 그는 노력하고 있었다. "규칙적이야. 금연을 명령받은 게 이번이 네 번째니까."

모든 사람들이 10년이 지날 때마다 클레멘자의 이 이론을 들어왔다.

그의 말에 아무도 이의를 다는 사람은 없었다.

"우리가 무엇을 얻었다고 생각하지, 마이크? 평화를 얻었나?" 클레멘자가 물었다. 그는 이쑤시개가 시가라도 되는 것처럼 흔들고 있었다. "이제 위원회를 소집해야 될 때가 아닌가?"

마이클은 고개를 끄덕였다. 그건 동의의 의미라기보다는 집중하고 있다는 의미였다. 헤이건은 마이클이 오늘 밤 입단자들의 명단을 위원회에 제출하지 못할 것임을 알고 있었다. 아마도 그가 바라는 마지막 일은 위원회의 모임일 것이다. 하지만 그의 얼굴에는 아무것도 드러나지 않았다. "로코?" 마이클이 머리를 숙이고 손바닥을 그쪽으로 내밀며 말했다. "다음은 자네 차례야"라는 듯.

마이클이 한참 사이를 둔 것은 그가 그 질문에 심각하게 생각하고 있고, 그런 다음 믿을 만한 측근의 의견을 묻고 있는 것처럼 보이게 하기 위해서였다. 헤이건은 그 사실을 알고 있었고, 깊은 인상을 받았다. 만일 소니가 살아 있어서 지금 이 자리를 대신하고 있었다면, 그는 그 자리에서 무심결에 자신의 생각을 말해 버리고는 확고한 결단을 내렸다는 데 자부심을 느꼈을 것이다. 마이클은 사람들의 교감을 불러일으키는 아버지의 능력을 물려받아 몸에 익혔다.

로코 람포네는 시가의 연기를 길게 내뿜었다. "6만4천 달러짜리 질문이군. 안 그런가? 전쟁이 끝났다고 누군가 말해주지 않는다면 우리가 어떻게 그 사실을 알 수 있지?"

마이클은 손가락을 맞댄 채 아무 말도 하지 않았다. 그의 얼굴에는 아무 표정도 없었다. 위원회는 미국의 24개 범죄 패밀리들의 집행 위원회로서의 기능을 하고 있었다. 7~8개 정도 패밀리들의 대표로 이루어져 새로운 조직원이나, 신입 카포들, 새로운 보스들에 대해서 승인을 해주고(거의 언제나 승인을 해준다), 화해하기 힘든 충돌이 있을 때 유일하게 중재해줄 수 있는 기관이기도 했다. 가능한 경우에만 어쩌다 한 번씩 모임을 가졌다.

"나도 우리가 평화를 얻었다고 말하겠어. 우린 그 말을 그러니까, 뭐더라, 조 잘루치로부터 들었지. 몰리나리, 우유장수 레오, 검은 토니 스트라치에게서도 들었어. 몰리나리를 제외하고는 모두 위원회 소속이야. 그렇지? 포를렌자도 우리 편이 되어줄 거고. 안 그런가? 그런데 에이스로부터는 무슨 연락이 없었어?"

"아직 없네. 제라치는 그들이 시합을 보러 간 후에 연락을 할 모양이야." 헤이건이 말했다.

"그건 확실히 그렇지. 제라치는 시합을 보지 않을 테니까. 난 왼손잡이 검둥이 혼혈이 좋던데. 그 친구는 제법 세게 주먹을 날리니까 말이야. 더군다나 얼마나 빠르고 유연한지 몰라." 로코가 말했다.

클레멘자가 책상 위를 네 번 내려치고는 눈썹을 치켜 올렸다.

"어쨌든 포를렌자만 우리 쪽으로 넘어오면 다섯 표가 된다 이거군. 바르지니 패밀리의 새로운 돈으로는 여전히 파울리 포투나토를 생각하고 있는 건가?" 로코가 말을 이었다.

"그렇지." 헤이건이 대답했다.

"그럼 여섯 명이군. 그는 합리적인 사람이고, 바르지니보다는 클리블랜드에 가까운 친구야. 다른 말로 하자면 그 작자는 유태인 포를렌자가 시키는 일은 무엇이든 할 거라는 거지. 그렇게 되면 남는 건 다른 쪽이군." 타탈리아의 이름을 꺼내는 대신 로코는 음탕한 시칠리아식 동작으로 표현했다. 그가 지닌 타탈리아에 대한 남다른 증오는 개인적이었고, 본능적이면서 복잡한 여러 가지를 내포하고 있었다. 그는 타탈리아를 응징하러 갔던 사람들 중 한 명이었다. 그들이 롱아일랜드로 가는 선라이즈 고속도로 근처에 있는 방갈로를 급습하자 타탈리아는 깜짝 놀랐다. 그는 실크 양말만 신은 채, 벌거벗은 모습으로 그 자리에 서 있었다. 70대 남자치고는 몸에 털이 많았다. 그의 앞에 놓여 있는 침대에는 10대 매춘부가 누워 있었다. 타탈리아는 여자의 벌어진 입안에 성기를 넣은 채였고, 그녀는 그의 등을 할퀴고 있었다. 람포네는 그 남자의 약해 보이는 복부에 네 발을 쏘았다. 타탈리아 조직은 휘청거리고 시작했고, 모든 권력은 은퇴한 후 편안하게 마이애미에서 생활하고 있던 타탈리아의 동생인 리코에게 넘어갔다. 그는 겉으로는 피의 복수에 뛰어들 만한 인물로 보이지 않았지만, 그래도 타탈리아는 타탈리아였다.

마이클이 아무 말도 하지 않자 람포네는 선생님을 기쁘게 해주겠다고 결심했다가 뜻대로 안 된 어린 학생처럼 시무룩한 얼굴이 되었다. 마이클은 이 방에 있는 사람들 중 가장 어렸고, 미국에서도 가장 젊은 돈이었다. 하지만 그들 모두는 그에게 인정받기 위해서 긴장하고 있었다. 마이클은 일어나더니, 마치 벽에 창문이라도 달려 있는 것처럼 벽 쪽으로 걸어가서 멈춰 섰다. "형은 어떻게 생각해?"

"위원회 모임은 피할 수 있다면 피하는 편이 좋아." 헤이건이 말했다. 그는 비토의 콘실리에리로서 그들 중 유일하게 그 모임에 참석했던 경험이 있었다. 헤이건은 또한 한 번이긴 했지만, 위원회의 모임을 요청하기 위해 모든 패밀리들이 모였던 희귀한 모임에도 참석했던 경험이 있었다. "첫 번째 이유는 위원회의 임원 중 세 명이 올해 죽었다는 거야. 새로운 사람들이 많이 등장했어. 만일 위원회가 모이게 된다면 루이 루소를 넣을 건지 말 건지부터 해결해야 할 테지. 아마 그 누구도 그자가 문제가 될 거라고는 생각하지 않을 테니 시카고라는 이유만으로 이번에는 들어오게 하자는 쪽으로 결정이 날 거야. 이번 모임만 이루어지지 않으면 다음 번 모임에서 그 문제를 해결하겠다고 그를 달랠 수 있을 테니까. 만일 이번에 모임이 이루어지고, 루소가 한 자리를 차지하게 된다면 그것만으로도 많은 변수가 일어나게 되겠지. 예측할 수 없는 일들이 말이야."

"나이를 먹어도 그 친구가 얻을 수 있는 건 성기 모양의 코뿐일 걸?" 클레멘자가 말했다.

이번에는 마이클도 미소를 지었다. 클레멘자는 비토와 함께 일할 때도 이런 식으로 했었다. 하지만 진실을 말하자면, 미소를 짓게 만드는 일은 마이클이 비토보다도 훨씬 더 어려웠다.

"그 친구가 처음 그 별명을 얻었을 때만 해도 코가 그저 크기만 했지." 클레멘자가 아홉 개째의 이쑤시개를 입에 물면서 말했다. "그런데 이제는 코끝이 빨개지면서 모양이 귀두처럼 되어버렸지 뭔가. 그 눈썹을 본 적 있어? 꼭 음모 같다니까. 내 말이 맞지? 그 친구한테 코 옆으로 두드러지게 드러나는 혈관만 있다면, 얼굴 자체가 야한 노출이나 마찬가지라니까. 망할, 그들은 카포네를 탈세 혐의로 집어넣었어. 아주 유치한 방법으로 처넣었지." 그가 고개를 저었다. 그리고는 자기 불알을 움켜쥐고 시카고 식 말투로 길게 발했다. "그게 시-이-카-고식 방법인 거야."

모든 사람들이 웃었다. 헤이건마저 웃음을 참을 수 없었다. 비록 그가 아일랜드인과 유태인 갱 단원들이 지명 수배자 명단에서 대사의 신분으로 옮겨갈 수 있었던 이유는 그들이(헤이건 본인도 마찬가지지만) 세금을 잘 냈고, 그것이 어떤 식으로든 유리하게 작용했을 거라고 믿고 있었지만 말이다. 사실 세금을 낸다는 건 수많은 시칠리아인들로서는 도저히 이해할 수 없는 일이었다. 오랫동안 뿌리 깊게 내려온 중앙 정부에 대한 불신 때문에 그들은 세금을 내지 않았다. 그리고 시칠리아인들은 중요한 일을 현금으로만 거래하며 흔적을 남기지 않은 것 또한 사실이다. 백여 명의 미 국세청 직원들이 백 년 동안 끊임없이 그 주위를 파헤쳤지만, 어떻게 된 일인지 단 1퍼센트도 알아내지 못했다. 지금도 마찬가지다. 정부라고 해도 누구에게든 또 무엇에든 엄청난 권력을 휘두르지는 못하는 법이다. 그들은 자신들의 것을 가지기 원했다. 그러므로 그들의 비위를 맞춰주거나 아니면 죽여야 했다.

이제 그들은 패밀리와 수익사업들을 다시 정상적으로 운영하기 위한 실질적인 문제들에 대한 의논을 시작했다. 거의 끝나갈 무렵 마이클이 오랫동안 야심차게 준비해온 계획에 대해 이야기를 꺼냈다. 그건 그와 아버지인 비토가 마이클의 콘실리에리로 있어주었던 몇 달 동안 계획했던 일이었다. 헤이건은 대사와 나누었던 이야기와 제임스 카바나우 시아를 1960년 백악관으로 보내는 계획에 있어 패밀리가 어떤 역할을 해야 하는지에 대해 말했다. 그들은 이미 헤이건과 관련된 계획에 대해서도 알고 있었다. 헤이건은 내년 상원의원 선거에 출마한다. 물론 낙선할 것이다(그렇다고 해도 어차피 상원은 코를레오네의 수중에 있었다). 그런 다음 합법적으로 모은 자금을 이용하여 다소 손해가 있더라도 헤이건에게 정계의 자리를 만들어줄 만한 자를 주지사로 만든다. 1960년이 되면 헤이건이 주지사에 출마하고, 당선된다. 그것이 마이클이 세운 계획의 최종적인 단계였다.

"다른 지역에서의 인원 부족 문제를 해결하기 전에, 먼저 상부가 안정을 찾을 필요가 있습니다. 먼저 테시오가 이끌던 조직을 어떻게 하느냐가 문제로군요. 누구에게 맡기는 게 좋다고 생각하십니까?"

그들은 고개를 저었다. 선택은 분명했다. 그 자리에 제라치를 앉히게 될 경우 이번 테시오의 사건으로 분노하고 있는 사람들에게는 꽤 괜찮은 선택이 될 것이다. 사실 뉴욕의 나이 많은 사람들 중에는 그에 대해 불평하는 자들도 있었다. 제라치는 테시오의 부하였고, 테시오는 패밀리를 배신했다. 제라치가 관여하고 있다는 마약 조직의 ―아직까지는 소문에 불과했지만― 문제도 있었다. 그리고 그의 나이도 걸렸다. 물론 마이클보다는 나이가 많았지만. 제라치는 클리블랜드 출신이었다. 그는 학사 학위를 가지고 있었고, 몇 개의 법학 강의도 들었다. 헤이건이 제라치에 대해 처음으로 들은 것은 파울리 가토가 아메리고 보나세라의 딸을 강간했던 멍청이들을 손봐주라고 그를 보냈을 때였다. 3년 후, 가토가 살해되고 난 후 제라치는 다시 페트의 눈에 들어 로코에 이어 부하들을 통솔하는 일을 맡게 됐다. 로코는 그 기회를 최대한 이용하여 지금은 카포가 되었지만, 제라치는 마이클과 같은 타입의 사내였다. 그는 패밀리 안에서 최고의 수익을 내는 사람들 중 한 명이기도 했다. 제라치가 아니라면 디미첼리 형제나 에디 파라디스 같이 좀 더 나이가 있는 사람들을 선택할 수도 있었다. 그들은 믿을 수 있고 충성심이 있는 사람들이었지만, 제라치 수준의 인물은 아니었다.

"이 문제에 대해서 한마디만 한다면, 만일 예수님이 카포로 승진한다고 하더라도 불평을 들을 거라는 거지. 난 오랫동안 이 자리에 있었지만 제라치 같이 일하는 친구는 본 적이 없어. 그 친구는 동전을 삼키고 클리블랜드의 잔뜩 쌓아 놓은 짚더미 위에 똥을 눌 수 있는 위인이야. 난 그를 속속들이 알지는 못하지만, 유능하다는 것만은 잘 알고 있네. 강한 인상을 심어준 친구니까."

마이클이 고개를 끄덕였다. "또 다른 의견은?"

"에디 파라디스를 시키면 어떨까?" 로코가 말했다.

"그래요?" 마이클이 말했다.

로코가 어깨를 으쓱했다. "그도 좋은 사람이야. 이제는 승진할 때도 됐지. 사람들도 그 친구를 잘 알고."

"알았어요. 그 문제에 대해 더 할 말 없어요?" 마이클이 물었다.

"에디는 마누라의 사촌이야. 그 친구를 추천했냐고 마누라가 물어볼 것 같거든…. 모두 결혼해서 가족이 있으니까 이 상황이 어떤 건지 잘 알겠지만. 뭐, 다른 할 말은 없어." 로코가 대답했다.

"추천이 들어왔다는 건 기록이 될 거예요. 좋습니다. 난 파우스토 제라치를 선택하겠어요." 마이클이 말했다.

모두 그 선택을 진심으로 반겼다. 헤이건은 마이클 이외에는 제라치를 파우스토라고 부르는 사람을 보지 못했다. 그러나 마이클은 그 누구도 별명으로 부르는 법이 없었다. 아버지에게서 배운 것이었다. 소니였다면 정반대였을 것이다. 소니는 수년 동안 알고 지내온 사람과 일을 같이 하고 집에서 같이 저녁식사를 하며 대부분의 시간을 보내도, 결혼식이나 장례식의 인쇄된 이름을 보기 전까지는 그 사람의 성을 알지 못했다.

"이젠 형의 차례야. 지금 하고 있는 일에 대한 얘기가 있어야 해." 마이클이 말했다.

헤이건이 고개를 끄덕였다.

마이클은 페트와 로코를 쳐다보았다. "톰은 좀 더 정치적인 일에 매진해야 합니다. 이제 톰을 확실하게 이 일에서 빼주어야 할 때가 된 거죠."

헤이건은 그 문제에 대해 의논을 하지 못했고, 그동안 기회도 없었다.

"콘실리에리 직에서 사퇴한 이후로도 톰은 합법적인 변호사로서 믿음직스러운 고문으로 남아 있습니다. 계속 이렇게 우리 옆에 있어줄 겁니다. 하지만 콘실리에리 자리는 여전히 비어 있습니다. 톰은 그 역할을 훌륭하게 해냈습니다. 그 다음은 아버지가 도와주셨죠." 마이클은 손바닥을 위로 올리며 말했다. 무슨 말로도 아버지의 위대함을 다

표현할 수 없다는 듯. "난 적임자를 찾지 못했습니다. 내년쯤 지나 적당한 때가 오면 난 콘실리에리의 책임을 톰을 포함한 모든 카포들에게 분담시킬 생각입니다."

프레디를 언급하지 않은 것은 의도적인 것이었다. 헤이건은 생각했다. "하지만." 마이클은 이렇게 시작한 뒤 한참 동안 말을 잇지 않았다. "공식적으로 콘실리에리와 함께 나서야 할 그런 상황이 있습니다. 위원회 모임 같은 자리가 그렇겠죠. 그런 자리에서 내 옆을 지켜줄 사람으로 아버지의 오랜 친구분인 페트 클레멘자 이상은 없다고 생각합니다."

헤이건은 성원을 보낸다는 듯이 클레멘자의 등을 두드렸다. 클레멘자는 영광이라고 말했다. 로코는 그를 와락 끌어안았다. 클레멘자는 네리를 불러들였고, 엔조가 건배를 위해 스트레가를 가져다주었다. 헤이건은 미소를 지었다. 그건 또 다른 일이었다. 언젠가 클레멘자 같은 남자들이 사라지게 되면 중요한 건배를 할 때 더 이상 스트레가나 집에서 만든 그라파로 하지 않게 될 것이다. 잭 다니엘이나 조니 워커가 그 자리를 대신하게 될 것이다. 오래지 않아 그들이 있는 사무실에는 연한 커피가 담긴 컵이 달그락거리는 소리가 울리기 시작했다.

엔조는 책상 서랍에서 스트레가 한 병을 꺼냈다. 그는 건배를 위해 사람들에게 병을 돌렸다. "우리는 죽을 때 웃을 수 있어야 해. 그렇게 살아야 하는 거야. 사람이 태어날 때는 누구나 시끄럽게 울어대는 것처럼 말이지." 클레멘자가 말했다.

그들이 막 그 자리를 떠나려는 순간 문을 두드리는 소리가 들렸다.

"죄송합니다. 회의가 끝난 것 같아서." 네리가 문을 열며 말했다.

그리고 조니 폰테인이 멋진 가죽 가방을 든 채 네리를 밀치며 안으로 들어왔다. 거의 속삭이는 것 같은 목소리로 뭔가를 중얼거렸다. "잘

들 지내셨나, 친구들?" 이라고 말하는 것 같았다. 네리는 얼굴을 찌푸렸다. 아무도 그를 밀칠 수는 없었다. 하물며 폰테인처럼 연약한 사내는 더욱.

"막 자네 이야기를 한 참이네. 자네가 방에서 부숴버린 조각상 말이야. 그거 3천 달러짜리라는 걸 알고 있나?" 클레멘자가 말했다.

"돈 벌 기회를 놓쳤네요. 난 5천 달러는 할 줄 알았는데." 폰테인이 대꾸했다.

그는 마이클 옆으로 가지 않았다. 하지만 방을 가로 질러 다가가 가방을 들지 않은 팔을 벌려 마이클을 안는 것 같은 시늉을 했다. 마이클은 반응을 보이지 않았다. 그는 아무 말도 하지 않았다.

헤이건은 쇼 비즈니스 업계에서 일하는 사람들을 싫어했다.

할 미첼이 턱시도를 입고 문가에 나타나 숨 쉴 틈도 없이 사과를 했다. "이제 막 쇼가 시작될 텐데…."

"이게 먼저요." 폰테인은 가방을 최대한 높이 들어 올려 보였다. "여기 가져왔어." 그가 가방을 떨어뜨렸다. 가방은 마이클 앞에서 책상 위로 둔탁한 소리를 내며 떨어졌다. 돈이 들어 있는 것 같았다. "프랭크 팔코네가 보낸 소포야. 그가 안부를 전해달라더군. 피그나텔리 씨도 안부를 전해달라고 했고."

아마도 그것은 구름의 성에 투자하기 위해 팔코네가 자신이 관리하는 헐리우드 노동조합의 연금 기금에서 '빌린 돈' 인 듯 했다.

마이클은 여전히 자리에 앉아 있었다. 그는 가방을 쳐다보았다. 그 이외에는 전혀 움직임이 없었다. 오후 내내 미동도 하지 않은 것처럼 마이클의 얼굴에는 아무 표정도 나타나지 않았다.

폰테인의 관자놀이 정맥 부분에 다시 경련이 일어나기 시작했다.

마이클은 손가락으로 빈 잔의 가장자리를 따라 가만히 쓰다듬었다.

다른 사람들이 계속 그 자리를 지키고 있는 상태에서 폰테인과 마이클은 서로를 응시하고 있었다. 마이클은 폰테인이 무슨 말이든 다시 꺼내기를 기다리고 있었다. 겉으로 보기에는 전혀 문제가 될 일이 아니었지만, 폰테인은 자신이 베푼 작은 호의에 마이클이 별다른 반응을 보이지 않자 유치하지만 감정이 상하는 것을 느꼈다.

사실 헤이건은 폰테인이 먼저 그들에게 고마움을 표현하지 않고 있는 것을 결코 이해할 수 없었다. 10년 전 코니의 결혼식날, 헤이건은 두 가지 문제를 해결하기 위해 나섰다. 엔조 아구엘로가 미국 시민권을 얻는 문제와 조니 폰테인에게 전쟁 영화의 배역을 얻어주기 위한 일이었다. 엔조는 그 이후로 충실한 친구였고, 심지어 비토를 살해하기 위해 적들이 두 대의 차에 나눠 타고 몰려왔을 때도 병원에서 무장도 하지 않은 채 마이클 옆에 서 있었다. 그건 돈의 생명을 지키기 위한 용감한 행동이었다. 그런데 조니 폰테인은 코를레오네 가문을 위해 무엇으로 보답했는가?

조니의 머리에 총을 대고 레스 할리 오케스트라와 계약하라고 한 사람은 아무도 없었다. 하지만 비토 코를레오네는 할리에게 사람을 보내 총으로 위협하여 조니를 그곳에서 빼내주었다. 코를레오네 가문은 잭 월츠를 위협하여 전쟁 영화에 조니를 출연하게 해주었다. 애초에 조니가 그 배역에서 빠지게 된 것도 월츠가 사랑하는 여배우와 관계를 가졌기 때문이었다. 헤이건은 진저리를 쳤다. 그렇긴 해도 그렇게 많은 사람들을 죽였으면서, 왜 월츠는 루카가 칼로 그의 경주마 머리를 난도질한 일만큼은 계속해서 악몽으로 여기는 걸까? 물론 헤이건은 그때 제대로 볼 수조차 없었다. 조니는 그 일을 모를 것이다. 그 후 예상했던 대로 월츠가 그 사건에 대해 입막음을 했기 때문이다. 조니는 코를레오네 패밀리로부터 또 다른 선물도 받았다. 모르는 척 해주는 것. 코를레오네 가문은 심지어 폰테인이 아카데미상을 받을 수 있게까지 해주었다. 그 모든 호의에도 불구하고 조니 폰테인은 어떻게 행동했는가?

방 안에는 더 깊은 침묵이 흘렀다.

폰테인은 몸무게의 중심을 한쪽 발에서 다른 쪽 발로 옮겼다. 그는 정말 마이클과의 신경전에서 이길 수 있다고 생각하는 것일까?

마침내 폰테인이 한숨을 푹 내쉬었다. “좋아. 그리고 또 다른 문제가 있어.” 그는 자신의 목을 가리켰다. “유감이지만, 지금 목 상태로 봐서는 노래를 할 수 없을 것 같아.”

“괜찮은 거야?” 마이클이 한 말은 그게 다였다.

클레멘자가 입술을 오므리고는 폰테인의 귀 쪽으로 이쑤시개를 휙 뱉어냈다. “프레디의 의사 친구가 다 고쳐놓은 줄 알았는데. 자네 목 말이야. 그 유태인 외과 의사 말이네. 이름이 뭐더라, 줄스 스테인이라고 했던가.”

“시갈이예요.” 폰테인이 이름을 고쳐주었다. “그 친구가 고쳐주긴 했죠.” 그는 방안을 둘러보았다. “그러고 보니 생각났는데, 혹시 프레디 본 사람 있어요? 그 친구한테 줄 게 있는데. 선물이죠. 내가 주는 선물.”

“비행기가 연착이야.” 헤이건이 말했다.

폰테인이 어깨를 으쓱했다. “그럼 기다리지. 봐요, 친구들. 당신들도 알겠지만, 난 프로예요.” 그가 무대 위에서처럼 속삭였다.

“내 목소리는 괜찮아. 하지만 내 목은?” 그가 고개를 저었다. “백퍼센트가 아니예요. 더군다나 여기서 쇼를 해야 하니. 오늘 L.A.에서 정말 힘든 녹음을 했어요. 가끔은 알아줬으면 좋겠어. 여기가 곤란해. 비행기로 돌아오는 동안 잠을 잤어요. 잠에서 깨고 났을 때 내 목이 어떤지 알아요? 끔찍하게 따가워요. 그래서 내가 생각하기에는….”

“지금 자네는 실수하고 있어.” 클레멘자가 말했다.

“소금물로 헹구고 자야 할 거 같아. 상태가 안 좋으니까 멍청이에게 최대한 오래 끌라고 해요.” ‘멍청이’ 모리 스트레이터는 폰테인의 쇼가 시작되기 전에 여흥을 돋우는 코미디언으로 캣스킬*에서 데려온 친구였다. “벌써 시작했겠군. 그 친구가 사람들을 죽이고 있겠지. 하사관한테 물어보죠.”

아무도 나서지 않았다. 문제는 오늘 그 자리에는 스트레이터의 썰렁한 농담을 즐길 만한 손님들이 그다지 많지 않다는 것이었다.

“서재에 가서 버즈 프라텔로에게 전화하겠어. 그와 도티는 오늘 밤 쇼가 없으니까. 그들이라면 할 수 있을 거야. 날 대신할 수 있겠지. 사실대로 말하자면 그 친구들 벌써 오고 있는 중이예요.”

“그래? 버즈를 볼 수 있다면야. 난 그 친구를 아주 좋아하거든.”

“그렇게는 안 돼, 조니.” 할이 말했다. 그는 그 방에 초대받지 못해서 네리와 마찬가지로 계속 입구에 서 있던 참이었다. “버즈 프라텔로와 도티 아미스는 저쪽과 전속으로 계약했어.” 저쪽이란 시카고 일파가 운영하는 카지노 카바흐를 뜻했다.

“다음 주가 돼야 그쪽에서 일을 시작할 거요. 이건 그저 개인적인 쇼일 뿐이야, 안 그래요? 파티라고요. 나중에 라운지에서 아무나 나와 노래하는 것과 별로 다를 바가 없어요. 그렇게 해도 돼요.”

마이클은 여전히 폰테인에게서 시선을 거두지 않았다. 한참 후, 마이클이 손가락 끝으로 턱을 살짝 어루만졌다. 그 모습이 비토 코를레

* 뉴욕주 동부의 산맥 지역

오네와 너무도 닮아서 헤이건은 소름이 느껴졌다.

"마이크." 폰테인이 말했다. "마이클." 다시 불렀지만 아무 소용없었다. 폰테인은 먼저 손을 내밀어야 했다. 마이클과 그는 다른 부류의 사람이었다. 그는 시선을 피해 방 안에 있는 다른 사람들을 쳐다보았다. 사람들의 알 수 없는 표정에서 뭔가 읽어내려고 애썼다. 폰테인은 재치 있는 말을 늘어놓을 수도 있었다. 그건 폰테인의 천성이었고, 대부분의 시간을 그렇게 보내왔다. 하지만 그는 분위기를 알아챘다. "돈 코를레오네, 난 당신을 뜻을 존중합니다. 그건 분명해요. 하지만 이건 그저 한 번의 쇼일 뿐이예요."

마이클은 책상 위에서 손을 깍지 꼈다. 그는 눈 한 번 깜박하지 않았다. 그는 마침내 목소리를 가다듬었다. 아주 긴 정적이 흐른 후였다. 그것은 충격과 같은 효과였다.

"그쪽이 어떻게 하든 나와는 관계없어. 밖으로 나가."

10

프랭크 팔코네는 클리블랜드 아모리에서 있을 권투시합에 10만 달러를 걸었다. 그는 그 시합을 가까이서 볼 수 있기를 원한다고 제라치에게 말했다. 그러나 제라치에게 그것은 등에 팔코네를 묶고 바닷가를 헤엄치라는 것과 같은 의미였다. 돈 포를렌자가 배를 한 척 제공해주겠다고 했지만, '웃는 살' 나르듀치는 큰 배들은 이미 시합 때문에 나가고 없다고 했다. 남아 있는 낚시용 배로는 도저히 폭풍우를 뚫고 갈 수 없었다.

비행기로 가면 멀지 않은 거리였다. 아마 15분 정도밖에 걸리지 않을 것이다. 제라치는 그들에게 이보다 더 안 좋은 상황에서도 백 번은 넘게 비행한 적이 있으니 걱정하지 말라고 했다. 물론 그건 사실이 아니었다. 제라치는 비행 준비를 했다. 그는 버크 레이크프런트 공항의 관제탑과 교신을 했는데 이륙을 금지한다는 경고만 돌아왔다. 그는 그 무전을 듣지 못한 척 했다.

쌍발 비행기는 토니 몰리나리와 프랭크 팔코네, '원숭이' 이라고 불리는 리차드 애스프로몬트, 레프티 만쿠소, 그리고 공식적인 이름은 제럴드 오멜리라고 되어 있는 조종사가 탄 채 래틀스네이크섬을 이륙해 어두운 하늘을 향해 날아올랐다. 그들이 이륙한 바로 그 순간부터 비행은 힘들었다. 제라치는 폭풍우 속에서 하늘을 날아야 한다는 중압감에 연료에 문제가 없는지 제대로 확인을 하지 못했다. 아마 아무 문제도 없을 것이다. 그는 이륙하기 전에 연료 탱크 두 개를 모두 확인했다. 다른 쪽 탱크의 스위치도 켜보았다. 확인할 필요는 없었지만, 지금은 뭔가 집중할 수 있는 일이 필요했다. 그는 안개가 자욱한 하늘에서 클리블랜드의 불빛을 찾기 위해 눈을 크게 떴다. 그때 그는 엔진이 꺼지는 소리를 들었다. 생각할 틈도 없이 다시 연료 탱크의 스위치를 켜고, 관제탑에 뭔가가 고장 난 것 같다는 무선을 날렸다. 지금 이 사태는 닉 제라치보다 열 배나 경험이 많은 조종사라 해도 통제하기 어려운 상황이었다.

비행기는 운이 나쁘게도 클리블랜드를 향해 점점 다가가고 있었다. 조종사가 관제탑에 마지막으로 남긴 말은 "소노 포투토" 였다. 해석하면 "난 끝났다" 였다.

그리고 비행기는 해변에서 1.6킬로미터 정도 떨어진 곳에 있는 에리 호수의 거품이 일고 있는 갈색 물결 위로 곤두박질치기 시작했다.

제라치는 학교에서 미식축구를 하면서 심하게 부딪힌 적이 있었다. 링 위에서는 그보다 더한 충격도 많이 받았다. 하바수 호수에서 아버지가 모는 쾌속정에 탔다가 알루미늄으로 된 부두에 부딪힌 적도 있었다. 그때 쾌속정은 심하게 충돌했고 거의 죽을 만큼 엄청난 충격을 받았다. 하지만 그 모든 건 비행기가 에리 호수에 추락한 것에 비하면 절반에도 미치지 못하는 충격이었다.

비행기는 튕겨 나갔다. 그 순간이 지나자 제라치는 물속에 있는 느낌이 들었다. 비행기의 출입구가 막혀버렸다. 제라치는 앞 유리의 깨진 틈을 더 크게 만들기 위해 자유롭게 움직일 수 있는 한쪽 다리로 힘껏 걷어차기 시작했다. 물 속은 칠흑 같이 어두웠다. 그는 유리가 깨진 틈으로 빠져나가려고 애를 쓰고 있었다. 그때 누군가의 손이 그의 팔을 붙잡았다. 너무 어두워 누구의 손인지 알아볼 수가 없었다. 제라치는 그 남자의 팔을 간신히 뿌리치고 깨진 유리 사이로 비행기에서 무사히 빠져나왔다. 누군지는 모르지만 그 사람은 곤경에 빠졌을 것이다. 하지만 제라치가 그를 같이 붙잡아주었더라면 틀림없이 두 사람 다 죽었을 것이다. 그는 숨을 몰아쉬었다. 얼마나 세게 붙잡았는지 팔에는 손자국이 깊게 남아 있었다. 제라치는 손가락들을 움직여보았다. 실제로 뼈가 부러지는 소리와 함께 고통이 느껴졌다.

제라치는 밖으로 나가기 위해 헤엄을 치기 시작했다. 호수의 표면 위로 빗발이 내리치는 소리가 들렸다. 폐에서는 경련이 일었고, 목젖이 밖으로 튀어나올 것만 같았다. 팔은 총이라도 맞은 듯 따끔거리는 느낌이었다. 제라치는 엄청난 아픔을 느꼈다. 힘이 다 빠져 절대로 물 밖으로 나갈 수 있을 것 같지 않았다. 그는 다시 한 번 크게 숨을 쉬었다. 그건 가능했다. 마지막으로 좋은 생각을 떠올려보자. 뭔가 그럴 만한 가치가 있는 것으로. 하지만 그의 생각은 온통 이 지저분한 물과 고향 근처 어디쯤에서 죽게 될까 하는 것뿐이었다. 그는 계속 헤엄을 쳤다. 어머니는 수영을 좋아했다. 어머니! 아, 마지막으로 생각할 만한 사람이었다. 그는 어머니를 사랑했다. 좋은 어머니면서 좋은 여자였다. 제라치는 그 순간 어머니를 볼 수 있었다. 그녀는 마지막으로 그가 봤을 때보다 훨씬 젊어 보였다. 이제 어머니는 집 근처에 있는 공용 수영장에서 마티니를 마시며 영화 잡지를 읽고 있었다. 어머니는 죽었다.

조니 폰테인은 아주 특별한 손님인 버즈 프라텔로와, 사랑스럽고 재능이 넘치는 도티 아미스와 함께 모래의 성의 뷰티플 오아시스 룸에서 긴 시간 동안 술에 대한 노래들을 유쾌하게 연달아 부르며 공연을 성공적으로 끝마쳤다. 공연을 구경하는 사람들은 그때까지 아무도 사고에 대해 모르고 있었다. 그 자리에 모인 관객들은 모두 초대받은 사람들로 대부분이 미국 전역의 트럭 운전사 조합 간부들과 그들의 아내들(아니면 훨씬 젊은 여자들)이었다. 마이클 코를레오네는 그 외에 소수의 선택된 인원을 초대했다. 음식과 숙소, 천 달러어치의 칩이 모두에게 제공되었다. 사적인 파티인만큼 평소 라스베가스에 발붙일 수 없었던 사람들도 참석했다. 이를테면 무대 오른쪽에는 강탈과 착취가 전문인 돈 몰리나리의 형제인 부치와, 샌프란시스코에서 온 몇몇 다른 조직의 고위층 인물들이 보였다. 남자 화장실에는 오줌을 누면서 이태리어로 자기 음경에 대고 독창적인 욕지거리를 중얼거리고 있는 —살인, 절도, 방화, 보험사기가 전문인— 카를로 트라몬티도 있었다. 그는 뉴올리언즈의 보스이자 아바나의 떠오르는 실력자였다. 그곳에는 뉴욕의 각 패밀리를 대표하는 인물들이 적어도 한 명씩의 여자와 경호원들을 대동한 채 자리하고 있었다. 뒤쪽 부스를 차지하고 앉아 있는, 커다란 선글라스를 쓴 창백한 남자는 시카고의 '얼굴' 루이 루소였다. 그는 훔친 물건을 다시 빼앗거나 심한 구타를 일삼고, FBI 요원으로부터 뇌물을 받는 일에 전문이었다. 일부 FBI요원들 사이에서는 "소위 라 코사 노스트라 전체에서 비어 있는 '카포 디 투티 이 카피' 의 자리를 얻기 위해 줄을 대고" 있다고 믿어지는 인물이기도 했다. 이런 인물들이 같은 자리에 모습을 드러내고 있어도 이런 형식의 자리인지라 별 다른 의심을 불러일으키지 않았고 뉴욕에서 코를레오네 패밀리에 우호적이던 몇몇이 떠났다는 사실을 숨기기에도 적당했다. 또 주목할 만한 점은 무대 오른쪽 바로 옆에 모두의 따뜻한 축하를 받으면서도 동시에 놀림당하고 있는 행복한 신혼부부 수잔 잘루치와 남편인 레이 클레멘자가 얼굴을 붉힌 채 자리하고 있었다는 것이다. 자, 두 분은 손을 잡아 주세요. 이제 두 분을 위해 노래하겠습니다.

마이클 코를레오네는 검은 벨벳으로 된 부스에 앉아 몸을 기댄 채 담배를 길게 빨아들였다. 그는 시계를 보았다. 만들어진 지 50년도 넘은 스위스제였다. 보겔송이라는 해병의 것이었는데 그는 숨을 거두면서 마이클이 이 시계를 가졌으면 좋겠다고 말했다.

지금쯤 모든 일이 제대로만 되었다면 비행기 안에 있는 사람들은 모두 죽었을 것이다.

마이클은 비행기 사고를 본 적이 있었다. 그것도 아주 가까이에서. 그래서 비행기가 추락할 때 공포에 질린 사람의 얼굴을 떠올리는 건 너무나도 쉬운 일이었다. 그는 고개를 저었다. 그 광경에 대해서는 생각하고 싶지 않았다.

대신 마이클은 비행기 사고에 대해 생각했다. 계획대로 진행되고 있었다. 마이클은 그동안 후퇴해야 했고, 그로 인해 부수적인 피해를 입었으며, 중간 궤도를 수정해야 했다. 하지만 마침내 모든 일은 제대로 이루어졌다.

이제 위원회 모임도 할 수 있다. 헤이건은 틀렸다. 시카고를 참여시키지 않는 한 협정은 이루어지지 않을 것이다. 그렇지만 시카고를 참여시키게 되면 더 이상 평화를 유지하기 어려울 것이다. 이 상황에서 코를레오네 패밀리 최고의 관심은 루이 루소가 협상 자리에 참석할 것인지의 여부였다. 아마 이번 사건으로 그는 엄청난 자극을 받게 될 것이다.

마이클은 담배 한 대를 지금처럼 빨리 피운 적이 없었을 뿐만 아니라 두 대를 연이어 피운 적도 없었다. 그는 또 다른 담배에 불을 붙이고 깊이 빨아들였다.

그는 해야 할 필요가 있는 일이라면 무엇이든 했다. 모두 끝났다. 앞으로는 편히 잠을 잘 수 있을 것이다. 모든 상황이 정리되고 한 달쯤 지나면, 그는 휴가를 가서 하루에 열두 시간씩 잘 계획이었다. 어른이 된 이후 휴가를 간 적이 있었던가? 시칠리아에서 몇 년간 숨어 지내긴 했지만 그걸 휴가라고 할 수 있을까? 그건 아니다. 전쟁 기간에는 오히려 자유로웠다. 그는 하와이와 뉴질랜드에 갔었다. 하지만 가족과의 휴가는? 없다. 그와 케이, 아이들은 아카풀코에 갈 수도 있을 것이다. 어쩌면 이제는 평화로운 하와이에 한번 더 가보는 것도 괜찮을 것이다. 그러지 못할 이유가 있나? 안토니, 메리와 함께 놀고, 시간을 내서 술집에도 갈 것이다. 바닷가에서 아이들을 모래 속에 묻어주기도 하고, 케이의 섹시한 등에 오일을 문질러주기도 할 것이다. 어쩌면 또 아이를 가질 수도 있을 것이다. 마이클은 꽃무늬 셔츠를 입고 맘보춤을 출 것이다.

마이클은 반쯤 차 있는 물 잔을 들어 올렸다. 우린 해냈어요, 아버지. 우리가 이겼어요. 그는 생각했다.

"전능하신 하느님." 클레멘자가 웃느라 빨갛게 달아오른 얼굴로 말하면서 통통한 엄지손가락으로 프라텔로를 가리켰다. 그는 미친 마약 중독자처럼 무대 위를 휘젓고 있었다. "저 친구 정말 물건이야, 그렇지?"

"그렇군요." 마이클이 대답했다.

폰테인은 자신의 상태에 대해서는 숨긴 채 최대한 목소리를 내려고 노력하며 조용한 노래를 부르거나 농담을 하며 분위기를 이끌고 있었다. 자신의 매력을 내보이려고 굳이 노력하지 않아도 —아마도 지금 같은 상황에서는 특히— 그의 재능은 여지없이 눈부시게 빛나고 있었다. 폰테인은 풋내기인지는 몰라도 역시 예술가였다. 마이클은 그날 오후 폰테인에게 그런 식으로 말해서는 안 돼는 것이었다. 하지만 그 자리에서는 그렇게 하지 않고는 도저히 견딜 수가 없었다.

프라텔로? 그 역시 요란한 인물이었다. 저기 있는 저 남자는 지난 몇 년간 '색소폰계의 카포네' 로 떠돌아 다녔다. 그러다가 색소폰을 그만두고, 그는 이탈리아 억양에 흑인 창법으로 노래 부르기 시작했다. 그리고 자기 나이의 절반밖에 먹지 않았을 각선미가 끝내주는 금발머리와 결혼했고, 그 사실을 감쪽같이 속였다. 버즈 프라텔로와 도티 아미스는 '스타브라이트 소프 버라이어티 아워(The Starbright Soap Variety Hour)' 의 스타였다.

프라텔로는 무대 건너편에서 전속력으로 달려오다 바닥에 몸을 던졌다. 3미터 가량 미끄러져 내려오면서 도티의 다리 사이로 들어와 그녀의 가랑이를 올려다볼 수 있는 지점에 정확하게 멈춰 섰다. 그는 믿을 수 없다는 듯 우스꽝스러운 동작으로 눈을 문질렀다. 폰테인이 웃기 시작했다. 도티는 버즈가 자리에서 일어날 수 있도록 도와준 뒤, 함께 인사를 했다. 관중들은 모두 자리에서 일어났다. 가수들은 무대 뒤로 사라졌다. 박수갈채는 끝나지 않았다. 오케스트라도 팡파르를 계속해서 연주했다. 틀림없이 앙코르가 나올 것이었다.

마이클은 누군가가 어깨 위에 손을 올리는 것을 알아차렸다.

"전화야. 톰이 바꿔달라는군." 할 미첼이 속삭였다.

마이클은 고개를 끄덕이고는 담배를 껐다. 이제 쇼가 시작될 시간이었다. 그는 루이 루소가 앉아 있는 쪽을 흘깃 쳐다보았다. 누군가 루소의 귀에 뭔가를 속삭이고 있다가 마이클과 시선이 마주쳤다. 루소는 시선을 피했다. 마이클은 손을 내밀어 클레멘자를 불러냈다.

오케스트라는 '말라 펨미나' 를 즉석에서 연주하기 시작했고, 버즈와 도티, 폰테인이 앙코르를 위해 팔짱을 낀 채 깡충깡충 뛰며 무대 위로 모습을 나타냈다. 잠시 후, 루이 루소는 에리 호수에서 무슨 일이 일어났는지, 그리고 그 사건이 의미하는 바가 무엇인지를 똑똑히 알게 되었다. 하지만 그가 선글라스 너머로 구석에 있는 검은 벨벳 부스 쪽으로 시선을 돌렸을 때 이미 그 자리는 비어 있었다. 촛불도 꺼져 있었다.

닉 제라치는 수면 위로 고개를 내밀었다. 그는 숨을 헐떡거리며 팔다리를 흔들었다. 그리고 비명을 질렀다. 처음으로 갈라진 늑골과 부러진 다리 때문에 극심한 고통을 느꼈다.

불길이 치솟고 있었다. 비행기의 한쪽 날개와 사자 로고가 그려진 동체 측면 쪽에서 뭔가가 조금씩 흔들리고 있었다. 그건 죽은 프랭크 팔코네의 상반신이었다.

제라치는 극심한 고통과 아드레날린 덕분에 머리가 맑아졌음에도 대체 어떻게 된 것인지, 뭐가 잘못된 것인지 알 수 없었다. 그의 생각은 오직 사람들이 모두 죽은 것에 대한 책임이 자신에게 떨어질지도 모른다는 사실에만 한정되어 있었다. 그러므로 구조된다는 것은 곧 자신의 죽음을 의미했다.

비가 내리고 있었지만 클리블랜드의 지평선이 안개 속에서 흐릿하게나마 보였다. 그는 그곳에서 가능한 멀리 헤엄쳐 나가기 시작했다. 북쪽을 향해. 래틀스네이크섬 쪽으로 가다가 지나가는 캐나다행 배를 얻어 탈 생각이었다. 어딘가에서 일단 몸을 회복시킬 만한 시간을 번 다음, 이번 사건에 대해 알아볼 것이다. 다리는 불에 타는 것 같이 아팠고, 갈라진 늑골 때문에 제대로 숨을 쉴 수 없는 지경이었다. 마침 지나가던 해안 경비대의 쾌속정이 그를 발견했다. 제라치는 사고 지점에서 4백미터 가량 떨어진 곳에서 구조되었다. 그는 심한 충격으로 의식을 잃고 쓰러졌다. 제라치의 폐에는 물이 가득 차 있었다.

그곳은 모래의 성에 있는, 무어식으로 지어진 세 개의 탑의 가장 높은 난간 뒤로 가려져 있었다. 그리고 나선형의 거울 유리가 주위를 감싸고 있는 별다른 이름 없는 원형 무도회장에서 그 의식은 거행되었다.

"난 자네가 지금도 그 인쇄용 잉크의 냄새를 맡을 수 있다는 데 돈을 걸어도 좋아." 클레멘자가 마이클을 팔꿈치로 가볍게 툭 치며 말했다. "자넨 그걸 마실 수도 있지, 안 그런가? 목구멍 뒤로 꿀꺽 삼킬 거야. 아닌가? 석유 같겠지. 어쩌면 더한 맛일 수도 있고."

반들거리는 놋쇠로 된 엘리베이터 문에 비친 마이클은 크리스털 잔에 든 얼음물을 마시고 있었다. 그는 침착해 보이면서도 상대하기 어려울 것처럼 느껴졌고, 무슨 일이 있어도 흐트러지는 모습은 안 보일 것처럼 단정한 모습이었다.

"분명히 말하지만 난 자네 아버지의 그런 모습을 본 적이 없어." 클레멘자가 말했다.

마이클이 고개를 끄덕였다.

"눈물 말이야. 그 오랜 세월 동안 자네 아버지가 눈물을 흘리는 걸 본 건 그때 딱 한 번뿐이었네."

클레멘자는 마이클이 시칠리아에서의 유랑생활을 청산하고 미국으로 돌아오자, 몇 주 이내에 여러 가지 문제들을 처리해주었다. 3년 전에 있었던 솔로조와 맥클러스키의 살인 사건으로 마이클의 위상은 높아져 있었다. 클레멘자는 다저스의 지분을 가지고 있는 친구로부터 표를 얻어다주었다. 홈 바로 뒤편 두 번째 줄에 있는 자리였다. 그건 흑인선수들도 경기에 뛰기 시작한 이후로 마이클이 처음 본 시합이었다. 그는 언제부터 그리고 어떻게 그런 일이 있었는지 알 수 없었다. 마이클은 지난 8년의 세월 중 7년을 미국에서 떠나 있었다. 그동안 싸우고, 죽이고, 끊임없이 살해의 위험에 노출되어 있었다. 그는 많은 것을 놓쳤다. 형의 장례식에도 참석하지 못했다. 다저스는 시카고에 4대 1로 졌다.

마이클이 미국으로 돌아오고, 집으로 돌아가는 길에 그들은 신문사 사무실이었던 건물에 들렀다. 그 건물의 소유주가 클레멘자 밑의 고리 대금업자 중 한 사람이라는 사실을 알아내자, 클레멘자는 건물 주인에게 그곳을 벌려줄 것인지, 팔 것인지 아니면 불을 지를 것인지 알아보기 위해 그곳을 돌아봐야겠다고 말했다. 결국 그 말 그대로 되었다.

그들이 인쇄기가 놓여 있는 커다란 빈 방에 들어갔을 때, 늦여름의 어슴푸레한 빛이 비치고 있었다. 푸른 페인트칠이 벗겨진 긴 탁자 뒤에 테시오와 아버지가 앉아 있었다. 탁자 위에는 작은 초와 성화 카드, 권총과 칼이 놓여 있었다. 마이클은 이제 무슨 일이 벌어지려는 것인지 알고 있었다. 패밀리에 그를 입단시키는 의식이었다. 이미 모든 일이 벌어진 이후였고 그건 그저 형식에 불과했다. 그들을 죽이겠다는 건 마이클 본인의 생각이었다. 비토 코를레오네를 죽이기 위해 병원으로 찾아온 남자와, 병원 앞에서 기다리다가 마이클의 얼굴을 후려친 부패한 경찰을 죽여야겠다는 그 생각은. 그동안 자신이 돈이라도 된 것처럼 행동하고 있던 형 소니도 그 계획을 허락해주었다(테시오는 마이클이 그들을 처단하는 것은 월드시리즈에서 마이너리그에서 데려온 선수를 투수로 선발하는 것과 같다며 반대했다). 나중에 아버지는 마이클이 그런 인생을 살게 되는 것을 원하지 않는다고 말했지만, 이미 마이클은 그 일을 할 사람은 자신밖에 없다는 생각을 굳힌 뒤였다. 마이클의 입단에 아버지인 비토는 그의 어깨에 그 무거운 짐을 지워주기 전 알아들을 수 없는 말을 중얼거렸다. 아버지는 흐느끼기 시작했다. 클레멘자는 선례에 따랐다. 테시오가 시칠리아어와 영어를 섞어 암울하게 거의 웅변에 가까운 말을 끝마쳤다. 그 뒤에 그들은 치안티 두 병을 마셨다. 비토는 계속 흐느끼고 있었다. 잉크와 기름 냄새가 마이클에게 인상적이긴 했지만 그리 강렬했던 것은 아니었다. 다음 날, 그의 옷에 악취가 너무 심하게 배어 전부 쓰레기통에 버려야 했다. 1주일 후, 그 건물은 불타버렸다. 그 화재 사건은 소방국장이 담당했다. 한 달 후, 그 남자는 소방서를 그만두고 플로리다로 이사했다. 지금 그는 그곳에서 술집, 자동판매기, 부동산과 같은 돈세탁 조직을 운영하고 있으며, 소니의 미망인인 산드라와 약혼한 상태였다.

엘리베이터 문이 열렸다. 마이클과 클레멘자는 같이 맨 위층까지 올라갔다.

"포를렌자는 자기 대자를 절대로 죽일 위인이 아니야." 클레멘자는 이쑤시개에 꽂혀 있던 세 개째의 올리브를 빨아먹고는 이쑤시개를 입가에 계속 문 채 말했다. 그는 마이클의 명령에 따라 마이클의 처남이자 대자의 생부인 카를로 리찌를 죽인 전력이 있었다. "다른 조직에서 보낸 놈이 그런 짓을 할 수 있을 것 같지는 않은데. 유태인 포를렌자 모르게 그 빌어먹을 섬에 발붙인다는 건 힘들지. 아무래도 사고인 것 같아." 클레멘자가 말했다.

최고의 정보 수집가인 헤이건은 생존자가 한 명 있는 것 같다고 전했다. 그러나 확인된 사실은 아니었다. 만일 생존자가 두 명의 돈 중 한쪽이거나 그들의 부하라면 모양새가 괜찮을 것이다. 그러나 제라치가 살아남았다면, 그 다음에 일어날 일은 예측하기 어려웠다. 그가 그저 코를레오네 패밀리와는 전혀 관계없는 오멜리라는 이름의 개인 조종사였다고 넘어갈 수도 있고, 또한 그렇지 않을 수도 있었으니까. 그가 이번 사고가 어떻게 일어난 것인지 절대 알 수 없을 것이고, 알아낼 수도 없을 것이다. 이번 사고에는 폭풍우가 있었다. 모든 책임을 폭풍우로 돌려서 사고로만 알려진다면 효과는 완벽했다. 하지만 마이클은 이미 어떤 불확실한 경우에 대해서도 어떻게 대처할 것인지, 이번 사고가 그에게 어떤 이익을 안겨주게 될 것인지 미리 생각하고 있었다.

"사고도 인신공격으로 받아들이는 자들에겐 우연한 사고란 없어요." 마이클이 말했다.

"그럼 누군가 고의적으로 저지른 짓이란 건가?"

"모르겠어요. 나도 돈 포를렌자가 자기의 대자를 죽일 사람이 아니라고 생각해요. 그럴 만한 이유가 있다고 할지라도 말이예요. 그리고 우리가 알고 있기로 그는 그럴 만한 이유가 없어요. 하지만 그 섬에 몰래 들어가는 일이 정말 불가능한 일인지에 대해서는 확신이 없어요."

"포를렌자가 아니라면…."

마이클은 어깨를 으쓱하고는 클레멘자에게서 시선을 떼지 않은 채 눈썹을 치켜 올렸다.

클레멘자가 한 손으로 엘리베이터의 긴급 멈춤 버튼을 잡아당겼다. 다른 손으로는 반대편 벽을 두들겼다. "그렇다면 루소군."

마이클은 자기도 그 생각을 했다는 듯 고개를 끄덕였다. "비행기잖아요. 피해자가 누구죠? 그들은 우리를 한 방 먹였고, 몰리나리에와 자기들 편인 팔코네까지 쳤어요. 팔코네는 무모한 자였으니, 그들 생각에 배신할지도 모른다고 생각했을 수도 있겠죠. 어쩌면 포를렌자가 그렇게 보이도록 지시를 한 걸지도 몰라요. 그들에겐 4대 경쟁자가 여기 라스베가스에 있는 게 아니라 그 주의 서부에 있으니까 말입니다."

"시카고 서부의 모든 것은 시카고의 것이다." 클레멘자가 흉내 내며 말했다.

"만일 그 말대로라면 표면에 드러나는 건 이름 없는 잔챙이들뿐일 겁니다." 마이클이 말했다. 그는 진심으로 안타깝다는 듯이 고개를 저었다.

클레멘자는 뚱뚱한 볼을 부풀리고는 천천히 숨을 내뱉었다. 그런 다음 다시 버튼을 눌렀다. 엘리베이터 문이 열리자, 벌써부터 도착해 있던 몇 십 명의 사람들이 무도회장 곳곳에 흩어져 있었다. 클레멘자가 마이클의 등을 두드렸다. "이 자리에서 그 일 얘기는 꺼내지 말게. 그냥 즐겨. 알겠나? 자네 얼굴에서 떠나지 않는 근심거리들은 모두 날려 버리란 말일세. 잠시 쇼를 하는 거야. 웃으라고." 그가 속삭였다.

마이클은 거짓말을 했다.

정확하게 말하자면 거짓말을 한 건 아니었다. 예를 들면 마이클이 말을 물가로 끌고 가자, 말의 머리를 숙여 물을 마시게 한 건 페트 클레멘자인 셈이다. 결국 클레멘자가 루소를 그토록 빨리 지목해낸 것은 그 혼자만의 생각이 아니었던 것이다.

사실 마이클 코를레오네는 서부의 4대 라이벌을 제거할 생각이었다. 그건 아주 쉬운 일이었다. 비난을 받지 않고 그 일을 해야 한다는 점이 어려웠을 뿐이다. 비행기 사고가 나도록 조작한 사람이 그라는 것을 알고 있는 사람은 아무도 없었고(헤이건도 클레멘자도 아무도 몰랐다), 그는 그렇게 해야만 했다.

프랭크 팔코네는 골칫거리였다. 마이클이 모 그린을 죽인 이후로, 팔코네는 코를레오네 패밀리가 라스베가스에서 세력을 확장하는 데 가장 큰 걸림돌이었다. 피그나텔리는 팔코네보다 더 시카고의 말을 잘 듣는 인물이었다. 하지만 그는 코를레오네 패밀리와 사업상의 관계가 있었고 호텔 구름의 성의 투자를 위해 팔코네를 죽여달라는 의미로 조니 폰테인을 시켜 현금 가방을 갖다 바친 것이다. 그는 전혀 위협적인 존재가 아니었다.

사실 토니 몰리나리는 오랜 세월 동맹관계를 맺고 있었다. 하지만 마이클이 샌프란시스코에서 불과 3백 킬로미터 가량 떨어진 타호 호수에 기반을 다지는 것에 대해 경계심이 늘어가고 있었다. 그러다보니 문제가 점점 심각해질 수밖에 없었다. 공교롭게도 그는 점점 더 암적인 존재가 되어가고 있었고, 지금 제거하는 게 수였다.

포를렌자는 늙었다. 그를 죽이는 것보다는 치욕스럽게 살아가도록 하는 편이 좋을 것이다. 그는 자신의 작은 섬을 요새로 삼은 것을 지난 몇 년간 다른 돈들에게 자랑해왔다. 포를렌자는 이번 사고로 모든 비난을 한 몸에 받거나 아니면 부분적으로라도 책임을 떠안게 될 것이다. 설령 아무도 복수하기 위해 그를 찾아가지 않더라도, 자신의 부하들의 압력에 의해 물러날 수밖에 없을 것이다. 그리고 살 나르듀치가 돈이 될 것이다. 그는 마이클 코를레오네와 거래를 했고 그 비행기 사고에 관여했다. 20년을 기다린 끝에 원하던 자리를 손에 넣게 된 그는 사고에 대해서는 절대 발설하지 않을 것이다. 또한 나르듀치를 돈의 자리에 앉히게 되면 클리블랜드와 바르지니 패밀리와의 관계도 끊어질 것이다.

그 계획 중 최고는 시카고와 관련된 부분이었다. 루소가 그 사건을 배후에서 조종했다는 것을 입증하는 것은 불가능했지만, 마찬가지로 그렇지 않았다는 것을 입증하는 것도 불가능했다. 더군다나 마이클은 이미 위원회의 임원들에게 죽은 조종사인 오멜리가 실은 코를레오네 패밀리의 새로운 카포가 될 자였다는 것을 알린 상태였다. 대부분의 사람들은 이번 사고로 누가 가장 많은 이득을 볼 것인지에 대해 생각할 것이다.

포를렌자가 대자를 죽였을까? 아니다.

마이클 코를레오네가 유능한 새로운 카포를 죽였겠는가? 상상조차 할 수 없는 일이다.

그렇게 되면 남는 건 시카고뿐이다.

마이클은 루소의 부하를 단 한 명도 죽이지 않고도 시카고의 위세를 꺾었다. 마이클은 루소가 복수하려고 덤빌지도 모른다는 것에 대해서는 걱정하지 않았다. 이제 명백한 상실의 고통을 겪은 루소는 평화 협상 회담에서 가장 불리한 자리에 앉게 될 것이다. 마이클이 생각했던 모든 일이 이루어졌다.

이번 일에서 마이클이 가장 내리기 어려웠던 결정은 제라치를 죽이는 것이었다.

의심의 여지없이 제라치는 마약사업에 있어서 뛰어난 능력을 발휘해주었다. 하지만 그의 적극성이 문제였다. 그의 야심은 끝이 없었고, 심지어 스스로 인식하고 있는 것보다 더 커 보였다. 비록 제라치는 확실한 충성심을 보여주고 있었지만 포를렌자와의 관계 역시 항상 걱정이 되는 부분이었다. 또한 그는 언제나 테시오에 대해 마음 아파하고 있었다. 그리고 마이클이 프레디를 소토 카포로 삼았을 때, 제라치는 이성을 잃은 듯 그 문제를 공공연히 따졌다. 그때 그들은 팻시에서 저녁식사를 하고 있었다. 그 자리에 다른 사람은 없었다. 아무도 듣는 사람이 없었다. 제라치는 사과했다. 하지만 그런 무례함을 참아줄 두목은 없는 법이다. 어쩌면 사소하게 보일 수도 있는 일이었지만, 그 일로 마이클 코를레오네는 제라치에 대한 호감이 줄어들면서 장차 그가 위험한 인물이 될지도 모른다는 생각을 하게 되었다.

하지만 정말 그렇다 해도 제라치를 죽인 건 정당화될 수 없었다. 어쩌면 그에게 용서를 빌어야 할지도 몰랐다. 그가 배신을 한 것은 아니었으니까. 제라치는 단점보다 장점이 많은 사람이었다. 마이클은 그를 좋아했다.

제라치를 희생시키는 일 같은 건, 비토 코를레오네였다면 절대로 있을 수 없는 일이었을 것이다.

마이클은 해군으로 있는 동안 천 명도 넘는 착한 사람들이 무작위로 죽는 것을 보아왔다. 이건 좀 더 큰일을 이루기 위해 꼭 필요한 악이었다.

그건 완벽한 계획이었다. 그들 중 한 명이 살아남지만 않았더라면.

클레멘자 역시 거짓말을 했다.

비토 코를레오네가 우는 것을 본 건 마이클이 입단할 때 뿐만은 아니었다. 총상을 입고 심신이 약해져 있는 상태에서 큰 아들 소니를 땅에 묻고 집으로 돌아오는 길에 비토 코를레오네가 보여주었던 절망적인 눈물은 보는 사람들 역시 고통스럽게 만들 정도였다. 마이클은 그 모습을 보지 못했다. 마이클의 어머니, 누이동생, 매제, 톰과 프레디도 같이 흐느끼기 시작했고, 역시 눈물을 감추지 못했던 클레멘자는 오랜 친구를 끌어안고 집으로 향했다. 그리고 가족들만 남겨 놓은 채 그 집을 나왔다. 상처받은 한 남자의 폐를 찢을 듯 울부짖던 모습이 그들에게 지워지지 않았다. 그 일에 대해 그들은 한마디도 하지 않았으며 아무에게도 이야기하지 않았다. 그래서 그 자리에 있지 않았던 사람은 아무도 그 일을 몰랐다. 심지어 마이클조차도.

폰테인의 쇼를 관람했던 사람 중 몇 명이 무도회장에 모습을 드러냈다. 이제 환영회가 열릴 참이었다. 노동조합 간부들이나 오케스트라 단원들, 여자들의 눈에 뜨일 만한 대이동은 없었다. 그 자리에 있던 사람들 중 새로 입단하는 열세 명의 남자들이 빠져나간 것에 대해서는 그렇게 이야기할 수 있을지도 모르지만. 코를레오네 패밀리의 조직원들이 하얀 테이블보가 덮여 있는 두 개의 긴 탁자들을 무도회장의 한가운데에 놓았다. 그러자 관계없는 사람들은 모두 밖으로 나갔다.

누군가 불을 껐다.

방 안에 있던 모든 사람들이 입단자들의 어깨 위에 손을 올리며, 낮은 목소리로 그들을 축하해주었다. 프레디 때문에 피가로가 비행기를 놓치지 않았더라면 그 자리에는 열네 명이 있었을 것이다. 모두 신참들이 지난 몇 년간 우러러 보던 사람들이었다. 그들은 맞춤 정장을 입은 채 이발소나 간이식당 앞, 혹은 정비 공장 앞 빈 복숭아 상자에 걸터앉아 그 지역을 관리했다. 또 멋진 차를 타고, 예쁜 여자들을 안았으며, 주위에도 선심을 쓰곤 했다. 또 경계심을 늦추지 않으면서 누군가 처단이 필요한 자가 있다고 하면 처리해주는, 어떻게 생각하면 신비로우면서도 힘이 넘치고, 닿기 어려운 세계에 살고 있는 사람들인 것처럼 보이기도 했다. 깜깜한 무도회장 밖에서는 이 일과는 무관한 관광객들이 옥상에 있는 수영장에서 수영을 하고 있었다.

무도회장이 다시 밝아졌을 때 자리는 모두 준비되어 있었다. 열세 명이 앉을 자리에는 봉헌 초와 성화 카드, 단검, 그리고 어슴푸레 빛나는 45구경 콜트(프레디의 제안으로 패밀리의 세력이 미국 서부 지역으로 확장된 것을 상징하는 의미였다)가 장전되지 않은 채 놓여 있었다.

열세 명의 새로운 입단자들이 각자의 자리에 앉아 있었다. 다른 사람들은 그 원 주위에 있는 의자에 앉았다. 그 자리에는 쉰두 명 정도가 있었는데 일부는 쇼를 구경했던 사람들이었고, 나머지는 이 광경을 보기 위해 시내에서 모래의 성으로 들어온 사람들이었다.

마이클 코를레오네는 다른 부하들과 같이 자리에 앉았다. 그는 침묵을 유도했다. 마이클은 미신을 믿지 않았지만 미신을 믿는 사람들과 같이 일하고 있었다. 사람들이 모두 그 한가운데 자리에 앉아 있는 사람들의 수를 세고, 또 세면서 13이라는 숫자를 마음에 들어 하지 않는다는 것도 잘 알고 있었다. 하지만 그들을 두렵게 만든 이 의도하지 않은 숫자는 탁자 앞에 앉아 있는 사람들이 느끼고 있던 불안감을 가려주는 효과도 있었다. 그 순간 역시 그들 삶에서 또 다른 순간임을 알게 되기까지 앞으로 그들은 무던히도 노력하고, 또한 실패를 겪어야 할 것이다. 그들은 마이클이 누구인지 알고 있었고, 이 일의 책임을 맡고 있는 자가 그라는 것도 알고 있었다. 그래서인지 모두 마이클을 쳐다보지 않으려고 애쓰는 우스꽝스러운 모습을 연출하기도 했다. 마이클은 그의 군사 훈련 담당관이었던 브래드쇼 하사관의 목소리가 지금도 들리는 듯 했다. 너희 같은 바보들은 두려움을 부정한다. 해병은 두려움을 인정하는 것을 겁내지 않는다. 너희 같은 바보들이나 위험을 비웃고 위험을 무시한다. 위험에 처했을 때… 해병은… 어떤 것도… 무시하지 않는다.

마침내 마이클이 자리에서 일어났다.

"한 소년의 이야기를 해볼까 합니다." 그가 탁자 옆으로 다가서며 말했다. "지금으로부터 1,140년 전에 시칠리아 근교, 코를레오네 마을 근처에서 한 소년이 태어났습니다. 그의 어린 시절은 풍족하고 행복했지만 열두 살이 되던 무렵 북쪽으로 향하던 아랍인 유목민들이 산을 지나가는 길에 그 집에 들려 소년의 부모를 살해했습니다. 흙으로 만든 항아리 속에 숨어 언월도(偃月刀)*의 칼날이 어머니의 목을 베는 것을 소년은 지켜보아야 했죠. 어머니는 목이 떨어져 나가는 순간에도 싸늘해져가는 입술로 외아들에 대한 사랑의 말을 외쳤습니다. 그 살인자들의 행동은 야만적이었어요. 아랍인들은 지킬 것도 복수할 것도 아무것도 없었죠. 그들은 덩굴에서 토마토를, 밭에서 포도를 따고, 과수원에서 올리브를 따갔습니다. 그리고 다행히도 그들은 살인이 끝나자

* 아랍인들이 쓰는 칼의 한 종류. 칼 모양이 초승달 같아서 붙여진 이름

원래 목적지였던 북부의 팔레르모를 향해 다시 길을 떠났죠."

마이클은 턱시도 재킷의 안쪽 주머니에서 시가를 꺼냈다. 테이블에 앉아 있는 남자들 중 몇 명인가가 땀에 젖은 손바닥을 허벅지에 문지르고 있다는 것을 알고 있었다.

"소년의 이름은 레오루카스였습니다." 마이클이 말했다. 그리고는 잠시 말을 멈추고 시가에 불을 붙였다. 소년의 이름이 주는 의미심장함을 느끼라는 듯. "비록 열두 살밖에 되지 않은 나이였지만, 소년은 가족의 땅을 관리해야 했을 뿐만 아니라 그 땅에서 또래의 다른 소년들보다 두 배는 더 열심히 일을 해야 했죠. 하지만 세월이 흐르면서 그는 들판에서의 고독 속에서 자신의 진정한 운명이 부르는 소리를 듣게 됩니다. 그는 재산을 모두 팔아버리고, 그 돈을 가난한 사람들에게 나누어준 다음 수도사가 되었죠. 그 뒤 세월이 많이 흐른 뒤, 그는 어린 시절 살았던 마을로 돌아와 수없이 많은 사심 없는 자선을 행함으로써 그를 아는 모든 사람들로부터 사랑을 받았습니다. 그리고 백 살이 되었을 때 침대에 누워 평화로운 죽음을 맞이했죠."

"센트 안니!" 클레멘자가 외쳤다. 그러자 모든 사람들이 술잔을 비웠다.

마이클은 탁자를 둘러싸고 앉아 있는 사람들을 보며 말을 이었다. "그로부터 5백년이 지난 뒤, 레오루카스의 기도는 코를레오네 마을을 흑사병에서 지켜주었습니다. 그리고 그가 죽고 천 년이 더 지난 1860년에 레오루카스는 프랑스의 부르봉 왕가의 점령군이 오기에 앞서 하얀 불꽃의 탑에 모습을 나타냄으로써 부모의 살인자들에게 복수했습니다. 코를레오네 마을에서 그는 유령이 되어 나타나 가리발디의 군대와 함께 아랍인들을 시칠리아에서 몰아낸 겁니다. 그런 기적들, 레오루카스의 무덤이 있는 곳에서 일어난 많은 일들은 로마의 교황으로부터 인정받게 됩니다. 레오루카스는 지금까지도 영원히⋯.” 마이클은 시가를 한 모금 피웠다. 그리고는 탁자 앞으로 성큼성큼 걸어가 열세 명에 속한 토미 네리 앞에 놓여 있는 성화 카드를 집어 들었다. 그리고 그 카드에 키스한 뒤 다시 제자리에 내려놓았다. “코를레오네의 수호 성인이 된 겁니다, 여러분!”

그가 모두 따라 하라는 듯 손을 흔들어 보였다. 열세 명 모두 자기 앞에 놓인 성 레오루카스의 초상이 그려진 카드에 키스했다.

“불꽃의 탑에 성 레오루카스의 무시무시한 모습이 나타난 후 몇 년 지나지 않아, 예전에 레오루카스가 소유하고 경작했던 들판에 인접한 작은 집에서 한 소년이 태어났습니다. 그의 어린 시절 역시 행복했죠. 열두 살 무렵, 아버지가 어떤 남자들에게 살해당하기 전까지는 말입니다. 그 살인자는 루파라 총으로 세 발을 쏘았죠. 소년의 어머니는 중상이었습니다. 짐승처럼 내장이 다 빠져나온 상태였어요. 치명적인 상처를 입은 소년의 어머니 역시 아들에게 사랑한다는 말을 외쳤습니다. 소년은 도망쳤어요. 살인자들은 소년을 뒤쫓았습니다. 언젠가 소년이 자신들을 죽이려 할 거라는 것을 알고 있었으니까. 그 소년의 이름은⋯.” 마이클은 다시 한 번 시가 연기를 길게 내뱉었다. 그는 빠져나가는 그 연기가 마치 자신의 운명 같다고 느꼈다.

“비토 안돌리니였습니다. 그분은 홀로 이민을 떠났습니다. 살인자들이 자신을 찾지 못하도록 미국의 차가운 바닷가에 도착했죠. 그리고 본래의 성을 버리고 고향 마을 이름을 새로운 성으로 바꾸었습니다. 감상적인 모습을 거의 보이지 않았던 그분이 가족에게 무엇이든 해주어야겠다는 것을 드러냈던 겁니다.” 마이클은 주먹으로 자기 가슴을 내리쳤다. “사랑하는 아들에게도.” 그리고 그는 턱을 매만졌다. “그분은 열심히 일했습니다. 친구들의 도움을 받아 제국을 건설했지만 결코 뻔뻔스러운 생각을 한 적은 없습니다. 그리고 마침내 그분은 부모를 죽인 자들에게 복수를 하기 위해 시칠리아로 돌아갔습니다. 비토 코를레오네, 곧 제 아버지는 올해 초, 당신이 좋아하던 정원에서 평화롭게 돌아가셨습니다. 나, 마이클 코를레오네는 그분의 아들입니다. 하지만…." 그리고 마이클은 바깥 쪽에 있던 사람들을 가리켰다. "여기 계신 명예로운 분들 역시 코를레오네 패밀리입니다. 만일 여러분이 우리와 함께 하기를 원한다면, 다시 태어날 수 있도록 초대할 것입니다."

마이클은 자리에 앉았다. 원래는 프레디가 그 다음 부분의 의식을 행하기로 되어 있었다. 닉 제라치처럼 반발하는 사람들이 있었음에도 불구하고, 마이클이 프레디를 소토 카포에 임명한 것은 일을 하라는 의미보다는 격려하기 위한 뜻이 컸다. 프레디에게 이류이기는 했지만 믿을 만한 부하들을 몇 주고, 사막의 매음굴을 포함한 상징적인 몇 가지 책임을 맡겼다. 그는 간신히 그 일들을 해냈고, 평소 불성실한 태도와는 그나마 다른 모습을 보여주었다. 마이클은 그걸로 형을 포기했다. 당나귀를 아무리 때린다 해도 절대 경주마가 될 수는 없는 법이니까.

클레멘자는 바닥에 지팡이를 대고 큰 소리로 투덜거리면서 자리에서 일어났다.

이 자리에 있는 열세 명 모두가 이 과정을 의례적인 것으로 여기고 있는 건 분명했다. 하지만 관례는 따라야만 했다. 클레멘자는 패밀리의 체계에 대해 설명하기 시작했다. 대부는 마이클 코를레오네로, 그 권위는 절대적이다. 소토 카포는 프레디 코를레오네이다. 카포레짐은 로코 람포네와 본인, 즉 페트 클레멘자가 맡고 있다. 클레멘자는 콘실리에리 직에 대해서는 언급하지 않았다. 젠코 아반단도가 죽은 이후로 콘실리에리가 되었던 헤이건은 시칠리아인이 아니었기 때문에 그는 이 의식에 참여하지도, 지켜보지도 않았다. 심지어 이런 의식에 대해 언급하지도 않았다. 그리고 비토가 잠시나마 콘실리에리로 있는 동안에도 이 의식은 행해지지 않았다. 클레멘자는 닉 제라치에 대해서도 언급하지 않았다.

"우리가 함께 하는 것에 앞서, 몇 가지 확실하게 해야 할 것이 있다." 이렇게 말한 다음, 클레멘자는 지팡이에 의지한 채 열세 명의 주위를 걸으면서 시칠리아어로 말을 이었다. "우리가 해야 할 일은 사업상의 일이 아니다. 명예의 문제다. 만일 우리와 함께 하고 싶다면 국가보다 우리가 우선되어야 한다. 하느님보다도 우선되어야 할 것이며, 자신의 아내와 아이들, 어머니보다도 우선되어야 할 것이다. 만일 어머니의 임종에 부름을 받았다면 열이 나는 어머니의 이마에 키스하고는 곧장 달려와 상관의 명령을 따라야 할 것이다."

그는 자신이 앉았던 의자 앞에 오자 걸음을 멈췄다. 그리고 몸을 앞으로 해 지팡이에 기대었다. 그 모습이 금세라도 넘어질 것처럼 불안해 보였다. "무슨 말인지는 알아들었겠지? 모두 동의할 수 있겠나?"

모두 그 자리에서 동의했다.

클레멘자는 몸을 돌리고 천천히 고개를 끄덕인 다음 자리에 앉았다.

마이클이 다시 자리에서 일어났다. 클레멘자의 약한 모습을 보완이라도 하듯, 성큼성큼 기운차게 탁자 옆으로 걸어갔다. 그는 너무 많이 먹었고, 많이 마셨으며, 일을 지나치게 했고, 잠을 거의 자지 못했다. 신물이 목구멍으로 올라올 것 같았다.

"여기 여러분이 무슨 일이 있어도 지켜야만 하는 두 가지 규칙이 있습니다. 먼저 고대 오메르타의 전통을 지키며 우리 조직의 기밀을 지켜야 합니다. 이 법을 지키지 못하는 자에게는 죽음이 따를 것입니다. 다른 한 가지는 같은 조직원의 아내나 아이들을 상하게 해서는 절대로 안 된다는 것입니다. 이 역시 지키지 못한다면 죽음이 따를 것입니다. 이 규칙들을 지킬 것을 목숨을 걸고 맹세합니까?"

모두 맹세했다.

나이가 좀 있는 사람들은 비토 코를레오네가 행한 입단식에 있었던 세 번째 규칙이 이번 입단식에는 빠졌다는 것을 알아차렸다. '절대로 마약사업에 관여해서는 안 된다.' 그러나 아무도 그 점에 대해 말하지 않았고, 작은 소리로 중얼거리는 사람조차 없었다.

"여러분은 살아서 들어왔지만 죽어야만 나갈 수 있을 것입니다." 마이클이 말했다.

케이, 당신한테 나와 결혼해주겠냐고 했던 날, 난 5년 안에 이 사업을 합법적인 것으로 만들겠다고 말했었지. 마이클은 마음 속으로 이렇게 되뇌였다.

마이클은 토미 네리에게 다가갔다. "너에게 삶과 죽음을 주는 도구는 이 총과 칼이다." 여기서 마이클은 시가를 문 채 한 손으로 콜트를 집어 들었다. 마이클은 다른 손으로 단검을 집어 들었다. 그는 토미 앞에 그 무기들을 교차시켜 내려놓았다.

"언제라도 부름을 받는다면 패밀리를 돕기 위해 이 총과 칼을 쓰겠다는 데 동의하겠는가?"

"예, 대부."

마이클은 시가를 한 모금 핀 다음, 토미 네리 앞에 있는 초에 시가로 불을 붙였다. 그런 다음 토미의 오른손을 가리켰다. 토미가 손을 내밀었다. 마이클은 단검을 집어 들고, 토미의 오른쪽 집게손가락을 찔렀다. 토미는 손바닥을 접고는 주먹을 꽉 쥐었다. 그러자 상처가 더 벌어져 피가 많이 흐르기 시작했다.

남은 열두 명도 차례대로 같은 대답을 하고, 같은 의식을 따랐다.

마이클은 탁자의 맨 끝으로 돌아갔다. 그는 꽉 쥔 토미의 주먹을 가볍게 두드렸다. 토미는 주먹을 펼쳐 양손을 내밀었다. 피 범벅이 된 오른손과 깨끗한 왼손을 내밀어 손바닥을 잔 모양으로 만들었다. 마이클은 성 레오루카스의 성화 카드를 집어 들고는 앞에 놓여 있는 초에서 불을 붙인 다음 그대로 토미 네리의 손바닥에 떨어뜨렸다. "양손으로." 마이클이 속삭였다.

토미는 한손과 다른 손을 반복해서 불타는 성화 카드를 움직였다.

"만일 친구를 배반한다면, 이렇게 불타는 건 바로 네가 될 것이다." 마이클은 시가 연기를 토미의 단호한 얼굴에 내뿜었다. "지금 우리가 사랑하는 수호성인의 초상화가 피가 흐르는 네 손 위에서 불에 타고 있는 것처럼. 동의하겠나?"

"예, 대부."

마이클은 그 카드가 완전히 재가 될 때까지 지켜봤다. 그리고는 연인처럼 부드럽게 그 재를 토미의 손바닥에 문질러주었다. 그런 다음 그의 두 뺨에 부드럽게 입을 맞췄다.

한 사람, 한 사람 차례대로 남은 열두 명에게도 모두 같은 의식을 이행했고, 같은 대답을 들었다.

"이제 여러분 모두 자격이 생겼습니다. 여러분, 형제들과 인사를 나누십시오." 마이클이 마침내 말했다.

방 안은 온통 축하의 인사와 샴페인 뚜껑이 열리는 소리, 이태리식 건배를 하며 감사기도를 올리는 소리로 요란해졌다. 선 밖에 있던 사람들은 그대로 자기 자리를 지키고 있었다. 새로운 입단자들이 방 안을 돌며 차례차례 인사를 하면 한 사람도 빼놓지 않고 그들에게 키스해주었다. 마이클은 이미 그들에게 키스했다. 그는 뒷문으로 빠져나가 계단을 내려갔다. 마이클은 집에 돌아가도 자신을 맞아 주는 건 앞으로 단계적으로 문제를 일으킬 소식들뿐이라는 것을 잘 알고 있었다. 하지만 그건 하루가 마침내 끝났다는 뜻이기도 했다. 내일 맑은 머리로 싸우기 위해서는 조금이라도 쉬어야 했다. 담배 연기와 술 냄새가 가득한 그 방에서 나온 즉시 기분이 한결 나아지는 걸 느꼈다. 지금 그가 바라는 건 아내와 아들과 딸의 키스뿐이었다.

죽어야만 나갈 수 있다.

그는 차에 올라탔다. 알 네리가 의식에 썼던 빈총을 모두 모아 가지고 오기를 기다리는 동안, 마이클은 위가 갑자기 뒤틀리는 것 같은 느낌을 받았다. 잠시 그는 참으려고 애를 썼다. 결국 무릎을 바닥에 꿇은 채 토하고 말았다. 전부였다. 스트레자, 위스키, 엔조가 마련해준 야외에서 먹은 맛있는 도시락, 마지막으로 영화보면서 먹었던 팝콘 알갱이처럼 보이는 것까지 모두 다 게워냈다.

"괜찮으십니까?" 네리는 총들을 베갯잇에 싼 채 운반하고 있었다. 총들은 서로 부딪혀 덜그럭 소리를 내고 있었다. 마이클이 어릴 때 봤던 '크리스마스 캐럴' 이라는 영화에 나왔던 제이콥 말리의 사슬에서 나던 소리 같았다. 네리는 이곳의 보안을 책임지고 있었다. 아무리 그렇다고 해도 베갯잇에 권총 열세 자루를 싸서 든 채 15층의 계단을 내려와 여러 개의 로비와 복도를 지나오다니. 이런 세상에.

"아, 그래." 마이클이 대답했다. 그는 땀에 흠뻑 젖어 있었다. 마이클은 불안정하기는 했지만 그래도 자리에서 일어났다. 턱시도 바지의 무릎 부분이 찢어져 있었다. "괜찮아. 그만 가봐."

새로 입단한 자들의 집게손가락을 찔렀던 단검은 각자가 보관하도록 했다. 반짝거리는 보석이 박힌 손잡이가 있는 검이었지만, 패밀리에서는 아무 가치도 없는 것이었다. 닉 제라치 역시 하나 가지고 있었다.

11

프레디 코를레오네는 빌린 시보레 자동차를 엄청난 속도로 몰아, 모래의 성의 관리인이 있는 주차장으로 들어와서 브레이크를 힘껏 밟았다. 뒤에서 피가로가 잠에서 깨어나며 영어로 욕을 했다. 시칠리아인 카프라도 있었다.

"나중에 보자구, 친구들." 프레디가 뛰어나가며 말했다. 그는 관리인에게 줄 20달러를 꺼내다가 늘 보던 직원의 얼굴이 보이자 잠시 멈췄다. "궁금해서 그러는데 말이야, 이제껏 가장 많이 받은 팁은 얼마였지?"

관리인이 프레디를 재미있다는 듯 쳐다보았다. "백 달러를 받은 적이 있죠."

폰테인이군. 프레디는 생각했다. 그는 그렇게 알고 있었다. 프레디는 2백 달러를 꺼냈다. "이제 내 이름이 좀 좋은 자리에 있겠군. 별 볼 일 없는 놈들 사이에서 끌찌는 면한 셈인가? 그런데 내가 누구의 기록을 깬 거지?"

"선생님입니다. 1주일 전에 백 달러를 주셨죠." 관리인이 대답했다.

프레디는 웃으면서 안으로 들어갔다. 그리고 갑자기 뛰기 시작했다. 새벽 3시였지만, 모래의 성 안에서 그 시간임을 알 수 있는 건 실내복을 입고, 머리에 컬을 말은 매력적인 여자들이 불쾌한 가족의 저녁식사에 참석하기라도 한 것처럼 보기 싫게 일그러뜨린 입술 위로 담배를 문 채 슬롯머신에 동전을 집어넣는 모습뿐이었다. 카지노를 가로질러 가는 사람은 많지 않은 법이다. 하지만 그 여자들 중 아무도, 그리고 블랙잭 테이블에 앉아 있는 사람들 역시 프레디를 쳐다보지 않았다. 물론 객장 담당자들이 지켜보고 있었지만, 그들 역시 아무것도 보지 못했다는 듯 시선을 위로 돌리고 있었다. 하지만 그들은 모두 프레디가 자기들 앞으로 급히 지나간 것을 보았음에도, 보안 담당이나 네바다 도박 위원회와 상관없는 사람이 지금 지나간 사람이 코를레오네 씨가 맞느냐고 물어본다면, 모두 얼굴을 찡그리며 이렇게 되물었을 것이다.

"누구 말입니까?"

프레디는 3층에 있는 객실에 묵고 있었다. 바와 경기장 크기의 당구대가 설비된 사실(私室)을 포함해 방이 다섯 개인 객실이었다. 그는 지난 2주일 동안 뉴욕에 있었다. 사업상 모임에 참석하기 위해서이기도 했고, 어머니가 서부로 이사하는 것을 돕기 위해서이기도 했다. 프레디는 방문을 열자마자 뭔가 잘못되었다는 것을 본능적으로 알아차렸다. 가장 확실한 것은 커튼이 내려져 방안이 칠흑같이 어둡다는 것이었다. 프레디는 결코 커튼을 치는 법이 없었다. 그리고 텔레비전을 끄는 일도 없었다. 방송 시간이 끝나 화면 조정이 나올 때는 물론, 자신이 이 도시를 떠나 있을 때조차도 말이다. 그는 낮에 잠을 잘 경우에는 안대를 이용했다. 프레디는 복도로 뛰어나와 화재 경보 줄 아래에 서서 재킷 안쪽에 있을 총을 찾기 시작했다.

총이 없었다. 끝내주는 콜트제 권총은 천 편도 넘는 시시한 영화에서 만 명도 넘는 무법자들이 가지고 다닌 것이었다. 그 총을 복잡한 디트로이트의 유흥가 어딘가에서 잃어버린 것이다.

그때 복도 끝에 있는 문이 열리면서 실내복을 입고 헤어 넷을 뒤집어쓴 늙은 여자가 진짜 말편자와 동전이 가득 든 주석 컵을 든 채 밖으로 나왔다. 그 여자의 뒤로 속셔츠에 버뮤다 바지에 그날 아침에 산 것이 분명해 보이는 반들거리는 하얀 카우보이 모자를 쓴 변변치 못해 보이는 남자가 따라 나왔다. 프레디는 그 자리에서 꼼짝도 하지 못했다. 자기 방에서 이상한 소리가 나지는 않았다. 그 늙은 여자는 틀림없이 프레디가 문 밖 복도에 쪼그리고 앉아 있는 것을 보았을 것이다. 그러나 그 여자는 고개를 푹 숙이고 곧장 계단 쪽으로 향했다. 그리고 입을 딱 벌린 채 일그러진 표정을 하고 있는 남편에게 손짓을 했다.

계단으로 이어지는 문이 닫혔다.

프레디는 10까지 숫자를 세었다. "이봐요, 혹시 누가 있나요?" 그가 큰 소리로 불렀다.

그는 안전을 위해 그대로 그 자리를 떠어야 했다. 하지만 너무 지친 나머지 머리가 제대로 돌아가지 않았다. 어서 샤워를 하고 무도회장에 가고 싶을 뿐이었다. 그는 단지 새로 온 종업원이 코를레오네 씨는 커튼을 내리지 않고, 텔레비전을 끄지 않는다는 사실을 듣지 못해서 생겼을 수도 있는 일 때문에 호텔 경비를 불러 자신이 겁쟁이라는 것을 드러내고 싶지는 않았다.

안에서는 아무 소리도 들리지 않았다. 그래, 맞아. 종업원이 새로 온 거겠지. 그는 생각했다. 프레디는 안으로 들어가 전기 스위치가 있는 곳에 손을 뻗었다. 머릿속에서는 지금 이 순간이 바로 녀석들의 얼굴에 한 방 먹일 때라는 생각이 들었다. 그렇게 되면 그들은 자기 경호원들에게 실망하며 이렇게 생각할 것이다. 이런 젠장, 아무것도 아니잖아.

프레디가 전기 스위치를 찰칵 올리는 순간 화장실에서 물소리가 들렸다. 그의 심장이 갈비뼈가 살에 부딪힐 만큼 심하게 두근거리기 시작했다. 하지만 그에게는 도망가거나 몸을 숙일 기회가 없었다. 심지어 "거기 누구야?"라고 소리칠 틈도 없이 욕실 문이 활짝 열리면서 벌거벗은 여자가 나타났다. 백금에 가까운 금발머리의 그 여자가 비명을 질렀다.

"세상에! 당신 때문에 놀라서 똥 쌀 뻔했잖아요!"

프랑스어 억양이었다. 정말인 것처럼 들렸다. 프레디는 뒤로 문을 닫았다. 서서히 마음이 진정되는 것이 느껴졌다. "내가 아는 사람인가?"

그녀는 그의 앞으로 걸어오더니, 미소를 지었다. 눈썹은 금발이었지만 음모는 새까만 색이었다. "내가 당신을 얼마나 오래 기다린 줄 알아요?"

"난 진지하게 묻는 거야, 아가씨. 대체 누구지? 여기에 어떻게 들어온 거야? 누가 당신을 들어오게 한 거지?"

"오후 5시부터 기다렸어요." 그녀가 말했다. 그리고는 침대 옆에 놓여 있는 샴페인 통을 가리켰다. "이미 얼음이 다 녹아버렸죠." 그녀는 어깨를 으쓱했다. 그러자 그녀의 작은 가슴이 흔들렸다. 연한 붉은빛의 젖꼭지가 너무 커서 실질적으로 가슴의 대부분을 뒤덮고 있었다. "미안해요. 하지만 저 샴페인도 벌써 다 마셔버렸어요."

프랑스어 억양은 진짜였다. 게다가 그녀의 발음 역시 분명하지 않았다.

"아가씨, 내가 누군지 알고 이러는 거야?"

"알고 있을 걸요?" 그녀는 엉덩이를 쑥 내밀고는 아랫입술을 뿌루퉁하게 내밀면서 말했다. "당신, 프레이드 코를레오네, 맞죠?" 역시 프레이드라고 발음했다.

"당신이 누군지 왜 말해주지 않는 거지?"

그녀는 깔깔거리면서 손을 내밀었다. "난 리타에요. 원래는 마르그리트라고 해요. 하지만…." 그녀는 이제서야 새삼 부끄러운지 벗은 어깨를 살짝 웅크리며 말했다. "지금은 리타라는 이름만 써요."

프레디는 그녀의 손을 잡지 않았다. "안녕, 리타. 내가 당신을 불법침입으로 감옥에 넣을 수도 있다는 걸 알아?"

"옷을 벗고 당신과 사랑을 나누려고 방에서 기다리고 있었다는 이유로 말인가요?"

"더 이상 당신을 참아줄 인내심이 없어지는 것 같군."

"오!" 그녀는 화가 난 듯 고개를 뒤로 젖혔다. "정말 재미없는 사람이네요. 조니 폰테인이 보냈어요. 이제 됐어요?" 그녀는 웃음거리가 되었다는 듯 애처롭게 웃었다. "난 그 사람이 당신한테 보낸 선물이에요. 알았어요? 조니 말로는 내가 벌거벗고 당신 침대에서 기다리는 걸 당신도 알고 있을 거라고 했어요." 그녀의 얼굴이 달아올랐다. "하지만 샴페인을 마셔서 해롱대는 중이죠."

해롱댄다고? "폰테인 씨에게는 정말 고마운 일이지만 지금은 시간도 너무 늦었어. 또 당신은 많이 취했고 난 무척 피곤해. 더군다나 오늘 밤 난 위에 올라가서 해야 할 일이 하나 더 있어. 아니, 오늘 아침이라고 해야 하나. 어쨌든 아가씨는 그만 가보는 게 좋겠어. 택시비나 뭐 그런 게 필요하다면 내가 줄 테니까."

그녀가 고개를 끄덕이고는 몸을 돌려 침대용 스탠드 위에 단정하게 개어 놓은 옷을 입으러 가는 순간, 프레디는 아차하고 후회했다. 그녀는 멋진 근육질 다리를 가지고 있었던 것이다. 그는 그 사실을 미처 알아차리지 못하고 있었다.

프레디는 옷장으로 가 갈아입을 옷을 꺼냈다. 그가 다시 그 자리로 돌아왔을 때 그녀는 겨우 꽃무늬의 면 브래지어를 입고 있었다. 프레디는 그걸 이해할 수가 없었다. 그는 항상 여자들이 가장 먼저 가려야 할 것은 음부라고 생각하고 있었다. 보통 팬티는 가장 마지막에 벗으니까 말이다. 하지만 여자들은 브래지어부터 입기 시작한다. 그녀는 침대에 걸터앉아 손에 얼굴을 묻은 채 울고 있었다.

너무 많이 마셨군. 프레디는 이렇게 생각하며 고개를 저었다.

“정말 미안해요.” 그녀가 말했다.

“미안할 건 아무것도 없어. 이봐요, 그런 게 아니야. 난 몰랐어.” 프레디는 손으로 그녀의 뺨을 감쌌다. 리타가 고개를 들어 그를 쳐다보았다. 진짜 눈물이었고, 그녀는 눈물을 참으려 애쓰고 있었다. 그녀는 스스로에게 화가 난 것처럼 보였다. “당신은 정말 아름다운 여자야, 알고 있지? 그저 시간이 너무 늦은데다 내가 어디를 가야 해서 이러는 것뿐이야. 일이 있어서 말이지. 내 말은 당신이 정말 여기서 기다리고 싶어 하는 거라면 난….”

그녀가 고개를 저었다. “당신은 이해하지 못해요.” 그녀는 팬티로 눈물을 닦았다. 브래지어와 한 벌이었다. 프레디는 흘끗 상표를 보았다. 시어스였다. “난 그런 일을 하지 않아요. 내 말은….” 그녀는 눈을 깜박거리며 천장을 올려다보았다. “내 말은 난 그런 일을 하는 게 아니라고요.” 그녀는 깊은 한숨을 내쉬었다. “난 댄서예요, 알겠어요? 지금 쇼에 출연하고 있어요. 품격 있는 쇼라고요. 가슴을 드러내지도 않는단 말이예요. 이건 그러니까, 일종의 장난 같은 거예요. 무슨 말인지 알겠어요? 어떻게 날 그런 식으로 대하게 만든 건지. 난 아니란 말이예요.”

프레디는 그녀에게 손수건을 건네주었다. 그는 라스베가스로 온 후로 많은 여자들과 함께 지냈다. 그러면서 한 가지 배운 점이 있다면, 여자들이 울 때는 모든 일이 잘 될 거라고 말해주는 것보다 아무 말 없이 고급 손수건을 건네는 것이 좋다는 사실이었다.

그는 여자 옆에 앉았다. 프레디는 계속 달래주었다. 그는 손으로 리타의 등을 어루만지기 시작했다. 프레디는 그녀의 둥근 엉덩이 바로 위까지 볼 수 있었다. 리타는 다른 여자들보다 훨씬 탄력 있고, 부드러운 피부를 가지고 있었다. 대부분은 나이가 어려도 얼굴 피부만 그런 편이었다. 댄서들에게 손을 대보면 확실히 엉덩이가 달랐다. 프레디는 더 이상 시간을 끌 수가 없었다. 조니는 그저 좋은 남자가 되려고 애썼을 것이다. 아마도 그는 그녀와 처음으로 잠을 잤을 것이고, 그런 다음 어떤 식으로든 구슬려 그녀의 고향인 프랑스의 어느 작은 마을에서라면 백만 년이 지나도 하지 못할 일에 대한 동의를 얻어냈을 것이다.
"나한테 좋은 생각이 있어." 프레디가 말했다.

리타가 고개를 들어 그를 쳐다보았다. 이제 그녀는 눈물을 참을 수 있게 된 것처럼 보였다.

"조니가 여기에 오라고 당신한테 얼마를 줬지?"

"천 달러요."

"잠깐만 기다려봐."

프레디가 사실로 들어가 경첩이 달린 모나리자의 복제화를 뒤로 잡아당기자 금고가 나왔다. 그는 그 안에서 천 달러짜리 지폐 두 장을 꺼냈다. 그녀는 이제껏 이런 액수의 지폐를 본 적이 없을 것이다. 하물며 두 장이었다. 정부는 지폐 디자인에 그다지 신경을 쓰지 않은 모양이다. 뒷면에는 그저 천 달러라고 쓰여 있었고 앞면에는 클리블랜드*의 얼굴이 있었다. 제기랄, 대체 클리블랜드가 한 일이 뭐가 있다고? 그는 지폐를 반으로 접은 뒤 다시 나가 그녀의 손에 쥐어주었다.

"당신은 이미 천 달러를 가지고 있어. 그리고 이것도 가지고 가. 스스로 창녀 같다는 그런 기분은 갖지 마. 알겠지? 우리가 섹스를 하지 않았는데, 어떻게 당신이 창녀가 될 수 있단 말이야? 그렇지?"

"섹스 말인가요?"

---

* 미국의 22대 대통령

그녀의 목소리에 갑자기 기운이 넘치자 프레디는 잠시 혼란스러웠다. 섹스라는 말이 그녀의 기운을 북돋아준 것 같았다. 그는 그 말을 입에 담지 않으려고 애를 쓰고 있었다. 리타가 창녀라는 소리에 민감해 하고 있었기에. "그래. 우리는 섹스를 하지 않았으니까 말이야. 그저 한 번 만난 것뿐이니까."

그녀는 고개를 끄덕이고는 옆에 있던 붉은 드레스의 주머니 속에 돈을 집어넣었다.

"당신이 할 일은 조니가 어떻게 됐냐고 물으면…." 프레디는 조니가 어떻게 할지를 잘 알고 있었다. "내가 말한 대로 말해주겠다고 약속만 하면 돼." 프레디는 잠시 눈을 깜박이며 그녀의 사타구니를 쳐다보았다. "당신이 이제껏 받은 것 중에 최고로 많이 받았다고 말이야."

"받았다라고 말이죠." 리타가 그 말을 되풀이했다. 어느새 팬티를 입고 있었다. 그녀는 그 사실이 왠지 안타까운 듯이 보였다. "알았어요."

"좋았어!" 프레디가 말했다.

그때 전화벨이 울렸다. 피가로였다. 그는 새로 온 경호원들의 이름을 헷갈려하지 않았다. 알았어. 프레디가 대답했다. 그는 괜찮은 친구였다.

프레디는 그녀가 옷 입는 것을 지켜보았다. 그는 신발을 벗고 양말과 셔츠를 벗었다.

시간이 없다는 건 알아. 프레디가 대답했다. 피가로가 아직도 그곳에 사람들이 모여 있다고 말하자 프레디는 다행이라고 대답했다. 그리고 마이클이 아직도 그 자리에 있는지 물었다. 마이클은 없다고 했다. "안 됐군." 속으로 다행이라고 생각하며 프레디는 수화기를 내려놓았다.

그는 예전에 어떤 영화를 본 이후 속셔츠를 입지 않았다. 그 영화가 나온 이후 현대 여성들은 속셔츠를 입는 남자를 보면 막 이주해 온 사람으로 여기곤 했다. 프레디는 벗은 상체에 바지만 입은 채 그곳에 가만히 있었다. 어느 정도는 신사인 척 하느라고 그런 것이었다. 그녀가 옷을 다 입고 나가기를 기다리거나 아니면 그가 다른 방으로 가야 할 테니까. 리타의 붉은 드레스는 새틴으로 되어 있었다. 그런 옷을 입고 있지만 안에는 싸구려 속옷을 입고 있다는 것을 알고 있기에 프레디는 그녀에 대해 뭔가 다른 감정을 느끼고 있었다. 그는 뭔가를 느꼈다.

"좋은 그림이네요." 리타가 침대 위의 작은 소나무 틀에 놓인 마돈나 상을 가리키며 말했다. 방에는 그 그림과 함께 커다란 하얀 말을 탄 인디언 그림도 있었다. 그림 속의 인디언은 구부정한 자세로 안장에 앉아 석양을 바라보고 있었다. "당신이 그린 거예요?"

"내가? 아니야."

"이 그림을 그린 화가를 알아요?"

"그냥 그런 그림일 뿐이야."

"난 이 그림을 한참 동안 봤어요. 이 모델은 자만심을 가지고 있지 않아요. 이건 좋은 작품이예요."

"좋은 작품이라고?"

"난 미술을 공부했어요." 그녀가 시선을 내렸다. 짧게 깎은 발톱이 반들거리고 있었다. "아주 오랜 전 일이지만."

"좋은 작품이란 말이지."

"그래요." 그녀가 지갑을 들면서 대꾸했다.

"그렇군." 그는 리타와 함께 문 쪽으로 향했다.

그녀는 담배를 꺼냈다. 프레디가 주머니를 뒤졌다. "이런, 라이터를 잃어버렸군."

"친절하시네요." 리타가 담배를 그의 귀 뒤에 꽂으며 말했다.

"그렇지도 않아. 이건 내가 피우는 상표가 아니군." 그가 담배를 돌려주며 말했다.

그녀는 그에게 몸을 기대었다. 뺨에 가벼운 키스를 해주었을 뿐이지만, 프레디는 서부에서 만난 여자들에게서 배운 점이 있었다. 이곳에서는 오후 3시에나 일어날 법한 일들이 새벽 3시에도 적용될 수 있다는 것이었다. 지금 이 시간, 모두가 침대에서 자고 있을 롱아일랜드에서라면 결코 있을 수 없는 일이라고 여기겠지만 말이다. 그녀의 입술이 벌어졌다. 그의 혀는 본능을 따라 그녀의 촉촉한 작은 입속을 마음껏 휘젓기 시작했고, 손은 거친 백금색 머리카락을 쓰다듬고 있었다. 그러다 리타가 낸 작은 헐떡거림에 두 사람 모두 깜짝 놀라고 말았다.

두 사람은 서로의 눈동자를 바라보았다. 그녀의 눈이 점점 더 커지고 있었다. 잃어버린 귀걸이를 찾기라도 하듯. 그녀의 말이 맞았다. 리타는 프로가 아니었다. 창녀들은 사람을 이런 눈으로 쳐다보지 않는다.

"내 인생은 이것 때문에 더럽게 복잡해져버렸어요." 리타가 말했다.

"모든 사람들이 다 그렇게 생각해. 그렇긴 해도 아마 당신 말이 맞을 테지. 당신에 대해서는 말이야."

그 말에 리타는 씁쓸한 듯 웃었다.

"그래요? 그럼 당신에 대해서는 어때요?"

"설명할 수 없어. 여전히 그렇긴 하지만. 그래도 어떻게든 참을 수 있을 거라고 생각해."

"정말 그렇게 생각해요?" 그녀가 프레디의 가슴에 집게손가락을 갖다 대고는 작은 드라이버처럼 찔렀다.

두 사람은 다시 키스했다. 그녀의 입속은 샴페인 때문에 신맛이 났지만, 그는 입술을 떼지 못했다.

"프레이-디 코를-레-오-네." 그녀가 불렀다.

만일 그때가 새벽 3시가 아니었다면, 그는 리타가 다른 사람들에게 프레디 코를레오네 앞에서 자기가 어떻게 엉덩이를 드러내고 있었는지, 같이 자지도 않고 그가 2천 달러를 주었다는 이야기 같은 것을 언젠가는 떠들고 다닐지도 모른다는 사실을 즉시 알아차렸을 것이다. 왜 그는 서둘러서 위층으로 올라가지 않았던 걸까? 그곳에서의 일은 이미 끝나버렸을 것이다. "당신이 원하면 무엇이든지."

"당신은 교활한 쥐새끼 같아요." 그녀가 이상하게 말했다.

"뭐라고 했지?"

"아무것도 아니예요." 리타는 한숨을 깊게 내쉬고는 문손잡이를 잡았다. "신문 만화 부록에서 봤어요. 알겠어요?"

아, 그렇군. 리타는 어떤 깡패 영화에서 본 장면을 그대로 따라하고 있었다. 그는 손을 내밀어 그녀의 손을 잡았다. "그냥 있어줘."

리타가 이상하게 한쪽 입술을 비틀어 올렸다. "모르겠어요. 당신이 준 돈만큼 대가를 치루라는 말인가요?"

"그 돈은 그러라고 준 게 아니야. 조니 폰테인에게 악몽을 선사하라고 준 돈이지."

그녀는 그 문제에 대해 깊이 생각하는 것처럼 보였다. "그렇게 하려면 내가 그 사람한테 받은 돈을 돌려주기만 하면 되는 건가요?"

프레디는 미소를 지었다. "완벽해. 이미 알고 있겠지만 내가 당신에게 돈을 줬다고 조니에게 말해줘. 이렇게 하는 게 별로라고 생각해? 혹시 당신한테 다른 좋은 생각이라도 있나?"

"훌륭해요. 정말 좋은 생각인걸요. 그대로 할게요."

"그런 다음 그에게 돈을 다시 가지고 가라고 하는 거지. 그렇게 하면 좋을 거야."

"그건 확신할 수 없어요. 아마 내일이 되려나? 우리 처음부터 다시 시작해요. 데이트든 뭐든."

"오늘이 내일이야, 아가씨."

그녀는 여전히 깊은 생각에 잠긴 것처럼 보였다. 리타는 자기 손가락을 입에 넣고 빨기 시작했다. 그리고는 그 젖은 손가락으로 천천히 프레디의 벗은 가슴을 쓸어내리기 시작했다. 목에서부터 벨트 버클에 걸리는 부분까지. 그녀는 그곳에서 손을 떼지 않았다.

"난 섹스를 좋아해요." 마치 항복 선언이라도 하는 것처럼 그녀가 말했다. 리타의 목소리는 작았지만 보통 프랑스 여자들에 대해 사람들이 이야기하는 그런 허스키한 목소리는 아니었다. 그녀는 여전히 발음을 불분명하게 했다. "좋지 않은 거라는 건 알아요. 하지만 난 남자들이 좋아하는 만큼 섹스가 좋아요."

순간 그 말, 남자들이 좋아하는 만큼 섹스가 좋다는 말이 프레디에게는 전기 쇼크라도 받은 것처럼 충격적이었다. 물론 그녀가 그런 뜻으로 말한 것은 아니었겠지만, 그는 그녀가 그렇다는 것이 두려웠다. 갑자기 프레디는 낚아채듯이 두 손을 내밀어 여자의 작은 젖가슴을 움켜잡았다.

리타가 신음했다. 그러나 지금 그녀는 프로 같은 소리를 내고 있었다. 애써 내려고 노력하고 있는 듯한 소리. 그녀의 가슴은 좋은 느낌이 아니었다.

두 사람은 침대로 자리를 옮겼다. 그녀가 그의 벨트를 풀고, 바지와 팬티를 확 끌어 내렸다. 프레디는 침대 위에 몸을 기대었다. 그녀는 그의 옆에서 드레스의 지퍼를 끌어내리기 위해 손을 등 뒤로 돌렸다.

"하지 마." 그가 말했다.

그녀는 그를 돌아보며 지퍼를 내리기 시작했다.

"계속 입고 있어. 그 편이 더 좋아."

리타는 어깨를 으쓱하고는 그 옆에 앉았다. 두 사람은 잠시 키스했다. 그녀는 손을 끌어내려 그의 은밀한 곳을 감싸 쥐었다. 프레디는 오늘 하루 동안 줄기차게 마신 술을 원망했다. 아침부터 시작해서 디트로이트 공항에서 비행기를 기다리면서 또 얼마나 많이 마셨는지 모른다. 그 이후로는 마시지 않았지만. 더군다나 그는 피곤했고, 시차 문제도 있었다. 프레디는 다른 일에 대해서는 생각하고 싶지 않았다. 이건 절대로 있을 수 없는 일이다. 지금 그는 쇼걸들을 안는 것보다는 자는 편이 좋을 정도로 잔뜩 지쳐 있었다. 이제 프레디는 어쩔 수 없는 일이라고 생각하기 시작했다. 그래, 괜찮을 거야. 내 물건에 대해서는 생각하지 말자. 그는 생각했다. 프레디는 그녀에 대해 생각하기 시작했다. 리타에게 키스하고 가슴을 감싸쥐면서, 그녀가 반짝거리는 드레스를 입고 있는 채 섹스를 하게 된 것을 다행이라고 여겼다. 만일 그가 지금 머릿속에 들어 있는 모든 생각을 멈출 수만 있다면, 10초 내에 일이 이루어질 것이다. 그가 모든 생각을 멈출 수만 있다면. 프레디는 술보다도 좀 더 쉽게 갈 수 있는 것이 필요했다.

리타는 무릎을 꿇은 채 그가 싫다는 말을 할 수 없을 만큼 빠르게 자신의 입술을 붙여왔다. 프레디는 몸을 심하게 떨었다. "안 돼." 그가 그녀의 겨드랑이를 붙잡고 떼어내면서 말했다.

리타는 상처받은 듯이 보였다.

"이렇게는 하지 않을 거야. 화내지 않을 거지? 이리 와서 키스해줘." 프레디가 말했다.

그녀는 그의 말대로 해주었다. 프레디는 그녀의 손에 계속 자신의 물건을 담아놓았다. 그리고 리타의 꽃무늬 시어스 팬티를 끌어내리고는 똑같이 자신의 손으로 그녀의 은밀한 곳을 어루만져주었다. 두 사람은 한참을 키스했다.

"이렇게 일어섰는데 어떻게 할 거예요?"

리타가 한숨을 쉬었다. 그녀는 이제 인내심을 잃은 것처럼 보였다. 리타의 얼굴은 일을 하고 있는 직업여성처럼 보였다.

"안 해." 그가 말했다. "그냥 내 말대로 해줘." 이번에는 좀 더 부드럽게 들리도록 애쓰면서 말했다. 그녀가 잘못하고 있는 건 아니었다. 리타는 아무 대가 없이 그와의 섹스를 받아들이려고 했던 것처럼 보였다. 아마 프레디가 무서운 깡패라는 소문을 들었기 때문이었을 것이다. 하지만 그는 그녀에게 친절하게 대해준데다, 애초에 아무 짓도 하지 않으려고 했었다. 프레디는 그녀의 무릎에 손을 올리고 붉은 드레스를 천천히 밀어 올렸다. 그런 다음 한 손으로는 자신의 것을 붙잡고, 다른 한 손으로 그녀의 은밀한 곳을 더듬기 시작했다. 리타가 그를 돕기 위해 몸을 뒤로 돌렸다. 어쩐지 그를 약하게 만드는 듯한 그녀의 움직임에 그의 물건은 그녀의 손 안에서 더욱 단단해졌다. 프레디는 그녀의 안에 들어갔다. 자신이 최고라는 것을 보여주어야만 했다. 아무 생각도 없이 움직여야 했다. 그가 리타의 엉덩이를 움켜쥐자, 살에 손가락이 파묻혔다. 그는 그녀에게 애걸해보라고 말했다. 리타는 자기가 얼마나 원하고 있는지를 말하면서 제발 멈추지 말아달라고 애원했다. 그런 다음 대단한 사람, 대단한 사람, 대단한 사람이라고 반복해서 소리쳤다. 프레디는 있는 힘을 다해 눈을 감고 속도를 올렸다.

몸에 힘이 들어가면서 그가 소리를 질렀다.

"빼줘요." 그녀가 헐떡거리면서 말했다. "대단한 사람, 이제 그만 빼요." 목소리가 갈라졌다. "정말 대단해요."

그는 그렇게 하지 않았다. 프레디는 자기 엉덩이를 질펀하게 정사의 흔적이 남아 있는 그녀의 단단한 엉덩이에 갖다 대고 계속해서 비벼댔다. 그런 후에 그의 분신이 너무 민감해진 탓에 아팠기 때문에 뺄 수밖에 없었다. 그녀의 엉덩이와 붉은 드레스에서 정액이 진주방울처럼 똑똑 떨어져 무척이나 섹시하게 보였다. 이보다 더 좋게 할 수도 있었다. 프레디는 그렇게 하지 않은 이유를 말하지 않았다.

그건 사실이 아니었다. 프레디는 알고 있었다. 그는 남자들을 녹초로 만드는 것을 좋아했다. 그는 그 이유를 말할 수 없었다.

비록 그 역시 진실의 전부는 아니었지만.

프레디는 털썩 자리에 누웠다. 눈을 감고 고개를 돌리자, 머리가 울리기 시작했다. 스타카토처럼 연달아 여섯 번씩 지끈거렸다. 그의 몸에 있는 모든 조직을 비롯해서 프레디는 자신이 싫었다.

리타는 옆으로 돌아누워 몸을 둥글게 말았다. 자동적으로 그녀는 또 울기 시작했다.

프레디는 자리에서 일어나 창가로 가서 커튼을 열었다.

한결 나았다. 그는 네온 불빛 보는 것을 좋아했다. 어느덧 주위가 환해지고 있었다.

전화벨이 다시 울렸다. 프레디는 사실에 들어가 전화를 받았다. 그는 피가로에게 바지만 입고 곧장 위로 올라갈 거라고 말했다. 피가로는 프레디가 듣고 싶어 할 만한 소식들이 들어왔고, L.A.에 머무르지 말고 계속해서 차를 타고 가는 걸로 결정되었다고 말했다. 그러자 프레디는 피가로에게 귀머거리냐고 따졌다. 곧장 올라갈 거라고 했을 텐데, 응?

프레디는 다시 최고급 손수건을 꺼내 리타가 누워 있는 침대 위에 올려놓았다. "이봐, 달링." 그가 카우보이처럼 말했다. "좀 보자니까, 예쁜이."

그녀는 코를 풀고는 금세 유령처럼 조용해졌다.

"금방 돌아올 거야." 프레디는 시간을 확인했다. 어릴 때부터의 습관이었다. 샤워를 하고 면도를 하는 데 5분도 채 걸리지 않았다. 그는 가운을 걸치고 밖으로 나왔다. 그 가운은 너무 두꺼워서 항상 미식축구 선수들의 가슴받이를 걸친 것 같은 느낌이 들곤 했다. 리타는 여전히 그 자리에 있었다.

"미안해요." 그녀가 말했다.

프레디가 나왔을 때 리타는 그 자리에 없었어야 했다. 그는 그녀가 곧장 나가기를 바라고 있었다. 하지만 그 일로 욕하고 싶지는 않았다. 리타는 이제 울지는 않았다.

"샤워를 굉장히 빨리 하네요." 그녀가 말했다.

"어디에 뭐가 있는지 잘 알고 있으니까." 똑같은 말을 들을 때마다 항상 그가 사람들에게 하는 소리였다.

"나도 갈 거예요. 미안해요. 가야 한다는 건 잘 알고 있어요."

"있고 싶은 만큼 있어도 좋아. 정말 안타깝지만 난…."

"일 때문이죠. 알아요. 미안해요." 리타는 눈을 문지르며 욕실을 가리켰다. "서두를게요."

그녀는 적어도 이상한 말은 더 이상 하지 않았다. 리타는 그가 벗어 던진 옷더미 사이에 서서 아래층에 택시를 대기시켜 달라고 했다.

그녀가 그 방을 나가기까지 10여 분은 괴로웠다. 리타는 머리를 빗고, 얼굴을 문질러 혈색이 돌아오게 만들었다. 그리고 립스틱을 칠한 다음, 처음 이 방에 왔을 때부터 가지고 왔던 게 분명한 향수를 꺼냈다. 그녀는 향수를 많이 뿌렸다. 프레디에게 진한 향수냄새보다 더 혐오스러운 것은 그리 많지 않았다. 그는 텔레비전을 켠 다음, 그녀와 함께 복도로 나갔다.

"우리의 거래는 여전히 유효한 건가?" 그가 엘리베이터 버튼을 누르면서 물었다.

"그럼요." 그녀가 오른손을 내밀었다. "난 내가 한 말은 지켜요." 리타가 단호하게 말했다. 그리고 억지로 미소지었다. "당신은 내가 그 말을 전하지 않을 거라고 생각한 모양이군요. 분명히 할게요."

그렇다면 두 사람의 섹스에 대해서는 어떻게 말하려는 걸까? 그는 그녀에게 전화번호를 물어봐야 겠다고 생각했지만, 그랬다간 일이 더 곤란해질 것이다.

엘리베이터가 올라올 때까지 그는 계속 침묵을 지켰다. 프레디가 그녀의 등을 가볍게 두들기자 그녀가 엘리베이터에 올라탔다.

"사업이 잘 되길 빌게요." 리타가 키스를 날렸다. "코를-레-오-네."

프레디는 문이 닫히는 것을 지켜보았다. 엘리베이터의 담황색 놋쇠문에 비친 자신의 모습이 일그러져 있었다. 더 이상 볼 필요가 없었다. 프레디는 6층으로 가는 버튼을 누르고, 팔을 차가운 금속에 의지한 채 피곤한 머리를 기대었다. 인생이란 쉬운 거라고 누가 말했던가? 그러나 그는 여기 이 자리에 서 있었다. 프레디는 보통 사람들처럼 실수를 저질렀고, 그에 대해서 이야기하며 살았다. 그가 아는 많은 사람들과는 달리.

문이 열리자 프레디는 안으로 들어갔다.

사람들은 그를 괜찮은 녀석이라고 말했지만, 사실은 힘이 없고 실수투성이인 인간으로 생각하고 있었다. 프레디도 그 사실을 알고 있었다. 하지만 오늘 같은 날, 프레디 코를레오네보다 잘 버틸 수 있는 사람이 과연 몇이나 있겠는가? 그는 생각도 할 수 없는 최악의 상황에서 깨어났다. 자신이 어디에 있는지 알 수 없었고, 심지어 어느 나라에 있는

지조차 알 수 없었다. 그러나 그는 새벽 일찍 그곳에서 빠져나왔고, 놀랄 만큼 올바르게 처신했다. 총을 남겨두고 오긴 했지만, 그곳은 미국이 아니었고, 어떻게 해야 할지도 다 생각해 놓았다. 프레디는 아마 약간의 관세를 내야 할지도 모른다. 다행히 오렌지는 그의 것이 아니었고, 해장술을 마시긴 했지만 위험한 순간에는 조 잘루치의 이름을 적절히 흘려주었다. 아주 쉽게 프레디는 역경을 헤쳐 나왔다. 정말 그렇지 않은가? 체포된 상태에서 그처럼 편안하게 넘어갈 수 있는 사람이 얼마나 되겠는가? 프레디는 그 하얀 선을 챔피언이라도 된 것처럼 유유히 걸었다. 국경에서 경찰에게 걸린 일은 그의 신경을 건드렸다. 그들이 다시 한번 걸어보라고 했지만, 프레디는 그때도 완벽하게 해냈다. 아무 말도 할 필요 없었고, 변호사를 부를 일도 없었다. 얼간이 같은 녀석들은 그를 모래의 성의 트레일러 파크 관리인인 칼 프레데릭이라고 생각하고 그냥 풀어주었다(서류상 그의 신분이었다. 하지만 그는 이제까지 그곳에 가본 적도 없었다).

결국 사람들이 마이클이 유능하다고 생각하고, 프레디를 실수투성이라고 생각하는 유일한 이유는 마이클이 커다란 제국을 건설하고 싶어 하는 반면, 프레디는 홀로 작은 사업을 하면서 즐거운 시간을 보내고 싶어 한다는 것 때문이었다. 그 일은 제너럴 모터스보다는 작았지만, 트레일러 파크보다는 큰 사업이었다. 그게 뭐가 잘못된 일이란 말인가? 사실 마이클은 그에게 준 것보다 더 큰 걸 줄 수도 있었다. 하지만 동생은 망할 이름뿐인 지위를 던져주었다. 부두목. 소토 카포. 그를 궁전의 어릿광대, 끈에 묶여 있는 노새, 부통령으로 만들어버렸다.

프레디는 6층에서 내렸다. 그리고 개인용 열쇠를 이용해 객실인 것처럼 보이는 바로 들어갔다. 어떻게 이런 곳이 생겼을까? 그건 프레디의 생각이었다. 사람들은 이 방을 좋아했고, 다른 사람들에게도 유명해졌다. 다른 도박장에서도 이곳을 본떠 똑같이 만들었다고 들었다. 대단한 일이다. 누가 이따위 일로 인정을 받겠는가? 그렇긴 하지만 사실 인정받고 있었다.

"뭘 드릴까요?" 어느 틈엔지 다가온 바텐더가 물었다.

"아, 차가운 맥주면 돼."

프레디는 계단으로 왔어야 했는지도 모른다. 혈액 순환을 좀 시키려면 말이다. 하지만 그는 잔뜩 지친 상태였고, 차가운 맥주를 마시고 싶었다. 그래서 엘리베이터를 기다렸다가 타고 올라온 것이다.

그때 피가로, 카프라와 함께 뉴욕 조직의 신입 단원 두 명이 나타났다. 그들은 막 기분 좋은 행사를 마치고 나온 사람처럼 보이지 않았다. 피가로는 그 모임에 참석하지 못하는 바람에 엄청난 밤을 놓쳐 버리고 말았다. 뉴욕 밖에서 입단식을 거행한 건 처음 있는 일이었고, 그래서 어떻게 진행되었는지 알 수 없었다. 그리고 말해주는 사람도 없었다.

"이런 젠장. 우린 수색조가 되어버렸어요. 정말 수색조였단 말입니다. 대체 어디에 있었습니까?" 피가로가 물었다.

"내 방으로 스무 번도 넘게 전화했잖아. 내가 어디에 있었는지 정말 알고 싶은 거야?"

"아뇨, 그러니까 왜 그렇게 오래 걸렸느냐는 말이잖습니까. 우리가 도착했을 때도 몇 명밖에 남아 있지 않았는데 지금은 정말 아무도 없어요. 로코를 제외하고는 말입니다. 지금 기다리고 있어요."

아무래도 프레디가 직접 들어야 하는 소식인 모양이었다.

"우리 가족은?" 프레디가 물었다.

피가로가 고개를 저었다. "아무도 안 계셨어요. 빨리 올라가서 로코를 만나보고 오세요."

"저 위에 정말 아무도 없어? 그렇게 많던 사람들이 아무도 없단 말이야? 로코를 제외하고?" 프레디가 물었다.

카프라가 피가로의 대답에 앞서 프레디가 지금 무슨 말을 했는지 물어봤다. 그의 진짜 이름은 자에타노 파텔노스트로로 발음하기도 어려울 뿐만 아니라 아기 같은 얼굴을 한 시골 소년에게는 지나치게 거창한 이름이었다. 카프라가 프레디에게 어서 위로 올라가야 한다고 말했다. 프레디는 좀 부드러워졌다. 저 망할 이발사는 어쩌면 오하이오에서 온 마요네즈를 소리내서 빨아먹는 멍청이인지도 몰랐다. 하지만 이발사는 마권 장사로 꽤 수입이 좋은 편이었다. 무엇보다도 마이클이 그에게 큰 기대를 걸고 있었기 때문에 프레디로서는 대하기가 어려웠다.

"우리의 친구, 잘난 이발사 양반에게 물어봐야겠군. 위층에 있는 연회장에는 우리 친구들이 몇 명이나 남아 있지?" 프레디가 시칠리아어로 말했다.

카프라가 웃으며 대답했다. "논 로 소. 신쿠에 오 포르세 세이."

프레디가 고개를 끄덕였다. 이제는 올라가야 한다. 내일 비행기를 타는 대신 오늘 밤 차로 가야 한다는 말은 인사도 없이 떠나라는 소리가 아닌가? "이봐, 내가 왜 그렇게 오래 걸렸다고 생각하지?" 프레디가 피가로에게 물었다.

"그런 걸 제가 어떻게 알겠습니까? 프레디, 그만 가보세요. 전 할 일이 있어요. 그러니까 제발 올라가세요."

카프라와 다른 두 남자는 이미 바에 앉아 있었다. 그들 앞에 커피가 놓였다.

"난 당신을 걷어차고 싶지 않아." 프레디가 눈썹을 치켜 올렸다. "정말 그 여자에 대해서 들은 거 없어? 여기에 있게 된 배경 같은 거 말이야."

"지금 절 놀리시는 겁니까?" 천만에. 그건 그날 아침 프레디의 변명거리였다.

"프랑스 여자였어. 댄서라고 하던데, 어디서 일하는지 물어보는 걸 잊어버렸어. 올라가려다가 그 여자를 만나는 바람에 자꾸만 일이 생겨버려서. 일이 어떻게 된 건지는 알겠지."

피가로는 대머리였고 프레디보다 열 살 정도 많았다. 아마도 창녀 문제에 대해서는 잘 모를 것이다. 그가 고개를 저었다. "이런 젠장. 대체 무슨 의도로 그런 말을 하는 겁니까?"

누군가 무도회장을 빙글빙글 돌아가게 만들던 스위치를 내렸다. 공기는 담배 연기와 술 냄새로 탁했다. 지저분해진 하얀 천이 깔린 테이블 앞에는 테시오의 조직에 있었던 남자 네 명이 앉아 도미노 게임을 하고 있었다. 그들 중 두 명은 디미첼리 형제인데 한 명이 오늘 밤 입단한 에디의 아버지였다. 다른 두 명은 프레디가 모르는 사람들이었다. 그는 브룩클린 남자들을 그다지 좋아하지 않았다.

담청색 안락의자에 로코 람포네가 구부정한 자세로 앉아 창밖을 내다보며 뭐라고 혼잣말을 중얼거리고 있었다. 그 모습에 프레디는 주위 장식은 제쳐두고라도 마치 가위누스의 허름한 술집에 들어온 것 같다는 느낌을 받았다. 아침마다 단골손님에게 주는 이 빠진 머그잔에 브랜디가 가득 든 커피를 마시며 조용한 가운데, 가끔씩 불만 섞인 목소리라든가, 튀는 주크박스 음악소리라든가, 세상이 어떻게 되가느냐는 우려 섞인 한마디가 들려오는 그런 술집.

"이런! 우리의 부두목님 아니신가." 디미첼리 형제 중 한 명이 외쳤다.

프레디는 누군가 거기에 맞춰 농담을 터뜨리기를 기다렸다. 그는 그 지위를 달라고 한 적이 없었다. 사람들이 자기를 약하다고 생각하는 것도 잘 알고 있었다. 그리고 자신이 책임지고 있는 일이나 마이클이 무슨 이유로 자신에게 이런 지위를 만들어주었는지에 대해 모두들 확실하게 모르고 있다는 것도 알고 있었다. 사실 오늘 모임에 참석하지 못한 건 상관없는 일이었다. 그 자리에 앉아 있던 네 명의 남자들은 고개만 살짝 숙이며 투덜거리듯 인사했다.

로코가 프레디에게 손짓했다. 그의 옆 창가에 비어 있는 금속 의자가 하나 놓여 있었다. 밖에서는 시끄러운 재즈 캄보*가 옥상에 만든 임시 무대에서 흑인들의 유명한 음악을 연주하고 있었다. 옥상에는 사람들이 가득 모여 있었는데, 수영장에는 아무도 없었다. 슬롯머신 열두 대, 블랙잭 테이블 네 대, 그리고 크랩 테이블 두 대가 옥상에 옮겨져 있었다. 또 몇 개의 바가 설치되어 있었고, 아침식사용 뷔페도 차려져 있었다.

"저건 대체 뭐 하는 건가?" 프레디가 그쪽을 가리키며 물었다.

"대체 자넨 어디 있었나?" 로코가 되물었다.

"디트로이트. 그리고 로스앤젤레스. 비행기를 놓쳤네. 말하자면 길어."

"내가 듣고 싶은 이야기는 하나뿐이야. 여기로 돌아온 후에 어디 있었느냐는 거지. 호텔에 있었나? 여기서 내가 얼마나 기다렸는지…." 로코가 못 쓰게 된 다리를 문질렀다. "날 기다리게 만들었단 말이야. 여기서, 자네가 말일세."

도미노 게임을 하던 남자 한 명이 낄낄 웃어댔다. 프레디가 어깨 너머로 돌아보았다. 웃고 있는 사내는 다른 대머리 남자의 머리를 쓰다

---

* 소편성의 재즈 악단

듣고 있었다. 대머리 남자는 재미없다는 표정으로 그 자리에 앉은 채 참고 있었다.

"난리 났군, 대체 저긴 뭘 하고 있는 거냐니까?" 프레디가 물었다.

"일단 앉게." 로코는 결코 말이 많은 사람이 아니었다. 그의 얼굴에 나타난 표정으로는 이제 무슨 이야기를 할지, 어떤 식으로 말을 할 것인지 전혀 예측할 수 없었다.

프레디가 자리에 앉으며 불쑥 물었다. "어머니에 대한 건가?"

"아니." 로코가 고개를 저었다. "사고가 있었어. 우리 친구가 당했네. 유감스러운 일이지만 말이야."

금세라도 무너질 듯한 무대 위에서 라스베가스의 시장 —예전에 지크필드의 댄서를 했던 늙은 여자로, 지금도 그때 모습이 남아 있다고 프레디는 생각했다— 은 할 미첼이 보낸 갈색머리 여자에게 적응하려 애쓰고 있었다. 그녀는 누구도 경쟁이 되지 않을 듯한 비현실적으로 큰 가슴에 미스 원자폭탄이라고 쓴 오렌지색 장식 띠를 두른 채 웃고 있었다. 보석이 달린 왕관은 그녀에게 너무 꽉 낄 것처럼 보이기까지 했다. 미스 원자폭탄은 머리를 거대한 버섯구름 모양으로 틀어 올리고 있었다. 시장은 어떻게든 그 자리에서 앞으로 나오려고 애를 썼지만, 미스 원자폭탄의 가슴에 부딪히는 것을 피할 수가 없었다. 그러자 이번에는 최대한 뒤로 물러나 미스 원자폭탄과 거리를 두려고 했다. 시장은 그 자리에서 꼼짝도 않은 채 갈색머리에게 왕관을 건네주었다. 미스 원자폭탄은 자기 스스로 왕관을 썼다. 그녀는 당당하게 보였다. 정말 행복한 젊은 여자였다. 그녀의 수영복은 너무 짧아 배꼽이 보일 정도로 아슬아슬하게 걸쳐져 있었다. 트롬본 연주자가 연주를 시작했다. 미스 원자폭탄은 마이크를 들고 앞으로 걸어 나와 노래를 부르기 시작했다. "주를 찬양하면 총알이 피해가리."

도박 테이블에는 사람들이 잔뜩 모여 있었다. 슬롯머신 기계도 빈자리가 하나도 없었다. 사람들은 곳곳에 놓여 있는 긴 의자와 야외용 테이블에 앉아 종이 접시 위에 달걀을 쌓아올리고 있었다.

프레디는 미처 상황이 어떻게 돌아가는 지도 모른 채 그 자리에 있었다. 호텔 방 안에서도 바로 옆에 경호원이 붙어 있었다. 피가로와 카프라, 그리고 뉴욕에서 온 두 남자는 클리블랜드에서 있었던 사고 이후로 혹시 모를 사태에 대비해 그림자처럼 그를 지키고 있었다.

미스 원자폭탄은 노래를 부르며 이리저리 뛰어다니면서, 너무나도 정직해 보이는 환한 미소를 짓고 있었다. 아무리 이성적인 사람이라 하더라도 그녀를 비난한다거나 실망시키는 일은 할 수 없을 것만 같았다. 그녀는 "A열차에 타고"를 "원자폭탄을 떨어뜨리고"로 가사를 바꿔 부르기 시작했다.

프레디는 아침 일찍부터 비둘기들을 내쫓으면서 창밖을 내다보았다. 충분히 잘 보였다. 그가 비상구로 머리를 내밀 때마다 지칠 대로 지친 경호원들은 그를 예수가 흑인을 낳기라도 한 것 같은 얼굴로 쳐다보곤 했다.

그 순간 갑자기 주위가 조용해졌다. 밴드는 연주를 중단했고, 손님들의 재잘거림도 쏙 들어가버렸다. 길 아래에서 들려오는 희미한 차 소리만이 행사가 중단되었다는 사실을 알려주고 있었다. 프레디는 위를 쳐다보았다. 그러자 북동쪽 하늘에서 말불버섯 같은 하얀 연기가 치솟았다. 그러자 소리도 다시 되돌아왔다.

이게 다야?

옥상 위에 있던 사람들은 모두 어슬렁거리고 다니면서 도박만 하고 있었다. 슬롯머신 귀신들은 돌아가는 과일 그림에서 시선을 떼지 못하고 있었다. 미의 여왕만이 폭탄이 터진 것을 보며 환호를 보낸 유일한 사람인 것처럼 보였다. 그때였다.

건조기 안에 태양등이 세워져 있기라도 한 것처럼 건조기가 그의 머리 뒤쪽에서 뭔가 번쩍했다. 프레디는 두 손을 들어 눈을 가렸다.

두 번째는 좀 더 빨랐다. 백 킬로미터도 넘게 떨어진 둠 타운이라는 이름의 소금 개간지에는 평범하게 모여 있는, 다양한 모양으로 지어진 미국 주택들이 있었다. 집집마다 다양한 냄새로 가득 차 있는 주방에서, J.C. 페니에서 만든 옷을 입은 인간과 똑같이 생긴 마네킹들이, 냉동된 보통 음식 —완전히 똑같지는 않은— 을 먹기 위해 식탁을 둘러싸고 앉아 있었다. 둠 타운의 안과 밖에는 폭탄의 낙하점을 알리는 15미터 높이의 탑들이 여기저기에 서 있었고, 수십 개의 개별 우리에는 이상하게 조용한 돼지들이 있었다. 2백 명의 미국 병사들이 둠 타운에서 1.6킬로미터 떨어진 외곽에 참호를 파고 몸을 웅크린 채 그 광경을 지켜보고 있었다. 미국 정부는 2,900톤의 폭탄을 폭발시키기로 했다. 처음과 두 번째의 폭발이 일어나자, 탑 근처의 주택들과 마네킹, 음식, 돼지들은 모두 불꽃과 바람, 먼지로 변해버렸다. 좀 더 멀리 떨어진 곳은 정부가 설치한 카메라가 찍고 있었다. 판자벽에는 불이 붙고, 몽땅 타버린 잔디 위에 서 있던 마네킹도 산산조각이 났다. 부서진 의자 안에는 웃고 있는 아기의 머리가 떨어져 있었다. 불이 붙은 돼지는 비명을 지르며 이리저리 돌아다니다가 폭발해버렸다. 다시 0.5초쯤 지나자, 역시 모든 것이 먼지로 변해버렸다. 다시 0.5초가 지나자, 보통 허리케인의 스무 배만큼 뜨거운 바람이 남아 있는 모든 것을 날려버렸다. 무엇이든 잔모래로 변해버렸다. 모래, 소금, 유리, 철, 나무, 우라늄 조각, 죽은 돼지의 뼛가루까지도. 그 돼지들은 가죽이 인간의 피부와 가장 유사하다는 이유로 폭탄이 투하되었을 경우 어떻게 되는지 실험해 보기 위해 희생되었다. 초음속의 속도로 추수감사절 저녁식탁과 반들거리는 자동차, 진짜 파이프 담배를 문 플라스틱 목사와 단단한 재질로 만들어진 모니터 장비, 벽돌 벽을 포함한 모든 것들이 날아가 버렸다. 참호도 붕괴되었다. 군인들은 산 채로 파묻혔지만 모두 즉시 구조되었다.

탑에서 천 미터 이상 멀리 떨어진 곳에 있던 돼지들은 대부분 목숨은 건졌지만 화상이 너무 심해 방사능 측정기 근처로 몰고 오기 전에 총으로 쏴서 죽여 버렸다.

헤이건 가족은 기르던 늙은 닥스훈트인 가르반조를 결국 찾지 못했다. 차라리 다행스런 일이었다.

주 무대는 사실 둠타운이었다. 공식적으로 기밀 취급하고 있기는 했지만 ―그 주택들(라스베가스의 토건업자가 지은 것이 확실했다)과 심지어 음식(샌프란시스코의 음식 도매업자로부터 신선한 음식을 배달받았다고 한다)까지도 어디선가 가지고 온 것이 분명하다는― 알려진 비밀 이상의 뭔가가 더 있다는 소문이 돌았다.

할 미첼이 운영하는 모래의 성 옥상은 편안한 관람석이었다. 프레디 코를레오네가 두 손으로 눈을 가려야겠다고 생각한 순간부터 얼굴을 가리는 그 순간까지도 열기는 미치지 않았다. 그 이후에 느껴지기는 해도 보이지는 않는 먼지 같은 것이 내려앉았다. 무시해도 괜찮을 정도의 양이었다. 사람들은 계속 도박을 하며 자리를 떠나지 않았다.

"여기라고 괜찮을 리 없어." 프레디가 말했다.

"이것 때문에 말입니까?" 이발사가 대기 중에 떠도는 먼지를 가리키며 물었다.

어린 염소치기는 눈송이라도 받아먹듯이 혓바닥을 내밀었다.

“공산주의자들은 이 망할 먼지에 뭔가가 들어 있기를 원할 겁니다. 하지만 이 실험은 그저 러시아인들이 미국을 따라잡을 수 있을 거라는 생각을 그만두게 하려는 정부의 작전일 뿐이예요. 그러니까 절 믿으세요. 아무것도 아닙니다. 그저 먼지예요. 그 이상은 아무것도 아니라니까요.” 이발사가 말했다.

“아무것도 아니란 말이지.” 프레디가 셔츠 소매에 붙는 보이지 않는 먼지들을 털어내며 중얼거렸다.

바로 그때 카지노에서 제일 높은 곳에 있는 난간에 가려 보이지 않는 두 개의 창문도 박살나버렸다. 그 창문은 무도회장의 거울로도 쓰였었다. 거대한 거울 두 개로 되어 있는 무도회장이었다. 도미노 게임을 하던 패트릭 헨리 사교 클럽 소속 늙은이들이 서서 그것들을 보고 있었다. 프레디는 쳐다보지 않았다. 그가 그래야 할 이유가 없었다. 그 창문은 완전히 깨져 있었다. 깨진 유리조각들이 모두 안쪽으로 박힌 채.

제3부

1955년 가을 ~ 크리스마스까지

12

토니 몰리나리와 프랭크 팔코네의 죽음은 전국의 암흑가를 충격으로 몰아갔다. 그들이 이제 막 평화를 유지하기 위해 무언가 하려는 것처럼 보였던 시점에 찾아온 죽음이라 더욱 그랬다. 정황과 상관없이 누구나 그 사건은 사고라고 생각했다. 심한 폭풍우와 수직하강 기류의 호수 효과에 의한 사고라고 사건은 마무리되었다. 그러나 그 사고의 유일한 생존자인 제럴드 오멜리의 행방을 찾지 못하자 의심이 일기도 했다. 제럴드 오멜리가 클리블랜드의 관제탑에 의미가 분명하지 않은 말을 남긴 것으로 보아 그는 비행기 사고가 의도적으로 계획되어진 것이 아니냐는 의심을 품었던 것으로 보였다. 충돌 직전까지 차분한 목소리로 이야기하던 그가 갑자기 "소노 포투토"라고 소리쳤기 때문이다. 미국연방항공청(FAA)의 보고서에 따르면 그 이탈리아어는 "나는 끝났다"라는 뜻으로 해석되고 있었다. 하지만 수사관들은 고의적인 사건이라는 증거를 발견하지 못했다. 그들은 조종사의 실력 부족이라는 단정을 내렸다. 그 사건은 사고로 결론지어졌다. 조종사의 실수로 인한 사고였다.

죽은 네 명이 마지막으로 참석했던 장례식이 비토 코를레오네의 장례식이었다는 의미 없는 우연의 일치도 많은 이야기들을 불러일으켰다. 하지만 19세기 시칠리아에서 시작된 마피아의 암울한 투쟁의 근원은 오늘날까지 이어져 오고 있었다. 모든 인간의 행동은 하나의 거대한 거미줄의 일부로, 흔들림이나 진동이 없는 것은 전체적으로 느끼기에는 너무 미세하기 때문이다. 호의적이든 폭력적이든, 의도적이든 고의가 아니든, 공격성을 가지고 태어나든 본능적 자위성을 가지고 태어나든, 열정적인 기질을 가진 지역에서 태어나든 냉정한 기질을 가진 지역에서 태어나든 간에. 시칠리아인의 모국어는 미래 개념이 부족하고, 과거와 현재를 하나로 생각하는 것으로 유일한 언어였다. 6천년 동안이나 타인의 침입과 점령을 견뎌낸 시칠리아인들은 사건인지 우연의 일치인지에 대한 의미를 따지는 것보다는 행동의지를 더 중요하게 여기고 있었다. 개별적으로는 다른 것과 구분할 수 없을지도 모르는 일이었지만. 시칠리아인들은 이 세상에 앞뒤 없이 일어나는 일은 없다고 여겼다.

해안 경비대의 구조대원들은 유일한 생존자인 오멜리라는 남자를 근처 병원으로 호송했다. 당시 담당 간호사는 일지에 오후 10시 25분, "제럴드 오멜리, 백인 남성, 38세"라고 기록했다. 그의 앞주머니에 가득 들어 있는 지폐 한가운데에 있던 네바다주의 운전 면허증을 보고 기입한 것이었다. 그의 부러진 다리는 고정시켜 매달아 놓았고, 금이 간 늑골에도 붕대를 감았으며, 다른 상처들도 모두 봉합했다. 심각한 장기 손상은 보이지 않았지만 검사는 계속 이어졌다. 당장은 의식불명의 상태였지만, 장기적으로 봐서는 호전될 것으로 예상되었다. 그의 병세는 치명적 상태에서 위험한 상태로 호전됐다. 그의 차트를 보면 의사들은 오전 4시 18분에 그에 대한 치료를 끝냈다. 마지막으로 남아 있는 기록은 오전 4시 30분이었는데, 마치 누군가 위조한 것처럼 보였다. 아무도 그 일을 주목하지 않았지만, 그 시간에 차트에 알아보기 힘든 서명을 남긴 사람이 누구인지 병원에서는 확인되지 않았다.

바로 그 시간, 비행기와 다른 4구의 시체를 건져내는 일이 진행되고 있었다. 시신의 일부는 물 위에 떠 있었고, 새벽의 어슴푸레한 빛 속에서 사람들이 그것을 건져내었다.

시신들의 신원은 아직까지 알려지지 않았다. 기자들과 경찰들에게는 피해자들의 신원에 대한 함구령이 내려졌다. 디트로이트에는 그 비행기의 비행 계획이 서류로 남아 있어야 하는데, 어떻게 된 일인지 아무도 그 서류를 찾아내지 못했다. 디트로이트를 떠난 비행기는 그날 아침, 12시간 동안 어딘가에 착륙했던 것으로 확인되었다. 조종사는 버크 레이크 프런트 공항에 무선으로 디트로이트에서 오는 길이라고 했다. 관제탑도 그 점에 대해 명확히 알아보려 했지만, 그때 비행기의 무선 송신이 벼락 때문이었는지 지지직거리다가 끊겨버리고 말았다. 그런 점으로 보아 그 비행기는 조난을 당했으며, 모든 주의가 안전하게 착륙하는 문제로만 돌려졌다는 것이 분명했다.

비행기의 측면에 박혀 있는 로고는 뉴욕의 버펄로 외곽에 위치한 정육회사의 것이었다. 술에 취한 채 잠을 자고 있던 그 회사의 회장은 수사관이 전화를 걸자, 처음에는 잘못 걸었다고 대답하며 자기 회사에는 비행기가 없다고 했다. 수사관이 분명하냐고 확인하자, 회장은 잠시 아무 말 없다가 다시 말을 바꾸었다. "맞-네-요. 우리 회사 비행기예요." 그리고는 전화를 끊어버렸다. 즉시 주립 경찰들이 심문하기 위해 그의 호반 주택으로 달려갔을 때 그는 샤워에 면도를 하고, 단정하게 옷을 차려입고 거실에서 기다리고 있었다. 뉴욕주의 검찰 총장을 지낸 적이 있는 변호사를 대동하고 있었다. 변호사는 자신의 의뢰인을 대신하여 경찰들에게 문제의 그 비행기는 의뢰인이 친구인 조셉 잘루치 - 올해의 미시간 자선가상을 두 번이나 받았을 뿐만 아니라 1953년 이후 디트로이트 위원회의 일원으로 활동하고 있는 유명한 인물- 에게 지난 주말 디트로이트에서 있었던 잘루치 딸의 결혼식에 참석하는 하객들의 이동을 돕기 위해 선물로 내준 것이라고 말했다. 그러므로 의뢰인은 소환에 응하지 않을 거라고 말했다. 그리고 이번 사건에 대해 의뢰인은 언론을 통해 알려진 사실 이외에는 비행기 탑승자와 비행의 자세한 일정 같은 것에 대해서는 전혀 모른다고 했다. 변호사는 경찰들에게 수색과 체포를 위한 영장을 가져 왔는지 물었다. 그런 다음 의뢰인이 이 비극적인 사건에 대해 홀로 애도할 수 있도록 그만 나가줬으면 좋겠다고 말했다.

조셉 잘루치의 변호사는 잘루치가 그 사고를 일으킨 남자에 대해서 민간 조종사 자격증을 가지고 있다는 것과 뉴욕에 있는 유명한 전세 회사에서 일한다는 것 외에는 아는 바가 없다고 말했다. 그는 잘루치가 전화로 고용한 사람으로, 잘루치는 이번 사건의 희생자와 유가족들에게 깊은 애도의 뜻을 표하고 있다고 말했다.

'제럴드 오멜리'는 차트에 마지막으로 기록이 남아 있는 4시 18분에서 5시 사이에 사라졌다. 당직 간호사가 병실에 들어가 보니, 침대는 비어 있었고 환자의 팔에 연결해 놓았던 줄들만 치료 기구에 매달려 있었다. 그의 부러진 다리를 고정시켰던 도르래 역시 사라진 걸로 보아 환자가 달고 간 것으로 보였다.

닉 제라치는 몇 번 체포되었던 적이 있었다(한 번도 유죄를 받은 적은 없지만). 그래서 그의 지문은 기록에 남아 있었다. 하지만 그가 병원에 실려 왔을 때 그의 지문을 확인해야 할 이유가 없었다. 제라치는 병실에 남아 있는 자신의 지문을 모두 지워버렸다.

제럴드 오멜리를 자주 살펴보아야 할 책임이 있던 당직 간호사 두 명은 서로에게 그 책임을 미루었다. 수간호사는 결국 그 일로 책임을 지고 불명예스럽게 직장을 그만두어야 했다. 그녀는 플로리다로 이사를 갔고, 낮은 월급을 받으며 집에서 간병해주는 일을 하게 되었다. 세 월이 지난 뒤, 그녀는 잠든 채 평화롭게 죽었다. 그때 그녀는 대공황을 거친 세대의 저축 습관으로 인해 부자가 된 아이들에 대한 글을 읽고 있었다.

몇 군데의 경찰 부서와 수많은 기자들이 실종된 조종사의 미스터리를 풀기 위해 몇 달 동안 매달렸다. 그러나 모두 실패했다. 미국 상원에서는 이 사건에 대중의 관심이 쏠린 것을 이용해 이번 사건을 비롯하여 점차 극성을 부리고 있는 여러 문제들, 이를테면 미국 내 범죄조직의 공산주의자들에 대한 위협 등에 대한 청문회를 개최할 것을 의논하기 시작했다. 의사록에는 다양한 말들이 기록되었다. "너무 늦은 감이 있다", "아마 피할 수는 없을 것이다", "우린 여자와 아이들을 지켜야 할 의무가 있다. 그게 우리의 삶의 방식이다" 등등.

운전 면허증은 위조된 것은 아니었다. 하지만 네바다주의 출생증명서의 기록으로는 제럴드 오멜리라는 이름의 주인은 이미 아기 때부터 뉴햄프셔 공동묘지에 묻혀 있었다.

이것이 어떻게 된 일인지는 오직 하느님과 톰 헤이건 알고 있었다. 그 공동묘지는 길가에 있었는데, 그곳에서 북쪽으로 몇 킬로미터만 더 가면 케이 아담스 코를레오네가 자란 도시의 중심가로 연결된다. 마이클이 매제를 처단한 후, 케이에게 그 일에 대해 거짓말을 했고, 그 사실을 알게 된 그녀는 결국 그를 떠나버렸다. 케이는 아이들을 데리고 자기 부모가 사는 곳으로 갔다. 마이클은 딱 한 번 전화를 걸었을 뿐이다. 그리고 1주일이 지났다. 어느 날 아침, 리무진을 탄 헤이건이 그곳에 왔다. 헤이건과 케이는 오랫동안 숲을 걸었다. 마이클은 그녀가 원하는 것은 무엇이든 주고 싶고, 아이들을 맡아서 키우는 동안 무엇이든 원하는 일을 해도 좋다고 했다. 하지만 마이클은 케이를 사랑했고, 그녀는 그의 돈이라고 했다. 직업적인 특수성에 따른 농담이긴 했지만. 헤이건은 그런 마이클의 전갈을 전하는 대신, 먼저 마이클이 그렇게 할 수밖에 없었던 상황에 대해 자세히 설명해주었다. 그 때문에 헤이건 자신의 목숨이 날아갈 수도 있다는 점은 염두에 두지 않은 행동이었다. 하지만 덕분에 일은 잘 풀렸다. 케이는 결국 집으로 돌아왔으니까. 그리고 나서 헤이건은 뉴욕으로 돌아오는 길에 눈에 띄는 도서관에 우연히 들렀다. 오래된 지역 신문을 넘기다가 디프테리아에 걸려 생후 11개월 만에 하느님의 곁으로 가게 된 제럴드 오멜리의 안타까운 사연을 알게 되었다. 헤이건은 리무진을 그 자리에 내버려둔 채 걸어서 군청 청사까지 갔다. 헤이건은 별다른 특징이 없는 남자였다. 그래서 도서관이나 군청에서 그가 떠난 후에 사람들이 자신을 기억하지 못하게 하려면 어떻게 행동해야 하는지 잘 알고 있었다. 헤이건은 여러 곳으로 여행을 다닌 덕에 곳곳에서 출생증명서의 사본을 모을 수 있었다. 그리고 결코 한 번 갔던 군청에는 더 이상 가지 않았다. 그는 그런 사본들을 시어스의 카탈로그 두께 정도로 모아 놓았다. 제라치가 아일랜드 이름을 하나 달라고 했을 때 불쌍한 오멜리의 이름은 맨 위에 놓여 있었다.

죽은 사람들의 신원이 확인되자 일반에도 알려졌다. 모든 사람들이 빈센트 포를렌자가 누구인지, 그가 지내는 래틀스네이크섬에 그 비행기가 사고 당일 오후에 머물렀을 것으로 추정됨에 따라 의심받고 있다는 것을 알게 되었다. 그렇지만 그 조종사가 포를렌자의 진짜 대자라는 사실을 어렴풋이나마 아는 사람은 없었다. 관계당국 역시 아무것도 입증하지 못했다. 포를렌자는 사고가 난 후 이틀 동안 심문을 받았지만, 이번에도 변호인단이 그 옆을 지키고 있었다. 만일 그가 법적으로 하자가 없다 해도 그렇게 많이 텔레비전에 나왔을 것인지 의심스러웠다. 조직 폭력? 그가 좋아하는 은신처가 섬이었나? 이제 그는 모든 이야기를 들을 수 있었다. 어쨌든 포를렌자는 주말 동안, 일요일 오후만 제외하고는 내내 집에 있었다. 소위 조직 폭력범이라고 불리는 자들이 래틀스네이크섬에 갔을 때 과연 무슨 일이 있었던 걸까? 회담? 교섭? 상관없었다. 포를렌자는 문제의 그날, 노동조합의 후원으로 개최된 노동절 파티에 참석했었다고 말했다. 모두들 해변에 커다란 텐트를 치고 모여 차가운 맥주를 마시다가 갑자기 큰 비가 쏟아지는 바람에 중요한 국가적인 명절을 축하하려는 기분을 망치고 말았지만 말이다. 그리고 이 사실은 클리블랜드 트럭 노동자 조합의 사무실에 가면 누구한테 물어도 확인해줄 거라고 했다.

경찰은 오멜리의 신체 특징에 대해 구조대와 의료팀에 물어보았지만 알아낸 사실이 거의 없었다. 그들이 본 건 그 남자가 아니라 그의 상처였다. 환자의 생명 징후에만 신경을 썼지 아무도 그 남자의 귀의 크기라든가, 눈의 모양(그것도 감겨 있는), 부러진 콧날의 미묘한 모양에 대해서는 주의를 기울이지 못했다. 더군다나 두 번째로 부러진 코는 보라색으로 잔뜩 부어 있어서 원래 어떤 모양인지 알기도 힘들었다.

코를레오네나 포를렌자의 조직 외부에서도 제럴드 오멜리가 닉 제라치와 동일 인물이라고는 아무도 생각조차 하지 못했다. 패밀리의 밖에서는 아무도 제라치가 누구인지, 무슨 일을 했는지에 대해 많이 알지 못했다. 그가 7년간 링에 섰다는 것도, 더군다나 그것도 전부 미리 짜고 하는 시합이었다는 것도 어린 시절 친구들은 그를 알아볼 수도 없을 정도로 얼굴이 바뀌었다는 것도 몰랐다. 제라치는 본명보다는 가명으로 많이 싸웠기 때문에 가명으로 기억되고 있었다. 권투선수들은 매일 근육을 키웠고, 그렇게 머리가 굳어진 채 근육만 남은 자들 중 절반은 조직의 졸개가 되었다. 하지만 그런 남자들이 모두 제라치처럼 큰돈을 벌게 되는 것은 아니었다. 하물며 법학 학위를 따내는 일이야 말할 것도 없었다. 그는 뉴욕에서 샐리 테시오의 보호 아래 있다고 알려져 있었다. 하지만 사람들의 이야기를 전부 모아보면, 그가 자신에게 맡겨진 일은 어떤 불가능한 일이라도 해냈다는 것이 남들과 다른 점이라고 할 수 있었다. 그렇게 제라치는 예외적인 인물이 되었고, 좀 더 높은 자리를 찾아가기 시작했다. 그는 점차 많은 사람들에게 알려지게 되었지만, 동시에 그 누구에게도 알려지지 않기도 했다. 제라치는 눈에 띄는 인물이었지만, 대부분의 사람들은 그를 못 알아보거나, 그 자리에서 사라져도 알아차리지 못했다. 심지어 그가 투션의 간이식당에서 조니 폰테인의 신곡을 흥얼거리고 있거나 또는 공중전화를 기다리며 동전을 두드리고 있어도 알아보지 못했을 것이다.

세상은 정말 이상했다. 몇 달 동안 닉 제라치는 아무도 모르는 곳에서 숨어 지냈다. 그곳이 어디인지 아무도 알지 못했고 누구도 그를 찾아낼 수 없었다.

원숭이 리처드 애스프로몬트 —예전에 딱 한 번 앞이 안 보이는 여자가 그에게 왜 그런 별명을 가지게 되었는지 물었던 적이 있다— 는 L.A.에 묻혔고, 그 후에 구시 시체로의 클럽에서 추모 연회가 열렸다. 건배의 시간이 되자 애스프로몬트 집 안의 네 형제는 재키 핑퐁을 쳐다보았다. 재키는 원숭이 리처드에 대해 잘 알지 못했지만 감동적인 말들을 늘어 놓으며, 슬픔에 잠긴 고인의 어머니를 위로했다. 샌프란시스코에서는 레프티 만쿠소의 부모가 조용히 아들의 장례식을 치루고 있었다. 장례식에는 유 디마지오의 동생이 유일한 명사로 참석했는데, 그는 레프티와 고등학교 동창이었다. 몰리나리 가족 중에서는 유일하게 몰리나리의 동생인 니코데모가 참석했다. 경의를 표하느라 경호원들도 한걸음 물러선 채 그의 옆을 지켰다. 앞에는 경찰 정예부대와 호기심 가득한 구경꾼들이 몰려와 있었다.

보통 이런 위치에 있는 사람의 장례식에는 친한 친구들뿐만 아니라 돈도 참석해야 했다. 하지만 지금은 보통 때가 아니었다. 그러다 보니, 재키 핑퐁과 니코데모 몰리나리가 당연히 표면으로 나서 평화적으로 조직들의 관리에 나서기 시작했고, 그렇게 함으로써 자기들의 작은 조직을 세상에 널리 알렸다.

애스프로몬트와 만쿠소의 두목 격인 프랭크 팔코네와 토니 몰리나리는 그 다음 날 매장되었다. 두 사람은 공동의 친구들이 많았다. 하지만 어느 누구도 두 곳의 장례식에 동시에 참석할 수는 없는 법이었다.

선택은 이미 끝났다. 이제 그 선택을 지켜보아야 했다.

톰 헤이건은 막다른 길에 있는, 아직 완성되지 않은 집 앞을 이리저리 걷고 있었다. 길 전면을 가로막은 채 주차된 차 안에는 알 네리와 남자 두 명이 타고 있었다. 마이클 코를레오네는 담배를 피우면서, 헤이건에게 몸값 같은 것을 지불해야 할지도 모를 상황에 대비해 추적당하지 않도록 현금을 모아야 한다고 말했다. 헤이건은 시가를 피우고 있었다. 마이클은 돈의 출처를 보호하고 싶었다. 한편으로는 이 모든 상황에서 헤이건을 보호해야 할 필요도 있었다. 헤이건은 막다른 길 앞에서 걸음을 멈췄다. 길 저편에서 이제 열세 살이 된 아들 앤드류가 팔에 미식축구공을 끼고 대문으로 뛰어나오다 네리의 차를 보고는 사춘기 소년답게 화가 난다는 듯 고개를 축 늘어뜨리고 다시 집 안으로 들어갔다. 헤이건의 시선은 마이클의 얼굴을 비켜 톱니 모양의 지평선 어딘가에 고정되었다. 그리고 꽤 한참 동안 아무 말도 하지 않았다. 마이클은 새로 담배를 꺼내 불을 붙인 다음, 그렇게 할 수밖에 없다고 말했다. "하지만 몸값 같은 건 내지 않을 거잖아, 안 그래?" 헤이건이 물었다. 마이클은 실망한 것이 분명한 얼굴로 그를 쳐다보았지만, 어깨만 으쓱해 보일 뿐이었다. 헤이건은 한참을 더 묵묵히 있었다. 그런 다음 반쯤 남은 시가를 하얀 시멘트 위로 던져 버리고는 말했다. "날 지켜줘." 그건 부탁이나 믿지 못하겠다는 표현이 아니라 일종의 단언이었다. 마이클이 고개를 끄덕였다. 더 이상 말은 필요 없었다.

마이클은 로코, 클레멘자, 프레디를 집으로 불렀다. 그들은 허둥지둥 2층으로 올라가 마이클의 금빛 책상 앞에 놓인 오렌지색 플라스틱 의자에 앉았다. 마이클은 단도직입적으로 그들에게 제라치가 어떻게 되었는지 아는 사람이 있느냐고 물었다. 모두 모른다고 담담하게 대답했다. "자네도 모르는 건가?" 로코가 묻자 마이클이 고개를 저었다. 그러자 모두 놀란 것처럼 보였다. 그 사고 자체도 심각했지만 나중에라도 조종사가 제라치라는 것을 사람들이 알게 된다면 틀림없이 문제가 될 것이다. "안 좋은 소문이 날 수도 있겠군." 클레멘자가 말했다.

마이클도 고개를 끄덕였다. 이 혼란스러운 상황을 진정시킬 수 있는 유일한 방법은 패밀리들의 모임을 요청하는 것뿐이었다. 형 소니가 살해당한 후 그의 아버지가 곧장 패밀리들의 회합을 주선했던 것처럼. 어떻게 보면 그런 날씨에 권투 시합을 보러 가려고 했다는 것 자체가 어리석은 생각이었다. 아무리 시합에 큰돈을 걸 팔코네가 무리해서 가겠다고 했더라도 말이다. 원상회복을 위해서는 모든 돈들을 모아 이 문제는 이제 끝난 거라고 결론을 내리고, 거짓으로라도 모두의 찬성을 얻어내야만 했다. 그래야만 그들이 평화 협정을 정식으로 승인할 수 있기 때문이다. 모두에게 이로운 일이었다. 그렇다. 그리고 이번 모임은 루소를 위원회에 참여시킬지 말지를 결정하는 자리가 되기도 할 것이다. 하지만 전쟁이 최종적으로 끝났다는 것을 확인하게 된다면 그 무엇보다도 큰 가치가 있을 것이다. 이제 모든 일은 머지않아 일어나게 될 것이다. "하지만 지금 당장 우리에게 무슨 일이 일어날지 모르는 상황입니다. 회담을 불가능하게 만들기 위한 은닉이라든가 납치 사건이 있을 수도 있어요. 어쩌면 정부에서 압력이 들어올지도 모르죠." 마이클이 말했다.

클레멘자는 콧방귀를 뀌고는 클리블랜드에서 뭔가 썩은 냄새가 난다고 말했다. 마이클은 고개를 들어올렸다. 클레멘자가 말했다. "난 동성애자로 그려진 햄릿을 본 적이 있다네. 유명한 작품이었지. 그렇게 나쁘지는 않았어. 예전에는 자네도 곤란했겠지만." 그러면서 클레멘자는 프레디를 쳐다보았다. "뭐가요?" 프레디가 되묻자 클레멘자는 어깨를 으쓱해 보이고는 마이클 쪽을 돌아보았다. 그리고 포를렌자의 부하들이 비행기 사고를 일으킨 건 아닌지, 그리고 사람들이 그쪽에서 비행기 사고를 일부러 일으켰다는 생각을 더 이상 하지 않게 되더라도 제라치의 신분을 계속 비밀로 지켜줄 거라고 생각하는지에 대해 물었다. 그렇다면 지금 이 상황에서 최선의 방법은 유태인인 포를렌자가 자신의 대자가 타고 있는 비행기 사고를 일으켰을 리는 없다는 것을 확실히 밝혀주는 것이라고 말했다. 어쩌면 포를렌자가 자기 대자를 보호하기 위해 엉뚱한 시도를 한 것은 아닐까? 우리에게서조차 그를 보호하기 위해서.

아래층에서는 귀가 잘 안 들리는 마이클의 장인이 틀어 놓은 텔레비전 소리가 울리고 있었다. 아들 안토니는 귀청을 찢어놓을 듯한 가성으로 카우보이쇼의 주제곡을 따라 부르고 있었다.

"젠장, 완전 엉망진창이군. 골치 아프게 됐어. 다른 방법도 얼마든지 있는데 말이야." 프레디가 말했다.

마이클이 고개를 끄덕였다. 프레디의 말에 동의하는 것이 아니라 잠시 생각에 잠겨 있다는 것을 알리려는 듯 고개를 천천히 끄덕였다. 한숨 돌리기에 적절한 시점이었다. 형인 프레디를 소토 카포의 자리에 올린 뒤부터 마이클은 클레멘자와 람포네처럼 믿을 수 있는 사람들 앞에서조차 프레디의 말에 반박하지 않았다.

"일단 제라치에게 무슨 일이 일어났는지 가능한 빨리 알아내는 수밖에 없겠군요." 마이클이 말했다.

그는 덴마크제 책상에 몸을 기대었다. 이제 생각은 그만해야 했다. 본격적으로 일에 착수해야 할 시간이었다.

다음 날, 클레멘자는 뉴욕으로 돌아갔다. 이제 모두에게 평화가 왔다는 것을 보여주고, 사고가 일어나지 않게끔 자신의 조직을 이끌어야 할 책임이 그에게 떨어졌다. 그의 부하들 역시 마찬가지였다. 그 다음 날에는 로코 역시 뉴욕으로 갔다. 그는 제라치의 부하들을 알고 있었기에 그곳에 남아 제라치로부터 조직에 무슨 지시가 내려오지는 않는지 살펴보기로 했다. 프레디는 임시로 네바다에 있는 로코의 부하들을 책임지기로 했다.

코를레오네 패밀리는 토니 몰리나리와 오랫동안 가깝게 지내왔다. 몰리나리는 아버지인 비토에 대한 암살 기도의 여파 속에서 프레디를 보호해주었고, 코를레오네 패밀리가 라스베가스에서부터 지금의 타호와 르노에 자리를 잡기까지 많은 도움을 주었다. 대부 비토도 지금의 마이클도 프랭크 팔코네를 위험인물로 여기지 않았다. 겉만 번지르르한 그의 이류 조직 또한 믿지 않았을 뿐더러, 그가 시카고의 아성에서 벗어날 능력이나 의지를 가지고 있다는 생각도 하지 않았다. 어쨌든 마이클은 몰리나리와 팔코네의 장례식 중 어느 쪽에 모습을 보일 것인지를 선택해야만 했다. 모두들 겉으로는 그가 그저 결정을 내리기만 기다리는 것처럼 보였지만 사실은 좀 더 신중하고 현명한 선택을 해주기를 기대하고 있었다. 하지만 신중이니 현명이니 하는 말들은 오만함, 두려움, 약점 같은 단어들로 쉽게 대신할 수 있었다. 공적인 자리에서든 사적인 자리에서든, 누가 지켜보든지 혼자 있을 때든지 남자는 자신의 의지로 행동해야 한다.

조직 내에서 누구보다도 토니 몰리나리와 가장 가까웠던 프레디가 샌프란시스코가 갔다. 마이클은 프랭크 팔코네가 태어난 시카고로 갔다. 토미 네리와, 케이와 타호 호수에 갔을 때 숲에 숨어 있던 부하 두 명과 함께였다. 시카고는 프랭크 팔코네가 태어나 뿌리를 내린 곳이었고, 그가 남긴 것들과 시신을 묻을 도시였다. 비토 코를레오네였다면 마이클의 결정이 합리적이었다는 것을 알아줄 것이었다. 친구를 가까이 해라, 그렇지만 적은 더 가까이 해라. 이것이 위대한 돈이었던 아버지의 말이었다.

장례식은 시내 서쪽의 가까운 교회에서 거행되었다. 하얀 판자로 지어진 작은 교회였다. 이탈리아인들이 사는 패치라는 지명의 그 동네에서 팔코네는 성장했고, 한때 그의 부모가 작은 식품점을 운영하기도 했다. 이미 9월인데도 시카고는 더웠다. 시카고 경찰은 교회의 각 방향 두 블록 앞에서부터 교통을 차단시켰다. 캘리포니아 주지사, 헤비급 세계 챔피언, 조니 폰테인을 포함한 영화배우 같은 유명인사들은 오토바이가 바로 뒤에서 경호를 해주고 있었다. 마이클 코를레오네를 비롯한 다른 조문객들은 그런 과시 없이 일찌감치 도착해 자리에 앉아 있었다. 교회 앞 거리에는 사람들이 잔뜩 몰려 있었다. 팔코네 가문은 그 지역에서 전설적인 존재였다. 교회 안의 조문객들이 모두 경건하게 침묵을 지키고 있었던 덕에 길에 모여 있던 구경 나온 사람들도 고인에 대한 이야기를 들을 수 있었다. 프랭크가 겨우 열다섯 살 되던 해에, 권총 강도가 침입해 가게 문을 닫고 있던 아버지와 그날 수입을 계산하고 있던 누나를 죽였다. 경찰은 그 사건을 아무 성의 없이 수사했다. 담당 형사는 "이태리 놈이 이태리 마을에 사는 이태리 놈을 죽인 거뿐이잖아"라고 웃으며 프랭크의 귀에까지 들리도록 떠들었다. 더 나쁜 건 프랭크의 어머니도 그 말을 들었다는 것이었다. 소년 프랭크는 복수를 다짐했다. 복수는 오래 걸리지 않았다. 어떤 이유가 있었는지 분노에 찬 소년의 소원을 알 카포네가 들어준 것이다. 강도의 시체는 근처 역의 계단에서 발견되었다. 이제는 전설적인 이야기가 되어버렸지만, 그 시체는 64군데가 찔려 있었다. 프랭크 아버지는 마흔다섯 살이었고, 누나는 열아홉 살이었다. 막말을 했던 형사와 그 파트너는 위스콘신 델스로 낚시 여행을 떠난 뒤로 다시는 모습을 볼 수 없었다. 당분간 프랭크와 어머니가 가게를 꾸려나갔지만, 그곳에는 추억이 너무 많았다. 어디에선가 —사실은 트라파니*에서 온 사람이었다— 사람이 나타나 좋은 값을 쳐주고 가게를 샀다. 프랭크의 어머니는 그 돈과 집을 판돈을 보태 오빠 가족의 집 옆으로 이사갔다. 프랭크는 카포네에게 고용되었다. 그 후, 카포네에게 문제가 생기자 프랭크는 다른 기회를 잡기 위해 L.A.로 떠났다. 처음에는 그가 일을 잘 해냄으로써 호의를 보여주는 사람들에게 의지했다. 하지만 프랭크는 자신이 어디 출신인지 잊지 않았다. 그리고 그가 현재의 위치에 오를 수 있도록 도와준 사람들에게 보답했다. 그 사람들에게는 그곳의 서쪽 지구가 전부 시카고에 넘어갈지도 모른다는 걱정 같은 것에도 신경 쓸 수 없을 만큼 다른 문제들이 많았다. 팔코네는 어디서든 그들의 사람이었고, 언제나 그럴 것 같았다. 언제인지 정확하게 말하기는 어렵지만 팔코네는 자신의 조직을 가지게 되었다. 그러나 그의 어머니는 이사를 하지 않았다. 어머니를 위해 헐리우드 힐스에 수영장이 딸린 집을 지어 놓았는데도.

말을 탄 경찰 스무 명이(끊임없이 터지는 카메라 섬광 때문에 말들은 전부 눈

---

* 시칠리아의 북서부 트라파니주의 주도

을 가리고 있었다) 카멜산 공동묘지로 가는 길을 뚫기 위해 잔뜩 몰려 있는 군중들과 장례 행렬, 정치인들과 판사를 위한 커다란 선거용 간판이 붙어 있는 수많은 자동차들을 정리했다. 수천 명의 사람들이 걸어서 행렬을 따라갔다. 공동묘지 입구에 들어서자 장례 행렬은 타락하고 매독에 걸린 채 생을 마감한 알 카포네의 묘지 옆을 지나쳤다. 알 카포네는 국세청이 탈세혐의로 사회적으로 매장시킨 지 16년 뒤에 죽었는데, 팔코네의 장례식에 온 사람들 중에는 아주 극소수만 그 장례식에 참석했었다. 비토 코를레오네는 알 카포네의 장례식에 조화만 보냈다.

팔코네의 무덤은 검은 화강암으로 만들어졌는데, 그 위에는 오른팔에 사슬에 묶인 매를 얹고 있는 천사의 조각상이 놓여 있었다. 매는 날아오르기라도 하려는 듯 날개를 활짝 펴고 있었는데, 구경꾼 몇 명에게 시원한 그늘을 만들어줄 수 있을 만큼 넓었다. 팔코네의 아버지와 누나는 이곳에 묻히지 못했지만 입구에는 그들의 이름이 새겨진 놋쇠 명판이 걸려 있었다.

팔코네의 어머니와 아내, 아이들이 관 옆에 앉아 있었다. 앞줄에 앉은 사람 중 가족이 아닌 이는 커다란 선글라스를 쓰고 있는 루이 루소뿐이었다. 두 번째 줄에는 팔코네의 다른 친척들과, 명예 운구자의 명단에 올라 있던 재키 핑퐁, 그리고 조니 폰테인이 앉아 있었다. 폰테인은 여자처럼 울고 있었다.

정치가들, 경찰서장들, 판사들, 사업가들, 운동선수들, 연예인 등 시카고나 다른 조직 소속이 아닌 다른 49명의 명예 운구자들 역시 앞쪽에 앉아 있었다.

유달리 복잡한 그 자리에서 마이클 코를레오네의 모습을 제대로 알아본 사람은 많지 않았다. 마이클은 폰테인이나 헤비급 세계 챔피언, 캘리포니아 주지사, 캐나다 전 대사이자 자선가로 유명한 M. 콜버트 시아(여섯 번째 줄에 매 웨스트의 바로 옆자리에 앉아 있던) 같은 이들에 비교하면 유명인이라고 할 수 없었다. 마이클은 사진 기자들의 표적이 되지 않았다. 경찰 측에서도 그에 대해 알고 있는 사람은 극소수였고, 일반인들은 더욱 그를 몰랐다. 마이클은 영웅이었지만 수많은 전쟁 영웅 중 하나일 뿐이었다. 올 봄, 뉴욕에서 사건이 일어났을 때 신문에 그의 이름이 오르내리기는 했지만 사진은 멀리서 찍혀 흐릿하게 나왔다. 게다가 보통 사람들의 기억력이란 노망난 개의 기억력보다도 짧은 법이었다. 그의 세계에서 마이클 코를레오네는 널리 알려진 존재였지만, 많은 사람들이 그의 명성만 전해 들었을 뿐, 그의 얼굴에서 그 이름을 떠올리는 것은 쉽지 않았다. 마이클은 그곳에 있는 사람들 중 몇 명은 잘 알고 있었지만, 그들 쪽으로 다가가지 않았다. 심지어 폰테인은 마이클이 참석한 것조차 알지 못했다. 마이클은 조용히 장례식을 지켜보았다. 그리고는 애도하는 사람들 틈에서 인내심을 가지고 기다렸다가 팔코네의 미망인과 어머니에게 일반적인 조의를 표했다. 그런 다음 그를 데리러 온 커다란 검은색 도지 자동차의 뒷좌석에 올라타고는 조용히 모습을 감췄다.

차에 올라탄 뒤 마이클 코를레오네는 처음으로 돌아가신 아버지를 생각하며 눈물을 흘렸다.

안개 속에서 돈 몰리나리의 장례 행렬이 백 대 이상의 차들로 줄을 이어 가는 바람에 교통이 마비됐다. 행렬은 샌프란시스코 외곽의 굽이진 길을 따라 남쪽으로 향하고 있었다. 프레디 코를레오네는 영구차에서 뒤로 네 번째 차에 타고 있었다. 토니 몰리나리가 생전에 직접 운전하는 걸 좋아했던 검은색과 흰색으로 된 캐딜락이었다. 프레디는 이곳에 혼자 왔다. 그는 마이클에게 카프라와 피가로를 데리고 가면, 지난 몇 년 동안 프레디를 지켜주었던 몰리나리의 조직에 무례하게 보일 거라고 말했다. 그리고 그보다 더 나쁜 건 코를레오네 패밀리가 샌프란시스코를 두려워하는 것처럼 보일 수도 있는 것이라며 덧붙였다. 하지만 막상 마이클이 혼자 가겠다는 그의 생각에 동의해주자 프레디는 내심 놀랐다. 운전사는 몰리나리의 부하였는데, 프레디는 그의 이름을 기억해내려고 애를 썼다. 그 차의 앞좌석에는 토니의 동생 디노의 아내가 같이 타고 있었다. 프레디가 앉아 있는 뒷좌석에는 그녀의 어린 두 딸도 함께 타고 있었다.

묘지까지 가는 길은 프레디가 기억하는 한 이번이 가장 길었다. 더군다나 우는 아이들을 달래보려는 어설픈 노력까지 더해져 한층 더 길게만 느껴졌다. 프레디는 미리 이니셜이 새겨진 부드러운 실크 손수건 두 장을 준비해 왔다. 아이들은 그 손수건을 번갈아 가면서 썼는데 결국 한 아이가 코를 너무 심하게 풀어 코피까지 묻자, 더 이상은 그 손수건을 쓸 수 없게 되었다.

"어디에 속해 있는 곳이지?" 프레디가 장례식 안내장에 '이탈리아인 공동묘지' 라고 쓰여 있는 것을 보고 물었다.

"콜마입니다. 모두 콜마에 있죠." 운전기사가 대답했다.

"누가 콜마에 있다는 거지?" 프레디가 잘 이해가 되지 않는다는 듯 연이어 물었다. "콜마는 어디에 있지?"

"공동묘지를 말하는 겁니다. 샌프란시스코에 있는 건 전부 불법이죠. 이제 콜마에 거의 다 도착했습니다. 골드러시 시대에는 누구든 쓰러지는 그 자리에 바로 매장했답니다. 그곳이 정원이든, 뒤뜰이든, 골목길이든 상관없이 말입니다. 공동묘지도 있었지만, 대부분 부자들을 위한 곳이었죠. 하지만 그 뒤로 시신들은 콜마로 옮겨지기 시작했습니다. 그렇게 해야 했지요. 우리 할머니는 아직까지도 도시 전역에 지진

이 발생했을 때 시체들이 땅 위로 드러나면서 여기저기서 솟구쳤던 일에 대해 말씀하곤 하십니다."

"그 이야기는 아이들이 없을 때나 실컷 해요." 디노의 아내가 이탈리아어로 말했다. 그녀의 말은 이제 그만 입 다물라는 뜻이었다. 아이들은 이탈리아어를 알아듣지 못하는 것처럼 보였다.

운전기사는 더 이상 아무 말도 하지 않았다.

프레디도 기사의 이야기가 아이들 앞에서 할 만한 것은 아니었다고 생각했지만, 정작 아이들은 울음을 뚝 그치고 굉장한 관심을 보이고 있었다.

어느새 바깥 풍경은 집이나 주민들의 모습이 보이지 않고, 사방으로 온통 묘비, 지하 납골당, 조상, 십자가, 종려나무들이 파도처럼 뒤덮여 있는 평원이 펼쳐져 있었다. 죽은 자들의 광대하고, 굳어버린 도시였다. 그곳을 보고 있던 프레디는 소니 형이 패밀리에서 자기를 사실상 쫓아내면서 했던 말을 떠올렸다. 라스베가스는 미래의 도시야. 아니, 형. 미래의 도시는 바로 여기, 콜마야. 미래의 도시. 죽은 자의 도시. 소니 형처럼 죽은 사람들의…. 프레디는 갑자기 미친 듯이 웃고 싶은 충동을 느꼈지만 억지로 참았다.

이탈리아인 공동묘지는 도로 양 옆으로 몇 킬로미터 가량 뻗어 있었다. 장례 행렬이 남쪽으로 난 길로 들어서자 긴 검은 사슬을 움켜쥐고 있는, 녹색으로 칠해진 수십 개의 금속 손이 튀어나와 있는 기념비 앞을 지나쳤다.

프레디는 깜짝 놀란 채 고개를 저었다. 이건 내가 이제까지 본 것 중 가장 고통스러운 광경이야. 단지 이탈리아인들을 위한 공동묘지일 뿐이지만. 이곳이 생기지 않았더라면 지금도 죽은 사람을 집 앞 장미 덤불 아래 묻었을 것이다. 프레디는 이탈리아인들이 은밀히 이곳의 땅을 전부 사들였을 것이라고 확신했다. 여기는 시칠리아의 시골처럼 보였다. 누군가 좀 더 나은 수확 방법을 제시할 때까지 불쌍한 농부들이 포도와 올리브를 키우느라 애를 썼던 그런 땅. 먼저 건강이 위험하다고 이야기하는 의사들에게 눈물을 자아내는 이야기로 서류를 받아낸다. 그런 다음 법적 허가를 받아내는 것이다. 가능한 빨리! 이미 묻혀 있는 사람들을 앞으로 백년 동안 더욱 편안하게 묻어주기 위해서는 돈을 두 번 내야 한다. 먼저 이장하는 데 돈을 지불해야 하고, 콜마에 장지를 구하는 데도 돈을 내야 한다. 그리고 백 명의 이탈리아인 석수에게 일감을 준다. 일자리가 필요한 다른 사람들도 마찬가지다. 삽을 다룰 줄만 알면 누구나 일할 수 있다. 그런 다음 공동묘지들이 있는 샌프란시스코의 땅을 사들인다. 좋은 땅이지만 온통 시체로 가득했기 때문에 값이 싸다. 하지만 이곳은 미국이다. 역사도 없고 추억도 없다. 이 땅을 개발하게 되면 사람들이 잇따라 이곳을 사들일 것이다. 그리고 그 이면으로 땅과 비석, 관, 꽃, 리무진 같은 것들 하나하나까지 이곳을 지키는 데 일조하게 될 것이다. 그 모든 것에 더해 장례사업은 말이 없는 동업자라는 전통적인 이득도 있다(만일 아메리고 보나세라가 운영하는 브룩클린 공동묘지의 땅을 판다면 놀랍게도 모든 관 아래에서 팝콘 같은 것이 나올 것이다).

콜마. 이름도 이탈리아말처럼 들린다.

온몸이 오싹해졌다. 명치가 조여 왔다. 프레디는 눈을 감았다. 그의 눈앞에는 뉴저지의 초지가 열 군데의 콜마로 변해 있었다. 코를레오네 패밀리는 뉴욕에 정치적인 영향력을 가지고 있으므로 법적 허가를 받아낼 수 있을 것이다. 스트라치 패밀리와 저지에서의 영역 다툼도 해결될 것이다. 프레디의 귓가에 아버지의 목소리가 들렸다. 사람은 누구나 한 가지 운명을 가지고 있다.

"괜찮아요?" 디노의 아내가 물었다.

프레디는 눈을 떴다. 프레디는 의기양양한 마음을 숨기고 애도하고 있었던 것처럼 보이기를 바라며 고개를 끄덕였다. 그녀와 아이들이 한꺼번에 차에서 내렸다. 프레디는 휴대용 통에 남아 있던 위스키를 비운 뒤 서둘러서 다른 조문객들 옆에 자리를 잡았다.

장례식이 끝나자 사람들은 모두 차를 타고 시내로 돌아가는 길에 '어부의 선창' 에 들렀다. 시내 최고의 레스토랑인 그곳은 몰리나리가 소유하고 있었다. 주인이 죽었다는 소식을 들은 이후로 종업원들은 가게 문을 닫았다. 프레디가 차에서 내리자마자 풍겨오는 냄새로 보아 레스토랑 종업원들이 그 주 내내 집에서 침대 속에 몸을 웅크린 채 눈물만 흘리며 보낸 것은 아님을 알 수 있었다. 바닷바람과 함께 버터를 바른 게살과 등푸른 생선, 구운 랍스타 냄새와 마리나라소스*를 끓이는 냄새, 소의 두터운 허리 고기를 최고급 고기 칼로 잘라내어 참나무 불로 굽는 냄새가 서로 경쟁하듯 풍겨왔다. 아이들은 차에서 내리자마자 레스토랑의 뒤뜰 쪽으로 전속력으로 달려갔다. 그곳에서는 주방장 보조가 아이들을 위해 음식 쓰레기가 아닌 신선한 정어리를 가득 채운, 반짝거리는 철 양동이를 들고 기다리고 있었다. 선창 끝에서 허공에 생선을 던지면 갈매기와 펠리컨이 생선을 받아먹으려고 눈에 보이지도 않을 만큼 열심히 날개짓을 하며 날아왔다. 프레디는 그대로 밖에 서서, 새들이 떼를 지어 날아오자 성서에 나오는 재앙이라도 온 것처럼 비명을 질러대는 아이들을 지켜보고 있었다. 어린 시절 프레디는 새들이 정말 무서웠다. 코니는 어땠더라? 기억이 나지 않았다. 마이클

---

* 토마토, 마늘, 향신료로 만든 이탈리아 소스

은 말뚝에 올라 앉아 귀를 틀어막은 채 그 광경을 지켜보다 신선한 정어리를 낭비한다며 비난을 퍼붓곤 했다. 소니 형은 어땠지? 정어리가 아니라 돌멩이를 집어 던졌다. 그 자리에 총이 있었다면 형은 틀림없이 총을 쐈을 것이다. 헤이건 역시 새들을 쏘아 죽이고 싶었을 테지만 그는 절대로 아버지의 허락 없이 그런 일을 저지를 위인이 아니었기에 차 창문으로 그저 지켜만 보고 있었다. 하지만 지금 저 아이들은 신나게 웃으며 선창가를 이리저리 뛰어다니고 있었다. 아이들의 얼굴은 코니아일랜드*로 들어가는 열쇠라도 받은 것처럼 빛나고 있었다. 갈매기들이 양동이 쪽으로 급강하하는 모습조차도 아이들에게는 그저 신나는 일인 양 보였다. 그러나 그리 오래지 않아 침울한 얼굴의 어른이 다가가더니 아이들을 조용히 시키며 불쌍한 토니 아저씨에게 조의를 표해야 한다고 말했다. 그 정도로도 충분하지 못했는지 조금 있다가 얼굴을 잔뜩 찡그린 뚱뚱한 여자가 나타나 아이들에게 소리를 질렀다. 프레디는 그 광경을 그대로 지켜볼 수가 없었다. 그래서 검은 리본이 달려 있는 레스토랑 입구 쪽으로 고개를 돌렸다. 어쨌든 이제는 그가 이곳에서 하기로 한 일을 해야 했다. 사실 그는 호텔로 돌아가 마이클에게 동부 콜마 계획을 어떻게 이야기해야 할지 생각하고 싶었다. 솔직히 말하자면, 지금 프레디는 취할 만큼은 마시지 않은 상태여서 조용히 생각할 수 있는 어딘가에서 밤새 있고 싶은 심정이었다. 하지만 그렇게 할 수는 없었다. 그 대신 프레디는 숨을 깊이 들이 쉬고 레스토랑 안으로 들어갔다.

굳이 올리나리의 죽음이 아니었더라도 몰리나리의 레스토랑은 어두

* 뉴욕 항구 롱아일랜드에 있는 유원지

운 곳이었다. 사이프러스 나무로 된 검은 벽에 검은 가죽의자가 놓여 있었고, 창문마다 붉은 커튼이 드리워져 있었다. 단 바다가 보이는 창문만은 커튼을 열어 놓아 종종 안개가 서린 흐릿한 빛이 흘러들어오곤 했다. 하지만 오늘은 그마저도 커튼을 쳐놓았다. 평상시보다도 한층 더 어두운 조명에 촛불도 적게 놓여 있었다. 검은 옷을 입은 검은 머리에 황갈색 피부를 가진 사람들이 어깨가 스칠 만큼 잔뜩 모여 있었다. 프레디가 슬쩍 살펴보니 그곳에서 가장 밝은 것은 어떻게 그렇게 했는지 알 수 없을 만큼 하얗고 빳빳하게 풀을 먹인 식탁보였다. 레스토랑의 유명한 대리석 분수에는 실물 크기의 토니 몰리나리의 얼음조각상이 팔을 바 쪽으로 내밀고 서 있었다. 사람들은 물에 손을 적신 다음 그의 이마를 어루만졌다.

사람들이 장례식에서보다 훨씬 많았다.

프레디는 레스토랑 안을 돌아보았다. 사람들은 서로 끌어안고, 이 사건이 얼마나 비극적이고 안타까운지 이야기하며 고개를 내젓기도 했다. 그 중 그가 부두목으로 승진한 것에 대해 알 수 없는 환상을 가지고 있는 사람들에게 프레디는 감사의 인사를 전하기도 했다. 그런 다음 먹을 것이 놓여 있는 곳으로 가 음식을 먹었다. 그는 취하지 않기 위해 맥주를 마셨다. 그는 아버지나 형제들에 비해 카리스마가 부족했지만, 나이를 먹을수록 자신은 그들과는 달리 친절한 모습을 보이는 것이 어울린다는 것을 알아차렸다. 프레디는 아무도 위협하지 않았다. 그는 솔직히 그에게 엄마라도 되는 것처럼 대하고 싶어 하는 여자들이 어색했다. 남자들은 대화에 끼지 않고 어슬렁거리는 그를 보자 마실 것을 건네준 뒤 자신들이 하던 이야기에 그를 끼어주었다. 프레디는 그에 응해 술을 한 번에 마셔버렸다. 결국에는 자신에게 독이 될 술을. 지난 몇 년간 그가 맡았던 호텔 카지노 사업이 번창했던 것은 그가 사람들이 즐기는 모습을 정말로 좋아했기 때문이지 사람들이 그저 그의 신세를 졌기 때문만은 아니었다.

다른 코를레오네 패밀리 사람들은 마치 로봇처럼 행동했다. 모두가 말 한마디를 할 때도 단어 하나하나를 신중하게 생각한 뒤에 말해야 했다. 하지만 프레디 옆에서는 모두가 본래의 모습을 보여주었다. 사람들은 그를 좋아했다. 프레디는 사람들이 자신을 약하게 본다는 것을 알고 있었다. 하지만 그건 그들이 잘못 알고 있는 것이다. 살면서 적들이 자신의 실수를 과대평가할 수 있게 만드는 것만큼 적과의 관계에서 유리한 것은 없다. 아버지는 그렇게 말했다. 물론 그에게 한 말은 아니었다. 형인 소니에게 한 말이었다. 아버지는 소니에게 많은 것을 알려주었다. 그럴 때마다 같은 방에 있던 프레디는 완전히 무시당하곤 했다. 그 말은 소니가 들었다. 프레디도 들었다.

사람들 사이에서는 오멜리로 알려진 실종된 조종사에 대한 여러 가지 추측이 난무했다. 모두들 프레디에게도 그 문제에 대해 털어놓았다. 아무도 마이클과 그 사건을 연결시키지 않았다. 프레디는 떠도는 모든 이야기들을 다 들을 수 있었다. 대부분은 오멜리가 비밀 수사를 하는 경찰이었거나 클리블랜드 패밀리와 어느 정도 관계있는 인물일 거라고 믿고 있었다. 어쩌면 양쪽 다일 수도 있다고 믿었다. 하지만 고위층의 인물들은 다른 생각을 하고 있었다. 이를 테면 부치 몰리나리는 프레디를 끌어안고 이렇게 속삭였다. "거시기 얼굴 짓이야. 안 그래?" 프레디는 그날 온종일 자기는 아무것도 모른다고 대답했다. 마이클이었다면 이런 식으로 뒤로 빼지는 않았을 것이다.

왜 그는 그래야만 했을까? 그는 형제들과 자기 자신을 끊임없이 비교했다. 프레디는 금박을 입힌 화장실 거울 앞에 서 있었다. 그는 똑바로 서서 배에 힘을 주었다. 지금 같은 눈빛으로야 어떻게 일을 할 수 있겠는가? 버터 밀크 잔에는 체리 두 개가 들어 있었다. 그의 형제들은 서로를 비교하는 일 따위로 시간을 낭비하는 법이 결코 없었다. 더군다나 프레디와 비교하는 일은 절대 없었다. 그는 손을 들어 올려 가는 머리카락을 쓸어 넘겼다. 그는 확실히 마실 만큼 마셨다. 그는 자신의 둥근 얼굴을 쳐다보며 부모로부터 물려받은 특징들을 보지 않으려고 애를 썼다. 소니와 닮은 강인해 보이는 턱 선에 마이클과 똑같은 눈이 보였다. 프레디는 빗과 헤어로션이 가득 들어 있는 유리병을 집어 든 뒤 거울에 비친 자신의 모습을 향해 힘껏 던졌다. 초록색 액체가 사방으로 흩뿌려졌다. 거울은 그저 갈라지기만 했다. 프레디는 그의 옆에서 몸을 숙이고 있는 남자와 흑인 웨이터에게 백 달러씩 주면서 우리 모두 토니 씨를 사랑했으니 이해해달라고 말했다. 프레디는 거의 비어 있는 레스토랑을 가로질러 토니 몰리나리의 얼음 조각상 앞을 지나갔다. 조각상은 많은 사람들이 어루만지는 바람에 이마 부분만 많이 문드러져 동전 크기 정도의 구멍이 나 있는 것처럼 보였다. 밖으로 나오니 서늘하게 어둠이 내려 앉아 있었고 아무도 없는 것처럼 보였다. 그를 제외하고는.

프레디는 택시 승차장 앞에 서 있는 남자를 모른 척하고는 선창 쪽으로 계속 걸어갔다. 그가 알고 있기로는 그곳에서 미개발 지역까지는 그리 멀지 않았다. 그전에 프레디는 항만 노동자들과 선원들로 가득 찬 술집들과 가장 안 좋은 뒷골목 술집들이 늘어서 있는 곳에 도착했다.

그는 자신을 말렸다. 안 돼. 다시는 안 돼.

그는 포웰가로 향했다. 호텔까지 가는 지름길이었다. 오래 걸었지만 그 덕에 기분은 한결 나아졌고 머리도 맑아졌다. 그는 어두운 불빛이 새어나오는 술집들이 늘어서 있는 쪽으로 걷기 시작했다. 그 위가 포웰가였다. 그는 이곳이 예전에는 이탈리아인들의 마을이었던 노스 비치라는 것을 알 수 있었다. 잠깐 들러 커피를 마시면서 콜마 문제에 대해 생각할 수도 있었다. 그것도 썩 괜찮을 것 같았다.

다시 마음을 돌려 포웰가로 그대로 향하기로 하자 그는 자축하는 기분과 안도감을 느꼈다.

첫 번째 커다란 언덕 위에 올랐을 때, 프레디는 땀에 흠뻑 젖어 있었다. 그러자 다시 그 생각이 났다. 너무 숨이 찼기 때문에 커피보다는 시원한 뭔가가 마시고 싶어졌다. 맥주 같은 걸로. 그런다고 무슨 문제가 있겠는가?

거리는 예전과 다르지 않아 보였다. 이탈리아 이름을 가지고 있는 가게들이 보이기 시작했다. 하지만 뭔가 달랐다. 거리는 거친 무명옷을 입고 땀에 흠뻑 젖은 지저분한 아이들로 가득 했는데 그 중에는 흑인 아이들도 섞여 있었다. 이탈리아인으로 보이는 아이들은 없었다. 프레디는 이곳에 언제 마지막으로 왔었는지를 떠올려봤다. 1947년, 아니 1948년이었나? 그는 바예호를 내려다보다 그가 생각해낸 커피집을 보았다. 한 블록쯤 떨어진 곳에서부터 커피 향을 맡을 수 있었고, 가게 이름도 예전과 똑같았다. 카페 트리에스테. '커피 있습니다. 주류는 팔지 않습니다' 라는 팻말이 붙어 있었다. 프레디가 가게 문을 열고 들어가자 빨간머리의 백인 아이가 봉고*를 연주하고 있고, 그 옆에 검은 스웨터를 입은 흑인이 서서 뭐라고 소리를 지르고 있었다. 무슨 말을 하는지 맘보 소리와 사람들이 테이블을 손가락으로 툭툭치는 소리에 제대로 알아듣기가 힘들었다. 자줏빛 눈동자를 가진 소녀, 박하 젤

---

* 라틴음악 연주에 쓰이는 작은 드럼

리, 터틀넥 스웨터를 입은 천사 같은 녀석. 그 남자는 이런 말을 하는 것 같았다.

망할 놈의 집시들. 그는 그곳을 나왔다. 이 도시 어딘가에는 프레디에게 큰 위스키 병과 물을 줄 수 있는 곳이 있을 것이다.

그는 기억하고 있던 또 다른 이탈리안 가게인 '엔리코의 집' 앞에 멈췄다. 문 앞에 '오늘 밤 재즈 라이브 공연!' 이라고 쓰여 있는 것만 제외하면 예전과 똑같아 보였다. 여기도 역시 집시들이군. 하지만 음악 소리가 한결 듣기 좋아서 안으로 들어갔다. 프레디는 3달러를 내고 바에 자리를 잡았다. 피아노, 소프라노 색소폰에 브러시를 든 드럼 연주자가 있었다. 미친 듯한 연주였다. 하지만 프레디는 술을 마셨고, 음악의 박자에 맞춰 고개를 까닥까닥 흔들었다. 그는 그곳에서 정장을 입고 있는 유일한 사람이었다. 그런 이유로도 관심을 끌었는지 사람들이 다가와 말을 걸었고, 그 '광경' 에 대해 이야기하면서 좋은 마리화나가 있다고 말하기도 했다. 프레디는 그들에게 자기는 그 마리화나로 엄청난 돈을 벌었던 남자의 장례식에 왔을 뿐이라고 말해버리고 싶은 충동을 참았다. 그는 술을 한 잔 더 마시면서, 이 재즈 악단의 연주가 지금껏 들어봤던 것 중 가장 형편없다는 생각을 했다. 얼마 되지 않아 프레디가 앉아 있는 테이블 주위로 사람들이 많이 모여들었다. 남녀할 것 없이 모여든 사람들 중에는 마리화나를 피우는 사람도 있었다. 악단은 연주를 멈췄다. 터키 모자를 쓴 뚱뚱한 노르웨이인이 무대 위에 올라가더니, 잠시 휴식을 취한 뒤 악단의 연주에 맞춰 자신이 지은 하이쿠*를 낭독하겠다고 했다. 프레디는 팔에 누군가의 손길을 느꼈

* 일본 고유의 짧은 시 형식

다. 구레나루를 기른 얼굴이 긴 30대 남자로, 스웨터를 입고 안경알을 쉬지 않고 톡톡 두들기고 있었다. "당신의 음악 취향을 알고 싶어요." 남자가 얼굴을 붉히며 말했다.

"무슨 이야기를 들었지?" 프레디는 처음 이 자리에 앉을 때 했던 거짓말을 어렴풋이 떠올렸다.

"난 밴드에 있는데 내일 여기서 연주하기로 되어 있거든요." 그 남자가 말했다. 그는 자신이 추구하는 음악에 대해 설명하기 시작했는데, 영어가 좀 서투른 듯 횡설수설하는 처럼 느껴졌다. 터틀넥 스웨터를 입은 천사 같은 녀석. 프레디는 생각했다. 그는 그 남자를 아래위로 쳐다보았다. 의심할 여지없는 동성애자였다.

"난 딘이라고 해요. 당신 셔츠가 맘에 들어요." 그 남자가 말했다.

"만나서 반가워요, 딘. 이리 앉지 않을래요? 내 이름은 트로이오." 프레디가 말했다.

실종된 조종사에 대한 수색은 몇 주일 뒤 종결되었다. 쿠야호가강 옆에 있는 골짜기 기슭에서 시신이 발견되었기 때문이다. 병원에서 그리 멀지 않은, 하수구가 연결되어 있는 곳이었다. 시신은 오물과 급물살로 인해 훨씬 빨리 부패되어 있었다. 더군다나 하천에 사는 쥐들이 실컷 뜯어먹은 뒤였다. 얼굴과 눈은 완전히 사라진 상태였고, 시신을 처음 들어 올렸을 때 살아 있는 쥐들이 입과 직장에서 주르르 미끄러져 나왔다. 신원 확인용 팔찌(제럴드 오멜리, 백인 남성, 38세)와 병원을 나갈 때 입고 있던 환자복이 근거가 되었다. 검시관은 시신의 상처가 조종사가 입었던 부상과 일치하는지를 확인하고, 남아 있는 봉합 자국이 조종사를 치료했던 응급실 외과의가 꿰맨 방식과 같은지 확인했다. 치과 기록도 시신이 조종사라는 것을 밝히는 데 도움이 되긴 했지만, 수사 당국에서는 제럴드 오멜리가 실제로 누구인지 밝혀내지는 못했다. 그가 누구이든, 그리고 어떻게 집중 치료실이 아닌 골짜기 기슭에서 발견되었든지 간에, 그 불쌍한 친구는 정말로 죽었다.

13

빌리와 프란체스카는 프란체스카의 남동생들과 엄마, 그리고 엄마의 약혼자와 함께 플로리다에서 뉴욕까지 비행기를 타고 가기로 되어 있었다. 하지만 빌리가 학교에서 집으로 돌아간 날, 부모님이 일찍 감치 크리스마스 선물로 준비한 두 가지 색상이 섞인 썬더버드가 그를 기다리고 있었다. 그가 텔헤시에서 팜비치까지 몰고 간 차는 대학생들이 흔히 타는 낡은 노란 지프스타였다. 빌리는 그 차를 좋아했지만 그의 부모는 아들이 그런 차를 타고 다니는 걸 창피하게 생각하고 있었다. 빌리는 프란체스카에게 전화를 걸어 썬더버드 같은 차를 타고 장거리 여행을 할 기회는 그리 많지 않다고 말했다. 그녀도 그가 무슨 말을 하고 싶어 하는지 알고 있었지만, 그에게 어떻게 하자고는 할 수 없었다. 이미 비행기 표는 사 놓은 상태였지만 오스트리아에서 스키를 타고 있던 빌리의 부모님이 여행사 직원에게 전화해서 그는 비행기 표 값을 환불받을 수 있었다.

여행 전날 밤, 빌리가 헐리우드까지 차를 몰고 왔다. 그는 프란체스카와 데이트를 시작한 지 한 달 뒤인 추수감사절에도 이곳에 왔었는데, 캐시를 제외한 다른 식구들에게는 좋은 인상을 주었다. 캐시는 그가 있는 내내 차갑게 굴었고, 그 다음 주에는 프란체스카에게 편지를 써서 프란체스카가 그렇게 깊이 자기혐오에 빠져 있는 것을 보고 실망했다고 했다. 그 편지의 내용은 프란체스카가 이해하기로는 캐시가 지금 죽을 만큼 질투하고 있다는 뜻이었다.

이번에는 캐시가 집에 없었다. 하지만 다른 가족들 역시 빌리를 불편하게 만들고 있었다. 그가 프란체스카를 안을 기회가 생겼을 때 할아버지는 그를 억지로 옆방으로 끌고 가 새 옷을 입는 걸 도와달라고 했다. 할머니는 한쪽 접시에는 직접 키운 오렌지를, 다른 접시에는 빌리네 회사에서 나온 오렌지를 담아 와서는 맛이 어떠냐고 물어보고는 어느 쪽이 직접 키운 것인지 맞출 수 있는지를 보곤 했다. 그리고 그들은 모두 함께 저녁식사를 하러 지저분한 스테이크 레스토랑으로 가야 했는데, 그건 프랭키를 지도하는 미식축구 코치의 사촌이 하는 가게였기 때문이다. 프랭키는 빌리에게 왜 미식축구 대신 수영을 하는 건지, 어쩌다 미식축구 팀에서 쫓겨났는지를 물었다. 프란체스카는 테이블 밑으로 동생을 걷어찼지만, 빌리는 무슨 일이 있었는지 사실대로 이야기해주며 거기에 관련된 재미있는 일화도 들려주었다. 칩은 빌리에게 콜라를 쏟았다. 그것도 두 번이나. 열 살이나 된 녀석이 같은 사람에게 음료수를 두 번이나 우연히 쏟는다는 것은 있을 수 없는 일이었다. 프란체스카를 제외한 다른 식구들은 그렇게 생각하지 않는 모양이었지만.

산드라는 빌리가 차의 트렁크와 뒷자리에 싣고 온 크리스마스 선물들에 대해 일일이 간섭하더니(이번 여행에 가지고 갈 물건들을 실어놓기 위해 산드라가 차 열쇠를 받아가지고 갔다), 이번에는 빌리와 프란체스카를 끌고 그녀의 부모님이 살고 있는 옆집으로 갔다. 빌리가 딸과 같이 자는 것을 막기 위해 그를 그곳에 묵게 하려는 셈이었다. 시간은 겨우 9시 30분이었다. 하지만 두 사람에게 내일은 긴 하루가 될 것이다. 빌리가 그곳에서 밤을 보내는 이유(그는 1시간 정도 떨어진 거리에 살고 있었다)는 새벽에 출발해 종일 운전해서 도중에 호텔에 머무르지 않고 뉴욕에 곧장 도착해야 한다는 약속 때문이었다. "만일 중간에 쉬어가야 한다면, 그러니까 불가항력인 일이 일어나서 어쩔 수 없이 그래야 한다면 어떻게 하라고 했지?" 엄마는 이미 두 번째 물어보고 있었다.

"방을 따로 잡아요. 그리고 엄마한테 우리는 잘 있다고 전화해요."

프란체스카가 대답을 읊었다.

"전화는 언제 하라고?"

"도착하는 즉시. 엄마, 이제 그만하세요."

"방을 따로 잡았다는 영수증도 가지고 오는 거다?"

"엄마한테 그 사실을 확인시켜주기 위해 영수증을 보여주면 되는 거죠?" 마치 그런 걸로 입증이 되는 것처럼. "엄마, 그건 정말 말도 안 돼요." 산드라는 빌리에게도 그 지루한 잔소리를 똑같이 반복했다. 그도 받아들였다. 산드라는 고개를 끄덕였다. 그렇게 하는 게 잘하는 일이고, 두 사람을 믿는다고 말했다. 그런 다음 두 사람이 자신의 믿음을 저버리는 일을 저지른다면 어떻게 될지 생각하기도 싫다고 말했다. "두 사람, 밤 인사로 키스를 나누고 싶겠지? 이제 엄마는 자리를 비켜줄 테니까, 알았니?"

위선자. 프란체스카는 생각했다. 엄마는 그녀의 나이에 이미 임신하고 있지 않았던가?

"사랑해." 빌리가 천천히 프란체스카에게 고개를 숙이며 속삭였다. 그녀가 그 말을 돌려주려고 입을 열었을 때, 그가 입술을 덮어버렸다. 더욱 자극하기라도 하듯 현관 불이 켜졌다.

"난 너희 가족도 좋아." 빌리가 말했다.

"자긴 정말 특이해."

"넌 가족들한테서 벗어나고 싶어 하지만, 네가 원하는 그런 가족을 가진 사람은 아무도 없을 거야."

프란체스카는 빌리가 흑인이나 룸메이트인 수지 같은 인디언과 사귀는 것만큼은 아니겠지만, 이국적인 이탈리아 여자와 사귄다는 것을 알게 되었을 때, 그의 부모님이 얼마나 큰 충격을 받을지 생각할 때마다 빌리가 어렵게 느껴졌다. 그런 기분이 든 건 지금이 처음은 아니었다. 하지만 처음으로 그 일에 대해 뭔가 말할 용기를 냈다. "나랑 자지 않는 건 정말 우리 가족 때문인 거야?"

그는 고개를 저으며 먼 곳을 바라보았다. 바로 그 순간 그녀는 그 말을 하지 않았다면 좋았을 거라고 생각했다. 빌리는 프란체스카를 포함해 그가 만났던 여자애들 전부에게 이렇게 말했을 것이고 그런 식으로 생각했을 것이다. 그녀가 미안하다고 사과하자 빌리는 다시 프란체스카를 끌어안고 키스하기 시작했다. 그의 따뜻한 입술의 감촉이 느껴지자, 그녀는 입술을 벌렸다. 그녀가 눈을 떴을 때, 그는 이미 눈을 뜨고 있었다.

그 다음 날 정오가 되기 전, 두 사람은 잭슨빌 북쪽에 있는 작은 해변가 호텔에 들어가 숙박부에 부부라고 기입했다. 프란체스카는 직원이 받아주지 않을지도 모른다는 생각에 무서웠다. 두 사람 다 결혼반지 같은 건 끼고 있지도 않았으니까. 하지만 빌리는 숙박부를 다 적은 뒤 직원에게 팁을 주었다. 방으로 걸어가며 그가 말했다. "아마 깜짝 놀랄 거야. 20달러만 있으면 얼마나 많은 일들을 할 수 있는지 알게 된다면."

프란체스카는 욕실에 서 있었다. 연한 초록색 잠옷을 돌돌 말아 숨겨 놓은 핸드백을 손에 든 채였다. 엄마가 알아차릴까봐 짐 속에는 넣을 수 없었다.

'좋았어. 이제 시작하자.' 그녀는 생각했다. 프란체스카는 거울 속에 비친 자신의 모습을 다른 사람이라도 되는 것처럼 쳐다보았다. 처녀성을 가지고 있는 마지막 순간의 소녀, 아니 여자의 모습이군. 단추를 풀고, 지퍼를 내린 다음 입고 있던 옷을 벗었다. 그런 다음 옷을 단정하게 접어 대리석 선반 위에 조심스럽게 올려 놓았다. 그렇게 하지 않으면 옷이 폭발하기라도 하는 것처럼. 그리고 드러난 배를 가볍게 두드렸다. 두꺼운 브래지어 끈 때문에 살짝 눌린 자국이 사라지기를 바라며 손으로 문지르기 시작했다. 그리고 돌아선 다음, 목을 돌려 뒷모습이 어떻게 보이는지 살폈다. 프란체스카는 머리카락을 매만졌다. 전혀 흐트러지지 않았다. 그녀는 머리를 빗고 헤어스프레이를 뿌렸다. 그런 다음 고개를 들고 머리카락을 쓸어 올린 뒤, 머리카락이 어떤 모양으로 흘러내리는지 살폈다. 프란체스카는 손가락 끝에 향수를 바르고 화장품 판매대에서 일하는 여자가 알려준 부위마다 살짝 문질렀다. 그런 다음 고개를 숙여 천천히 다리 사이의 검은 음모 사이로 손을 집어넣은 뒤 그곳 역시 살짝 문질러주었다. 욕실에는 수확이 반쯤 끝난 들판에 서 있는 시골 처녀의 그림이 걸려 있었다. 그 여자의 가슴은 컸지만(프란체스카는 그 사실을 알아차리고는 한숨을 내쉬었다) 불편해 보였고, 균형도 맞지 않았다(프란체스카가 지금 가장 생각하고 싶지 않은 사람인 엄마의 가슴처럼 보이기도 했다). 프란체스카는 깊은 한숨을 쉬었고, 그 한숨은 점점 더 깊어졌다. 그녀의 가슴이 잡지에 나오는 여자들과 같은 모양으로 솟아올랐다. 아무도 보지 않았지만, 프란체스카는 얼굴을 붉혔다. 그녀는 핸드백을 끌어당겨 값비싼 실크 잠옷을 꺼냈다. 잠옷을 걸치고 섬세한 리본으로 만들어진 어깨 끈을 앞에서 묶었다. 엉덩이 한쪽 끝이 나오는가 싶더니 다른 한쪽도 마저 드러났다. 프란체스카는 얼굴을 찌푸렸다. 이 잠옷은 누가 뭐래도 아름답기는 했지만, 지금 같은 상황에는 어울리지 않는 옷이었다. 그녀는 잠옷을 그대로 벗어버렸다. 그리고 단정하게 접어 놓은 옷더미 위에 올려 놓았다. 프란체스카는 벌거벗은 채 서 있었다. 그다지 깊게 들이마시지 않았는데도 숨을 쉬기가 힘들었다. 벌거벗었다. 아무것도 입고 있지 않았다. 하지만 그림과는 달랐다. 그녀는 진짜 여자였다. 겁을 잔뜩 집어 먹은, 옷을 벗은 채 화장을 하고 있는 젊은 여자. 소름이 온 몸을 뒤덮고, 작은 땀방울이 이마에서부터 흘러내려 가슴 계곡 사이로 흘러내렸다. 가슴 부위가 희미하게 달아올랐다. 그녀는 고개를 젓고는 조용히 웃어보았다. 그리고는 희망을 나타내는, 적어도 용기를 낸 미소를 지었다. 프란체스카는 문을 열었다. 그녀는 얼굴만 문 밖으로 내밀고 말했다. "다 됐어. 눈 감아." (이게 내 목소리야? 이렇게 활기찬 목소리가? 프란체스카는 생각했다) 프란체스카는 두 팔로 가슴을 가리고, 눈을 꼭 감은 채 불안하지만 어쩔 수 없이 밖으로 나왔다.

두 사람은 좀 더 가다가 쉬기로 하고, 차례를 기다리지 않아도 되는 주유소를 찾기 시작했다. 휴식시간을 줄이기 위해 그들은 거의 마시지 않았다. 그들이 먹은 거라곤 할머니가 건네준 피크닉 바구니에 들어 있던 샌드위치와 과일, 작은 스트루폴리 쿠키밖에 없었다. 그럼에도 프란체스카는 빌리에게 너무 많이 먹으면 안 된다는 경고를 해야 했다. 그들은 교대로 운전을 했는데 운전하지 않은 쪽은 가능한 잠을 자려고 애를 썼다. 프란체스카도 잠을 자보려고 했지만, 자꾸만 호텔에서 있었던 네 시간 동안의 일이 떠오르고 있었다. 더군다나 빌리가 그 네 시간을 메우기 위해 썬더버드를 엄청난 속도로 몰면서 트레일러가 붙은 트랙터라든가 가족들이 타고 있는, 서두를 일 없이 천천히 가고 있는 크라이슬러의 옆을 바람처럼 지나쳐 달리고 있었다. 차를 타고 가는 동안 리듬 앤드 블루스 풍의 노래나 조니 폰테인의 새 앨범에 실린 노래를 찾기 위해 끊임없이 라디오의 채널을 바꾸는 빌리의 습관까지 더해져 그녀는 눈을 감고 있기 위해 갖은 애를 다 써야 했다.

주 경찰관이 그들의 뒤를 따라왔다. 빌리는 경찰에게 운전 면허증과 등록증을 보여주고는 '우대' 에 대해 뭐라고 중얼거리면서 다른 종이 한 장을 더 보여주었다. 잠시 후, 두 사람은 다시 도로 위를 아까와 똑같은 속도로 달리고 있었다. 빌리는 아버지가 예전에 경찰 공제 조합에 여러 차례 엄청난 기부를 했다고 말했다. "내 면책 카드인 셈이지." 빌리가 말했다. 그의 얼굴은 붉게 달아올라 있었다.

상류층이라 이거군. 프란체스카는 생각했다. 창문 밖으로 캐롤라이나 소나무가 휙휙 지나쳐가고 있었다. 빌리, 한때 그녀가 스스로를 바보라고 여기며 자학하게까지 만들었던 상급 남학생. 그는 학교 내에서 거물이었으며 부유한 가문의 자제였다. 하지만 지금 그녀의 눈에 비치는 그의 모습은 그저 남자친구로만 보였다. 그녀를 기쁘게 해주고, 소중히 대해주는 특별한 남자친구. 그는 그녀에게 미쳐 있었다. 이 모든 것은 그녀의 언니가 떠났던 그날 시작되었다. 그날, 프란체스카와 빌리는 처음 만났고 그는 그녀를 보자마자 사랑에 빠졌다. 지금 그녀가 자기 앞에 있는 것을 빌리는 엄청난 행운이라고 여겼다.

성장하는 동안 쌍둥이 자매 중 캐시는 언제나 똑똑한 아이였다. 프란체스카는 캐시보다 조금 더 예뻤고, 적어도 예뻐지는 것에 더 많은 관심을 가진 아이, 즉 소녀 취향이 강한 아이였다. 캐시는 자유로운 재즈 음악을 즐기고, 몰래 담배를 피우며 자유롭게 지냈다. 반면 프란체스카는 착실한 가톨릭신자였다. 프란체스카는 치어리더였고, 학교 동창회 행사에 참석하기도 했다. 프란체스카는 몰트 숍 안에서 숙제를 하거나 하는 척이라도 했다. 프란체스카는 짧은 치마를 두 벌이나 가지고 있었다. 하지만 옆에 캐시가 없으니 프란체스카는 무의식적으로 자신이 캐시가 됨으로써 언니의 빈자리를 채우려 하고 있었다. 그즈음 프란체스카는 첫 학기의 몇 주일을 같이 지낸 룸메이트 수지와 함께 옷을 사러 쇼핑을 갔다. 두 사람이 함께 다니는 것은 나름대로 도움이 되었는데, 특히 수지가 잔뜩 가지고 왔던 어린 소녀들이나 입을 법한 끔찍한 점퍼와 드레스들을 더 이상 입지 않는다는 점에서는 아주 좋았다. 그 후에 프란체스카는 자신이 옷장 속을 캐시가 즐겨 입던 검은색과 빨간색 옷들에, 터틀넥 스웨터와 바지들로 가득 채우고 있다는 사실을 알아차렸다. 게다가 프란체스카는 자신이 언제부터 언니가 피우던 상표의 담배를 피우게 되었는지 알지 못했다. 그럼에도 종종 가방에서 그 담배가 들어 있는 것을 발견하곤 했다. 담배를 피우게 된 건 아마도 공부를 하면서였을 것이다. 그녀는 좀 더 공부를 많이 해야 겠다는 결심 같은 건 절대로 하지 않았다. 하지만 별 다른 이유 없이 프란체스카는 많은 것을 이해하고 있었고, 갑자기 학과 안에서도 영리한 학생들 중 한 명이 되어 있었다. 그녀는 자신을 주목하는 교수들이 뭔가를 같이 들어주기를 원할 때면 손을 들어 자원한다든가하면서 적절하게 대처해 나갔다. 프란체스카는 실험실에 가장 먼저 도착해 닭들의 상태가 어떤지 확인하거나 자기 책상 위에 몸을 굽힌 채 달걀이 어떻게 되었는지 살피는 학생들 중 한 명이 되었다. 그러다보니 희미한 연구실 불빛 속의 나른한 상태에서 담배를 피우게 된 것 같았다.

그동안 프란체스카는 몇 번이나 빌리가 도서관에서 여자와 같이 앉아 있거나, 극장에서 또 다른 여자와 함께 나오는 모습, 테네시가의 술집에서 전혀 다른 여자와 함께 나오는 것을 보았다. 프란체스카는 가끔씩 데이트도 하면서(전혀 특별할 것 없는 신입생과), 스터디 그룹에서 공부를 했다. 언제나 빌리는 그녀를 만나면 고개를 숙여 인사했는데 종종 시선이 마주치기도 했으며, 가끔씩은 그 자리에 서서 농담을 던지기도 했다. 프란체스카는 그런 식으로 자신을 놀린다고 여기며 그를 경멸했다. 그녀는 빌리의 앞에서 정중하지만 차갑게 행동했다. 혹시라도 그녀가 그를 무시하거나 말을 하지 않으면 그가 그녀를 더욱 괴롭힐 것만 같았다. 프란체스카는 자신이 캐시가 좋아하는 남자에게 하던 것과 똑같은 방법을 자신이 구사하고 있다는 것을 믿지 않았다. 그녀는 자신이 무엇을 하고 있는 건지 정확하게 알지 못했을지도 모른다. 결코 의도적인 건 아니었다. 만일 수지가 빌리의 덩치 큰 동생인 조지와 같은 합창단에 있지 않았다면 일이 이렇게 되지 않았을 수도 있었다. 어느 날, 수지는 중간고사 준비를 하다가 프란체스카에게 말했다. 네가 계속해서 그렇게 튕긴다면 빌리가 절대로 데이트 신청할 용기를 내지 못할 거야. 이렇게 말이다.

튕긴다고? 웃기는 소리다. 오히려 프란체스카는 너무 친절하고, 남에게 잘해주려 애를 썼기 때문에 자신이 원하는 것을 얻지 못하게 되었을 경우, 그것을 견딜 수 없을 뿐이었다. 프란체스카는 수지에게 미쳤다고 말했다. 하지만 수지는 빌리가 동생 조지에게 프란체스카 코를레오네라는 여자아이와 같은 수업을 듣는지 물어보았다고 했다. 왜 물어보는데? 조지가 물었다. 별 거 아니야. 빌리가 말했다. 그 애 좋아하는 거야? 조지가 물었다. 입 닥쳐, 이 자식아. 같은 수업을 들어, 안 들어? 그것만 말해. 빌리가 말했다. 조금 전에 입 다물라며. 조지가 대꾸했다. 지겨운 녀석 같으니라고. 빌리가 동생을 한 대 치고는 그 말은 잊으라고 말했다. 그러자 조지는 프란체스카와는 같은 수업을 듣지 않지만, 그녀의 룸메이트와 친구라고 말했다. 그 두 사람이 그런 이야기를 했다는 걸 어떻게 알아? 프란체스카가 묻자 수지가 대답했다. 그건 나도 알 수 없지만, 조지가 거짓말을 할 이유가 없잖아? 프란체스카는 자기 동생들과 이야기하던 모습을 떠올리며 형제 없이 혼자인 수지가 그런 이야기를 꾸며냈을 리는 없다고 결론지었다. 다음에 프란체스카가 빌리와 마주쳤을 때, 그녀는 좀 더 오래 그와 시선을 마주하는 것 이외에는 달리 할 수 있는 일이 없었다. 그러나 일은 이루어졌다. 얼마 후, 그가 그녀에게 같이 나가겠느냐고 물었다. 빌리는 끝내주는 식당을 알고 있다고 말했다. H- 봄 퍼거슨이 연주하는 '그녀는 떠났네' 를 들을 수 있다고 했다. 그는 그 노래를 들어본 적이 있느냐고 물었다. 말할 수 없을 정도로 좋아한다고 프란체스카는 대답했다. 얼굴이 달아오르지 않게, 그리고 자꾸만 떠오르려는 미소를 참으려고 애쓰면서 말이다. 다음 날, 기숙사 사감이 그녀의 방문을 두드리고는 프란체스카에게 빨간 장미 한 송이와 H― 봄 퍼거슨의 표가 들어 있는 봉투를 건네주었다. 이틀 후, 두 사람은 첫 번째 데이트를 했다. 두 달 후 두 사람은 지금 이 자리에서 북쪽을 향해 차를 달리고 있었다.

이제 프란체스카는 더 이상 보지 않는 척 할 필요 없이 빌리를 볼 수 있었다. 이제는 그의 모든 것을 다 보았다. 두 사람은 함께 침대에 들어갔고, 어쩌면 그는 백 명의 여자와 경험이 있는지도 모르지만, 그녀와 함께 있으면 그의 분신이 단단해지는 것을 증명해 보였다. 프란체스카는 그 신기한 것을 충분히 시험해볼 수 있었다(물론 좀 아프기는 했다. 몹시 갈망하고 있었다는 느낌으로 네 시간 동안 네 번을 한 탓에 아직도 아픔이 남아 있었다). 이제는 어른들이 사랑하는 방법에 대해 분명히 알게 되었다. 빌리는 그녀가 처음 학교에서 만났을 때 생각했던 것과 같은 인물은 아니었다. 그는 키가 조금 작았고, 사냥개 같이 생긴 눈에 비뚤어진 미소를 지었다. 그런 그의 모습을 프란체스카는 귀엽다고 생각 했지만, 확실히 영화배우 같은 모습은 아니었다. 빌리의 금발머리는 항상 부스스했다. 그는 남부 작은 마을의 변호사처럼 옷을 입었다. 질기고 투박한 단화를 신었고, 박직 리넨으로 만든 양복에는 회중시계가 들어 있는 주머니가 달려 있었다(그 시계는 예전에 플로리다 대법원의 대법관을 지낸 그의 종조부가 남겨준 것이었다). 거기에 닳은 소매가 다 보이는 이집트산 면으로 된 테일러 셔츠를 입고 있었다. 그가 옷을 차려 입은 뒤 조금만 지나면, 무슨 옷을 입고 있든 꼭 주름이 생겼다. 솔직히 빌리는 춤을 끔찍하게 못 췄는데 본인은 그 사실을 알지 못했다. 그는 아는 노래라곤 몇 곡 되지 않으면서도 큰 소리로 부르곤 했다. 이를 보이며 웃을 때면 만화 주인공처럼 보이기도 했다. 그의 부모님은 서로를 싫어했고, 아들들을 무시했다. 빌리를 키워준 사랑하는 흑인 유모는 자신의 아들이 미시시피에서 KKK단에 살해당하자 스스로 목숨을 끊었다. 유모가 장식장에 있던 알약을 모두 삼킨 채 욕실 바닥에 쓰러져 있는 것을 발견한 사람은 빌리였다. 그는 1주일에 한 번씩 정신과 상담을 받고 있었는데, 그 사실을 전혀 부끄러워하지 않고 이야기했다. 이런 모든 것들은 다른 여자들이 그에게서 보고 있는 잘 생긴 외모나 다양한 재능, 동화 같은 완벽한 인생 또는 학교에서 보여주는 회장으로서의 바람직한 모습을 말하고 있지는 않았다. 그는 정치인이 될 운명을 타고났다. 먼저 반 알스데일이라는 이름이 플로리다를 대표하고 있기 때문이고, 또 다른 이유는 그가 세련된 태도와 사교적인 기질을 타고났다는 것이다. 세 번째는 뭐라 말하기 어려운 점이었다. 카리스마보다 더한 어떤 것이라고 프란체스카는 생각했다. 수줍은 매력이라고 할까.

버지니아 쪽 길만 제외하고 빌리가 계속 운전했다. 그 덕에 프란체스카도 조금은 잠을 잘 수 있었다. 빌리의 손이 그녀의 어깨에 닿는 느낌에 프란체스카는 잠에서 깨어났다. 그리고는 얼떨떨한 상태로 겨울 햇살의 서늘한 빛이 바닥에 쌓여 있는 눈에 반사되는 것을 보았다.

"네가 이 광경을 보고 싶어 할 것 같아서. 자기 고향에 도착했어." 빌리가 뉴욕의 하늘을 가리키며 말했다.

프란체스카는 자세를 바로 하고, 눈을 문질렀다. 빌리는 자기가 그녀를 위해 이 같은 환상적인 정경을 보여주었다는 사실에 무척 자랑스러워하고 있는 것이 분명했다. 예전에도 저지 쪽에서 도시를 본 적이 있었는지는 확실하지 않았다. 그 광경에 깜짝 놀랐을 뿐, 고향에 돌아온 것 같다는 느낌은 들지 않았다. "예쁘다."

“신나지 않아?”

“자기는 괜찮아? 졸린 건 아니고? 눈이 이렇게 오는데 운전했던 거야? 지금 몇 시나 됐어?”

“괜찮아. 자주 해봤어. 스키 여행 갔을 때 말야. 예정대로 도착했어.” 그들은 네 시간을 벌었다.

“사랑해.” 그녀가 수염이 송송 난 그의 뺨에 키스하며 말했다.

“주니어 존슨의 이름을 걸고, 마마. 무엇이든 분부만 내리십시오.” 그가 남부 사람들의 독특한 느린 말투로 대꾸했다.

“주니어 존슨이 누구야?”

주니어 존슨은 주류를 밀매하던 시절에 경찰의 추적을 피하는 기술을 처음으로 개발한 경주용 자동차 선수라고 했다. 프란체스카는 주니어 존슨의 이름을 들어본 적이 없었다. 결국 그는 빌리 엄마의 먼 사촌임이 밝혀졌다.

“아, 그렇게 해서 반 알스데일 가문이 재산을 쌓은 거구나.” 프란체스카가 말했다.

빌리는 뭔가 말하려고 하다가 그만두었다.

“좋아. 이제 그 이야긴 그만할게.” 그녀가 말했다.

“그럴 필요 없어.” 그가 대답했다.

“정말?” 두 사람은 전에도 이런 이야기를 나눈 적이 있었다. 프란체스카는 빌리에게 그녀의 아버지가 합법적인 사업가로 모든 권위에 대항하는 분이었다고 말했다. 그 회사는 할아버지의 뜻에 따라 코를레오네 형제라고 불렀는데, 할아버지가 형제뿐이었기 때문이었다고 말했다. “그 이야기는 더 이상 할 필요 없잖아, 그렇지? 무엇이든 할 말이 있으면 이 자리에서 해. 어찌됐든 가족들 앞에서 날 난처하게 하진 말아줘.”

빌리가 그녀를 돌아보고는 입을 열었다. "난 정말 믿을 수가 없어. 네가 날…."

"난 그런 거 아니야. 자기도 아닐 거고. 우린 둘 다 그저 지친 것뿐이야. 미안해. 그냥 가자." 그녀가 말했다.

크리스마스 이브였지만 아침 교통 상황은 여전히 끔찍했다. 두 사람이 롱비치에 도착했을 때는 아까 벌어 놓았던 시간 중 한 시간을 까먹어 버린 상태였다.

긴 코트를 입은 땅딸막한 남자 두 명이 반원형으로 죽 늘어선, 프란체스카 가족들 소유의 저택들 입구 옆의 경비실 앞에 서 있었다. 빌리가 창문을 내렸다. 프란체스카는 50미터 가량이나 떨어져 있는 할머니 집에서 풍겨 나오는 음식 냄새를 맡을 수 있었다. 그녀는 경호원들이 자신을 알아볼 수 있도록 빌리의 무릎 위로 몸을 내밀었다.

두 사람 중 한 명이 그녀를 캐시라고 부르면서 사과했다. 먼저 차를 알아보지 못한데다가 처음 봤을 때처럼 안경을 쓰고 있지 않아 못 알아봤다고 했다.

안경이라니? "난 프란체스카예요." 그녀가 말했다.

남자는 고개를 끄덕였다. "우린 아가씨가 타고 오는 차를 썬더버드가 아니라 실버호크라고 들었습니다. 아가씨 어머니께서 차종을 잘 모르셨던 모양입니다. 빨리 안으로 들어가보세요. 어머니께서 몇 시간 전부터 아가씨가 도착했는지 계속 물어보고 계시니까요." 반원 모양으로 죽 늘어선, 가족 소유의 여덟 채 가운데서 가장 작고 검소한 프란체스카의 할아버지 집에는 아무런 장식도 되어 있지 않았다. 할머니는 여전히 상복을 입고 있었다. 전구나 화환이 없어서인지 집이 더 작아 보였고 권위도 없어 보였다. 길 건너편에 그녀와 가족들이 살았던 방갈로는 깜깜한 채로 텅 비어 있었다. 그렇지만 누군가 앞마당에 눈사람을 만들어 놓았고, 현관에는 트럭 바퀴 크기의 화환을 걸어 놓았다.

빌리가 진입로에 들어서기도 전에 프란체스카의 가족들이 할머니의 집에서 쏟아져 나왔다. 그들에게 이끌려 나온 듯 쌍둥이 언니 캐시는 커다란 검은 안경을 쓴 채 그다지 의욕이 없는 모습으로 눈 덮인 잔디밭에 치어리더처럼 서 있었다. 캐시는 정말 치어리더처럼 보였다.

"배고파?" 프란체스카가 빌리에게 물었다.

"죽을 것 같아."

"그래도 걷는 속도 좀 조절해줘. 너무 빨리 들어가지 마. 안 그러면 자기가 우리 가족들을 싫어하는 줄 알 거야."

차문을 열자 먼저 차가운 광풍이 몰아쳤다. 이런 냉동실 같은 곳에서 어떻게 살았지? 캐시가 차 옆으로 다가오자, 그녀는 언니를 끌어안았다. 두 사람은 그대로 이리저리 깡충깡충 뛰면서 소리를 질렀다. 지난 몇 년간 캐시에게선 볼 수 없었던 모습이었다. 하긴 추수감사절 때 두 사람이 만났을 때도 비슷한 광경을 연출하기는 했었다. 쌍둥이가 겨우 포옹을 풀고 서로의 얼굴을 쳐다보았을 때, 프란체스카는 얼굴에 차가운 겨울바람을 느꼈고, 자신이 울고 있다는 것을 알아차렸다. "너 안경 썼잖아." 프란체스카가 말했다.

"넌 임신했고." 캐시가 말했다. 그리고는 뒤로 물러나 다른 가족들 틈에 끼었다.

프란체스카는 멍한 상태에서 가족들의 포옹과 키스를 받아들였다. 캐시는 그녀의 바로 뒤에서 미소를 지은 채 몸을 흔들고 있었다. 안경 때문에 그녀의 표정까지는 제대로 보이지 않았지만, 다소 순진해 보이는 모습이었다. 프란체스카도 첫 경험에서 바로 임신한 사람을 알고 있었다. 게다가 빌리는 그다지 피임에 안전을 기하지 않았다. 프란체스카가 콘돔을 꺼내자 그녀의 손을 붙잡으며 쓰지 않으려고 했다. 하지만 그렇게 쉽게 임신이 될 만한 날짜는 아니었다. 아무리 쌍둥이라고 하지만 캐시가 어떻게 그것까지 알 수 있단 말인가?

빌리는 한쪽 어깨에는 반 알스데일 오렌지를 담은 커다란 망사 주머니를, 다른 쪽에는 그레이프프루트가 든 망사 주머니를 둘러맸다. "트리는 어디 있지?" 빌리가 물었다.

"무슨 트리?" 캐시가 물었다. 그녀는 엄마라도 되는 것처럼 케이 숙모의 귀여운 딸 메리를 안고 있었다. "무슨 트리?" 메리가 따라했다.

"크리스마스 트리 말이야. 그 아래 선물을 가져다 놓으려고."

"우린 이탈리아인이야. 빌리-보이. 그러니까 크리스마스 트리는 없어." 프란체스카가 대답했다.

"우리 이탈리아인이야. 비-보이." 메리가 소리쳤다.

적어도 이건 캐시가 하는 주장이다. "그렇긴 해도 우리 집에는 다행히 크리스마스 트리가 있어. 할머니 집에 크리스마스 트리가 없는 거야. 그러니까 여물통 옆에 두면 돼."

'다행히' 라는 말에 할머니가 혀를 찼다. 빌리가 고개를 똑바로 들었다.

"뭐라더라, 아마 아기 예수 탄생 장면에 쓰이는 걸 거야." 프란체스카는 말을 멈추고 캐시를 쳐다보았다. 꼭 말로 물어보지 않아도 그녀의 말을 이해하는 캐시가 고개를 끄덕여주었다. 그래, 프레세페는 카멜라 할머니의 애도의 마음을 지속시켜주기에 충분히 성스러운 물건이지. "거실에 있어. 가서 보고 와."

프란체스카의 엄마가 눈썹을 위로 치켜 올리더니 왼쪽 팔을 들어 손목시계를 쳐다보았다.

"눈 때문에 시간이 더 걸렸어요." 프란체스카가 말했다.

"오는 내내 눈이 왔다는 말이니?" 엄마가 물었다.

"워싱턴 D.C.에서부터요." 프란체스카는 대충 둘러댔다. 그때 그녀는 잠들어 있었다.

"아니, 틀림없이 좋은 시간을 보내고 왔을 테지." 대머리 남자가 불쑥 끼어들었다. "에드 페데리치라고 한다. 고모 친구지." 이렇게 자신을 소개했던 남자였다. 캐시가 편지로 그 남자에 대해 알려주긴 했었다. 그와 코니 고모는 약혼을 했다. 아직까지는 죽은 고모부와의 결혼이 무효가 되지 않았음에도. "이미 말씀드렸잖아요. 눈이 너무 많이 왔다고."

스탠 자블론스키도 동의했다. "너무 신경 쓸 것 없어." 그가 엄마에게 눈을 찡긋해보였다. 그런 모습을 볼 때마다 프란체스카는 늘 소름이 끼쳤다. "새벽부터 일어나 창밖을 보며 널 기다리고 있어서 그런 거니까."

엄마의 약혼자와 고모의 약혼자가 남은 짐을 가지고 집 안으로 들어갔다. 그들은 그 안에서 빌리를 붙잡고, 어떤 코스로 왔는지 무슨 다리를 건넜는지 지름길은 어디인지 연료는 얼마나 들었는지를 꼬치꼬치 물어볼 것이다.

어떻게 가족들이 모이는 크리스마스에 다른 남자들은 없고, 저 따위 외부 남자들만 있는 거지? 그것도 3년 전에 데이트 한 번을 안 하고 엄마와 약혼한, 술집을 운영하는 스탠과 고모 가족의 회계사로 일하다가 아직도 유부녀 상태인 고모와 약혼한 남자라니. 가족들 중 가장 남자다웠던 아버지는 돌아가셨다. 가족의 구심점으로 항상 웃고 계셨던 할아버지 역시 돌아가셨다. 마이클 숙부는 오지 않았다(사업 관계로 쿠바인지 시칠리아인지에 갔다고 들었다. 두 곳 모두라고 들은 것 같기도 했다. 하지만 왜 하필 크리스마스에 간 걸까? 그 사실을 알면 비토 할아버지가 무덤에서도 뒤로 넘어갈 것이다). 헤이건 일가는 라스베가스로 이사갔기 때문에 참석하지 않았다. 프레디 숙부는 어제까지 여기 있었던 모양이지만, 갑자기 전화를 받고 볼 일이 생겼다며 가버렸다고 했다. 카를로 고모부는 여전히 실종된 상태였다.

유감스러운 두 남자 외에 빌리가 있었다. 그녀의 빌리가.

프란체스카는 그의 모습을 지켜보고 있었다. 오후 내내 카드놀이를 해야 하거나 텔레비전으로 풋볼 경기를 봐야 하거나 끝없이 나오는 간식들에 시달리게 될 빌리를 구해주고 싶은 마음이 간절했다. 그러다 보면 그는 돌아가고 싶다고 생각할지도 모를 일이다. 잭슨빌에서 그녀와 그런 관계가 되었음에도. 하지만 프란체스카 역시 꿈결인 양 무덥고, 매콤한 향이 감도는 부엌에서 자신을 에워싼 여자들에게 붙잡혀 있는 터라 도저히 빠져나갈 수가 없었다.

음식에서 올라오는 김, 부엌을 가득 뒤덮은 향기, 끓어오르는 기름이 든 통, 밀가루 반죽이 펼쳐져 있는 조리대, 신선한 계절 생선을 덮고 있는 밀랍 종이. 아마도 박물관에서나 봐야 할 것 같은 커다란 하얀 스토브. 그 옆방에 놓여 있는 전축에서는 크리스마스마다 항상 똑같은 음악이 흘러나왔다. 프란체스카가 태어나면서부터 지금까지 이 부엌에 있을 때마다 들어온 음악이었다. 카루소, 란자, 폰테인. 아이들은 들어왔다 나갔다 하면서 달콤한 과자 부스러기를 얻어먹곤 했다. 케이 숙모는 자신이 할 줄 아는 요리들을 만들기 전까지 개수대 앞에 서서 접시들을 씻고 있었다. 솔직하고 건전한 편인 엄마와 날카롭고 신랄한 성격의 코니 고모는 평소 서로 사이가 좋은 편이 아니었다. 하지만 이 부엌 안에서만큼은 마치 프레드 아스테어와 진저 로저스*처럼 손발이 척척 맞아

* 콤비로 유명세를 떨쳤던 미국 영화배우

들어갔다. 할머니의 숙모인 안젤리나는 구석에 놓인 카드 테이블 앞에 앉아, 음식 재료들을 배합하고 있었다. 팔레르모 출신인 할머니는 틀림없이 백 살은 넘은 나이였고, 여전히 영어는 한 마디도 하지 않았다. 그리고 할머니는 당연히 이 모든 일들을 감독하고 있었다. 큰 소리로 지시를 내리기도 하고, 까다로운 요리를 만들 때는 직접 나서기도 했다. 하지만 지시를 내릴 때도 할머니는 언제나 다정한 모습이었다.

캐시는 우유처럼 하얀 가지가 쌓여 있는 것을 가리키며 프란체스카에게 식칼을 건네주었다. 그리고 눈 더미 속에 묻어 놔서 차가워진 검은 체리맛 부룩데일 소다도 주었다. 플로리다에서는 구할 수 없는 그 음료수 병을 보자 프란체스카는 또 다시 눈물이 고였다. 씩씩하던 그녀는 어디로 가버린 것일까? 프란체스카가 가지고 있던 캐시의 성격은 어디로 가버린 것일까?

"기쁨의 눈물은 달콤하단다." 할머니가 이탈리아어로 말했다. 그리고 이 빠진 커피 잔을 들어올렸다. 프란체스카의 기억으로 그 컵은 굉장히 오래 전부터 할머니가 사용했던 것이었다. 컵에 그려진, 이제는 희미해진 하와이 그림 위로 밀가루 반죽 찌꺼기들이 묻어 있었다. "제대로 된 세나 드 나탈리*를 만드는 데 가장 중요한 재료지!"

남편이 죽은 지 1년도 안 된 여자의 입에서 나온 그 말에 감동하지 않을 사람이 누가 있겠는가? 여자들은 서로 다투어 컵이나 음료수 병을 높이 들어 올렸다.

프란체스카는 목덜미에 캐시가 쓴 안경다리가 스치는 것을 느꼈다. "넌 그냥 바보일 뿐이잖아." 캐시가 속삭였다. 똑같은 얼굴의 쌍둥이는

* 크리스마스 만찬

웃음을 터뜨렸다.

미사가 시작되자 프란체스카는 가톨릭 성당에 처음 들어온 빌리에게 어떻게 해야 하는지 조용히 일러주었다. 성호를 긋는 일이나 무릎 꿇은 자세가 춤을 출 때처럼 어설프기만 한 그의 모습이 한층 사랑스러웠다. 하지만 그녀는 캐시가 빌리를 지켜보고 있다는 것을 느낄 수 있었다. 빌리가 가만히 있을 때조차도. 프란체스카는 지금 당장은 그런 그의 모습까지도 좋겠지만 나중에는 아마 널 미치게 만들 거라는 캐시의 목소리를 들을 수 있었다. 캐시는 저쪽 끝에 안젤리아 할머니 옆에 앉은 채 기도를 올리고 찬송가만 부르고 있었지만 말이다.

참회의 종소리가 울리기 시작하자 프란체스카는 가슴을 주먹으로 가볍게 네 번 두드렸다. 호텔에서 보낸 네 시간을 참회하기 위해서였다. 제단의 난간에 서서 그녀는 다시 한 번 같은 행동을 반복했다. 이번에는 두 사람이 사랑을 나눈 회수를 나타낸 것이었다. 그녀는 신도들의 좌석 뒤로 걸어가면서 참회의 의미로 빌리에게서 시선을 거두고 고개를 숙였다. 하지만 그녀는 무릎을 꿇고 기도를 끝내고 자리로 돌아와 그의 손을 잡았다. 프란체스카는 옆에서 무릎을 꿇은 채 입술을 달싹거리며 조용히 기도를 올리던 케이 숙모 역시 성체를 받았다는 사실을 알아차렸다.

"숙모는 개종했어." 캐시가 집으로 돌아오는 차 안에서 말했다.

"그렇게 오랜 세월이 지난 다음에 말이야? 아이들을 위해서 그랬을까?" 프란체스카가 물었다.

두 사람은 빌리의 썬더버드에 타고 있었다.

캐시가 눈썹을 치켜 올렸다. 안경을 쓰고 있었지만 낳아준 엄마조차 구분하기 힘들 만큼 프란체스카와 똑같이 닮은 얼굴이었다. "펴 라니마 모르탈 디 수오 마리토." 남편의 죄지은 영혼을 위해서, 라는 말이었다.

남편의 죄지은 영혼이라니? 프란체스카는 얼굴을 찌푸린 채 캐시를 쳐다보았다.

"숙모는 매일 성당에 나가. 할머니처럼. 같은 이유일 거야." 캐시가 말했다.

"모든 사람이 같은 이유로 나가지." 프란체스카는 아직도 캐시를 붙잡고 왜 '넌 임신했고' 라고 말했는지 물어볼 수 없었다. "어느 정도는 그런 이유 때문이지."

캐시의 눈동자는 화가 난 듯 커졌다.

그 자리에 둘러앉은 거의 모든 사람들이 가족이 다 모이지 않아 자리가 텅 빈 것 같은 느낌을 받았지만, 코를레오네 가족의 일곱 가지 해물 요리로 차려진 전통적인 크리스마스 이브 만찬은 예전처럼 시끌벅적하게 시작되었다. 예전 같으면 남자들이 마셨을 포도주를 여자들이 대신 비우기라도 하듯 얼마든지 자유롭게 따라 마시고 있었다. 식사가 시작되고 얼마 되지 않아 부모에 대한 사랑을 솔직히 표현하는 크리스마스 편지를 나이가 어린 순부터 한 명씩 읽기 시작했다. 나이가 많은 사람들에게 쓴 편지일수록 신랄하고 불안한 내용은 줄어들긴 했지만 귀에 거슬리는 내용이 담긴 편지 중에서도 단연 최고는 코니 고모의 편지였다. 할머니가 '자식이니까 어쩔 수 없이 사랑하겠다' 는 내용의 편지를 받은 건 지난 30년 넘는 세월 동안 처음 있는 일이었다. 코니의 편지 때문에 분위기가 안 좋아지고, 그 이상으로 모두가 놀라긴 했지만 다른 밝은 내용의 편지로 분위기를 바꾼 뒤, 계속 이어지는 식사를 즐겼다.

그리고 짝을 찾지 못한 자식들을 위해 할아버지가 몰래 관여했던 이야기는 모든 사람들의 마음을 훈훈하게 해주었다. 그는 오래 전에 코니가 카를로 리치와 막 사귀기 시작했을 즈음 딸에게 경영학 학위를 가진 착한 청년을 소개해준 적이 있었다. 그 당사자였던 에드 페데리치가 자기 비하를 하면서 그 비참했던 데이트 이야기를 생생하게 늘어놓자, 할머니는 그를 격려하는 뜻에서 행복한 약혼을 위해 축배를 들어주었다.

음식들이 계속해서 나왔다. 게 다리와 새우 칵테일, 구운 바칼라와 속을 채운 오징어. 마리나라 소스를 끼얹은 찐 대합이 들어간 엔젤 헤어 파스타가 나왔다. 디저트가 나오기 전까지 잠시 쉬기로 했으므로 마지막이라 할 수 있는 요리는 시금치와 말린 토마토, 모짜렐라 치즈를 넣고, 안젤리나가 다른 사람은 모르는 몇 가지 비밀 재료를 더 넣은 가자미였다.

"심장병에 안 좋겠군. 이렇게 음식을 많이 먹으면 한 시간 동안 심장이 세 배는 빨리 뛰니까 말이야." 에드 페데리치가 식탁에 손을 올린 채 말했다. 그는 차를 도둑맞고 그 빈자리를 쳐다보고 있는 남자처럼 멍해 보였다.

스탠은 마지막 요리의 절반은 남긴 채, 미식축구 경기가 중계되는 텔레비전 빛이 새어나오는 옆방에서 자고 있었다. 그때까지 먹고 있는 사람은 두 명뿐이었다. 신경질적으로 포크를 놀리고 있는 프랭키와 금이라도 찾아내는 것처럼 가자미를 헤집으면서 그 가치를 떠올리려고 애쓰는 모습의 빌리였다.

코니가 혈색 좋은 대머리를 찰싹 때리면서 에디의 입을 다물게 만들었다. "엄마도 앞으로 심장병이 생길지도 모른다는 말을 들었단 말이에요." 그녀는 같은 자리에서 온종일 포도주를 마셨고, 지금 새로 마르살라 백포도주 병을 땄다. 코니가 에디를 때린 것은 순전히 장난으로 시작한 것이지만 보는 사람이 움찔할 만큼 소리가 크게 났다. 다른 방에 있던 사람들까지 무슨 일인지 궁금해서 머리를 내밀 정도였다. 결국 그의 머리에 손자국이 남고 말았다.

프란체스카는 빌리를 식탁에서 끌어내 할아버지의 예전 사무실로 데리고 갔다. 그곳에서는 케이가 막 아이들용 식탁을 접고 있었다. "많이 먹었어요, 빌리?" 케이가 물었다.

"예, 숙모님." 빌리는 가죽 소파에 털썩 주저앉으며 대답했다.

"디저트는 먹을 수 있어야 할 텐데." 케이가 싱긋 웃으면서 말했다. "그런데 안토니 혹시 못 봤어요?"

"밖에 있을 겁니다. 칩과 클레멘자 집안의 아이들과 함께 있을 거예요." 빌리가 대답했다. 프란체스카가 칩의 나이였을 때, 그녀도 그 집 아이들과 놀곤 했었다. 그때 그 친구들은 벌써 가정을 이루고 길 건너편에 있는 집에서 살고 있었다.

이제 두 사람만 남게 되었다. "자기, 정말 잘 했어. 모두 자기를 좋아해."

"왜 그렇게 웃는 거야?" 빌리가 배를 움켜쥔 채 소파에 길게 누우며 물었다.

프란체스카는 그의 옆에서 바닥에 무릎을 꿇었다. "제대로 잘 해줬으니까." 그녀가 속삭였다. "그러니까 상을 줄게. 키스해도 좋아."

빌리는 그 말에 따랐다. 긴 키스였다. 프란체스카의 가족들이 흔히 하는 키스와는 다른 종류의 키스였다. 그녀가 눈을 떴을 때 갑자기 전기 불이 반짝하고 켜졌다.

"내가 분위기를 망쳤나보네. 그만하고 와. 설거지해야 하니까, 어서. 내가 씻을 테니까 네가 말려." 캐시가 말했다.

빌리는 다시 누워 호텔에 있었을 때와 똑같은 얼굴로 손가락을 흔들어 보였다.

여자들은 당연히 하루 종일 설거지를 했다. 프란체스카는 앞에 쌓여 있는 엄청난 접시들, 나이프들, 유리잔들, 보조그릇들, 젖병들을 거의 10분간 쳐다만 보고 있었다. 캐시가 어딘가에서 찾아온 작은 라디오는 재즈 채널에 고정되어 있었다. 구석에 있는 삐걱거리는 나무 의자에 앉은 채 안젤리나 할머니가 코를 골고 있었다. 그 외에는 쌍둥이뿐이었다. "할머니는 어디 계셔?" 프란체스카가 물었다.

"미사 가셨어. 케이 숙모하고 같이 조금 전에 가셨어."

"두 번이나? 말도 안 돼."

"가서 보고 와. 차가 없을 테니." 캐시는 안젤리나 앞에서 고개를 숙였다. "할머니가 코를 고시니 다행이야. 그렇지 않으면 계속 할머니가 돌아가신 건지 아닌지 확인해야 할 뻔 했잖아. 그런 눈으로 볼 것 없어. 어차피 할머니는 귀도 잘 안 들리는데다가 영어는 모르시잖아." 캐시가 말했다.

"할머니가 보기보다 많은 걸 알고 계신다는데 얼마나 걸래?"

"오, 그러니까 비-보이에 대해서 말이지?"

"무슨 소리를 하는 거야?"

"넌 모든 사람들이 눈이 멀었다고 생각하는 모양이지만…."

"난 그렇게 생각 안 해."

"눈이 먼 사람은 너 하나뿐이야. 저쪽에 있는 한심한 작은 친구 말인데, 할아버지 사무실에서 자다니 좀 뻔뻔스럽다고 생각하지 않아? 그 작자가 널 이용하고 있다는 걸 모르겠어?"

"날 이용하고 있다니? 지금 뭐 하자는 거야? 고등학교 때로 돌아가기라도 한 거야? 내가 할아버지 사무실로 데리고 갔어." 프란체스카가 말했다.

"너야말로 뭐하는 거야? 톨라헤스의 말괄량이 공주님?" 안경에 절반 정도 김이 서렸지만 캐시는 벗지 않았다.

"넌 미쳤어. 그건 정말 슬픈 일이야. 나도 안 됐다고 생각해." 프란체스카가 물고기 모양의 자기 접시를 집어 든 채 눈썹을 치켜 올렸다.

"생각할 필요 없어. 그냥 저기 전화기 아래 쪽에 쌓아두면 돼. 넌 빌리가 그저 지—인—짜 마피아의 크리스마스를 경험해보고 싶어서 여기 온 거라는 걸 모르겠니? 그 작자에게 있어 우리는 더러운 기니인 패거리나 마찬가지란 말이야. 스킵이나 미피와 함께 요트 클럽에서 하이볼을 마시며 웃음거리로 떠들어댈 거리밖에 안 되는 거라고. 바이올린 케이스에 톰슨식 소형 권총을 넣어가지고 다니는 이탈리아 갱을 진짜로 봤다면서 말이야." 캐시가 말했다.

안토니가 네바다에서부터 바이올린을 가지고 왔다. 단지 가족들 앞에서 '고요한 밤'을 연주해주기 위해서. 연주를 썩 잘한 것은 아니었지만 듣기 좋았다. "그런 말은 대답할 가치도 없어."

캐시가 포도주 잔을 수도꼭지에 부딪치는 바람에 산산조각이 나버렸다. 그녀는 아무 말도 하지 않았다. 캐시는 손을 다쳤다. 처음엔 피가 많이 흘렀지만 이내 괜찮아졌다. 두 사람은 그 뒤로 아무 말 없이 설거지를 끝냈다. 프란체스카가 캐시의 손에 붕대를 감아주었다.

캐시는 무겁게 한숨을 내쉬었다. 그리고는 동생과 눈을 맞추며 뭔가를 중얼거렸다. 너무 목소리가 작아서 프란체스카는 다시 한 번 말해보라고 해야 했다. "내 말은 그게 전부 사실이었다는 거야." 캐시가 속삭였다.

"뭐가 전부 사실이란 말이야?"

캐시는 개수대의 거품을 씻어내고는 프란체스카에게 외투를 가져오라고 말했다. 두 사람은 정원의 투광 조명 뒤쪽 구석까지 걸어갔다. 캐시는 헐리우드의 강인한 남자 주인공처럼 담배 두 대에 한 번에 불을 붙인 다음 동생에게 한 대 건네주었다. 그건 그들이 예전부터 수십 번도 더 했던 장난이었다. "너하고 빌리? 아마도 아까 그건 이 집이 생긴 이래로 그 방에서 이루어진 첫 번째 키스였을 거야. 그 일은 그곳에서 직접 이루어진 건 아니겠지만…." 그녀는 적당한 단어를 땅에서 찾기라도 하겠다는 듯이 눈 덮인 바닥을 내려다보았다.

"뭐가?"

캐시는 손을 엉덩이에 댄 채 서서 담배 연기를 멀리 날려 보냈다. "넌 사람이 법적으로 죽었다고 인정받는 데 시간이 얼마나 걸릴 거라고 생각해? 교회에서 결혼 무효 선언을 하기까지 얼마나 걸린다고 생각하니?"

"두 달쯤 아닐까?"

"틀렸어, 동생아." 캐시는 프란체스카보다 4분 일찍 태어났다. "좀 더 길어. 이야기를 어디서부터 시작해야 할지 모르겠다." 코니 고모는 12월에 약혼하겠다고 선언했고, 캐시도 그 이야기를 듣고 다른 사람들만큼이나 놀랐다. 그녀는 코니 고모가 임신한 것이 틀림없다고 생각했다. 하지만 코니의 욕실에서 임신이 아니라는 사실을 확인할 만한 걸 볼 수 있었다. 캐시는 역시 캐시였기에 도서관에 가서 자료를 찾고, 몇 군데 전화를 걸어 알아보았다. 실종된 사람이 법적으로 죽은 것으로 인정받는 데는 꼬박 1년이 걸린다고 되어 있었고, 또 절차가 무척 복잡했다. 결혼 무효의 경우 여자가 단념했다 하더라도 대부분 그와 비슷한 시간이 걸렸다.

"그게 다냐고? 그 뒤에 판사에게 선거 자금 좀 기부하고, 로마 가톨릭 우애 공제회에도 마찬가지로 기부했어. 그러자 모든 일이 일사천리로 해결되기 시작하는 거야. 그런 게 이 세상의 법칙인 거야."

캐시는 고개를 저었다. 그녀는 동생의 얼굴에서 시선을 돌려 어둠 속을 바라보았다. "가만히 있어봐. 고모는 결혼 무효를 얻을 필요가 없었어. 그건 거짓말이니까. 고모는 아무것도 필요 없었어. 우리에게 거짓말을 한 거야. 모두 그 사실에 대해 입을 다물어 버렸지. 카를로 고모부는 실종된 게 아니야. 살해당했어."

"그들이 누구야?"

"마이클 숙부하고 숙부 말을 따르는 사람들."

"너 바보 아냐? 카를로 고모부는 장례식도 치르지 않았잖아." 프란체스카가 말했다.

"사망 진단서가 있어. 법원에 가서 찾아냈어." 캐시가 말했다.

"뉴욕 전화번호부만 봐도 카를로 리찌라는 이름을 가진 사람은 열두 명도 넘게 있어."

캐시는 어둠 속에 서서 담배를 피웠다. 그녀는 고개를 저었다. "인간의 눈이란 전적으로 수동적인 법이다. 오직 두뇌만이 제대로 볼 수 있다." 캐시는 어느 교수의 말인지 교재에 나온 말인지를 인용하고 있었다.

"그건 무슨 소리야?"

캐시는 대답하지 않았다. 그녀는 담배를 다 피우고는 다시 담배에 불을 붙였다. 그리고 다시 이야기를 시작했다. 캐시는 어느 일요일, 코니 고모와 시내에서 만나 월도프에서 점심을 먹기로 했었다. 코니는 취한 것처럼 보였고, 옆에 같이 있던 남자가 작별 키스를 했다. 그 남자는 에드 페데리치는 아니었다. 캐시가 자리에 앉자 코니는 결혼 무효를 하려면 어떻게 해야 하는지 물었다. 그러다가 코니가 불쑥 카를로는 실종된 게 아니라고 했다. "마이클이 그를 죽였어." 코니는 손을 들어 올리더니 캐시에게 아무한테도 이 이야기를 하지 말라고 했다. 그녀는 취해 있었지만 목소리는 진지했다. "마이클이 그를 죽였어. 그게 아니라면 죽이라고 시켰지. 카를로는 네 아버지를 죽였으니까. 카를로가 소니 오빠를 죽였으니까." 코니가 말했다.

프란체스카가 갑자기 웃음을 터뜨렸다.

캐시의 눈이 맥 빠진 것처럼 보였다. "고모 말로는 카를로 고모부가 고모를 때리면 아빠가 구하러 달려올 거라는 사실을 알았다는 거야. 그래서 고모가 아빠한테 전화하니까 아빠는 정말 고모한테 달려갔어. 아니, 가려고 했지. 아빠가 존스 비치 간선도로의 요금 징수소에 차를 세웠을 때 기관총을 든 남자들이 나타나 아빠를 죽였다고 했어."

"코니 고모가 미쳤나보네. 그 말을 믿는다면 너도 똑같이 미친 거야." 프란체스카가 말했다.

"그냥 좀 더 들어보라니까. 그래 줄래?" 캐시가 말했다.

프란체스카는 대답하지 않았다.

"아빠의 경호원들은 아빠가 죽은 직후에 그 자리에 나타났어. 그리고 비토 할아버지에게 도움을 받았던 장의사에게 아빠의 시신을 모셔 간 거야. 그 일은 신문에도 나지 않았어. 경찰한테도 뇌물을 줘서 그 일을 사고로 기록하게 만든 거지."

"아빠는 경호원 같은 거 없었어. 한 사람도." 프란체스카는 '아빠를 죽일 수 없어' 라고 말하려고 했지만 할 수 없었다.

캐시는 담배꽁초를 멀리 내던졌다. "말해봐. 넌 경호원들이 기억나지 않아?"

"네가 누굴 보고 그런 생각을 하고 있는지는 알겠어. 하지만 그 사람들은 아빠 회사에서 온 사람들이야. 수입상들이었잖아."

캐시가 아랫입술을 깨물었다. "솔직히 말해봐. 넌 내가 지금 농담하고 있다고 생각해?"

"그렇게 생각하는 건 아니야. 난 그저 네가 잘못 생각하고 있다는 거지."

"어렵구나. 그냥 내 말을 끝까지 들어봐." 캐시가 말했다.

프란체스카는 얼굴을 찡그린 채 계속하라는 시늉을 했다.

"좋아, 그 다음에 코니 고모는 그 남자들이 누구인지를 말했어. 그래, 요금 징수소에 있던 남자들. 그들은 카를로 고모부에게 고모를 때리라고 시키고 돈을 준 사람 밑에서 일하는 자들이라는 것이 밝혀졌어. 고모는 그때부터 눈물을 흘리기 시작했어. 너도 그 모습을 봤다면 고모를 믿었을 거야, 틀림없이. 고모부는 고모를 때리는 대신 돈을 받았어. 그리고 그대로 했지. 그렇게 한 이유는 우리 아빠를 죽이기 위해서였어." 캐시는 쉿 소리를 냈다. "그래서 그들이 우리 아빠를 죽인 거야."

"그만해."

"그리고 고모는 계속 그 남자와 7년을 보냈어. 고모는 그 작자와 잠을 잤어. 그 뒤로…."

"그만 하면 충분해."

"7년이란 말이야. 그리고 그 괴물의 아기를 또 낳았지. 하지만 그것보다 더, 정말 더 큰 일이 일어났어. 코니 고모의 말로는 비토 할아버지를 총으로 쏜 자도 같은 남자고, 마이클 숙부의 아내를 죽인 것도 같은 사람들이었다는 거야."

"다른 건 몰라도 케이 숙모는…." 프란체스카가 말했다.

다시 손을 들었다. "케이 숙모가 아니야." 캐시가 말을 이었다. "다른 사람이 또 있었어. 아폴로니아라고 숙부가 시칠리아에서 처음 결혼했던 사람. 케이 숙모는 아무것도 몰라. 그 여자는 자동차 폭발 사고 때문에 천국으로 가버렸대."

아폴로니아? 자동차 폭발? 프란체스카는 생각했다. 캐시라면 충분히 이런 얼토당토 않는 이야기를 만들어낼 만한 상상력이 있었다. 하지만 코니 고모는 결코 그럴 수 없는 사람이었다. 만일 코니 고모가 정말로 이런 이야기를 했다면 누군가의 거짓말에 속고 있는 것이거나 진실을 말하고 있는 것이다.

캐시의 말은 점점 더 빨라졌다. 코니 고모가 이야기한 내용들을 캐시는 그 후에 모두 확인할 수 있었다. 점차 캐시의 목소리가 차갑게 들리기 시작했다. 그녀는 5분 동안 이야기했는지도 모른다. 아니 5시간 이었는지도 모른다. 프란체스카는 아무 생각도 떠오르지 않았다. 그녀는 더 이상 서 있을 수도 움직일 수도 없었다. 프란체스카는 앞마당에서 터지는 폭죽 소리와 아이들의 웃음소리에 집중했다. 나중에야 그 소리들이 사라진 것을 알았지만 그 뒤에도 계속해서 그 소리가 들리는 것만 같았다. 잠시 프란체스카는 자신의 머리 위로 녹아떨어지는 눈의 느낌에 집중했다. 그녀는 언니를 쳐다보려고 애를 썼다. 그러자 겨울 내내 남아 있던 정원의 자취들이 그녀의 눈앞을 스쳐 지나갔다. 이곳은 할아버지가 아끼던 정원으로, 평온하고 행복하게 돌아가셨던 곳이었다.

"그래서 케이 숙모는 가톨릭으로 개종한 거야. 매일, 가끔은 하루에 두 번씩 미사에 참석하는 거야. 할머니와 숙모는 무릎을 꿇고 살인을 저지른 남편의 영혼이 지옥에 떨어지지 않도록 기도를 하는 거야. 어쩌면 우리 엄마도 해야 하는 일인지도 몰라."

바로 그 순간 프란체스카는 언니를 눈 위에 쓰러뜨렸다. 이번에는 캐시의 코에서 피가 흐르기 시작했다. 캐시는 여전히 입에 담배를 문 채였다. 그녀의 안경은 벗겨져 저쪽으로 날아가 버렸다. 프란체스카는 여전히 오른 주먹을 쥐고 있었다. 손이 아팠다. 그때 캐시가 "미치광이"라고 중얼거리자, 그 소리에 프란체스카는 또 자극받았다.

거대한 분노의 물결이 프란체스카의 귀 안에서 울려 퍼졌다. 그녀는 캐시의 늑골을 한 대 더 후려쳤다. 정통으로 맞지는 않았지만, 캐시가 고통스러운 신음소리를 낼 정도는 충분했다.

프란체스카는 몸을 돌리고 뛰기 시작했다.

프란체스카는 어두운 방, 더블베드의 가장자리에 누워 있었다. 이 방은 예전에 프레디 삼촌이 쓰던 곳으로, 삼촌은 서른 살이 될 때까지 부모님과 함께 살았다. 프레디 삼촌이 라스베가스로 간 지 10년이 되었다. 짙은색 커튼에, 나무 판벽, 희미해진 시칠리아 지도, 시어스에서 가지고 온 것처럼 보이는 제물 낚시 그림. 이 방의 장식은 아무것도 변하지 않은 것 같았다. 언제라도 아들이 돌아오기를 기다리고 있는 할머니의 마음을 보여주기라도 하듯.

얼마인지 모를 시간이 흘렀다. 프란체스카는 복도 건너편에 있는 욕실로 누군가 쿵 소리를 내며 들어가는 소리와 규칙적으로 떨어지는 물소리를 들었다. 틀림없이 캐시였다. 프란체스카는 캐시의 발자국 소리를, 또 그녀가 누워 있는 침대 반대편으로 들어오는 소리를 들었다. 그녀는 돌아보지 않아도 캐시가 다른 쪽 벽을 향해 누운 것을 알고 있었다. 파자마만 아니었다면 거울에 비친 프란체스카의 모습과 똑같았을 것이다. 프란체스카는 원피스 잠옷을 입고 있었다.

그렇게 오랫동안 두 사람은 가만히 누워 있었다. 만일 프란체스카가 캐시와 같은 침실에서 수천 번이 넘게 함께 밤을 보내지 않았더라면, 캐시가 잠들었을 거라고 생각할 수밖에 없을 만큼의 시간이었다. "왜 나보고 임신했다고 말한 거야?" 프란체스카가 물었다.

"무슨 소리야?"

"우리가 여기서 처음 만났을 때 말이야. 네가 차 있는 데까지 달려와서는 날 보고 정말 반가운 것처럼 굴었을 때."

다시 다른 사람이었다면 캐시가 잠들었을 거라고 믿을 만큼의 시간이 흘렀다. "아…." 마침내 캐시가 입을 열었다. "그거 말이구나. 기억 안 나? 우리가 널 학교에 내려주고 오던 날, 네가 나보고 눈이 나빠질 만큼 책을 많이 읽지 말라고 했잖아. 그래서 내가 너한테 임신하지 말라고 했지. 네가 여기에 도착해서는 날 꼭 안아주면서 내가 안경을 썼다고 말했잖아. 그래서 난…."

"말 돌리지 마. 넌 임신하지 말라고 말했고, 난 네 눈이 나빠지지 말라고 말했어."

"내가 잘못 했어. 그런데 너 한 거야?"

"아니, 물론 아니야." 프란체스카는 급기야 이렇게 대답했다.

"안 해봤어? 한번도?"

"왜? 넌 해봤어?"

"아니." 캐시가 말했다. 그러나 프란체스카는 그 답을 해봤다는 뜻으로 이해했다.

두 사람은 조금 전 정원의 투광조명 뒤에서 있었던 일에 대해서는 아무 말도 하지 않았다. 캐시가 했던 이야기나, 프란체스카가 때린 일이나, 심지어는 끝장난 캐시의 안경에 대해서조차. 그들은 엉덩이를 마주한 채 침대 반대편을 보고 누워 있었다. 두 사람은 할머니가 아래층으로 내려오는 소리가 들릴 때까지 한참 동안 자지 않고 있었다. 할머니가 소시지를 굽기 시작했으니까, 아마 새벽 4시 30분쯤 되었을 것이다. 마침내 그들은 잠들었다. 자는 사람들이 모두 그렇듯 두 사람의 몸도 움직였다. 각자 침대 가운데로 파고들기 시작했다. 그들은 서로 팔과 다리를 감았다. 긴 머리카락도 서로 겹쳐진 것 같았다. 두 사람은 같이 숨을 들이마셨고 서로의 목에 각자 숨을 내쉬었다.

"이런. 내가 한 짓을 믿을 수가 없어. 내가 너한테 무슨 짓을 한 거지?" 프란체스카가 어둠 속에서 캐시가 잠들었다고 생각하며 속삭였다.

"내가 곧 너이기 때문이겠지." 캐시가 중얼거렸다. 그리고 두 사람은 동시에 잠 속으로 빠져들었다.

프란체스카는 아이들이 내지르는 날카로운 고함 소리와 어른들이 모여 수군거리는 소리에 잠에서 깨어났다. 그녀는 자리에서 일어났다. 눈이 오고 있었다. 아래층에서 들려오는 시끄러운 소리는 점점 더 커지고 있었다. 그 중에서도 할머니가 커다란 목소리로 부온 나탈르*!, 라고 하는 소리가 또렷하게 들렸다. 누군가 도착한 모양이었다. 프란체스카는 서둘러 좁은 뒷계단으로 내려갔다. 부엌에는 음식이 가득 차려져 있었지만 아무도 없었다. 그때 누군가 두 사람의 발소리가 점점 가깝게 들리더니 갑자기 부엌 앞에서 멈춰 섰다. 프란체스카는 부엌문으로 얼굴을 내밀고 밖을 내다보고 싶었지만 그렇게 할 수 없었다. 문이 갑자기 열렸다. 캐시와 빌리가 둘 다 샤워를 하고 옷을 갈아입고 붉은 머리의 산타클로스를 사로잡아 썰매를 마음대로 타게 된 것 같은 얼굴로 싱글거리며 웃고 있었다. 빌리는 빨간 블레이저에 초록색 타이를 매고, 눈보다 더 새하얀 셔츠를 입고 있었다. 소매도 멀쩡했다. 하얀 디비니티 퍼지** 같았다.

"네 삼촌이 지금 누구하고 같이 왔는지 절대 알아맞히지 못할 거야." 빌리가 말했다.

"어느 삼촌?" 프란체스카가 곤두선 머리카락을 쓰다듬으며 물었다. 그녀는 아직 이도 닦지 않았다.

---

* '기쁜 성탄절' 을 뜻함

** 크림이 들어간 설탕, 버터, 우유, 초콜릿이 들어간 연한 캔디

"어느 쪽이라고 생각해?" 캐시가 물었다.

"마이클 삼촌." 두 사람이 이렇게 같이 달려온 건 내가 이 소식을 전했을 때 어떤 반응을 보일지 알아보기 위해서겠지.

"오, 이런." 캐시가 눈을 깜박였다. "프레디 삼촌이야." 그녀는 안경을 쓰고 있지 않았다. 캐시의 눈에 멍이 있었지만 그렇게 심하지는 않았다. 멍이 있는지 억지로 찾아보는 사람한테나 보일 정도였다.

"어서 알아맞혀봐." 빌리가 말했다.

"포기할게. 산타클로스?" 프란체스카가 대답했다.

"디에나 던이야." 빌리가 말했다.

프란체스카가 눈을 깜박거렸다. 빌리와 데이트할 때 디에나 던이 나오는 영화를 봤었다. 시카고 대화재에서 마지막까지 버티다 남편과 함께 죽는 귀머거리 여자로 나오는 영화였다. "다시 말해봐."

"난 지금 판사만큼이나 진지하다고." 그가 맹세한다는 듯 손을 들어보였다. 아직 스물두 살밖에 되지 않은데다 크리스마스 아침에 빨간 블레이저를 입고 있어도 빌리는 정말 판사처럼 보였다.

"농담하고 있는 거 아냐. 진짜 디에나 던이야. 가슴에 성호를 긋고 맹세할게." 캐시가 그 말대로 했다. "그녀가 프레디 삼촌이랑 사귄다는 소문을 들은 적이 있어. 하지만 몰랐지."

그때 부엌문이 활짝 열리고, 카멜라 할머니의 뒤를 따라 프레디 삼촌과 디에나 던이 들어왔다. 실물로 본 디에나 던의 머리 모양은 거창했다. 그녀는 키가 컸고, 그저 예쁘다기보다는 훨씬 더 아름다웠다. 왼쪽 손에는 머리 모양만큼이나 엄청난 다이아몬드 반지를 끼고 있었다.

"미스 던!" 프란체스카가 불렀다.

"내가 말한 대로지?" 캐시가 말했다. 사실 그녀에게 말해준 사람은 빌리였다. 캐시는 외국 영화를 좋아했다. 디에나 던은 평소 그녀가 우습게 여기는 배우 중 한 명이었다. 하지만 지금 캐시는 마치 디에나 던 팬클럽의 간부라도 되는 양 굴고 있었다.

"제발, 날 디에나라고 불러줘요." 그녀의 억양은 미국인 같지도 영국인 같지도 않았다. 직접 들어보니 인간의 목소리가 아닌 것처럼 들렸다.

디에나가 프란체스카의 손을 잡았다.

프란체스카는 디에나 던이 너무 매력적이라 어지러울 지경이었다. 어제 잭슨빌에서의 일은 넌지시이긴 했지만 캐시에게 털어 놓았다. 그건 이 오래되고, 익숙한 부엌에 서 있는 환상적인 디에나 던의 모습과는 아무런 관계도 없었다. 프란체스카의 삶은 꿈과 악몽이 교차하고 있었다.

프란체스카가 사랑하는 부자 청년 빌리가 오스카상을 두 번이나 받은 여배우에게 조용히 블랙 커피를 가져다주었다. 카멜라 할머니는 찬송가 대신 산타클로스에 관한 크리스마스 캐롤을 불렀다. 프란체스카의 아버지는 살인자였고, 그리고 살인을 당했다. 프레디 삼촌은 문틀에 비스듬히 기대선 채 자기 신발만 쳐다보고 있었다. 그는 상한 조개라도 먹은 듯한 얼굴이었다. 그의 뒤에서 누가 알려줬는지 기자들이 몰려와 사진들을 찍어대고 있었다. 프란체스카는 기대했다. 큰 카메라를 들고 챙이 있는 모자를 쓴 남자들이 붉은 융단 옆에 서 있기라도 한 것처럼 그들의 사진을 찍기 위해 서로 밀치며 자리를 차지하는 모습을 보게 될 거라고. 하지만 프레디는 고개조차 들지 않았다.

옆방에서 감사 인사와 선물 포장을 푸는 소란스러움 사이로 엄마가 그들을 부르는 소리가 들렸다. 프란체스카가 해마다 듣는 거짓말이었다.

"서둘러서 오지 않으면 크리스마스를 놓치게 될 거야." 엄마가 외쳤다.

"크리스마스!" 디에나 던은 이렇게 외치더니 서둘러 프레디 삼촌 옆을 지나쳤다. 실제로 그녀의 키는 크지 않았다. 다만 키가 작은 프레디 삼촌 옆에 서 있어서 커 보였던 것뿐이었다. 그리고 디에나가 키가 큰 여자들처럼 걷는 모습과 어마어마한 머리 모양이 한몫했다. 눈은 수동적이다. 오직 뇌만이 제대로 볼 수 있다. "정말 근사해요!"

제4부

1956 ~ 1957년

14

그 해 봄, 몇 달간의 교섭 끝에 마침내 위원회가 모임을 가졌다. 첫 번째 의제로 시카고의 루이 루소를 위원회의 여덟 번째 위원으로 선출할 것인지의 여부가 의논될 것이고, 그 다음으로 평화에 대한 공식적인 동의가 확정될 예정이었다. 24개 패밀리의 대표들이 모두 초대받았다. 그 순간만 안전하게 넘어갈 수 있다면 평화는 지속될 수 있을 것이다.

마이클 코를레오네는 뉴욕까지 경호원 세 명만 대동한 채 레드 아이호를 타고 날아왔다. 미합중국 상원의원 후보로 나선 헤이건을 이런 일에 데리고 올 수는 없었다. 게다가 사업상 중요한 문제들은 이미 모두 결정을 내린 상태였기 때문에 옆에 굳이 유능한 참모가 따라다녀야 할 필요도 없었다. 그저 전통에 따라 안정감을 줄 만한 누군가가 옆에 있어주는 걸로 충분했다. 클레멘자는 이런 상황에서 콘실리에리로 완벽한 인물이었다.

마이클은 콘실리에리 자리에 누군가를 고정으로 임명할 마음이 없었다. 그 일은 딱히 뭐라고 정의내리기 힘든 모순적인 능력이 필요한 자리였다. 책략가이되 충성심이 있어야 하고, 권모술수에 능한 교섭가인 동시에 솔직해야 했다. 그리고 추진력은 있어야 하지만 개인적인 야심은 없어야 했다. 대부 비토가 있을 때부터 세워온 이번 계획이 콘실리에리를 필요로 하는 마지막 일이 될 것이다. 최고 경영자는 중역들과 다수의 변호사들을 이끌고 있다. 회장에게는 자신이 임명한 참모와 임원, 감사진이 있고, 세상에서 가장 작은 군대를 운영하게 된다. 코를레오네 조직은 그렇게 대외적으로 발전하게 될 것이고, 그런 노선을 따르게 될 것이다.

클레멘자는 공항에 혼자 그들을 마중 나왔다. 뚱뚱한 그의 모습은 상당히 자신감이 넘치는 듯 보였다. 그는 이쑤시개를 씹는 것 대신 시가를 다시 피우기 시작했다. 마이클이 소년 시절부터 보아온 클레멘자의 모습과 변한 것이 있다면 지금은 지팡이를 짚고 걷는다는 것뿐이었다.

그들은 차를 타고 맨해튼으로 향했다. 먼저 패스트리 한 상자를 사기 위해 멀베리의 제과점에 들른 다음, 웨스트 93번가에 있는 코를레오네 가문 소유의 아파트로 갔다. 그곳에는 보카치오 패밀리의 인질이 와 있었다. 아기 같은 얼굴의 그 소년은 어제 시칠리아에서 미국에 도착했다. 그는 클레멘자의 부하인 프랭키 팬츠와 리틀 조 보노, '쌍권총' 리치 노빌리오와 함께 도미노 게임을 하고 있었다. 소년은 열다섯 살 이상은 되는 것 같지 않았다. 마이클과 클레멘자를 보자 모두 자리에서 일어났다. 마이클과 클레멘자는 그들을 각각 끌어안고 키스했다. 소년은 더듬거리는 영어로, '돈 코를레오네' 인 마이클에게 자기 이름은 카르민 마리노이며, 미국에 올 수 있는 기회를 주어 고맙다고 인사했다. 아파트 안에 있는 유일한 창문은 타르처럼 검게 칠해져 있었다.

"프레고, 파 니엔테*." 마이클이 말했다.

"커피는 없어요?" 쌍권총 리치가 상자를 열며 물었다.

"만들어 먹어! 이 게을러빠진 녀석 같으니라고. 내려가서 사오던지. 맛있는 빵집은 찾기 어렵지만 커피는 아무데나 있잖아. 내가 커피를 사가지고 왔으면, 절반은 차 안에 쏟았을 것이고, 또 다 식어버렸을 거야. 그렇게 되면 깨끗한 내 차도 쏟은 커피 때문에 지저분해 질 것이

---

* '천만에, 그렇지 않다' 는 뜻

뻔한데 내가 사왔겠어?"

클레멘자는 눈을 찡긋해 보이고는 프랭크의 어깨를 재빨리 문지르면서 가장 좋은 곳을 가리키는 관광 안내원처럼 패스트리에 대해 설명하기 시작했다.

두 번째로 논의될 사안은 평화였다. 이제 패밀리들은 각자 보카치오 인질을 데리고, 협상하는 자리에 올 것이다. 인질들은 기꺼이 동행했다. 보카치오 패밀리는 이런 방법으로 돈을 벌었다. 이를테면 마이클이나 클레멘자에게 무슨 일이 생긴다면 코를레오네 패밀리에서 그 소년을 죽이게 될 것이다. 보카치오는 소년의 죽음에 대해 끝까지 복수한다. 그들의 복수의 대상은 소년을 죽인 코를레오네 패밀리가 아니다. 소년이 인질로 가 있던 코를레오네 패밀리에 해를 끼친 인물에게 복수를 하는 것이다. 보카치오 패밀리는 시칠리아에서도 가장 집념이 강한 조직으로, 모두 감옥에 가야 한다거나 죽음을 당한다 하더라도 뜻을 이룰 것 같았다. 그들을 막을 수 있는 사람은 아무도 없었다. 보카치오는 백 명의 경호원들보다도 훨씬 나은 보험이었다. 그들이 있었기에 협상하는 자리에 나오는 사람들은 콘실리에리만 대동하고 나오면 되는 것이었다.

차로 돌아온 마이클이 클레멘자에게 아직 어려 보이는 얼굴의 보카치오 소년이 몇 살로 보이느냐고 물었다.

"카르민 말인가?" 뚱뚱한 클레멘자는 한참을 생각했다. "나한테 물어보는 건 그다지 좋은 생각이 아니야. 내게는 모든 사람들이 어린아이처럼 보이니까 말일세."

"열다섯 살 정도밖에는 안 돼 보여요."

"이젠 보카치오 패밀리에도 남아 있는 사람이 많지 않다는 얘길 들었어." 클레멘자가 말했다. "반면에 내 나이쯤 되면, 자네도 열다섯 살처럼 보일 때가 있는 법이라네. 무례하게 굴려고 하는 소리는 아니야."

"물론이죠." 열다섯 살이라. 열다섯 살이었을 때 그는 저녁식사를 하던 도중 자리에서 벌떡 일어나 아버지의 눈을 똑바로 쳐다보며, 아버지 같은 어른이 되느니 차라리 죽겠다고 말했었다. 이렇게 세월이 지난 뒤에도 그때 있었던 일을 생각하면 마이클은 여전히 오싹해지는 느낌이었다. 그때처럼 어리석고, 소년다운 자존심을 내세웠던 시간이 없었다 하더라도 자신이 지금 이 일을 했을 것인지, 마이클은 궁금했다. "저렇게 어린 아이를 혼자 비행기에 태워 미국까지 보낸다는 건 나로서는 생각조차 할 수 없는 일인 걸요." 마이클이 말했다.

"그 점만큼은 나도 잘 모르겠어. 하지만 저 아이는 비행기를 타고 온 게 아니야. 다른 인질들과 함께 배를 타고 왔지. 3등 선실로 말일세. 그들은 아직도 배를 타고 다니는 모양이야. 무엇이든 가장 비용이 적게 드는 방법으로 보내는 거지. 게다가 보카치오 놈들이 과연 아이에게 돈을 줄지 그것도 의문이란 말이야. 예전부터 미국에 가고 싶어 하는 친척들에게 아주 적은 돈만 쥐어주고 보내곤 했으니까. 자네도 알다시피 이번 일에 우리가 지불한 돈은 왕의 몸값이라고 해도 될 정도인데 말이야. 그들은 그 돈을 다 어떻게 하는 걸까? 어쨌든 그 일에 대해서는 잊어버려야지."

클레멘자가 우울한 표정을 지으며 큰 머리를 흔들었다. 그들은 태팬지 다리를 건너 북쪽으로 향했다.

"이제 말해주세요." 마이클이 긴 침묵 끝에 말했다. "프레디 형에 관해 들었다는 소문이 대체 뭐죠?"

"무슨 소문 말인가?" 클레멘자가 반문했다.

마이클은 앞만 똑바로 쳐다보고 있었다.

"말했잖아. 술을 너무 많이 마신다고. 나머지 소문들은 출처가 불분명한 것들이야."

마이클이 깊은 한숨을 내쉬었다. "프레디 형이 동성애자라는 소문을 들은 거죠?"

"자네 어떻게 된 거 아닌가? 대체 내가 무슨 얘길 들었다고 생각하는 거지?"

"형이 샌프란시스코에서 두들겨 팬 사람이 동성애자였어요."

"그자는 도둑이었잖은가. 도둑이면서 동성애자였던 거지. 동성애자를 죽였다고 동성애자가 되는 거라면 이 세상에는 온통 동성애자 투성이일 걸세."

프레디의 이야기로는 몰리나리의 장례식이 끝난 후에 머리를 식히려고 좀 걷다가 한 잔 하려고 술집에 들렀다고 했다. 그런데 술집에서부터 한 녀석이 호텔까지 계속 쫓아오더니, 나중에 돈을 훔치려고 방에까지 몰래 들어왔다고 했다. 프레디는 그 녀석을 두들겨 팼고 그자는 죽었다. 그건 정말 말도 안 되는 이야기였다. 그 녀석은 왜 길에서 프레디의 돈을 훔쳐가지 않은 걸까? 왜 프레디의 방문 열쇠를 몰래 따고 들어가야 할 때까지 기다렸단 말인가? 게다가 그자는 최근에 죽은 부모로부터 거의 30만 달러에 달하는 유산을 상속받은 상태였다. 그다지 큰 부자라고 할 수는 없지만 그만큼의 돈이 있는데 왜 굳이 다른 사람의 돈을 훔쳐야 했단 말인가? 변호사로서 제대로 활약해준 헤이건 덕에 간신히 그 사건은 신문지상에 오르내리지 않았고, 처벌도 받지 않고 끝날 수 있었다. 그러나 헤이건은 몇 가지 중요한 문제들을 안고 샌프란시스코에서 돌아왔다.

"정말 그런 소문을 듣지 못했어요?" 마이클이 물었다.

"전혀 안 들었다고는 할 수 없지. 하지만 전부 출처가 불분명한 이야기들이었어. 만일 내가 그런 쪽에서 들어오는 온갖 소문들을 모두 믿기 시작한다면, 난 절대…." 클레멘자가 대답했다. "맙소사, 마이클. 그 친구는 자네 형이야. 프레디가 호모 녀석을 두들겨 팬다거나 그밖에 이런 저런 멍청한 짓들을 저지르고 다니는 건 사실일 수도 있어. 하지만 난 자네가 그 친구를 그렇게 생각한다는 걸 믿을 수가 없군. 지금 우리는 프레디에 대해 이야기하고 있는 거라고, 그렇지? 곱슬머리에 큰 키, 돈이란 돈은 몽땅 여자들 낙태 비용이나 보석 사들이는 데 써버리고, 영화배우와 결혼한 그 친구에 대해 말하고 있는 거야. 확실한 정보통을 통해 들어온 이야기를 해줄까? 그 의사 친구 있잖은가. 시갈이라고 했나? 그 친구 말로는 프레디가 디에나 던과 결혼한 후에도 쇼걸 한 명을 임신시켰다더군. 마르그리트라던가 뭐라던가. 프랑스 여자라고 하던데. 자넨 그런 식으로 행동하는 동성애자에 대해 들어본 적 있는가?"

마이클은 아무 말도 하지 않았다.

그는 프레디에게 유명해질 수 있는 기회를 주었다. 그러나 어떻게 되었는가? 프레디는 술을 더 많이 마셨고, 더 많은 여자들과 무분별하게 잠을 잤다. 마이클은 프레디가 헐리우드의 매춘부와 사랑의 도피행각을 벌이고, 결혼을 함으로써 무엇을 입증하려고 하는 것인지 확신이 없었다. 사실 그가 동성애자가 아니라는 것을 보여주는 것으로 결혼 이상은 없었다. 더군다나 그 결혼은 코를레오네 가문이 영화배우가 결혼을 함으로써 대중적인 이미지를 끌어 올리는 효과도 확실히 있었다. 그것도 최고의 인기를 구가하고 있는 스타였다. 그래서 그는 프레디가 그 결혼을 하게 해주었다.

"뭔가 알고 싶은 거라도 있나? 자네가 좋아하든 싫어하든 이 얘기는 해야 겠군. 사실 자네 아버지가 걱정한 건 자네였어. 이런 식으로 말이야. 잠깐이기는 했지만." 클레멘자가 말했다.

마이클은 몸을 숙여 라디오를 켰다. 클레멘자는 마이클이 그의 아버지로부터 직접 듣지 않은 이야기는 어떤 것도 말하지 않았다. 얼마를 더 가는 동안 마이클도 클레멘자도 아무 말도 하지 않았다.

"보카치오 말일세." 클레멘자가 마침내 입을 열었다.

"뭐 말입니까? 그들에게 무슨 문제라도?" 마이클이 되물었다. 두 사람이 침묵을 지켰던 시간은 마이클이 수십 가지 다른 문제들에 대한 생각을 진전시켜가고 있었을 만큼 길었다.

"다른 게 아니라 그자들의 일이라는 건 정말 말도 안 되는 일이야. 어떻게 그런 일을 할 생각을 할 수 있었을까? 예로부터 무식하기로 소문난 보카치오 가문에서 말이야."

"만일 운명이란 게 있다면 생각 같은 건 할 필요가 없을 테죠. 그저 듣기만 하면 되니까."

"듣기만 하면 된다니, 무슨 뜻인가?"

"만일 제가 자기 운명을 찾아낸 사람을 알고 있다면 그건 아저씨에요."

클레멘자는 이마를 찌푸리고, 마이클이 한 말을 생각했다. 한참 뒤 그는 싱긋 웃었다. "들어라!" 클레멘자가 외쳤다. "아무래도 내가 운명이 부르는 소리를 들은 것 같아!" 그는 짐짓 놀랐다는 듯 눈썹을 치켜올리며, 손을 둥글게 말아 왼쪽 귀에 갖다 대었다. 마치 숲에서 들려오는 어떤 소리를 애써 들으려는 듯이. "페트, 차를 길 옆에 대고 오줌을 누어라." 그가 모두 들으라는 듯이 혼잣말을 중얼거렸다.

닉 제라치는 사고에 대해서는 물론, 자신이 충격으로 물 속에서 의식을 잃었던 지점이 어디인지까지 모든 것을 기억하고 있었다. 아마 지금쯤이면 그가 뿌리친 손가락의 주인공이 누구인지 이미 다 밝혀졌을 것이다. 하지만 누구인지 알고 싶지 않았다.

그는 병원에 있을 때부터 지금 이 순간까지 며칠 동안 의식이 없었다. 제라치가 마침내 의식을 회복했을 때 그는 자기가 레몬색으로 칠해진 방에, 자기 몸으로 꽉 차다시피 한 작은 침대에 누워 있다는 것을 알아차렸다. 다리는 깁스된 채로 천장의 대들보에 달린 도르래에 매여 있었다. 발코니로 연결된 듯한 유리문에서는 빛이 스며들어왔다. 그곳은 병원이 아니었다. 하지만 병원에 있는 것과 똑같은 온갖 장비들이 그의 몸에 연결되어 있었다. 제라치는 천장을 쳐다보며 자신이 어떻게 이곳에 있게 된 건지를 생각하기 시작했다. 이곳이 어디이든 간에.

물론 의사들 중에는 유태인이 수없이 많았다. 하지만 제라치가 이 방에서 의식을 회복한 후 처음 본 사람은 유태인임이 분명해 보이는 청진기를 든 늙은 남자였다. 제라치는 자신이 어디에 있는지와 —터무니 없을 수도 있지만, 그는 그 순간 이미 알아차리고 있었다. 그리고 그 생각이 옳았다는 것도 밝혀졌다— 대부인 '유태인' 빈센트 포를렌자의 도움을 받았다는 것을 짐작하고 있었다.

"이 친구 깨어났어요." 의사가 어깨너머로 뒤돌아보며 외쳤다. 옆방에서 의자를 뒤로 미는 소리가 들리고 누군가 전화를 걸었다.

"누구십니까? 여긴 어디죠?" 제라치가 중얼거렸다.

"내 이름은 알 것 없네. 난 이 자리에 없는 사람이니까. 좀 더 말해주자면 그쪽 역시 마찬가지고." 의사가 말했다.

"제가 얼마나 오랫동안 여기 누워 있었습니까?"

의사는 한숨을 내쉬고는 제라치에게 진찰 결과와 부상 정도를 쓴 기록들을 건네주었다. 제라치는 그것을 보고 대충 짐작(이것도 거의 정확했다)으로 자기가 이 방에 적어도 1주일 이상은 있었다는 사실을 알 수 있었다. 가장 심하게 다친 곳은 늑골이었지만 뼈가 부러진 건 시간만 지나면 괜찮다는 것을 그는 잘 알고 있었다. 부러진 코 역시 마찬가지였다. 의사는 제라치의 다리를 도르래에서 내려주었다. "뇌진탕이 오래 갈까봐 그게 걱정이었지. 그런데 이번이 처음은 아니더군?"

"권투를 했었습니다."

"역시 자네가 맞군. 이런 말해서 안 됐네만 자넨 그다지 잘하지 못했지."

"제가 시합에서 뛰는 걸 보셨습니까?"

"아니, 아까도 말했지만 내 평생 자네를 한 번도 본 적이 없다니까. 자네가 누구든 간에 이번 뇌진탕으로 하마터면 코를 질질 흘리는 저능아가 될 뻔도 했지만 다행히 그렇게 되진 않았어."

"그럼 제가 코를 질질 흘리는 저능아가 되지 않을 거라는 말씀입니까? 그건 정말 끝내주는 소식이군요. 선생님."

"난 아무 말도 하지 않은 거네. 자네의 회복 능력만큼은 특별하다는 말을 제외하고 말이야."

"가계 혈통이죠. 우리 아버지도 쾌속정 충돌사고가 났을 때 마지막 고해성사를 올렸습니다만, 불과 한 달 정도 지나자 볼링을 쳤죠. 점수도 거의 300이 나왔을 정도였으니까요."

"금요일에 배에 총을 맞고도 그 다음 월요일에 바로 트럭을 몰러 나온 건 말할 것도 없고 말이야."

"그 일까지 알고 계셨어요?"

"난 아무것도 몰라." 의사는 양보하듯 어깨를 으쓱했다. "걱정하지 말게. 그래도 의술은 아니까." 그는 제라치의 깁스된 다리를 뚜껑 달린 만년필로 톡톡 두드리며 말했다.

의사는 제라치에게 움직이지 말라고 말하고는 방에서 나갔다.

제라치는 도넛 냄새를 맡았다. 프레스티 가게의 것이었다. 이것 또한 터무니없는 가정일지 모르지만. 사실 누가 도넛가게들의 냄새까지 구분할 수 있겠는가? 제라치가 있는 곳이 클리블랜드의 어딘가이고, 또 그곳이 그가 예상하고 있는 '리틀 이탈리아'라고 하더라도 말이다. 하지만 몇 분 후, 제라치는 누군가 계단 올라오는 소리를 들었다. 문이 열리고, 제라치가 있는 작은 방으로 웃는 살 나르듀치가 프레스티 도넛가게의 커다란 종이 봉지를 든 채 다리를 절뚝거리며 들어왔다. "고향의 맛이지. 어서 들게. 두 개만 먹어보라니까." 나르듀치가 권했다.

닉 제라치는 그 말에 따랐다.

다른 방에 있는 남자가 의자를 가져다주자 나르듀치가 앉았다. 그가 모든 것을 설명해주었다. 제라치는 클리블랜드 리틀 이탈리아에 있는 아파트 3층에 있었다. 그 아파트는 그가 자란 작은 집에서 몇 블록 거리에 있었다. 포를렌자가 가장 신임하는 부하들 외에는 아무도 제라치가 이곳에 있다는 것을 알지 못했다. 그를 이곳에 있게 한 것은 전적으로 포를렌자의 생각이었다. 돈 포를렌자는 비행기 사고가 그 누구의 실수 때문에 생긴 것은 아니라 해도 어쩌면 그의 조직이나 대자가 책임을 져야 할지도 모른다는 사실을 알아차리고는 신속하게 그런 결정을 내렸다. "난 할 말이 없네. 친구 중 누군가 심장마비를 일으켰다면, 하느님한테라도 복수할 계획을 짜는 것이 우리의 전통인데 말이야."

"그곳에 있었죠? 프랭크는 어떻게? 아니, 돈 팔코네는 어떻게 되었나요?"

"그가 어떻게 되었냐고? 주먹 한 방에 그대로 나가떨어졌지."

천만에. 제라치가 생각했다. "아뇨. 내 말은 그러니까 권투 시합이 어떻게 되었느냐는 말입니다. 그 사람이…."

"그가 걸었던 친구가 이겼네. 5대 1로 걸었지. 프랭크가 죽지 않았더라면 행운의 날이 되었을 텐데."
"우리 가족은 아내와…."
"샬롯과 딸들은 잘 지내고 있어. 자네 부친도 여전하다네. 자네도 알다시피 그 연세에도 기운이 넘치시니까 말이야. 안 그런가? 말은 별로 하지 않지만 우리가 알고 있기로는 잘 지내고 계신다네."
"가족들은 내가 괜찮다는 걸 알고 있습니까?"
"괜찮다라…." 나르듀치가 그의 말을 되뇌었다. "난 잘 모르겠군. 자네 괜찮은 건가?"
"곧 괜찮아질 겁니다. 아마도 의사인 것 같은 분이 전문적인 소견으로 내가 침을 질질 흘리는 저능아처럼은 되지는 않을 거라고 했으니까요."
"저능아라니. 의사 따위가 뭘 알겠는가? 이것 보게. 나한테 말해보게. 대체 무슨 일이 있었기에 자네는 고의적인 사고라고 말했던 거지?"
"그런 말 한 적 없는데요."
나르듀치는 주춤했다. "난 자네가 그런 말을 한 것으로 알고 있었는데."
"휴, 그런 말을 한 기억은 없습니다. 전혀요." 제라치가 말했다.
"전혀 아니란 말이지. 자네 무선으로 그런 말을 하지 않았나? 관제탑에 말이야. 생각나는 거 없어?"
"아뇨." 제라치는 거짓말을 했다.
"아니라고? 잘 생각해보게."
제라치는 나르듀치가 그 부분을 문제화해준 덕에 쓸 만한 가설을 생각해볼 수 있었다. 만일 그 사고가 고의적인 것이었다면 틀림없이 섬에 있는 누군가가 저지른 짓일 것이다. 행여 차후에라도 그게 누군지,

그 배후에 누가 있는지 밝혀지면 돈 포를렌자는 책임을 면하기 어려울 것이다.

정말 고의적인 사고였을까? 확실히 마지막 순간에는 뭔가 잘못되어 가고 있었다. 제라치는 모든 기억을 떠올려보았다. 여전히 정말로 일이 어떻게 된 것인지는 알 수 없었다. 전적으로 제라치의 실수인 것 같지는 않았다. 비행기가 추락할 때 그가 했던 말이나 어리석었던 행동에 대해서는 다 알고 있었다. 그는 그때 그렇게 외쳤다. 고의적이라고. 관제탑에서는 다시 말해보라고 했다. 하지만 그는 되풀이하지 않았다. 자신이 죽었다는 소식을 들었을 때 샬롯과 딸들의 사랑스러운 얼굴이 고통으로 일그러질 것을 생각하자 뭔가 잘못되었다는 생각이 들었던 것이다. 그 생각은 불과 2초도 지속되지 않았다. 하지만 누가 알겠는가? 어쩌면 그에게는 2초라는 시간조차 없었을지도 모른다. 제라치는 활주로를 볼 수 없었지만 해변가에서 그리 멀리 떨어져 있지 않다는 건 알고 있었다. 인공 수평기에 문제가 있었을 수도 있다. 하지만 그 외에도 많은 문제들이 있었다. 계기판은 비행기가 이제 곧 충돌할 거라는 사실을 알려주었다. 그리고 그도 그렇게 될 거라고 느끼고 있었다.

"만일 당신이 자신의 느낌에 의존하게 된다면 바로 그 때문에 죽게 될 거요." 비행 교관이 말했다. 그 교관은 예전에 시험 조종사였다. 그가 역설했다. 현실은 절대적인 거니까. 훌륭한 조종사는 결코 그 사실을 잊어버리지 않는다고. 제라치는 자신이 그렇게 했던 것은 아닐까 두려웠다.

"뭔가 잘못됐어요. 순식간에 일이 벌어졌어요." 제라치가 말했다.

나르듀치는 다음 말을 기다리고 있었다. 그는 움직이지 않았다.

"만일 내가 고의적인 사고라고 말했다면, 기억나지는 않지만, 혹시 그렇게 말했다면 그건 그저 무의식적으로 생각하고 있던 게 튀어나온 걸 겁니다. 그러니까 무시해도 됩니다." 제라치는 도넛 두 개를 다 먹었다고 생각했는데 마지막 한 조각이 여전히 남아 있는 것을 보고 깜짝 놀랐다. 그는 남은 도넛을 마저 먹어 치웠다. "끔찍한 일이 일어나긴 했지만 누구의 잘못도 아니니까요."

"누구의 잘못도 아니다." 제라치는 멍하니 몇 번이고 그 말을 되풀이했다. "그렇다면 아무 문제 없는 거군. 마지막으로 한 가지만 물어보지." 이윽고 나르듀치가 말했다.

"듣고 있습니다."

"오멜리에 대해 말해보게. 오멜리가 자네라는 걸 누가 알고 있지? 아니면 알아낼 수 있는 사람은? 이 세상에는 감이 좋은 사람이 많다는 걸 잊지 말게. 자네가 생각하는 것보다 영리한 사람들이 의외로 많아. 다시 한번 천천히 생각해보게나. 재촉하지 않을 테니 차근차근 하나씩 생각해보란 말일세." 나르듀치가 어깨를 으쓱했다.

몇 명 되지 않았다. 나르듀치와 포를렌자, 코를레오네 패밀리의 고위층을 제외하고 그 사실을 아는 사람은 아무도 없었다. 그 사실을 모두 말해야 할 이유는 없었다. 만일 포를렌자가 자신의 계획을 숨기고 싶어 했다면 제라치는 이미 죽었을 것이다. 만일 포를렌자와 그의 부하들이 제라치가 이 곤경에서 빠져나가기 위해 하는 말대로 도와준다면 그들에게도 약간의 정보는 필요할 것이다.

뉴욕주의 북부 지역으로 이어지는 좁은 도로는 보통 트랙터나 소형 트럭들이 많이 지나다니는 곳이었다. 아주 가끔씩이기는 해도 지금처럼 캐딜락과 링컨 자동차들이 줄을 이어 지나갈 때도 있었다. 제복을 입은 경찰관들이 클레멘자의 차를 보고 하얀 판자로 된 농장 건물 뒤에 있는 목초지로 가라고 안내해주었다. 대형 고급차들이 줄지어 서 있는 것으로 봐서 아무래도 그들이 제일 늦게 도착한 것 같았다. 헤이건이 콘실리에리로 따라왔더라면 틀림없이 마이클에게 비토 코를레오네는 항상 제일 먼저 도착했다고 잔소리를 늘어 놓았을 것이다. 그렇게 하는 것도 한 가지 방법이기는 했다. 하지만 마이클에게도 나름의 방식이 있었다. 마이클이 자신의 방식대로 일을 할 필요가 있을 때는 아버지조차 생전 마지막 몇 달 간은 스트레스를 받곤 하셨다. 클레멘자는 오래된 민요를 휘파람으로 불고 있었다. 그는 아무것도 묻지 않았다. 심지어 얼마나 멀리까지 걸어가야 하는지에 대해서조차.

그들은 차에서 내렸다. 농장 뒤로 음식이 차려진 텐트가 있었다. 그 옆에는 쉭쉭 소리를 내며 불타고 있는 장작 위로 새끼 하마만큼이나 커다란 돼지를 꽂은 꼬챙이가 돌고 있었다.

마이클과 클레멘자는 한 번도 이곳에 온 적이 없었지만 앞으로 무슨 일이 벌어질지 알기라도 하는 것처럼 곧장 농장 쪽으로 다가갔다. 마이클은 자신이 하는 일에 분명한 확신이 있었다. 그는 해군 시절, 펠레리우 해안을 공격하기 위해 수륙양용 비행기에서 내려 해변가에 몸을 숙이고 있었을 때도 앞으로 무슨 일이 벌어질지 확신했다.

이번 일이 그때와 똑같은 건 아니야. 마이클은 혼잣말을 했다. 전쟁은 그의 뒤에 있지만, 평화는 그의 앞에 놓여 있었다.

"늘 10년마다 모이는 셈인가?" 클레멘자가 손목시계를 두드리며 말했다. 그 동작은 잠시 쉬면서 가쁜 숨을 가다듬을 좋은 핑계가 되었다. "정기적으로 말이야."

"사실 이번은 8년 만이예요." 마이클이 대답했다. 보카치오 인질이라는 보험이 있음에도 그는 저격수나 다른 누군가가 숨어 있지는 않은지 끊임없이 숲을 살피고 있었다. 그건 습관이었다.

"그렇다면 다음에는 12년 뒤에 모이겠군. 그래야 평균이 떨어지지. 그건 그렇고 저 커다란 돼지 좀 보게나."

마이클이 웃었다. "아저씨는 계속 이 일을 하고 싶지 않은 거죠?"

클레멘자는 고개를 젓고는 다시 걷기 시작했다. "아 치 콘시글리아눈 부올레 일 카포." 옛말로 옆에서 조언을 하는 자는 두목이 되고 싶어 하지 않는다는 뜻이었다. "헤이건이나 젠코도 마찬가지일 거야. 난 그저 돕는 사람일 뿐이네."

뒷문이 열려 있었다. 그들은 파티에서 친구들을 만나기라도 한 것처럼 이구동성으로 사람들의 인사를 받았다. 뒤에서 굽고 있는 돼지를 흘긋 돌아본 뒤 클레멘자가 마이클의 어깨를 손으로 툭 치고는 그를 따라 안으로 들어갔다.

닉 제라치는 레몬빛 노란 아파트에서 몇 주일을 더 지냈다. 매일 아침 도넛 냄새와, 슬리퍼를 신은 여자가 현관을 청소하면서 이탈리아어로 투덜거리는 소리에 잠에서 깨어나곤 했다. 샬롯과 딸들은 여전히 잘 지내고 있어서 그도 안심하고 있었다. 자신이 순조롭게 건강을 회복하고 있다는 것도 알고 있었다. 그는 빈센트 포를렌자와 마이클 코를레오네가 그를 안전하게 집으로 보내주기 위해 교섭을 할 거라고 말했다. 자신은 대부가 두 명이나 있는데다 양쪽 다 자신을 아껴주고 있어서 얼마나 행운인지 모른다는 말을 누군가에게 하지 않고 지나가는 날이 없었다.

제라치는 그 늙은 의사의 이름도, 어떻게 돈 포를렌자의 도움을 받았는지도 모르고 있었다. 틀림없이 뭔가 큰 도움을 받았을 것이다. 강 옆에 있는 계곡에서 시체가 발견되도록 준비하는 과정에서 그 의사는 몇 가지 도식을 칠판에 적어 놓은 뒤 포를렌자의 부하들에게 제라치와 비슷한 체구의 시체를 구해오라고 주문했다. 그리고 구해온 시체에 제라치의 상처와 비슷한 상처를 낸 뒤, 응급실에서 제라치의 상처를 처치한 것과 유사한 방식으로 시체의 상처들을 봉합했다. 제라치는 그 시체를 어디에서 구해왔는지 알지 못했다. 시체를 그 장소에 버리기로 한 날 제라치도 애리조나로 가서 가족들과 만나기로 되어 있었다. 그가 한 유일한 질문은 쥐들이 시체를 너무 많이 파먹으면 어떻게 그 시체가 오멜리라는 것을 사람들이 알 수 있겠느냐는 것이었다. 얼굴을 알아볼 수 없게 만드는 건 괜찮았지만 제라치는 쥐들이 썩은 시체 속에서 산다는 이야기를 들은 적이 있었다. 그 강 옆에 시체를 숨겨두기만 하면 모든 일이 자연스럽게 해결될 것인가? 아니면 좀 더 확실하게 만들기 위해 뭔가 다른 방법을 써야 하는 건가?

"그 차이가 뭐지?" 살 나르듀치가 물었다. 나르듀치는 기차역까지 영구차를 타고 가기로 되어 있는 제라치의 옆에 앉아 있었다.

제라치가 어깨를 으쓱했다. "지식을 위한 지식이랄까요."

"자네, 어떻게 그런 말을 다 하지?" 나르듀치가 고개를 끄덕이며 말했다. "대학생들의 관점인건가?"

"비슷하다고 할 수 있죠."

"그 사람들 중에는 그런 관점에 빠지지 않는 사람도 틀림없이 있을 거라고 생각하네."

"나도 그렇게 생각합니다." 제라치도 동의했다.

그는 나르듀치가 남의 말을 흉내내는 모습과 그렇게 하지 않을 때의 모습을 관찰했다. 이제 그걸 제라치가 따라할 셈이었다. 사람들은 자신의 모습은 알아차리지 못하는 법이다. 심지어 권투 시합에서도 그런 식으로 상대방을 때려눕힐 수 있다.

"남은 문제들은 그대로 가만히 내버려두기만 하면 될 걸세. 하지만 다른 건 몰라도 사람에 관한 문제만큼은 자네도 확실히 하고 싶을 테지."

애리조나까지 먼 길이었음에도 불구하고 제라치는 비행기로 가는 걸 거부했다. 더구나 완벽한 최첨단 장비에 예쁜 간호사가 동행하는 쾌적한 의료용 비행기였지만 더 이상 비행기는 타지 않을 생각이었다. 결국 그들은 제라치를 관에 넣어 보내기로 했다. 제라치는 그의 어머니가 죽은 뒤 여름에 갔던 바로 그 장례식장까지 화물차를 타고 가는 것이다.

그 여행에서 제라치가 실제로 관에 들어가 있었던 것은 관을 화물차에 실을 때와 내릴 때뿐이었다. 그 칸에는 다른 네 개의 관과 낡은 피아노가 놓여 있었다. 제라치는 관 밖으로 나와 책을 읽기도 하고 편하게 쉬기도 했다. 그리고 그를 지키는 남자 두 명과 카드 게임을 하기도 했는데 제라치는 그들이 가지고 있는 돈을 전부 땄다. 그는 그 두 사람에게 미안함을 느꼈다. 제라치는 잠을 잘 수 있었지만 그 두 사람은 그럴 수 없었다. 그가 그들에게 다른 관에 있는 시체들을 꺼내고 거기서 쉬라고 권했지만 두 사람은 그렇게 하지 않았다. 호의를 나타내는 의미로 제라치는 결국 두 사람의 돈을 돌려주었다. 그들은 그것도 거절했다. 착한 클리블랜드 친구들은 여행 내내 그런 식이었다.

기차가 투손에 도착하자 제라치는 그들에게 작별인사를 하고는 스스로 관 뚜껑을 닫았다. 그는 그 안에서 이틀 정도 잠을 잤다. 벨벳 베개는 근사했다. 제라치가 늘 말해 왔듯 이제 다음으로 보게 될 얼굴은 아마 샬롯이거나 아니면 그를 죽이려는 나쁜 놈일 것이다.

그는 어둠 속에 누운 채 꼼짝도 하지 않았다. 이내 누군가 스페인어로 말하는 소리가 들렸다. 그리고 여러 명이 관의 손잡이를 잡고, 들어

올리는 느낌이 들었다. 그 과정에서 제라치의 몸이 흔들렸고, 관 벽에 이리저리 부딪혔다. 그러다 누군가 영어로 "저것 좀 봐"라고 말하는 소리가 들렸다. 바로 그 순간 제라치는 바닥에 심하게 부딪혔다. 자칫 관 밖으로 튀어나올 정도로 큰 충격이었다. 멕시코인들이 웃음을 터뜨렸다. 제라치는 손으로 입을 틀어막고, 기침소리가 새어나가지 않도록 온몸의 근육에 경련이 날 정도로 힘을 주었다. 잘못하다간 샬롯이든 살인자든 누구의 얼굴도 다시는 못 볼 수도 있었다.

그 남자는 계속 웃으면서 스페인어와 영어를 섞어 쓰는 상대방에게 욕을 내뱉었다. 그들은 다시 관을 들어올렸다. 제라치의 호흡도 거의 정상으로 돌아오고 있었다. 그제서야 그는 아까 머리를 심하게 부딪쳤다는 사실을 알아차렸다. 이제 곧 그가 들어 있는 관은 또 다른 영구차에 실릴 것이다.

마이클 코를레오네는 이번 사고는 제라치의 책임이 아니며, 지난 몇 달 동안 힘든 시간을 보냈을 테니 가족과 함께 사막에서 조용히 얼마간 쉬는 편이 좋을 거라는 전갈을 보내왔다. 마이클은 모든 일이 잘 될 것이며 제라치를 뒤쫓는 사람은 아무도 없다고 보증했다. 사실 그를 찾는 사람은 아무도 없었다. 클리블랜드에서 그를 이런 식으로 빼낸 것은 다만 경찰이나 어쩌다 감이 좋은 자들에게 걸리지 않게 하기 위한 예방 차원이었다.

아마 모든 것이 사실일 것이다. 하지만 제라치가 예전에 체포되었을 때도 지금과 똑같이 아무 일 없을 거라는 이야기를 들었다.

여전히 제라치는 마이클 코를레오네를 좋아하지 않았지만 그에게 감탄하고 있었다. 제라치는 그에 대한 신뢰가 있었다. 마이클은 다른 이유가 없다 해도 닉 제라치가 자신에게 필요한 인물이라는 것만으로도 구해줄 사람이었다. 마이클에게는 그의 충성심과 돈을 버는 능력,

그리고 지성이 필요했다. 마이클은 폭력적이고 시시한 범죄자들로 구성된 조직을 거대한 합법적인 도박사기 조직, 즉 뉴욕 증권 거래소에 상장할 만한 회사로 바꾸고 싶어 했다. 만일 그가 그 뜻을 이루게 된다면 제라치 같은 남자를 놓치고 싶지 않을 것이다. 조직 내에 들어와서 제라치는 자신이 그저 클리블랜드에서 온 무크족*에 지나지 않는다는 것을 알게 되었다. 그 덕에 톡톡히 혼이 난 그는 열심히 일하고, 야간대학에 다니는 등 온갖 노력을 기울였다. 그래서 삼류이긴 해도 변호사이자 사업가로 작은 성공을 거둘 수 있었다. 하지만 그 업계에 있는 대부분의 녀석들과 비교했을 때 닉 제라치는 아인슈타인이나 마찬가지였다.

물론 제라치 역시 실수를 저질렀다. 그는 팔코네에게 그런 날씨에는 비행할 수 없다고 거절했어야 했다. 뿐만 아니라 아무 생각 없이 비행기 사고가 고의적으로 일어난 것 같다는 말을 입 밖에 내서는 안 되었다. 비행기가 충돌했을 때도 좋지 않았다. 그는 뭔가 죄라도 진 것처럼 사고 현장에서 헤엄쳐서 도망가지 말았어야 했다. 그의 실수는 선택의 입지를 좁혀버렸다. 그 때문에 제라치는 이 같은 도움에 자신을 맡기는 것 외에는 선택의 여지가 없어진 것이었다.

이번 일은 제라치를 죽이기 위해 아주 정성들여 만들어낸 함정일 수도 있었다. 비록 그 사실을 입증하기는 어렵지만. 그는 아주 복잡하고 정교한 계획에 대한 이야기를 들은 적이 있었다. 그는 그 계획의 일부분을 차지하고 있었던 것일 수도 있다.

테시오를 억지로 죽였던 그 순간 제라치는 마이클 코를레오네에게

---

* 랩록, 레슬링, 포르노와 록 콘서트에 열광하는 반체제 젊은이들

더 할 수 없을 정도로 화가 났다. 하지만 그가 테시오의 시신을 놔두고 걸어 나오던 바로 그 순간부터 어디론가 기차를 타고 가고 있는 지금 이 순간까지 그는 다른 생각을 한 적이 없었다.

영구차가 멈췄다. 제라치가 든 관은 아무 말 없는 남자들에 의해 내려졌다. 뭔가 좋지 않은 징조인 듯 했다.

제라치의 머리가 흔들거렸다. 숨을 쉬기가 어려웠다. 마치 관에 숨구멍이 뚫려 있지 않은 것처럼. 이곳까지 오는 동안 걸린 시간 중에서 그가 관 속에 들어가 있던 시간을 모두 합하면 아마 10분의 1을 겨우 넘을 것이다. 그는 두려움 때문에 숨이 막힐 것만 같았다. 그들은 제라치를 죽이기 위해 온 자들 일지도 모른다. 제라치는 정말 숨이 막혀 죽을 지경이었다. 그렇지만 그는 지시받은 대로 행동했다. 샬롯이 와서 관 뚜껑을 열어줄 때까지 계속 그 안에 가만히 있을 것이었다.

남자들은 시멘트 바닥을 걸어가더니 어떤 것 위에 제라치가 들어 있는 관을 내려 놓았다. 분명히 시멘트였다. 이곳은 어쩌면 디 나르도 형제 장례식장의 뒷방일 수도 있었다. 그가 테시오를 죽였던 밤, 시체들의 머리를 잘랐던 화장터도 시멘트 바닥이었으니까. 그럴 것이다.

이곳은 창고일지도 모른다. 고기 보관 냉장고일지도 모른다. 아니면 차 두 대가 들어가는 누군가의 차고일지도 모른다. 어쩌면 그보다 더 한 곳일지도.

문이 열리는 소리가 들렸다. 누군가 반질거리는 시멘트 바닥을 지나 고무창을 댄 신발소리를 내며 제라치가 있는 관 근처로 다가오고 있었다. 그는 잠시 숨을 멈췄다.

관 뚜껑이 열렸다.

샬롯이었다.

제라치는 자리에 일어나 앉아 온몸으로 쏟아지는 산소를 느꼈다. 오랫동안 웅크리고 있던 팔다리에 공기가 닿자 따가운 느낌이 들었다. 제라치는 등으로 퍼져나가는 공기와 머리 위로 쏟아지는 공기를 느낄 수 있었다. 햇볕에 피부를 적당히 태운 샬롯은 행복해 보였다. "당신 아주 좋아 보여!" 그녀가 말했다. 진짜 그렇게 생각하고 있는 것처럼 보였다. 그녀는 그가 헐떡거리고 있는 것을 보고도 아무 반응이 없었다. 모든 것이 느렸다. 그제서야 제라치는 널빤지로 된 뒷벽에 바브와 베브가 기대어 서 있는 것을 알아차렸다. 많이 놀란 듯한 얼굴로, 딸들은 허리 높이에 오는 목발을 짚은 채 서 있었다.

샬롯은 그의 입술에 짧게 키스했다. 그녀는 어쩐지 들떠 있는 것 같았다. 술 냄새는 나지 않았다. "잘 돌아왔어."

"고마워." 제라치가 말했다. 엄밀히 말하자면 집이 아니었지만 그녀가 말한 의미는 잘 알고 있었다. 위층에서는 장례식이 거행되고 있었다. 뭔가 웅얼거리는 소리가 들렸다. 기도문이나 성경을 읊는 모양이었다. "좋아. 돌아와서 말야. 모두 잘 있었어?"

제라치가 딸들을 향해 팔을 벌렸다. 그들은 고개를 끄덕였지만, 그 자리에서 움직이지 않았다.

"바빴지만 좋았어." 샬롯이 말했다. 그녀는 그가 부딪혔을 때 생긴 머리의 혹을 가볍게 어루만졌다.

바브는 열한 살이었고 베브는 아직 아홉 살밖에 되지 않았다. 바브는 샬롯의 축소판처럼 금발에 똑같이 햇빛에 그을려 있었다. 베브는 창백하고, 몸집이 큰 검은 머리의 소녀였다. 그 아이는 학급에서 남자아이를 포함해 가장 키가 컸는데 키가 큰 편인 언니 바브보다도 5센티미터나 컸다.

"저애들이 사막에서 만들어진 영화를 보고 오더니, 노상 그 이야기만 하네." 샬롯이 딸들에게 관 앞으로 오라고 손짓했다. "이리 오렴.

얘들아. 아빠한테 인사해야지."

베브는 여전히 한 손으로 목발을 잡은 채 다른 손으로 제라치를 가리켰다. "언니도 봤지? 내가 말했잖아. 아빠는 안 죽었다고."

"아직은 아닐 거야. 하지만 곧 그렇게 될 걸." 바브가 대꾸했다.

제라치는 샬롯에게 관에서 나갈 수 있도록 도와달라는 몸짓을 했으나 그녀는 알아차리지 못했다.

"아빠는 절대로 안 죽어." 베브가 우겼다.

"멍청아. 사람은 누구나 언젠간 죽는 거야." 바브가 대꾸했다.

"그만, 얘들아. 착하게 굴어야지." 샬롯이 끼어들었다.

실종되었던 남편이 3천 킬로미터도 넘는 거리를 관 속에 든 채 돌아왔다는 것 자체를 샬롯은 전혀 이상하게 여기지 않는 것 같았다. 이유는 모르겠지만 위층에서는 오르간으로 '예, 그래요. 제 아기예요'를 연주하기 시작했다.

"아빠 역시 죽을 거야. 사람은 누구나 죽으니까." 바브가 다시 말했다.

"아빤 안 죽어. 안 죽는다고 나랑 약속했단 말이야. 그렇죠, 아빠?" 베브가 물었다.

사실 그는 예전에 그런 약속을 했었다. 제라치의 아버지는 항상 약속이란 빚이라고 말했다. 그 교훈을 제라치는 아이들의 아버지가 되고 나서야 뼈저리게 느낄 수 있었다. 항상 위험천만한 일을 하고 있음에도 지금처럼 그 교훈을 몸소 느낀 적은 없었다.

"이제 당신도 그동안 내가 어떻게 지냈는지 알겠지?" 샬롯이 말했다. 하지만 이상하게 그녀의 목소리는 활기가 넘쳤다. 전혀 힘든 것처럼 들리지 않았다. 그녀는 미소를 지으며, 제라치의 멍든 얼굴을 손으로 감싸 안고 키스했다. 절실하다거나 열정적인 것이 아니라 일상적이면서도 약간은 질질 끄는 듯한 평범한 키스라고 할까. 어쩌면 아침식사 자리에서 나눌 만한 친절 정도의 느낌이랄까. 그건 제라치가 관 속에 늑골에 붕대를 감고, 부러진 다리를 한 채 어쩌면 가벼운 뇌진탕까지도 일으켰을지 모를 그런 몸으로 앉아 있는 상태에서 기대했던 것과는 전혀 다른 종류의 키스였다. 그러는 동안 윗층에서는 불쌍하게 죽은 누군가의 장례식에서 옛 노래를 부르는 소리가 웅얼거리며 들렸다. 어쩌면 샬롯이 옳은 건지도 몰랐다. 이런 상황에서는 제라치가 원하는 그런 종류의 키스를 할 수는 없을 것이다.

"손 좀 잡아주겠어? 일어설 수 있게 말이야."

"아버님이 차에서 기다리고 계셔. 내가 가서 모셔올까?"

"아니, 그저 손만 좀 잡아주면 돼. 그렇게만 해주면 움직일 수 있을 거야." 당연히 아버지는 기꺼운 마음으로 제라치를 마중 나왔을 것이다.

그들은 그렇게 했다. 딸들은 완벽하게 보조를 맞추어 앞으로 다가왔다. 미리 연습했던 동작이었다. 딸들은 마치 시골처녀가 왕에게 보잘 것 없는 선물을 바치는 것처럼 제라치에게 목발을 선물했다.

그런 다음 딸들은 그의 품에 와락 안겼다. 제라치는 한참 동안 딸들을 끌어안은 채 꼼짝도 할 수 없었다. 그때 베브가 속삭였다. "아빠는 안 죽는다고 약속했어요." 제라치도 속삭였다. "지금까지는 잘 지켰잖아."

"당신이 돌아와서 기뻐." 샬롯이 말했다.

장례식장 밖에는 쇼핑센터 주차장처럼 자갈을 깐 커다란 주차장이 있었다. 아마 50대는 넉넉히 댈 수 있을 정도의 공간이었다. 하지만 아버지인 파우스토는 당연히 가장 좋은 자리, 문에서 가장 가까운 곳에 차를 세워 놓았을 것이다. 아마 그는 어제 이곳에 와서 주차장의 크기를 확인한 다음, 그 위치에 차를 세우기 위해 몇 시간 일찍 이곳에 도착해 있었을 것이다. 그리고 그동안 사용하지 않았던 올즈모빌 자동차의 운전대에 앉아 앞을 내다보며 라디오에서 흘러나오는 멕시코 음악을 듣고 있을 것이다. 에어컨은 최고로 올려 놓았을 것이다. 등에 노동조합의 로고가 붙은 낡은 누빈 재킷을 입고 있기 위해서. 닉 제라치가 목발을 짚은 채 끙끙거리며 조수석에 올라타자 아버지 파우스토가 얼굴을 돌리며 말했다.

"잘 했어, 괜찮다, 괜찮아. 에디 리켄베이커*라도 어쩔 수 없었을 게다." 파우스토 제라치가 말했다.

위원회는 이번 평화회담을 위해 지역 목수들을 특별히 고용해 단풍나무로 된 긴 탁자들을 만들었다. 그 탁자들은 예전에는 마구간이었던 연회실에 커다란 직사각형 모양으로 놓여졌다. 탁자에 칠한 착색 염료는 다 말랐지만, 아직까지는 그 냄새가 남아 있었다. 실내가 담배와 시가 냄새로 가득 차기 전까지 그 냄새는 그다지 거슬리지 않았다. 그들은 창문을 모두 열었다. 하지만 폐기종에 걸린 채 필라델피아에서 온 콘실리에리와 세상의 모든 고통을 다 겪어본 클리블랜드의 돈 포를렌자, 두 사람은 옆방에 앉아 이야기를 듣고만 있어야 했다. 바깥 온도는 8도였다. 뭔가를 증명해 보이기 위해 애쓰고 있는 것이 분명한 루이 루소만 제외하고 다른 모든 사람들은 목도리에 외투를 입은 채 모임에 참석하고 있었다.

모든 사람들이 그 자리가 평화를 위한 것이라는 데에 동의했다. 에

* 미국의 자동차 경주 선수. 1차대전이 시작되자 조종사로 참전, 스물여섯 대의 적기를 떨어뜨려 미국 최고 격추 기록을 세웠다.

리 호수에서 있었던 비행기 사고는 누구의 책임도 아니었다. 프랭크 팔코네는 클리블랜드 아머리에서 있었던 권투 시합에 10만 달러를 걸었고, 그 때문에 심한 폭풍우도 상관하지 않고 시합을 보러가겠다며 고집을 부렸다. 비행기는 추락했고, 관제탑에 있던 누군가가 제라치가 고의적인 사고라고 말한 것을 들었다고 했다. 하지만 제라치 역시 단순히 엄청난 스트레스를 받는 와중에 별 생각 없이 한 말이었기 때문에 고의적인 사고일 가능성은 배제되었다. 천둥과 번개로 인한 무선 혼선으로 무슨 말인지 제대로 알아듣기 어려웠을 것이다. 비행기는 사고로 추락했고, 그 충격으로 제라치를 제외한 모든 사람들이 죽었다. 그 역시 거의 죽을 뻔했다.

돈 포를렌자는 자신을 찾아온 손님들이 그런 끔찍한 사고를 당했다는 것과 수사기관에서 그 사고를 고의적인 사건으로 생각하고 있다는 것을 알게 되었다. 돈 포를렌자는 즉시 자신의 조직 내에서 비행기 사고를 조작한 사람이 아무도 없다는 것을 확실히 밝혔다. 그런 다음 병원에 가서 부상당한 대자를 구출해왔다. 달리 어떻게 할 수 있었겠는가? 돈 팔코네와 돈 몰리나리가 고의적인 사건으로 목숨을 잃은 거라면, 클리블랜드 조직이 그 책임을 면하지 못할 상황이었다. 어쩌면 의식 불명의, 자기 자신을 지킬 수도 없고, 해명 한마디 하지 못하고 누워 있는 그의 대자가 모든 책임을 져야 할지도 모를 일이었다. 그 방에서 대자를 위해 그런 일을 해줄 사람이 또 누가 있겠는가? 물론 제라치는 코를레오네 패밀리 소속이었기 때문에 돈 포를렌자는 그의 대자가 다른 뉴욕 패밀리들 중 누군가의 표적이 되었을 수도 있다는 점을 염려하고 있었다. 제라치는 의식을 회복했다. 연방 수사기관은 그 비행기 사고가 고의적인 사건일 수도 있다는 점은 제외시켰다. 그 일은 오직 신의 뜻으로 일어난 사고였다. 마이클 코를레오네는 위원회의 다른 임원들에게 실종된 조종사가 제라치라는 것을 알렸다. 그는 그 사실을 밝힌 다음, 제라치가 조종사 면허증에 가명을 쓴 것은 다른 사람들을 속이려고 그런 것이 아니라 단지 경찰들의 눈을 피하기 위해서였으며, 지금 그들이 가지고 다니는 위조된 운전 면허증과 전혀 다를 바가 없는 일이라고 거듭 강조했다. 이쪽 업계에서 별명으로 통하는 것과 마찬가지였다. 그 방 안에 있던 사람들은 모두 지난 몇 달간 제럴드 오멜리로 알려졌던 인물이 사실은 파우스토 제라치 주니어라는 사실을 알게 되었다. 수사기관에서는 계곡에서 발견된 쥐가 갉아먹은 시체를 오멜리라고 추정하고 있었다.

위원회는 사고에 관한 이해를 돕기 위해 거론된 여러 논의들 끝에 죽은 네 명을 기념할 만한 것으로 어떤 것이 적당할지 의논했다. 그 다음 다른 문제들로 논점은 옮겨갔는데 평화를 유지하는 일에 대한 의견이 나왔고 그 자리에 참석한 모든 사람들의 동의를 이끌어냈다.

이 자리에서 공론화된 이야기가 대부분 진실이었지만, 그 농장에 자리한 사람들 중 누구도 그 이야기 전부를 믿는 사람은 없었다.

비록 증거가 없긴 했지만 루이 루소의 부하들이 빈센트 포를렌자가 소유한 작은 섬의 요새에 숨어들어 비행기 사고를 일으키도록 조작을 했을 수도 있다는 의혹도 남아 있었다. 무엇보다도 그 비행기에 타고 있던 사람들이 시카고의 가장 큰 라이벌이었던 라스베가스와 서부의 4개 조직의 대표들이었던 점을 생각하면 그랬다. 그 사고는 돈 포를렌자를 늙은 바보처럼 만드는 데도 성공했다. 뉴욕에서의 분쟁들로 인해 루소에게도 기회가 생겼고, 그는 그것을 움켜잡았다. 루소는 다른 몇 개 조직의 돈들과 단계적으로 손을 잡기 시작했다. 뉴올리언즈의 카를로 트라몬티, 밀워키의 버니 코니글리오, 탐파의 새미 드라고, 그리고 L.A.의 새로운 두목이 된 재키 핑퐁과 동맹관계를 맺었다. 루소는 쿠바에 가서는 대통령 관저에 머물기도 했다. 루소의 동맹자들 중 누구도 시카고가 힘을 되찾은 것에 기뻐하는 사람은 없었지만, 루소에게 위원회에 임원 자리를 주는 것이 밖에서 세력을 확장하는 것보다는 위협적이지 않을 거라는 점에서 의견이 일치했다. 그 자리에 앉은 대부분의 사람들에게 루소가 그 비행기 사고에 책임이 있다는 증거를 찾는 일은 중요하지 않았다. 이제 그들의 관심은 자신들의 사업에 관한 부분으로 집중되었다. 부치 몰리나리마저도 그 점에 있어서 수긍을 하고(사실은 마이클 코를레오네가 설득했다), 그 사고에 대한 공식적인 의견을 받아들이겠으며 이후로 복수를 하는 일은 없을 거라고 맹세했다.

루이 루소와 그의 콘실리에리 역시 다른 사람들의 무언의 비난에 대해 부정하지 않았다. 모두가 잘못 알고 있는 것이었음에도. 루소는 그 비행기에 탔던 사람들 중 누구도 죽이라고 명령한 적이 없었다. 만일 그에게 이런 누명을 씌운 사람이 누군지 알았다면 그도 가만히 있지 않았겠지만.

당연한 일이지만 루소도 약간은 알고 있었다. 재키 핑퐁 역시 조금이나마 알고 있었다. 포를렌자의 건강 문제 때문에 혼자 상석에 앉아 이미 클리블랜드 조직의 운영을 자기가 맡고 있기라도 한 것처럼 굴고 있는 살 나르듀치 역시 뭔가를 알고 있었다.

그 비행기 사고를 일으키기 위해 나르듀치가 고용한 당사자는 며칠 후 바로 라스베가스로 휴가를 떠났고, 그 뒤로는 아무도 그를 본 사람이 없었다.(그 남자는 알 네리를 한 번도 보지 못했다. 알 네리는 상대방이 누구인지, 무슨 이유가 있는지는 전혀 상관하지 않고 사람을 죽일 수 있는 인물이었다. 이번에도 알 네리는 그 남자를 총으로 쏴 죽인 다음 사막에 묻어버렸다)

클레멘자 역시 많은 것을 알고 있었지만 모든 것을 알지는 못했다. 마이클 코를레오네는 그의 계획을 아무도 모르게, 적은 물론 친구와 경찰, 그리고 카포도 모르게 확실히 처리했다. 아무도 그 일들이 전부 연계되어 있는 일이라고는 생각하지 못했다.

대체 어느 누가 마이클이 바르지니와 타탈리아뿐만 아니라, 자신이 데리고 있던 카포레짐 테시오와 매제를 죽이라는 명령까지 내렸다고 짐작할 수 있겠는가? 그러니 그 사건들과 전혀 연관이 없어 보이는 다른 살인 사건들은 말할 것도 없었다. 마이클은 그 뒤로 휴전을 위해 교섭했고, 그와 동시에 그 휴전이 결렬될지도 모르는 어려운 상황을 감내하면서까지 비행기 사고를 일으켰다. 최근 카포로 승진시킨 닉 제라치를 포함해 확고한 동맹이었던 토니 몰리나리까지 죽이면서. 그들은 마이클을 배신했다는 소문조차 나지 않았던 사람들이었다. 사실 제라치와 몰리나리는 그를 배신하지 않았다.

폰테인이 보냈다는 작은 가방을 생각하면 더욱 이해하기 어려워진다. 헤이건조차 그 돈이 타호 호수에 세워질 새로운 카지노에 대한 투자일 거라고 굳게 믿고 있었다.

마이클 코를레오네는 자리에 앉은 채 해군 시절 상병이었던 행크 보겔송이 준 낡은 스위스 시계를 톡톡 두들기고 있었다. 일본 비행기가 소이탄을 투하하여 군대 수송선을 어떻게 절단나게 했는지 책으로라도 읽어본 적이 있는 사람이라면, 마이클이 비행기 사고를 고의적으로 일으켜 사람을 죽이라는 명령을 내릴 수 있다는 생각을 절대 할 수 없을 것이다. 태평양에서 그 광경을 직접 목격했던 마이클이 말이다.

매일 아침, 파우스토 제라치는 ―돼먹지 못한 인간들이 자기들이 부르고 싶은 대로 '자일―아―치'라고 부르지만― 가장 먼저 일어났다. 그는 커피를 만든 다음 통이 넓은 팬티와 속옷만 입은 채 벽토로 만들어진 작은 집의 뒤 베란다로 나갔다. 거기서 알루미늄 접이의자에 앉아 아침 신문을 읽으면서 체스터필드 킹즈 담배를 연달아 피웠다. 신문을 다 읽고 나면 비어 있는 수영장을 지그시 내려다보곤 했다. 새로운 학교생활에 적응하기 위해 손녀들이 같은 집에서 지내고 있어도 그의 생활은 외관상으로는 변화가 없는 것처럼 보였다.

파우스토 제라치의 마음은 그 무엇과도 비교할 수 없을 정도로 씁쓸하기만 했다. 그는 세상이 자신에게 가혹하다고 믿고 있었다. 그 오랜 세월 동안 그는 눈을 뜨면 트럭에 올라가 차가운 운전대를 잡고 일반적인 물건에서부터 가끔은 정말 상상조차 할 수도 없는 물건들을 운반했다. 정말 열심히 일했다. 그 망할 물건들을 그에게 전해주고 받는 모든 사람들은 파우스토가 그렇게 일하는 것을 당연하게 여겼다. 그는 미처 모르고 한 일이기는 하지만 도주용 차를 몰기도 했다. 그는 그렇게 그 모든 일들을 해왔다. 파우스토는 평생 이탈리아인들에 거슬리는 모든 사람들에게 맞서 꿋꿋이 맞서왔다. 그리고 그는 포를렌자와 그 조직에 충성해왔다. 파우스토는 그 사람들을 위해 감옥에 들어간 적도 있었다. 그렇다고 그가 단 한 번이라도 불평한 적이 있었는가? 없었다. 그들에게 그는 그저 운전수 파우스토일 뿐이었으며 명령에 잘 따르고 열심히 일하는 '말하는 황소'로 여겨질 뿐이었다. 그는 그들을 위해 계속 열심히 일했다. 그 결과 파우스토의 영혼은 지옥으로 가게 될 운명이 되어버렸다. 죽은 아내조차 아주 오래 전에 그를 위한 기도를 그만두었다고 말했을 정도였다. 그러나 그들은 그를 정당하게 대우해주었던가? 아니다. 물론 파우스토도 돈은 조금 벌었다. 하지만 그들은 파우스토 제라치에게 주었던 것보다 더 많은 돈을 유태인과 흑인들에게 주었다. 그는 그들이 노동조합에 자리를 준 것을 얼마나 고맙게 여겼는지 모른다. 하아, 파우스토는 여전히 그들의 꼭두각시였다. 보수는 충분했으나 하루 종일 책상 앞에 앉아 게을러빠진 인간들의 소소한 불평들을 들어주는 일에 비하면 결코 많은 액수는 아니었다. 이제까지 그는 아무 말 없이 다른 사람들의 이야기를 들어주었다. 그게 그의 일이었다. 파우스토는 다른 사람들의 문제들을 해결해주며 몇 년을 보냈다. 하지만 파우스토 제라치가 가지고 있는 문제는 누가 해결해줄 것인가? 그렇게 수십 년의 세월 동안 충성했건만 하루아침에 모두 날아가버렸다. 그는 쫓겨났다. 그들은 그가 하던 일을 다른 누군가에게 넘겨버렸고(파우스토는 그 이유를 잘 알고 있었다), 운전수 파우스토를 '조기퇴직' 시켜버렸다. 그의 입을 막기 위한 도주 자금을 주면서. 그는 어떻게 했는가? 파우스토는 떠났다. 충성은 끝났다. 과거의 충성은 끝났다. 착하고 늙은 파우스토도 이젠 없다.

하지만 빌어먹게도 그는 아이들 때문에도 새로운 생활을 시작할 수가 없었다. 교사로 일하는 바짝 마른 늙은 노처녀 딸이 영스타운에서 투손으로 이사왔다. 그 딸 때문에 그의 삶은 더욱 비참해졌다. 매일 밤 학교가 끝나면 찾아와 밥은 먹었는지 담배는 얼마나 피웠는지 일일이 간섭했다. 계속 그랬다. 그리고 그와 이름이 같은 아들은 또 어떤가? 파우스토는 아들이 그 누구보다도 뛰어나다고 생각했다. 죽은 아내 역시 그렇게 생각했다. 그 아이에게는 모든 일이 쉬웠다. 아들은 멋진 금발머리와 결혼했고, 대학에 갔을 뿐만 아니라 망할 법과대학원까지 마쳤다. 비행기를 조종하는 일은 또 어떤가? 그건 아들이 자신은 아버지와는 다르다는 것을 또 다른 식으로 보여주는 것이었다. 그래, 유능한 민간 조종사라 이거지. 실패한 트럭 운전사와는 다르다는 걸 보여주겠다는 거 아닌가? 그 배은망덕한 아들놈이 하는 짓은 전부 그에게 모멸감만 안겨주었다. 아들은 이름마저 바꿨다. 에이스 제라치란다. 젠장. 누가 그걸 가능하게 만들었다고 생각하는 걸까? 포를렌자다. 아마 모두 그렇게 생각할 것이다. 아니면 뉴욕에 있는 계집애 같은 녀석들 덕분이라고 생각할까?

다른 사람들이 일어나기 시작할 시간이 되자 그들이 그를 귀찮게 하기 전에 파우스토는 접이의자에서 일어나 차고로 갔다. 그는 차고에 있던 가운을 걸치고 슬리퍼를 신었다. 그것만 입은 채 파우스토는 정원에서 땀을 흘리며 일했다. 바브와 베브가 학교 가는 길에 그에게 키스해주었다. 파우스토는 이 세상이 그 귀여운 손녀들을 실망시키거나 망가뜨리지 못하게 지켜주고 싶었다. 하지만 그는 가운을 입은 채 호스나 갈퀴를 들고 서서 행복한 농부처럼 미소를 지으며 손을 흔들어줄 수 있을 뿐이었다.

그는 집 안으로 들어가 몸을 씻은 뒤, 차를 몰고 시내 건너편에 있는 콘치타 크루즈의 주거용 트레일러로 갔다. 콘치타는 영어를 거의 몰랐고 또한 말을 거의 하지 않았다. 하지만 파우스토가 이곳으로 이사 온 지 얼마 되지 않아 바에서 처음 만난 뒤, 두 사람 사이에는 합의가 이루어졌다. 그녀와 함께 있으면 편안한 기분이 들었다. 에-아-시, 콘치타는 그의 이름을 이렇게 발음했지만 아들이 말할 때보다 훨씬 더 친근한 느낌이 들었다. 가끔 두 사람은 잠을 같이 자기도 했다. 하지만 그보다는 서로 아무것도 물어보지 않고 같이 시간을 보내는 일이 더 많았다. 그저 같이 있는 것이다. 그럴 때는 텔레비전을 보기도 했다. 아니면 카드놀이나 도미노 게임, 발마사지를 할 때도 있었다. 그들은 점심을 먹었고, 저녁은 집이나 식당에서 먹었다. 그런 다음 파우스토는 그녀의 이마에 키스했다. 두 사람은 사랑한다는 고백은 하지도 않았고 약속 같은 것도 하지 않았다. 그리고 콘치타가 부업으로 일하는 통조림 공장으로 가고 나면 파우스토는 사막에서 짧은 드라이브를 했다. 일요일을 제외하고는 매일 쭉 뻗은 똑같은 도로 위로 배기가스를 힘차게 뿜어내고, 엔진에서 배출되는 탄소를 휘날리며 달렸다. 속도

계의 바늘이 120을 넘어 검은 부분까지 가게 될 정도로 달리다보면 어느덧 그의 마음도 같이 불타오르는 것 같은 느낌을 받곤 했다. 한 번 그렇게 달리고 난 다음에는 그의 자동차에서 뿜어나오는 가스량이 줄어들도록 속도도 맥박도 활기도 모두 떨어지게 내버려둔다. 파우스토는 그런 다음 집으로 돌아갔다. 유감스럽게도 이름이 같은 아들 녀석과 너무 잘난 스웨덴 며느리가 말다툼을 벌이고 있는 바로 그 집으로. 아들 내외가 처음 이곳에 왔을 때는 샬롯도 모범적인 아내로서의 모습을 보여주었고, 아들도 자신의 상태가 안 좋은 것을 알고 얌전하게 굴었다. 하지만 몇 주 지나지 않아 아들이 다리 깁스를 풀면서부터 부부 사이에 싸움이 시작되었다. 심지어 텔레비전만 켜도 어리석은 다툼이 시작되었다. 정말 그랬다. 시간이 가면 갈수록 아들 내외는 파우스토와 죽은 아내가 했던 것처럼 똑같이 행동하기 시작했다. 아들이 또 다른 방식으로 파우스토를 흉내내기로 결심이라도 한 것처럼 보였다.

두 사람은 아무것도 하지 않았다. 정말 아무것도. 아들 내외가 낭비하고 있는 긴 시간이 파우스토 제라치를 아프게 만들었다. 샬롯은 밖을 돌아다니며 아들의 돈으로 필요하지도 않은 물건들을 사들였다. 가끔 아들은 공중전화로 전화를 하기 위해 빌린 차를 몰고 나갔다가 좁고 지저분한 식당 겸용 바에 들려 술을 마시다 주먹질을 하곤 했다. 하지만 대부분의 시간은 책을 읽거나 전갈을 가져다주는 남자와 이야기를 하며 보내곤 했다.

어느 날, 파우스토가 집으로 돌아오자 아들이 수영장에 물을 채우고 있었다. 파우스토가 그걸 보고 눈살을 찌푸리자, 아들은 길게 변명을 늘어 놓았다. 비록 어머니가 이 수영장에서 암으로 약해진 심장이 멎어 죽었지만 어머니는 평소 좋아하던 수영을 하다가 숨을 거두었다고. 어머니는 절대로 이 수영장의 물이 마르는 일을 원하지 않았을 거라는 말도 했다. 대체 아들 녀석은 어떻게 그걸 알 수 있단 말인가? 아내의 시체가 물 위에 떠 있는 걸 건져낼 때 옆에 있지도 않았으면서. 이기적인 녀석 같으니라고. 아내의 소원은 파우스토 제라치를 골탕 먹이는 일이었다. 아들이 수영장에 물을 채우고 싶어 하는 이유는 오직 자기가 그곳을 이용하고 싶기 때문이었다. 다음 날, 파우스토는 그 사실을 확인할 수 있었다. 집에 돌아왔을 때 아들이 고무 보트 위에 올라 탄 채 에디 리켄베커에 대한 책을 읽고 있었다. 그것까지 흉내 내다니! 지난 몇 주 동안 파우스토는 계속 리켄베커가 최고의 조종사였던 시절의 이야기, 자동차 경주 선수였던 시절의 이야기, 바다에서 실종된 이야기, 항공회사 사장이었던 이야기들을 쉬지 않고 읽었다. 리켄베커가 대단한 남자임에는 분명했다. 파우스토 제라치도 그 사실을 부인할 수는 없었다. 미국의 영웅이었고 괜찮은 친구였다. 하지만 아는 게 뭐가 있단 말인가? 빌어먹을 에디 리켄베커 같으니라고.

닉은 딸들을 아들처럼 대했고, 특히 불쌍한 베브는 자기 아버지를 숭배하고 있었다. 아무래도 그 애는 자라면 비쩍 마른 잔소리쟁이 고모처럼 노처녀 체육선생이 될 것 같았다. 닉과 샬롯은 아이들을 데리고 여기저기 돌아다녔다. 동물원에 가기도 했고, 서커스나 콘서트에 데려가기도 했다. 또 야구시합이나 영화를 보러 가기도 했다. 마치 아이들에게 뭔가를 만회하려는 것처럼.

그럼에도 불구하고 어린 딸들은 이곳으로 이사 온 것에 투사처럼 잘 적응했다. 아이들은 이웃에 사는 친구들과 사귀고, 학교에서 공부도 열심히 했다. 아이들은 그저 아이답게 행복했지만 부모들은 그 사실을 알지 못했다.

딸들을 위해 다시 롱아일랜드로 돌아가게 되었다고 샬롯이 말했을 때 파우스토는 정말 우울해졌다. 잘난 아들은 늙은 아버지의 기분 같은 건 아랑곳하지 않는 게 분명했다. 파우스토 제라치는 화를 냈다. 자랑스러운 일은 아니었지만 이번만큼은 마음 속에 있는 말을 해야 했다. 그 아이들은 학기 중간에 여기로 전학해 와서 잘 지내고 있다. 그런데 지금 어떻게 하겠다고? 학기가 끝날 때까지 겨우 두 달밖에 안 남았는데 그 불쌍한 어린 것들을 다시 전학시키겠다고? 얼마나 이기적인 짓거리란 말인가! 아이들이 얼마나 적응하기 힘들었는지 부모란 인간들은 정녕 모르는 것인가? 파우스토는 더 이상 참을 수 없었다. 닉은 돌아가도 상관없었다. 샬롯 역시 마찬가지다. 누구나 알듯이, 여기보다는 뉴욕이 돈을 쓸 수 있는 데가 많을 테니까. 하지만 아이들은 이곳에 계속 있어야 한다. 며느리는 평생을 다른 사람의 뒤치다꺼리만 하면서 살아온 그가 겨우 두 달 동안 어린 천사들을 보살피지 못할 거라고 생각하는 걸까? 그녀가 아이들을 그보다 더 잘 보살필 수 있다고 생각한다니 정말 멍청하지 않은가?

파우스토가 샬롯에게 잔소리를 하는 동안 무언가가 무너져버렸다. 그랬다. 하지만 그 천사들은 역시 부모를 따라가게 될 것이다. 파우스토는 분노의 눈물을 흘렸다. 꼴도 보기 싫은 아들 내외는 그에게 의사한테나 가보라고 했다.

진실을 말했을 때 얻는 것은 과연 무엇일까? 아무것도 없다. 파우스토는 자신의 인생에서 어린 두 손녀, 그리고 트레일러에 살면서 그에 대해 거의 아무것도 모르는 멕시코 여자 이외에는 좋은 것이 없었다. 그런데 이제 그 소녀들이 떠나버렸다. 파우스토는 아들 내외와 손녀들을 기차역까지 직접 차로 데려다주었고, 힘차게 손을 흔들며 작별인사를 했다. 아들이라는 놈과 며느리라는 여자는 뒤도 한 번 돌아보지 않았다. 큰 손녀까지도. 하지만 베브는 돌아보며 어깨 너머로 그에게 키스를 날려주었다. 더군다나 그 미소라니! 베브는 좀 더 많이 웃어야만 했다.

기차역까지 갔다 오느라고 파우스토는 콘치타와 점심식사를 함께 하지 못했다. 또 그 전처럼 드라이브하고 싶은 기분도 들지 않았다. 그는 텅 빈 집으로 돌아왔다. 파우스토는 이제 어디서든 혼자 있을 수 있었다. 하지만 늘 있던 베란다로 나갔다. 콘치타가 사라지는 것도 시간문제라고 그는 생각했다. 체스터필드 킹즈 담배를 한 대 피우는 동안 그는 수영장을 쳐다보았다. 어쩌면 두세 대 연거푸 피웠는지도 모른다. 그런 다음 그는 그 망할 수영장의 물을 모두 빼버렸다.

역사가들이나 전기 작가들은 마이클 코를레오네의 성장기에 있었던 과감한 결단들이 그의 아버지와는 정반대에 서 있었다는 점에 주의해야 할 것이다. 해군에 입대한 것도 그랬다. 케이 아담스와 같은 여자와 결혼한 것도 그랬다. 비토 코를레오네가 혼수상태에 빠져 있던 터라 마이클을 막을 수 없었을 때 패밀리의 일에 끼어든 것도 그랬다. 마약 거래를 시작한 일도 마찬가지다. 마이클 코를레오네가 아버지의 죽음을 빌미로 아버지가 조심스럽게 생각하고 있었던 바르지니와 타탈리아와의 전쟁을 보다 빨리 일으킨 것이라는 이야기까지 돌고 있었다.

이런 상황에서 처음으로 빈틈이 생긴 것은 마이클 코를레오네가 닉 제라치를 살려두기로 결정하면서였다. 그 결정의 결과에 대해 혹시라도 뭐라고 말하는 사람이 있다면 그의 아버지가 그랬던 것처럼 마이클은 정확하게 네 가지 이유를 들었을 것이다.

첫째, 제라치는 테시오가 이끌던 옛 조직의 카포였다. 마이클은 테시오의 안타깝지만 어쩔 수 없었던 처형으로 조직의 부하들에게 아직까지 남아 있을 분노를 잠재우기 위해 제라치를 살려둔 것이었다. 제라치는 사람들 사이에서 인기가 있었고, 누구도 그가 오멜리라는 생각은 전혀 하지 못했다. 모두 제라치가 자리를 비운 것은 투손에 새로 개업한 사업체들을 관리하러 갔었기 때문이라고 생각하고 있었다. 사실 제라치는 그 일을 하기도 했다. 코를레오네 패밀리는 몇 군데에서 고리대금업을 하고 식당 겸용 바도 가지고 있었다. 경찰서장과도 선이 닿아 있었고, 전 멕시코 대통령의 비호 아래 마리화나의 판로도 열었다.

둘째, 제라치를 경계하는 모든 원인들이 누그러졌거나 사라졌다. 제라치가 걱정하고 있던 것처럼 시카고나 L.A. 혹은 샌프란시스코에서는 그를 죽이기 위해 사람을 보내지 않았고, 그것이 그의 공격성을 수그러들게 만들었다. 제라치는 포를렌자의 우스꽝스러운 납치 작전 후에 마이클이 그를 보호하기 위해 투손으로 보냈다가, 뉴욕으로 돌아올 수 있게 해준 일에 대해 진심으로 깊이 고마워하고 있는 것처럼 보였다. 그리고 현재는 나르듀치가 클리블랜드 조직의 일을 인계받을 준비를 하고 있었기에 제라치와 포를렌자의 연계는 그다지 중요하지 않았다.

셋째, 제라치는 엄청난 수입원이었다. 그는 거래하는 모든 사람들로부터 돈을 뽑아냈다.

넷째, 마이클 코를레오네는 평화를 원했다. 그의 조직은 미 해군이 아니었다. 그는 무기한적으로 전쟁을 수행할 만큼 충분한 부하들을 가지고 있지 않았다. 제라치가 살아 있어줌으로써 그 비행기 사고의 책임은 루이 루소에게 있다는 것을 확고히 인지시키는 데 도움을 주었고, 뉴욕 북부에서 있었던 정상회담에서 평화협정의 주요 요건이 정식으로 승인될 수 있게 해주었다.

그렇다면 왜 두 번째 모임이 필요한 것인가? 왜 이처럼 매년 모임을 열어야 하는 것인가? 그것도 같은 장소에서?

하얀 판자로 된 농가에서 처음 모였던 사람들은 그 다음 해에 다시 모이자는 것에 아무도 불평을 하지 않았다(더군다나 1957년의 모임은 누구의 말을 들어도 일상적이었으며, 거의 불필요한 모임이었다. 역사적인 발자국을 남긴 1956년의 모임과 1958년 봄에 있었던 결정적인 모임에 비하면). 그들이 모임에 가지고 온 문제들은 모두 이미 논의되었고, 해결된 사안들이었다. 그날 이루어진 평화는 역사적인 일이었으며 영구적이어야 했다. 그날 이후 1955~56년 전쟁으로 있었던 패밀리 간의 폭력은 끝난 것이다(이 전쟁은 1933년의 카스텔람마르세 전쟁과 1940년대의 5대 패밀리 전쟁에 이어졌다). 이런 모임이 계획되는 일은 전례가 없었다. 이미 사전에 모인 정상회담에서 현존하는 문제들이 모두 직접적으로 해결된 상태에서는 말이다.

매년 여기서 모임을 가지기로 한 결정은 1956년의 모임에서 이루어진 것이 아니라 그 후에 정해진 것이었다. 그 모임에서 갑자기 날씨가 변하는 바람에 아무도 커다란 돼지 바비큐를 먹지 못했기 때문이었다.

마이클은 사업상의 모든 거래가 끝난 후 바로 떠날 작정이었다. 하지만 몇 시간 동안 창문은 계속 열려 있었다. 돼지 굽는 냄새가 온 천지를 진동하면서 마술처럼 사람들의 마음을 움직였다. 그 자리에 있던 대부분의 사람들과 마찬가지로 클레멘자 역시 고기 한 점 먹지 않고서는 먼 길을 갈 수 없었던 사람 중 한 명이었다. 마늘빵은 어른들도 눈물을 흘리게 할 만큼 맛이 좋았다. 그 자리에 있는 사람들의 입맛이 까다롭지 않기도 했지만 다른 빵도 역시 굉장했다. 파이도 마찬가지였다. 이 소박하지만 맛있는 만찬 초대는 따뜻한 봄 날씨에 어울렸다. 사람들은 우물쭈물하며 그 자리에 남았다. 차려진 음식이 별로였다면 수치스러웠을 일이다.

마이클 코를레오네는 누군가의 차가운 손등이 목에 닿는 것을 느꼈다. "난 돼지고기를 먹을 수가 없어." 루소가 말했다. 그의 목소리는 마이클의 세 살짜리 딸의 목소리보다도 낮아 제대로 들리지 않았다. "심장이 안 좋아서 말이오. 그러니 내가 저걸 먹는다면…." 그가 자기 심장을 톡톡 두드리며 말을 이었다. "여기가 더 나빠지겠지. 가기 전에 이야기 좀 할까?"

두 사람은 사람들이 몰려 있는 잔디밭 건너편으로 나란히 걸어갔다. 루소의 콘실리에리는 이미 차에 타고 있었다.

"거기서는 말을 하고 싶지 않았어. 난 신입이니까. 신입은 입 닥치고 가만히 듣고 있어야 하는 법이잖소."

마이클이 고개를 끄덕였다. 하지만 루소는 모임에서 말을 많이 했다.

"난 당신만큼 많이 배우지는 못했지만 뭔가 이상해서 말이지. 저번에 당신이 말했던 것처럼 조직을 변화시킬 거라면, 그쪽은 나한테 지게 될 거야." 루소가 이상하게 높은 목소리로 말했다.

"난 다른 사람들이 자신들의 사업을 어떻게 운영하는지에 대해 말하는 건 관심이 없소. 하지만 이제는 이탈리아인들이 유태인이나 아일랜드인들을 상대로 세력을 확장하면서 저지르고 있는 거리 범죄에 대해 관리해야 할 때가 되었지. 일부 도시에서 매일같이 점차 세력을 넓혀가고 있는 흑인들을 보면 알 거요."

"시카고는 아니야."

"어떤 경우든 난 음지에서 양지로 나가지 않는 한 권력과 번영은 더 이상 누릴 수 없을 거라고 보고 있소. 바로 그 때문에 그런 계획을 세운 거요." 루소가 말했다.

땅거미가 내려앉는 가운데 웃음소리가 울려 퍼졌다. 자식들의 결혼으로 사돈지간이 된 페트 클레멘자와 조 잘루치가 텐트 옆에 있는 커다란 바위에 앉아 서로를 치켜세우며 이야기를 나누고 있었다.

"음지든 양지든 당신은 날 이길 수 없을 거요."

마이클이 설명하기 시작했다.

"아니, 아니. 그만. 나를 그렇게 멍청이 대하듯 말하면 안 돼지." 루소가 말했다.

마이클은 사과하지 않았고 화를 내지도 않았다. 그런 그의 모습에 루소조차도 놀랐다.

"난 이런 식으로 생각했어. 당신 말대로라면 언젠가 우리 아이들이 국회의원이 되고, 심지어 대통령까지 될 수 있다는 거지. 하지만 그 중에는 우리 돈을 받는 친구들이 이미 있잖소." 루소가 말했다.

"대통령은 아니잖소." 마이클은 대사를 생각하며 말했다. 아직은 아니라고 생각했다.

"아직은 아니지. 그런 식으로 날 보지 마쇼. 난 당신이 미키 시아에게 한 이야기를 다 알고 있으니까. 그런 거래를 제안한 사람이 당신뿐이라고 생각하는 건가?"

몇몇 조직의 돈들이 진로를 찾고 있었다. 마이클은 자신이 세운 계획을 모르기를 바라고 있었다. "우리는 되찾을 것이 있소." 마이클이 말했다.

"난 아니오. 기억이 나지 않나? 이봐, 내가 말해주고 싶은 건 적어도 시카고는 우리가 원하는 사람을 뽑을 거고 언제라도 그들을 내몰고 싶을 때는 내보낼 거란 말이지. 우리가 관리하지 않더라도 다른 사람이 그들을 마음대로 통제할 테고 말이야."

나를 멍청이 대하듯 말하면 안 돼지. 이번에는 마이클이 그렇게 생각했지만 그 말을 입 밖에 내지는 않았다.

"무엇보다도 왜 우리가 그들을 그 자리에 앉혀야 하는 거지? 어차피 꼭두각시에 불과한데 말이오. 당신도 알다시피 우리 중에 그렇게 순진한 사람은 없잖아? 물론 아직까지도 그런 천진난만한 꿈을 꾸는 자가 아주 없지는 않겠지만. 난 이해할 수가 없어. 정말 그런 자들은 이해가 안 된다니까." 루소가 말했다.

텐트 아래 앉아 있던 남자들이 두 사람을 불렀다.

마이클이 미소지었다. "다른 사람들의 통제를 받지 않는 사람은 없는 법이오, 돈 루소. 심지어 우리라고 할지라도."

"그저 내 의견을 말하고 싶었을 뿐이니까. 아, 그리고 또…." 루소가 말했다.

"이봐, 마이크! 괜찮으면 이리 좀 오지. 자네가 있었으면 좋겠는데." 클레멘자가 마이클을 불렀다.

"또 뭐요?" 마이클이 루소에게 되물었다.

"반응이 빠르군. 난 모든 것을 분명하게 하고 싶소. 카포네가 마란자노를 도와주라고 내 동생 윌리와 어떤 친구를 같이 보낸 건 잘 알고 있을 테지. 당신 아버지와 마란자노가 그 일을 해결했을 때 내 동생이 어떤 꼴로 돌아왔는지 잘 알고 있을 거라고 생각하는데."

루소가 정말 하고 싶었던 말은 바로 이것이었다.

"그 일에 대해서는 나도 들었소." 그를 도와주기로 한 건 비토 코를레오네가 맺은 약속이었다. 시카고에 돌아갈 수 있었던 건 잘린 '얼음송곳' 윌리 루소의 머리뿐이었다.

"난 카포네를 원망하고 있어. 당신도 그 점은 알아주었으면 해. 그때 그 일은 카포네가 끼어들 일이 아니었고, 그저 뉴욕의 문제였다는 걸 말이지." 루소는 부드럽고 얇은 손을 내밀었다. "당신 아버지는 그저 해야 할 일을 했을 뿐이야."

마이클은 그 악수를 받아들였다. 그리고 두 사람은 포옹을 하고 키스를 주고받았다. 돈 루소는 시동이 걸려 있던 차에 올라탔다.

"돈 루소는 어디를 가는 건가?" 마이클이 텐트로 돌아가자 클레멘자가 물었다. 클레멘자가 다른 돈들 앞에서 루이 루소를 '여자 거시기 빨기'라고 부른다면 틀림없이 그는 목숨을 잃을 것이었다.

"돼지고기를 못 먹는대요." 마이클이 대답했다.

"난 포를렌자가 유태인 대표라고 생각했는데." 잘루치가 말했다.

"그만 하면 충분하네! 유태인들을 위한 것만 아니면 소변조차 변기에 누지 않으려고 하는 자네 같은 게으름뱅이들은 전부 라스베가스로 보내버렸을 거야." 포를렌자가 휠체어를 탄 채 대꾸했다.

"지금보다 더 많은 돈을 벌었을 겁니다. 당신이 그 이야기를 하는 걸 들을 때마다 동전 한 개씩만 받았다면 말이예요." 탐파의 돈인 새미 드라고가 말했다.

포를렌자가 넌더리난다는 듯 손을 내저었다. "이봐, 조. 자네 제안할 게 있다고 하지 않았나? 어서 말해보게."

맛있는 바비큐와 좋은 친구 때문에 더없이 행복해진 클레멘자는 매년 모두가 이 자리에 참석했으면 좋겠다고 말했다. 그러자 조 잘루치는 찬성의 뜻으로 술잔을 높이 들어 올리며 다음 모임을 제안했다. 위원회 임원 중 한 사람만 제외하고 모두 다 그 자리에 있었다. 그 제안은 만장일치로 통과되었다.

뉴욕으로 돌아오고 얼마 지나지 않아 닉 제라치는 '듀란고의 잠복'이라는 영화의 촬영세트에 만들어진 술집에서 프레디 코를레오네를 만났다. 전선들이 여기저기 깔려 있는 좁은 통로만 보지 않는다면 진짜 술집처럼 보였을 것이다. 프레디는 이 영화에서 카드게임 사기꾼 2번이라는 배역을 맡았다. 하지만 아직 의상도 입지 않고 있었다. 두 사람은 회전문 근처에 있는 테이블에 앉아 있었다. 그곳에는 그들밖에 없었다. 밖에서는 외알 안경을 낀 독일 감독이 진흙의 질감과 색감이 마음에 들지 않는다며 누군가에게 고함을 지르고 있었다.

"이 빌어먹을 기사 읽어봤나?" 프레디가 아침 신문을 테이블 위에 내던지며 말했다. '은막의 여왕, 깡패 남편과 함께 이곳으로 신혼여행을 오다' 라는 표제의 기사가 보였다. 기사의 처음 두 단락은 디에나 던의 악의 없는 말을 그대로 인용하고 있었다. 세 번째 단락에는 프레디 역시 이번 영화에 출연한다는 것이 언급되면서 "그는 나쁜 남자 역할로 영화에 데뷔하게 되었다" 라고 쓰여 있었다. 그 밑으로 영화는 사기꾼에 관한 내용이라고 쓴 다음, 지난 몇 년 동안 뉴욕에 있는 신문에 모두 기사화되었던 기사들을 끌어 모아 '전해진 바에 따르면' 이라는 말로 프레디를 비웃고 있었다. 물론 사진도 실려 있었다. 새삼스레 아버지가 총에 맞았을 때 아버지를 구하기 위해 아무것도 하지 않은 채 길거리에 주저앉아 울고 있던 자신의 사진이 실린 것을 보고 프레디는 잔뜩 화가 나 있었다. "내가 맡은 건 나쁜 남자 역할이 아니야. 나쁜 남자가 사기치는 것을 잡아내는 역할이라고." 프레디가 말했다.

"무슨 말이 하고 싶은 건가? 자네가 신문사에 전화하거나 찾아가서 항의해봤자 그자들에게 진짜 기사거리만 제공해주는 결과밖에 없을 텐데. 그렇게 되면 상황은 더 나빠지는 거지. 그자들한테 더 좋은 일만 시켜주는 거란 말일세. 자네 웃음거리가 되고 싶나?"

"지금 상황이 더 안 좋아질 거라고 말했나? 정말? 그래, 자네도 동의하는군. 이번 일은 안 좋아. 안 좋아진다는 것이 아주 좋았다가 그냥 괜찮다는 정도가 아니라 이미 충분히 나쁜 상태에서 시작하고 있어.

이미 아주 안 좋은 상태라고 보고 있다는 거지."

"신경 쓸 거 뭐 있나? 별 볼일 없는 투손 신문일 뿐인데." 제라치가 말했다.

"그들이 쓴 기사 내용이 전부 틀렸으니까 말이지."

디에나 던이 은막의 "여왕"이라는 것도 더 이상 사실이 아니었다. 그녀는 술을 많이 마셨으며 그 때문에 외모도 많이 망가지고 있었고, 일도 잘 풀리지 않았다. 제라치는 디에나 던이 프레디와 결혼한 이유가 더 이상 배역이 들어오지 않게 되더라도 상류층의 생활을 유지하기 위해서일 거라고 짐작하고 있었다.

밖에서 감독이 "액션!"이라고 외치는 소리가 들렸다. 사륜 짐마차가 지저분한 도로를 돌진하기 시작하자 디에나 던이 비명을 지르기 시작했다.

"폰테인이 죽고 디디가 비명을 지르는 장면이지." 프레디가 말했다. 디에나 던은 보안관의 미망인 역할을 맡고 있었다. 조니 폰테인은 총을 든 사제 역할이었다.

"실제로는 신혼여행도 신문에 난 것보다 훨씬 좋은 곳으로 갔다 왔잖은가." 제라치가 말했다.

"우린 한 달 전에 결혼했어. 그건 비밀도 아니고, 모두들 알고 있는 사실이지. 이미 신혼여행도 갔다 왔지. 주말에 분홍색 지프를 타고 아카풀코에 있는 해변에 갔었어."

"짧은 신혼여행이었군."

"둘 다 바쁘니까."

"내 말이 신경을 건드렸나?"

"이보게, 신혼여행을 오래 다녀오고 싶어 하지 않는 사람이 어디 있겠나?"

제라치는 아니었다. 디에나 던 같은 자기중심적이고 호전적인 여자와 함께 호텔 방에 처박혀 있고 싶지는 않았다. 만일 그랬다가는 아마 잠자기 전까지 그녀의 비명소리를 계속 들어야 할 것이었다. 감독이 또 다시 액션을 외쳤다. 디에나의 비명소리는 아까보다 나아진 것 같았다. "아직 아카풀코에 가보지 못했는데. 좋던가?" 제라치가 물었다.

"모르겠어. 정말이야. 그냥 다른 곳과 똑같았던 것 같아." 프레디는 주먹으로 신문에 실린, 공항으로 가는 리무진에 타고 있는 자기 사진을 두드리며 대답했다. "이 일에 대해 설명해보게. 아내는 여기서 3주일이나 꼼짝도 하지 못했어. 난 왔다 갔다 했고. 그런데 지금 왜 갑자기 이런 기사가 난 걸까?"

"자넨 영화배우와 결혼했어, 프레디. 대체 뭘 기대하는 건가?"

"겨우 한 달 전에 결혼했어."

"안 됐지만 이젠 자네도 스타나 마찬가지야."

"참나, 그래서 이 기분 나쁜 상황에도 낄낄거리면서 연기해야 한단 말인가? 나보고 이중적인 행동을 하란 말이군."

"그렇지."

"그렇다면 어째서 기자 놈들은 내가 연예계에 진출할 수 있도록 뒤에서 밀어주고 있는 누군가에 대해서는 떠들어대지 않는 거지?"

제라치는 프레디가 동생인 마이클에 대해 말하고 있다는 것을 알아차렸다. 마이클은 프레디에게 좀 더 대중적인 이미지를 심어주는 편이 코를레오네 패밀리의 합법화에 도움이 될 거라고 생각하고 있었다. 아니, 적어도 표면적으로는 그랬다.

"이봐. 내가 신문을 읽은 건 지난 몇 달뿐이야. 그러니까 날 믿어. 사람들은 신문 따윈 읽지 않는다니까." 제라치가 말했다.

프레디가 웃었다. 하지만 얼마 지나지 않아 그의 얼굴에서 웃음기가 사라지기 시작했다. "지금 농담한 거지?"

제라치가 어깨를 으쓱했다. 그리고 싱긋 웃었다.

"이 코글리오나토르* 같으니라고." 프레디 역시 웃으며 말했다. 그리고 애정 어린 손길로 제라치의 어깨를 툭 쳤다.

3주 전, 이 영화의 촬영이 막 시작되었을 때까지만 하더라도 제라치는 프레디와 거의 말을 나눈 적이 없었다. 그동안 그는 프레디에게 접근하여 자신을 호감 가는 친구로 여기게끔 철저하게 행동했다.

"여기 있는 위스키는 전부 진짜일까?" 프레디가 거친 통나무로 만든 바 뒤에 놓여 있는, 상표가 붙어 있지 않은 병들을 가리키며 물었다.

"내가 그걸 어떻게 알겠나? 그런데 자네 얼굴이 안 좋아 보이는군."

프레디가 얼굴을 찡그리며 생각하지 않으려는 듯 손을 내저었다. "결정적인 게 필요해."

제라치가 고개를 끄덕였다. "아스피린이라도 먹지 그러나?"

"몇 알 먹었어."

"머리가 아플 만한 상황이긴 해."

"내가 말하고 싶은 건 요즘은 매일 밤 그렇다는 거야." 프레디가 고개를 저으며 갑자기 슬프기도 하고 놀라기도 한 얼굴로 쳐다보며 말했다.

지난 밤, 그들은 아내들을 데리고 같이 시내로 나섰다. 그러다 마음이 변해 그들은 멕시코로 향했다. 그곳에 도착하자 디에나 던이 당나귀쇼를 보러 가자고 했다. 샬롯은 그때 이후 오늘 아침까지 제라치와 말을 하지 않았다. 그날 밤, 샬롯이 화가 난 이유는 누가 무슨 이야기를

* '장난꾸러기'를 뜻하는 이탈리아어

해도 결국은 디에나 던이 화제를 완전히 자신 쪽으로만 돌려버렸기 때문이다. 제라치가 마음대로 주제를 바꿔보기도 했지만 아무리 우스꽝스러운 화제로 돌려 놓아도 디에나 던은 거기서 자기 이야기를 꺼낼 구실을 찾아내곤 했다. 그들이 집에 돌아오고 나서 샬롯은 그가 디에나 던과 시시덕거렸다고 비난했다. 제라치는 등을 돌린 채 아내가 말하고 싶은 대로 말하게끔 내버려두었다. 샬롯은 은막의 여왕을 직접 만나게 되었다고 몹시 흥분하며 멋진 시간을 보내게 될 거라고 기대하고 있었는데, 막상 만난 디에나가 자기 남편은 펠라치오 같은 것을 좋아하지 않는다는 야한 농담이나 하고, 당나귀의 물건을 보고는 야유를 퍼부은 인디언 소녀가 누구인지 따위나 생각하고 있는 것을 보고 실망하지 않을 수 없었다. 그 자리에 같이 앉아 있던 프레디는 억지로 미소를 지으려고 애를 썼다. 샬롯은 시간만 있었다면 이슬립 동부에 살고 있는 모든 여자들에게 그날 밤 있었던 일을 이야기하면서 자신은 제트족*이라도 되는 것처럼 굴었을 것이다.

밖에서는 끔찍한 충돌사고가 일어나고 있었다. 사륜 짐마차가 부서졌다.

"걱정하지 말게나. 저것도 대본에 있는 거니까." 프레디가 말했다.

"그랬군. 사고 때문에 내가 좀 예민하게 굴더라도 용서해주게나."

"난 그런 힘은 없어. 자네가 용서를 바라고 있다면 그건 마이크의 소관이야."

제라치는 놀란 표정을 감추려 하지 않았다. 그는 이제껏 프레디의 목소리에서 동생에 대한 적의가 드러나는 것을 한 번도 들은 적이 없

* 제트 여객기로 세상을 돌아다니는 상류 계층을 칭하는 말

었다. "그럼 폰테인도 여기에 있나?"

프레디가 고개를 저었다. "작가에게 영화에서 없어지게 써달라고 하더니, 비행기를 타고 급히 가버렸다네. 믿을 수 있겠나? 지금 저기 죽어 있는 건 대역이지."

폰테인이 소유하고 있는 제작사는 그의 부실한 경영으로 점점 큰 문제들이 생겨나고 있었다. 하지만 그가 영화를 찍는 도중에 그렇게 가버린 건 처음 있는 일이었다. "그럼 어떻게 되는 거지? 폰테인은 별 탈 없이 문제를 해결할 수 있을까?"

"난 그 문제에 더 이상 끼어들고 싶지 않다네. 한쪽 귀로는 디디의 이야기를 들어야 하고, 다른 한쪽 귀로는 동생의 말을 들어야 하고, 다른 한 쪽은 또 헤이건이 하는 잔소리를 들어야 하니까 말이야."

"그럼 자네는 귀가 세 개라는 말인가?"

"그런 느낌이야. 권해주고 싶은 느낌은 아니지만."

두 사람은 그때부터 일을 시작했다. 제라치는 프레디가 뉴욕으로 돌아와 맡게 된 조직에 대한 정보를 알려줄 거라고 기대하고 있었다. 두 사람이 본격적으로 만나기 시작하면서부터 언제나 그래왔던 것처럼. 하지만 이번에 프레디가 전해준 내용은 바로 어제 있었던 평화회담에 대한 것이었다. 이제 모든 것이 제자리를 잡았다. 제라치도 집으로 돌아왔고.

이번에도 그 정보는 함구령이 내려지기 직전에 프레디의 입을 통해 알게 되었다. 하지만 만일 무슨 일이 있는 거라면 마이클은 왜 프레디를 그냥 내버려두는 것일까?

"이보게, 괜찮은 건가? 지금 내 얘기 듣고 있는 거야? 내가 보기에 이 얘기를 해준 녀석은 마약에 취해 있던 것 같기는 했지만." 프레디가 말했다.

조명 담당 직원들이 안으로 들어오더니 촬영 준비를 시작했다. 소도구 담당인 남자들은 바닥에 톱밥을 깔고, 그 위에 카드와 포커 칩, 지저분한 유리컵, 피아노 연주용인 듯 보이는 악보들을 여기저기 늘어놓았다. "이제 여기도 복잡해지기 시작하는군. 집에 가야겠어." 제라치가 말했다.

프레디가 목소리를 낮추었다. "이봐, 자네는 스트라치와 여전히 잘 지내는가? 자네도 짐작했겠지만, 그러니까 내 말은 어떻게 알게 된 사이냐는 거지. 여기로 오기 전에 알았던 사이인가? 이유가 있어서 물어보는 걸세."

"그곳에서 함께 일하면서 알게 된 사이지." 검은 토니 스트라치의 도움이 아니었다면 뉴저지와 뉴욕에 마약을 그렇게 수월하게 들여오기는 힘들었을 것이다. "그 이유가 뭔데 그러나?"

"나한테 생각이 있어. 어쩌면 자네한테도 괜찮은 건수야. 새로운 수입원이라고 할 수 있지. 아마 우리가 이제까지 했던 일 중 최고가 될 수도 있을 거야. 내가 마이클에게 이 이야기를 하니까 그 애는 도박은 하지 않겠다고 하더군. 하지만 내가 자네를 좀 더 많이 알게 되고 나서 보니 자네와 내가 힘을 합하면 마이클이 이 사업을 시작하게 만들 수 있겠다는 생각이 들더군."

"난 잘 모르겠어, 프레디." 제라치는 프레디의 새 사업이 어떤 건지 알고 싶지 않았다. 하지만 그는 충격을 받았다. 프레디는 그에 대해 거의 아직 알지 못했다. 그러면서도 그를 마이클이 반대할 인물로 생각하고 있었다. "만일 돈이 거절한다면…."

"그 점에 대해서는 걱정하지 마. 그 문제는 내가 어떻게든 해결할 테니까. 마이크에 대해 나보다 더 잘 아는 사람은 없으니까 말이야."

"나도 그럴 거라 생각하네." 제라치가 말했다. 근처에 사는 별 볼일 없는 놈의 입에서 이런 식으로 대놓고 대부의 뜻을 어기겠다는 말이 나왔다면 괘씸하게 여겼겠지만, 그 상대가 소토 카포라면 어떨까? 다름 아닌 돈의 형 입에서 나온 이야기라면? "물론 난 자네와 뜻을 같이 하고 싶어,프레디. 그렇지만 그렇게 되면…."

"자네가 무슨 말 하려는지 알고 있어. 하지만 내 말을 끝까지 좀 들어보게, 응? 좋아, 먼저 보자고. 자넨 변호사야, 그렇지? 샌프란시스코에서 사람을 매장하는 법률에 대해서 알고 있나?"

제라치는 변호사가 아니었다. 하지만 그는 굳이 프레디에게 그 사실을 알려주지 않았다. 그때 디에나 던이 회전문으로 갑자기 나타났다.

"이 집에서 제일 좋은 위스키 한 잔 줘요." 그녀가 화가 난 듯한 목소리로 말했다.

"정말 잘 하는군요." 제라치가 말했다. 정말 그랬다. 그녀의 목소리는 이번 영화에서 악한 역을 연기하는 배우와 똑같이 들렸다. 그 악한은 막 권투선수가 된 회색머리의 시골뜨기였다.

"여기 있는 병들 중 진짜 위스키가 들어 있는 건 하나도 없어." 프레디가 말했다.

"당신이 진짜 위스키를 넣어가지고 다니는 휴대용 병은 아주 귀엽던데. 이젠 안 가지고 다녀요?"

"아, 참." 프레디는 아내를 무시하고는 제라치에게 말을 걸었다. "깜박 잊어버리고 있었군." 그는 옷깃을 움켜잡았다. "만나볼 사람이 있어. 비벌리 힐즈에 사는 친구인데 내가 옷 때문에 라스베가스까지 데리고 왔지. 지금은 폰테인의 옷도 봐주고 있다네. 그 친구를 만나서 폰테인이 어떻게 됐는지 알아봐야 겠군."

"당신과는 다르게 조니는 바지를 특별히 맞추어 입는다고 하던데. 그렇게 하지 않으면 그 사람 물건 크기 때문에 바지가 맞지 않는다고 하던데." 디에나 던이 말했다.

프레디는 지친 듯한 얼굴로 미소 지었다. "그건 사실이야."

"그렇게 크단 말인가?" 제라치는 프레디가 그녀를 그렇게 내버려두고 혼자서 다른 곳으로 가버리려고 하는 것을 이해할 수가 없었다.

"그렇게 말하는 사람들이 있어." 프레디가 대답했다.

"그 사람들이 누군데?"

"그럼, 여보." 디에나 던이 의자를 뒤로 돌려 다리를 벌리고 앉았다. "그렇게 말하지 않는 사람은 누군데요?" 그녀가 눈썹을 치켜 올리며 물었다.

제라치는 프레디의 눈빛에서 그가 화가 났다는 것을 알 수 있었다. 하지만 프레디는 억지로 입가에 미소를 짓고 있었다.

"난 마고 애쉬튼과 같이 영화를 찍은 적이 있어요. 그 여자가 조니와 결혼 생활을 하고 있을 때였죠. 그때 감독이 뚱뚱한 멍청이 믹 플린이었는데, 그 사람이 마고가 45킬로그램 정도밖에 안 나가는 약해빠진 말라깽이 조니와 결혼했다고 비웃었어요. 그러자 마고가, 당신도 이미 알고 있는 얘기겠지만, 사람들이 모두 듣는 앞에서 큰 소리로 이렇게 말했잖아요. '그이는 말랐는지도 몰라요. 하지만 크기는 완벽하죠. 조니의 몸무게는 5킬로그램인데 나머지 40킬로그램이 물건 무게니까.'" 디에나 던이 말했다.

프레디가 신경질적인 웃음을 터뜨렸다.

"애쉬튼은 정말 멋진 여자라니까." 제라치가 말했다. 그건 당신도 마찬가지잖아, 디에나 던 양. 디에나의 몸무게는 5킬로그램이고, 나머지 40킬로그램이 그 거대한 머리 무게일 테니까.

"물론 그 뒤에 마고가 부풀려서 이야기한 건지 아닌지는 내 눈으로 직접 확인했지만 말이예요." 디에나가 말했다.

제라치는 프레디의 얼굴에서 순식간에 즐거움과 절망이 스쳐지나가는 것을 보았다. 딸들이 아기였을 때 프레디가 그런 표정을 짓는 것을 본 이후로 제라치가 그런 얼굴을 보게 된 건 이번이 처음이었다.

"그렇지만 내가 사람들 앞에서 기꺼이 밝힐 수 있는 사실은 그저 길다는 것뿐이예요. 여기서 길다는 건…."

"난 그만 집에 가봐야 겠어." 제라치는 이렇게 말하고 집으로 갔다. 샌프란시스코의 시체 이야기는 다음에 듣게 될 것이다.

한 가지, 페트 클레멘자의 신경을 건드리는 것이 있었다. 비행기 사고가 나던 날 밤에 모래의 성에서의 일이었다. 마이클이 헤이건으로부터 비행기 사고가 났다는 전화를 받기 전까지 그들은 폰테인과 함께 버즈 프라텔로, 도티 아미의 공연을 보고 있었다. 그런데 왜 마이클은 헤이건의 전화를 받기도 전에 그의 어깨를 두드려 나가자고 한 것일까? 그들이 공연을 보다가 나가야 할 만큼 중요한 일이라는 걸 어떻게 알고 있었던 것일까?

클레멘자는 아무 말도 할 수 없었다. 하지만 그는 그 사소한 일에서 많은 것을 생각해냈다. 그 생각에 클레멘자는 새벽 2시에 자리에서 일어나 실크 잠옷을 입은 채 밖으로 나와, 시가에 불을 붙인 다음 정원에 투광조명을 켜고 캐딜락에 왁스를 칠하기 시작했다.

(〈2권〉에서 계속)